사랑의 온도

2

하명희 대본집

사랑의 온도

2

알에이치코리아

사랑의 온도
대본집을 출간하며

개인의 역사가 있듯이 작품도 마찬가지 같습니다.
〈사랑의 온도〉는 지금까지 제가 쓴 드라마 중에 제일 긴 역사를 가졌습니다. 긴만큼 생각도 많이 하게 만들어준 작품입니다.

소설에서 드라마가 되기까지, 드라마로 방송되고 마칠 때까지 〈사랑의 온도〉 드라마를 통해 선택을 말하고 싶었는데 작가인 저에게 운명에 대해 더 깊게 생각하게 만든 작품입니다.

그리고 운명처럼 대본집을 처음 출간하게 되는 일까지 하게 됐습니다. 그동안 전자책으로 출간한 적은 있었지만 종이책으로 대본집은 이번이 첫 출간입니다. 대본집을 읽고 싶어 하는 독자가 늘고 있다는 소식에 저 또한 용기를 내봤습니다.

드라마 대본은 건축으로 치면 설계도 도면 같은 것이면서 음악으로 치면 악보 같은 것입니다. 누가 만들고 누가 연주하느냐에 따라 다르게 느껴질 수 있습니다.

읽으면서 자신의 방식으로 연주하고 만들어보면서 드라마와는 다른 즐거움을 가지실 수 있지 않을까 하는 바람을 가져봅니다.

인생은 끊임없이 나와 누군가와 함께 살아가는 방식을 공부하는 것이기에 '온도'라는 단어를 제목으로 사용했습니다. 〈사랑의 온도〉 제목처럼 이 대본집으로 독자와 소통하며 작가인 제가 말하고자 했던 온도를 여러분과 같이 찾아나가고 싶습니다.

〈사랑의 온도〉 드라마를 사랑해주시고 응원해주신 많은 분들과 드라마 대사 하나하나를 기억하며 이 대본집을 선택해주신 독자 여러분께 진심으로 감사드립니다.

—하명희

용어 정리

씬   Scene. 장면이라는 의미로, 동일 시간 동일 장소에서 이뤄지는 행동, 대사가 하나의 씬으로 구성된다.

(E)   Effect. 효과음. 주로 화면 밖에서의 소리를 장면에 넣을 때 사용한다.

(F)   Filter. 전화 수화기를 통해서 들려오는 소리.

(O.L)   Overlap. 오버랩. 현재 화면이 흐릿하게 사라지면서 다음 화면이 서서히 등장해 겹치게 하는 기법. 소리나 장면이 맞물린다.

flash back   플래시백. 과거에 나왔던 씬을 불러오는 것. 주로 회상하는 장면이나 인과를 설명하기 넣는다.

(F.O)   Fade Out. 페이드아웃. 화면이 서서히 어두워지는 기법.

(F.I)   Fade In. 어두웠던 화면이 서서히 밝아지는 기법.

(N)   Narration. 해당 화면 속의 소리와 별도로 밖에서 들려오는 등장인물의 설명체 대사.

점프   Jump. 장면을 연속하지 않고, 같은 장소에서 다른 시간으로 이동하는 것.

인서트   Insert. 화면 삽입. 무언가에 집중시키거나, 자세히 설명하기 위한 장면을 삽입하는 것으로, 특정 부분을 확대하는 클로즈업을 통해 이뤄지는 경우가 많다.

몽타쥬   각기 다른 시간과 장소의 컷들을 이어붙인 장면.

cut back   각기 다른 화면을 번갈아 대조시키는 기법으로, 주로 같은 시각 두 장소에서 일어나는 사건이나, 각기 다른 시점을 설명하기 위해 사용한다.

일러두기

- 이 책은 하명희 작가의 대본 집필 형식을 최대한 살려 편집했습니다.

- 대사는 어감을 살리는 데 비중을 두어, 한글 맞춤법 규정과 맞지 않는 부분이라도
  유지하였습니다.

- 대사의 강약을 표현하기 위한 의도로 대사 중간에 /를 삽입하였습니다.

- 대사 중간에 말이 끊기는 것을 표현하기 위해 마침표를 생략한 부분이 있습니다.

- 대사 중간의 말줄임표는 대사 사이 호흡의 길이를 표현하기 위한 것으로,
  온점 두 개, 세 개, 네 개 등으로 다양하게 표기되어 있습니다.

- 본 책에는 최종 대본을 담았습니다. 따라서 방송되지 않은 부분이 포함되어 있거나
  방송과 다를 수 있습니다.

10부

씬1. 굿스프 냉장고 안

9부에 이어

정선, 현수와 키스한다. 따뜻하게. 격렬하게. 서로의 존재가 하나가 되듯.

씬2. 현수 집 골목 정우 차 안―밤

정우 차 들어온다. 정우, 운전하고 있다.

씬3. 굿스프 홀 정선 집으로 가는 계단

현수, 덜덜 떨고. 정선, 그런 현수의 손 잡고.

현 수   아 추워!

정 선   (어깨 안아주고) 고집부리더니!

현 수   좋았잖아 그럼 된 거잖아.

정 선   (미소)

씬4. 정선 집 안 거실

물 끓고 있고. 차 끓이려고. 현수, 소파에 앉아 있고. 살짝 떨고. 정선, 담요 갖고 와서 덮어준다. 눈 맞추고 미소. 정선, 차를 끓이러 가고. 현수, 정선 에게 눈이 향하고. 정선, 차를 만들고.

현 수   사랑은 참 신기한 거 같아.

정 선   (차 만들면서 보는)

현 수   정선 씨 어머님 만났었잖아.

정 선   궁금했는데 묻지 않았어.

현 수   왜?

정 선   곤란할 거 같아서. 거짓말 잘 못 하잖아. (차 주는)

현 수   (차 받는)....

정 선   우리 엄만 나이도가 아주 높아. 가족사 있어. 아주 난이도 높은.

현 수   (보며) 정선 씰 사랑하기 전에 어머닐 만났다면 도망쳤을 거야.

정 선   근데?

현 수   사랑하구 만나니까. 더 사랑하게 돼. 뭔가 연민이 덮어져서. 연민이라 그
         럼 싫어?

정 선   아니 좋아. 사랑 플러스 연민이잖아. 사랑에 뭔가가 더 더해진 거잖아.

현 수   (미소).......

정 선   사랑해.. 사랑하구 있어.

현 수   알고 있어.

정 선   ......(감정이 더 깊이 오르면서 가까이 가는데)

현 수   ....

         핸드폰 E

정선·현수   (웃는. 감정 깨는)

정 선   (일어서며) 받아!

현 수   안 받아! 이 시간에 아무도 안 들여.

씬5. 현수 집 앞

정우, 자신의 차에 기대 전화하고 있다. 안내음, 나온다. 받을 수 없다는.
현수 집은 불 켜져 있고.

씬6. 굿스프 주차장/ 앞 거리

정우 차, 들어온다. 주차장에 차 세운다. 정선, 현수와 함께 나온다.
소리 들린다.

현 수   (E) 나 혼자 가두 되는데.
정 선   (E) 내일 몇 시에 올 거야?
현 수   (모습 드러내며) 아침 프렙할 때 올게. 경하구 같이.
정 선   감기 들지 않게 조심해!
현 수   잔소리! 은근 잔소리쟁이!

정선과 현수, 걸어간다. 현수, 뛰어간다. 정선, 따라가면서.

정 선   저러다 넘어진다.
현 수   안 넘어져요! (하다가 넘어진다)
정 선   저거 봐 저거 봐! (뛰어가서) 괜찮아?
현 수   괜찮아!
정 선   (손 내밀며) 손 잡아줄까?
현 수   (손 잡는다)

정선과 현수, 손잡고 걷는. 정우, 주차장 차 옆에 서 있는.
타이틀 오른다.

씬7. 굿스프 골목/ 굿스프 앞 — 낮

현수, 자전거 타고 있다. 뒤에 경 타고 있다. 현수, 낑낑 매면서.

경   언니 내가 내릴까?
현 수   (너무 힘들다) 아냐 할 수 있어!
경   (내린다) 뛰어가는 게 낫겠다. 다 왔어.
현 수   뒤에 탈 땐 몰랐는데 운전하는 거 힘드네.
경   뒤에 타는 것두 힘들었어. 엉덩이 다 배겼어.
현 수   맞다 나두 그랬어. 뒤에 타는 거 편하진 않았어.
경   2인용 자전걸 타야지. 이건 아니다. 앞뒤 다 불편해.
현 수   근데 그땐 불편하다는 걸 생각 못 했어.
경   그때가 언젠데?
현 수   그때 있어. 너 천천히 와. 나 들어갈게.
경   근데 젤 먼저 취재할 사람은 정했어?
현 수   어 소믈리에 임수정 씨! 간다 그럼! (자전거 타고 가고)
경   (뒤에서 걸어가면서) 난 주방 막내 할 거야 언니! (하곤 안 되겠다, 뛴다)
현 수   (홀가분해지니까 잘 타는)
수 정   (E) 처음 이 일 시작할 땐 돈 진짜 못 벌었어요.

씬8. 굿스프 홀

현수, 수정과 앉아 있다. 수정 와인 몇 병 앞에 놓고. 경도 함께. 녹음기 켜고 있다.

현 수   월급이 적었어요?
수 정   아뇨. 버는 돈 다 와인 사 먹었어요. 공부하려면 많이 먹어봐야 되니까.
현 수   손님이 남기고 간 와인두 많지 않아요? 그건 쫌 그렇죠! 남이 마시던 거 마시는 거!

수 정　비위 좋아요. 남기구 간 와인 마시구 소감 정리해뒀어요. 그게 지금 뼈가 되구 살이 됐죠!

현 수　대단하다!

하 성　(E) 대단하긴요!

씬9. 굿스프 일각

현수, 경 취재하고 있다. 하성, 자기 일 하는.

하 성　꿈을 위해선 그 정돈 다 하잖아요.

현 수　그럼 젤 힘들었던 건 뭐예요?

하 성　한국 음식 먹구 싶은 거 마음대루 못 먹는 거였어요. 쉐어하우스 같이 사는 외국 친구들이 마늘 김치 된장 냄새 싫어했어요.

경 수　(E) 새우 천 개 까는 게 어떤 건지 아세요?

씬10. 굿스프 주방

스텝밀 이후, 경수, 있고. 현수와 경 취재 중이다. 경수, 손 보여주고 있다.

경　손 고운데요.

경 수　관리하니까요. 전에 뷔페에선 일할 땐 주부습진 생겨서 밤마다 연고 바르고 비닐장갑 끼고 잤어요.

현 수　근데 지금은 파인다이닝에서 일하시는 거예요? 분야가 다른 거 같은데.

경 수　나중에 식당 차릴 때 좋을 거 같아서요. 전 아무 음식이나 맛있으면 된다 주의니까요.

경　지금 있는 주방 식구 중에서 누가 젤 좋으세요?

경 수　다 좋아요 하성이 빼곤. 날 좀 무시해요.

씬11. 정우 사무실 안

홍아, 창밖을 바라보면서 서 있다. 자기 사무실 같이 잘 어울린다.

정 우   (E) 잘못 들어온 줄 알았어요.
홍 아   (보면) 저 여기 좋아요.
정 우   웬일이에요? (앉으며)
홍 아   저 현수 언니 작업실 안 들어갈래요. (앉으며)
정 우   (왜?)......
홍 아   언니 망해서 나온 데잖아요. 기운이 안 좋아서 안 들어가요.
정 우   (피식)
홍 아   캐스팅은 어떻게 돼가나요?
정 우   리스트 업하구 있어요.
홍 아   편성은요?
정 우   입봉작이니까 아무래두 배우가 누가 붙냐가 중요하겠죠!
홍 아   배우가 누가 붙냐엔 대표님이 가장 중요하겠죠!
정 우   대본이 젤 중요해요 요즘은.
홍 아   말은 그렇게 하지만 꼭 그렇지 않잖아요. 여러 가지 이해관계가 맞으면 되잖아요. 그 여러 가지 이해는 대표님이 맞추는 거잖아요.
정 우   (만만치 않다) 우선 대본 보구 얘기하죠. 편성은 나중 얘기니까.

씬12. 굿스프 테라스/ 정우 사무실 안

정선, 방아꽃 뜯고 있다. 현수, 옆에서.

현 수   뭐 하는 거야?
정 선   메뉴 개발 좀 해보려구. 인터뷰 다 했어?
현 수   아직 민호 씨 못 했어. 할 말 많을 거 같아 끝에 남겨뒀어. 어느 조직이든 지 하급자가 젤 할 말이 많아. 드라마에 가장 도움이 돼.

핸드폰 E '박정우' 정선은 하던 일 하고. 대표님은 정우 형. 일하는.

현 수   (받는) 네 대표님!
정 우   뭐 해?
현 수   취재요.
정 우   좀 봐야겠는데. 할 말 있어.
현 수   알겠습니다. 어디루 갈까요?

씬13. 샌드위치 집 안

현수, 앉아 있고. 정우, 주문한 샌드위치 들고 온다. 정우, 들고 오면서 현수 보고. 현수, 정우 본다. 정우, 앉는.

현 수   (갖고 온 샌드위치 정우에게 먼저 주고, 자신이 갖고) 의외예요. 이런 데서 만나자구 해서. 격식 있는 데 좋아하잖아요.
정 우   나에 대해 잘 모르는구나. 나 이런 데두 좋아하는데.
현 수   아 죄송해요. (먹으면서) 하실 말씀이 뭐예요?
정 우   단도직입적으루 용건부터 들어가겠다!
현 수   (왜 그러지. 내가 뭐 잘못했나. 뭔가 분위기 다르다)
정 우   (감정 드러냈구나. 하지 말자. 바로 일 모드) 한류 스타 유혜정 알지!
현 수   당근 알죠! 팬인데!
정 우   유혜정한테 착한 스프 시놉하구 대본을 보냈어.
현 수   (먹다가 너무 좋지만 금세) 하겠어요 제 걸? 스타 작가두 아닌데.
정 우   만나보구 싶대 이 작가!
현 수   (환하게) 진짜요?
정 우   진짜! 스케줄 때문에 출연은 못 하구. 글이 너무 좋아서 작가가 보구 싶대. 싫으면 안 만나두 돼?
현 수   (O.L) 만나구 싶어요.
정 우   (암튼 싫고 좋은 건 분명하구나)

현 수 감사해요 대표님! 한결같아서 좋아요 대표님은!

정 우 (좋단 말이 더 싫다) 잠깐 나가 걷자. (일어난다)

현 수 (정우 기분은 눈치 못 채고)

씬14. 샌드위치 집 밖 보도

현수와 정우, 걷는. 사람들 사이로 걷는데. 정우는 현수와 둘이 걷는 기분
이다. 기다리면 세상 속에 둘만이 될 수 있을 줄 알았는데. 괜히 옆에서
기다렸다.

현 수 (들떠서. 유혜정 생각밖에 없는) 유혜정 하구 실제로 아는 사이예요? 아
       님 대표님두 처음 만나는 거예요?

정 우 몇 번 만났어. 영화 투자했었거든.

현 수 아아! 예쁘죠?

정 우 그렇게 좋니? 출연두 안 한다는데.

현 수 글이 좋다잖아요! 이번 안 되면 다음에 하면 되잖아요.

정 우 우리 관곌 좀 바꿔봐야겠어. 처음 만날 때처럼!

현 수 (뭐지?)

정 우 앞으룬 내가 널 찾을 땐 사정 따윈 통하지 않아.

현 수 좋아요. 사정이 생길 거 같지 않은데요. 조용히 일만 하는 스타일이라!

걷는 정우 현수... 서로 다른 생각. 현수, 기분 좋은.

씬15. 굿스프 홀

정선, 샴페인 그라니타 만들고 있다.. 조리된 굴에 완성된 샴페인 그라니
타를 올리고, 석류와 허브를 올린다. 정우, 들어온다.

정 우	뭐 하냐?
정 선	(하던 일 계속하며) 역시 타이밍 굿!
정 우	왜?
정 선	이거 새루 개발했어. 메뉴에 넣으려구. 한 번 먹어보시라구요!
정 우	(먹는)
정 선	(자신도 먹는)
정 우	좀 딱 오는 맛은 아닌데.
정 선	(자기도 딱 맘에 들진 않는다) 뭐가 모자라지?! 형은 웬일이야? 점심 예약자에 없던데.
정 우	약속 있다 이 근처 와서 들렀어. 난 요즘 니가 좀 궁금해.
정 선	(피식) 너무 나 좋아하지 마라. 이제 여자 친구 생겼다.
정 우	(이제 공식적인 관계로 말하네)........
정 선	내가 전에 파리에서 만났을 때 말했었지! 파리 들어오기 전에 채였다구. 그 여잘 다시 만났어.
정 우	결혼할 남자 있다구 하지 않았나!
정 선	오해가 있었어! 잘못된 전달자! 소개해주구 싶어 형한테! 깜짝 놀랄 거야.
정 우	(침착하게.) 그래? 그럼 이번 주말 나 프로프즈 하는 날 그 여자두 나오라 그래. 같이 만나자.
정 선	아아 그럼 되겠구나! 좋았어! 여기다 (조리된 굴에다. 냉장고로 간다) 팝핑 슈갈 올려봐야 되겠어.
정 우	(보는)

씬16. 굿스프 홀/ 카운터/ 회사 안

정우, 주방에서 나온다. 홀에 앉아 있던 몇 명 인사하고. 전화벨 E

수 정	(전화 받으며) 네, 굿스프입니다. 언제 예약하시려는데요?
손 님	근데 얼마 전에 알러지 사고루 사람 죽을 뻔한 거 맞아요?
수 정	(곤란) 상황 다 잘 정리됐고 앞으로 그런 일은 없을 겁니다.

정우, 나가려고 하고. 수정, 정우 보고 인사하고. 정우, 무슨 일 있구나.
선다.

손 님	진짜구나! 다시 갈 일 없겠네요. (끊는)
수 정	(난감한)
정 우	알러지 사고 땜에 그래?
수 정	인터넷에 누가 올린 거 같아요.

씬17. 굿스프 홀

정선, 태블릿 PC에 굿스프로 검색한 결과 보고 있다. 수정, 원준 있다. 블
로그 제목들. "굿스프 알러지 사고의 전말", "굿스프 가격 대비 최악의 레
스토랑" 있다. 중간 중간에 좋은 평도 "깔끔하고 임팩트 있는 맛있는 레스
토랑", 혹은 "굿스프 방문 후기".

원 준	그거 눌러봐!
정 선	(굿스프 알러지 사고 전말 제목 블로그 클릭한다)

전체 글 나오고. 읽어보면 "가격도 비싸고 양도 적은데, 방송 나와서 좋은
줄 알았더니 별로였음. 얼마 전에 여기 알러지 체크 제대로 안 해서 손님
골로 보낼 뻔했다고 하던데," 등의 후기 글이 있다.

사 람	(E) 알러지 체크 안 해서 손님 골로 보낼 뻔함. 역시 거품. 비싼 돈 주고 그런 대접 받으려고 가나. 나이도 어린 셰프가 얼굴만 잘생겨서 얼굴값만 했음.
원준·정선	(보는)
수 정	예약률 당분간 떨어지겠어요.
원 준	예약률이 문제가 아니라 옛날루 돌아가게 생겼다. 온 셉 방송 나가기 전.
정 선	괜찮아. 그동안 굿스프 와서 식사하신 분들 많으니까 뚝 끊기진 않을 거야.

씬18. 현수 집 거실

현수와 경, 회의하고 있다. 착한 스프 대본과 시놉시스 있다.

현 수   내일은 민호 씨 인터뷰하고 정선 씨 팔로우 업 내가 할게.

경   그럼 민호 씨 인터뷰 내가 할게. 언닌 온 셰프님하구 쭉 붙어 있어.

현 수   그럴 필요... 있지! (웃는)

현관벨 E

경   홍아 왔나 부다. (문 열어주러 뛰어가는)

현 수   홍아 온다구 했어? (테이블에 있는 시놉시스와 대본은 챙겨 위에 안 보이게 책으로 올려놓는다)

경   어.. (스크린 보고 문 열어준다. 현수에게) 얘랑 무슨 일 있었어?

현 수   아냐.. 넌 홍아 좋지?

경   좋구 싫은 게 어딨어? 친군데. 싸우면서 정들었지.

홍 아   (들어온다. 쇼핑백 올린다. 초콜릿. 디퓨저. 경이 원피스) 짠!! 여러분 내가 뭘 사왔게요?

경   뭔데?

홍 아   이리 와봐! (식탁 테이블로 간다.) 언니두!! (경에게) 경아! 나 입봉한다. 대본 미니시리즈로 고친 거 박 대표한테 주구 오는 길이야.

경   축하한다. 공모 당선되니까 일사천리네!

홍 아   그러니까. 어려운 턱을 하나 넘으니까 쭉쭉 풀리는 거 같아. (현수에게) 언닌 어떻게 하기루 했어?

현 수   (경이 말하기 전에) 나두 준비해야지.

홍 아   좀 쉬어두 될 텐데. 대단하다!

경   (초콜릿, 디퓨저는 꺼내며) 뭐가 이렇게 많냐?

홍 아   그거 맛보기! (경이 원피스 꺼내며. 경에게) 이게 진짜지!

경   (놀라 좋아) 하아! 내 거야?

홍 아   어 니 거! 예쁘게 입으면 기분 전환되잖아!

경   지홍아 쨩!! 근데 기분이 나쁜 건거지! 니가 뭘 사오면? 그렇다 그랬지 언니?

현 수   (대본 시놉시스 다 챙겨 자신의 방으로 가면서) 그럼 놀다 가.

홍 아   ....

씬19. 동 현수 방 안

현수, 들어오고. 노크 E 홍아, 얼굴 삐죽이 내민다.

홍 아   언니! 아직두 나한테 화났어?

현 수   (보는)

홍 아   (들어온다) 생각해보니까. 언니가 먼저 나한테 정선이 안 좋아한다구 했던
        거 같아. 그러니까 언니하구 정선이 사이는 내가 잘못한 거 없는 거 같은데.

현 수   그걸 지금 따져서 뭐 해?

홍 아   언니가 그걸루 상처받았다니까 내가 생각한 거지 뭐. 난 진짜 박 대표님
        하구 언니하구 결혼할 줄 알았어.

현 수   그 얘긴 이제 하지 말자. 지난 일이야.

홍 아   지난 일이라면서 왜 날 따뜻한 눈으루 안 봐줘?

현 수   내 감정두 시간이 필요해.

홍 아   언니 작업실 안 들어가. 반칙형사두 안 들어가기루 했어. 언니 감정 거슬
        리지 않게 나두 노력한다구.

현 수   ....(아우 정말 아주 내쳐지지도 않고)

홍 아   경이 보다 나랑 먼저 친했잖아. 우리 둘이 같이 보낸 시간 있잖아. 언니
        그거 잊음 안 된다.

씬20. 굿스프 주방 — 밤

정선, 굴/ 팝/ 샴페인 만들고 있다. 씬15 조리된 굴에 팝핑 슈가, 석류와
허브를 올린다. 정선, 먹어본다. 만족스럽다. 옆에 있는 핸드폰으로 문자

보낸다. '뭐해 뭐해 뭐해'

정 선   (E) 뭐해 뭐해 뭐해

씬21. 현수 집 현수 방

현수, 글 쓰고 있다. 착한 스프는 전화를 받지 않는다. 시놉시스. 기획의도. 1. 요리에서 온도는 중요하다. 국물 요리가 가장 맛있을 땐, 뜨거울 때 60~70도. 차가울 땐 12~5도 정도다.

현 수   (E) 요리에서 온도는 중요하다. 국물 요리가 가장 맛있을 땐,

문자 메시지 E 현수, 보면. 정선의 문자 메시지 '뭐해 뭐해 뭐해'

현 수   (E) 보고 싶어 보고 싶어 보고 싶어 (미소. 문자에 답한다. 뭐해 뭐해 뭐해)
현 수   (E) 뭐해 뭐해 뭐해

씬22. 굿스프 주방

정선, 굴/ 팝/ 샴페인. 플레이팅 한다. 문자음 E 보면 현수다. '뭐해 뭐해 뭐해'

정 선   (E) 보고 싶어 보고 싶어 보고 싶어 (둘 만의 신호. 현수, 귀엽다) (문자 메시지 보낸다. 잠깐 볼래? 내가 갈게)
정 선   (E) 잠깐 볼래? 내가 갈게.

씬23. 현수집 앞/ 골목길/ 굿스프 앞 골목길 — 밤

현수, 나와서 자전거를 탄다. 정선 집을 향해 고고씽! 신난다.

현 수   (E) 내가 갈래. 정선 씨 하루 종일 일했잖아! 피곤하잖아!

씬24. 굿스프 앞

현수, 온다. 정선, 자신의 자전거를 타고 온다.

현 수   안 힘들어?
정 선   힘들어야 돼?
현 수   아니 힘들 거 같아서. 셰프 일과 빡세던데. 새벽부터 밤까지!
정 선   알아줘서 고마워! 이 동네 자전거 타기엔 좋아. 특히 밤에 둘이!
현 수   (질투 살짝) 둘이? 누구랑 둘이 타봤는데?
정 선   탈거야 이현수하구 같이!

정선, 자전거 움직인다. 현수, 정선을 따라간다.

씬25. 북촌 골목

정선과 현수, 두 사람 나란히 자전거를 찬다. 앞서거니 뒤서거니. 달빛이
사랑의 증인이 되어주고 있다.

씬26. 운동장

정우, 자동 공 던지기에서 나오는 공을 받아 치고 있다. 시원하게 날아가

는 공.

씬27. 굿스프 주방

불 켜지고 정선, 들어오고. 현수 들어온다. 빠스에 놓인 굴/ 팝/ 샴페인.
먼지 쌓이지 않게 뚜껑 덮여 있고.

정 선   돌아다니니까 배고프지! 이리 와봐!

현 수   (따라 들어오며) 뭔데?

정 선   (뚜껑을 올린다. 나타나는 굴/ 팝/ 샴페인) 새로 개발한 메뉴야. 오랜만에
       테스터 좀 해주시죠!

현 수   우선 비주얼은 합격입니다. (집어서 먹는)

정 선   굴, 팝, 샴페인 그라니타! 그라니탄 이탈리아식 얼음과자야.

현 수   (맛있다. 리액션) 으음! 입안에서 톡톡 튀기는 샴페인 맛이 나네.

정 선   보통 굴에 샴페인을 곁들여 먹는데. 둘을 합쳐서 하나루 만들었어.

현 수   맛있다! 맛있어! 너무 훌륭하다!

정 선   뭐가?

현 수   이런 걸 어떻게 생각하지?

정 선   작가두 마찬가지잖아.

현 수   나두 자랑할 거 있다! 유혜정이라구 알아? 한류 스타 20대 최고 배우!

정 선   잘 모르는데. 찾아볼까? (하면서 유혜정 치면 배우 나오고)

현 수   박 대표님이 내 작품 보냈는데. 너무 좋다구 날 만나구 싶어 한대.

정 선   현수 씨 글 좋다니까! 레어스테이크 먹는 남자두 재밌었어.

현 수   그거 봤어?

정 선   찾아봤어. VOD루. 홍아가 알려줬거든 당선 소식!

현 수   아아 기분 너무 좋다. 집나간 자신감들이 조금씩 돌아오구 있어요. 그런
       의미루 (굴/ 팝/ 샴페인 들고) 부딪칠까?

정선, 굴/ 팝/ 샴페인 들고. 현수가 들고 있는 굴/ 팝/ 샴페인과 부딪친다.

두 사람 먹는. 지금 이 순간을 아름답게.

씬28. 정우 사무실 안

정우, 술 마신다. 온 더 락. 치즈 안주. 책상 위엔 '착한 스프는 전화를 받지 않는다. 시놉시스와 대본 2개. 술 마시면서 시놉시스 든다. 뚫어져라 본다. 창밖을 본다.

정 우 착한 스프! 굿스프!

씬29. 현수 집 안 거실

현수, 샤워하고 나왔다. 핸드폰 E 발신자 '박정우'

현 수 (시계 본다. 11시 20분이다. 전화 받는) 네 대표님!
정 우 뭐 해?
현 수 (샤워하고 나왔단 말 못 하겠어서) 그냥 있어요.
정 우 사무실루 와!
현 수 (놀란) 네? 지금 이 시간에요?
정 우 어.
현 수 왜요?
정 우 이제부터 관계 변화 갖자구 하지 않았나! 얘기 좀 하자! (끊는)
현 수 ....

씬30. 정우 사무실 복도/ 정우 사무실 안

현수, 걸어오고 있다. 정우 사무실 앞에서 노크한다.

씬31. 정우 사무실 안

정우, 창밖에 서 있고. 술 마시는. 현수, 들어왔다. 정우, 본다.

정 우 뭐 타구 왔어?

현 수 제 차루 왔어요. (정우 보고) 회사에 무슨 일 있어요?

정 우 걱정되는 얼굴이다. 맞아?

현 수 네 쫌. 요즘 좀 다르신 거 같아요.

정 우 그래두 나한테 전혀 관심 없는 건 아니구나.

현 수 감사하구 있어요.

정 우 (보면 또 좋다. 착한 스프 대본 툭툭 치며) 작업 잘 돼가?

현 수 열심히 하구 있어요.

정 우 취재는?

현 수 굿스프에서 하구 있어요.

정 우 굿스프? 온 셰프가 잘 도와줘?

현 수 네 잘 도와줘요.

정 우 (보는)

현 수 (보는)

정 우 확인했어. (하면서 소파로 간다) 못 데려다준다. 술 마셔서.

현 수 힘든 일 있음 말씀하세요. 제가 도울 일 있음 도울게요.

정 우 안 되겠다. 내가 오늘 감정을 제어 못 했어. (현수 옆을 지나 문으로 간다)

현 수 대표님은 집에 안 가세요?

정 우 안 가. 여기서 잘 거야.

현 수 (힘든 일이 있나 보다)

정우, 문을 열고. 나가라는 듯이. 현수, 문으로 간다. 정우, 같이 나간다.

씬32. 정우 사무실 밖 복도 엘리베이터 앞

정우, 현수와 같이 걷는다. 엘리베이터 버튼 누른다. 둘이 기다린다.

정 우   오늘 고마웠어.

현 수   (보는) 모든 걸 혼자 감당하려구 하지 마세요. 저 의논 상대될 수 있어요.

정 우   (너 땜에 그러는데 무슨)

엘리베이터 문 열린다. 정우, 탄다.

정 우   타! 주차장까지 갈게.

현 수   (타는)

씬33. 동 엘리베이터 안

정우와 현수, 있다.

현 수   회사 어려워요? 반칙형사 조기종영해요?

정 우   조기종영까진 안 갈 거 같아.

현 수   신하림 보는 맛이 있어서. 지금보다 더 밑으론 안 떨어질 거예요 시청률.

정 우   지금 위로해주는 거야?

현 수   대표님한테 위로가 된다면 할 수 있는 데까지 해요. 사람한테 마음 주는 거 잘했다는 생각하게 해드리구 싶어요.

정 우   (좋은 사람이다 얘는) ....내가 옛날에 프로포즈 했을 때. 이상했어? 사귀지두 않으면서 프로포즈 먼저 했잖아.

현 수   그런 일엔 정답이 없는 거 같아요. 어릴 땐 사랑이 신뢰라구 생각했는데 그거 아닌 거 같아요. 사랑과 신뢴 다른 단어구. 신뢰하지 않아두 사랑할 수 있는 거 같아요.

정 우   결혼은 신뢰해야 할 수 있어. 아무리 사랑해두 어려운 일이야.

현 수   좋은 여자 만났음 좋겠어요. 좋은 남자니까.

엘리베이터 문 열린다.

현 수   (내리며) 이젠 나오지 마세요. 혼자 갈게요. 집에 가서 주무세요. 왜 차가
         운 사무실에서 자요?
정 우   ....

엘리베이터 문 닫힌다. (F.O)

씬34. 굿스프 테라스 (F.I) ─ 이른 아침

정선, 허브 따고 있다. 영미, 온다.

영 미   아 너는 어떻게 꼭 올 때마다 맨날 풀이나 따구 있니? 영감처럼!
정 선   요즘 자주 온다! 민 교수 학기 시작해서 여기루 출근하는 거야?
영 미   다니엘 오늘 강의 없어. 같이 왔어 서울 볼일 있어서. 굿스프에서 아침 얻
         어 먹구 가려구.
정 선   굿스프 지금 아침 못 해. 사다 먹어.
영 미   너네 집에 식재료 많잖아. 내가 만들어 갖구 나오지 뭐. 비밀번호 뭐야?
         물론 안 가르쳐주겠지만. 한번 말해봤어.
정 선   (어이없는)
영 미   다니엘한테 사오라 그럴게. 됐지?

씬35. 현수 집 거실 식탁 테이블/ 굿스프 테라스

현수, 컴퓨터에 앉아 시놉시스 쓰고 있다. 남자 주인공 박해영. 여자 주인
공 김연우. 기획의도 3. 전문 주방의 세계는 남자들의 세계다. 계급이 확

실하고 셰프 수셰프 각 파트를 담당하는 담당자들로 이뤄져 있다. 해영은 이 주방에 혁신적인 리더십을 도입한다.

현 수　(E) 전문 주방의 세계는 남자들의 세계다. 계급이 확실하고 셰프 수셰프 각 파트를 담당하는 담당자들로 이뤄져 있다.

핸드폰 E 발신자 '어머니' 영미, 다니엘과 있다.

현 수　(발신자 보고 놀라고 받는) 여보세요?
영 미　여보세요?
현 수　네 어머니 말씀하세요.
영 미　전화되는구나! 전화 안 와서 전화가 잘못됐나 했어.
현 수　(전화해야 됐었나) 네에.
영 미　난 지금 굿스프 와서 브런치 먹구 있어.
현 수　네 저두 굿스프 갈 일 있어요. 요즘 드라마 때문에 거기서 취재 중이거든요.
영 미　아 그래 그럼 잘됐다. 이따 보면 되겠다.
현 수　(뭔가 잘못됐다) 네 그럼 이따 뵙겠습니다.

씬36. 굿스프 테라스

영미, 있다. 영미, 전화 끊고. 다니엘 온다. 손엔 커피와 도넛 사들고.

다니엘　이 근처에 도넛 가게 없어서 저 아래까지 내려갔다 왔어. (테이블 위에 놓는다)
영 미　잘했어.
다니엘　온 셰프두 오라 그랬어. (정선 오는. 보고) 왔네!
영 미　(다니엘이 고마운) 앉아! 다니엘 아니 민 교수가 널 끔찍이 생각한다 그래두. (사온 거 나눠주고)

정 선	(앉는) 일해야 돼서 잠깐 앉아 있다 내려갈게요.

다니엘	(정선에게) 샷 두 개 했어. 내가 두 개루 마셔서.

정 선	네 괜찮습니다. (마시는)

영 미	현수한테 전화했다! 잘했지!

정 선	(안 잘했다.)......

영 미	언제 결혼할 거야? 현수 나이가 있는데 빨리 해야지.

정 선	(그런 가).....

다니엘	결혼을 왜 나이루 해? 결혼은 늦을수록 좋은 거구 안 할수록 좋은 거야.

영 미	자기 첫 결혼은 스물다섯에 했다며? 마흔하나에 또 결혼하구. 자기가 두 번이나 하구 내린 결론을 왜 온 셰프한테 강요해?

다니엘	내가 언제 강요했어? 내 의견을 말한 거잖아.

영 미	의견을 너무 쎄게 말했잖아. 그럼 강요한 거지. (정선에게 말하지만 다니엘에게 하는 말이다.) 현수가 말은 못 꺼내두 결혼 바랄 거야. (다니엘 보며) 니가 나이가 어리니까 배려해줘야지.

다니엘	(나보고 말하는구나)

정 선	전 그만 내려갈게요. (내려가는)

다니엘	지금 그거 나보구 한 얘기지?

영 미	아냐. 결혼식두 안 하구 혼인신고두 안 하구 살아두 우리 서로 사랑하잖아. (사실은 안 된 거다) 그럼 된 거야.

다니엘	근데 왜 자꾸 혼인신고 하잔 얘기루 들리지?

영 미	그런 말은 참 잘 알아듣는다 자기!

다니엘	(그럴 줄 알았다. 커피 마신다. 뜨겁다) 아 뜨거!

씬37. 굿스프 밖 일각/ 현수 집 방

정선, 전화한다. 현수에게. 신호음 간다. 현수, 나갈 준비 다 했다.

현 수	여보세요? 그렇잖아두 지금 나가려구 했어.

정 선	엄마 전화했었어?

현 수	어! 지금 나가는 길이야. 보자구 하셔서.
정 선	나오지 마. 내가 얘기해줄게.
현 수	내가 어린애두 아닌데 내 의산 내가 말하게 해줘. 그럼 안 돼?
정 선	....돼.
현 수	어머니하구 만나구 어머니 알아가는 거. 정선 씰 더 잘 알구 깊게 사랑할 수 있는 기회라구 생각해.

씬38. 굿스프 홀

정선, 들어온다. 수정, 정선에게 온다.

수 정	계속 예약률이 떨어지구 있어요.
정 선	오늘은 70% 좌석 예약이지?
수 정	네. 낼은 50%로 떨어졌어요. 방송 이후 계속 만석이었는데.
원 준	(나온다) 계속 떨어지지 예약?
수 정	네.
원 준	방송을 한 번 더 나갈 수 있잖아. 저번에 이겼으니까!
정 선	이미 방송국에 얘기했어. 안 나가기루.
원 준	큰났다! 입소문 진짜 무서운 건데!
정 선	이럴수록 침착하자! 좀 잠잠해지면 나아질 거야. (안으로 들어가는)
수 정	셰프님이 아직 상황 파악 못 하신 거 같아요.
원 준	무슨 생각이 있겠지!
수 정	수셰프님이 TV에 나가는 건 어때요? 셰프님 못지않게 인기 끌 수 있을 거예요.
원 준	현실은 나한테 아직 그런 기회가 안 온다는 거야! 잘 봐줘서 고마워 수 정 씨!

씬39. 백화점 보석 가게

정우, 진열대 안의 상품 보고 있다.

직 원 대표님! 뭘 도와드릴까요?

정 우 장식 필요없구 단순 링으루 보여줘요.

씬40. 굿스프 홀

현수와 경, 들어온다. 경, 홍아가 사준 원피스 입었다. 수정, 맞이한다. 서로 인사. 현수와 경, 홀 보면서.

현 수 (안을 보며) 온 셰프님 어머님 안 계세요?

수 정 2층 테라스에 계신 거 같은데요.

현 수 근데 오늘은 손님이 좀 적은 거 같아요. 혹시 알러지 사건 땜에 그래요?

수 정 어떻게 아셨어요?

현 수 자료 조사하는 중에 발견했어요. 아무래두 굿스프가 드라마 배경이니까.

경   진짜 이런 일 땜에 손님 떨어질 수두 있어요?

수 정 요식업은 입소문이 무서워요. 더구나 파인다이닝은 오시는 손님들이 거의 정해져 있거든요.

현 수 ······

경   주방 막내 민호 씨 인터뷰 하려면 언제 해야 돼요?

민 호 (E) 별루 힘든 거 없어요.

씬41. 굿스프 주방 밖

민호, 식재료 받은 거 주방으로 옮기고 있다.

민 호	힘들지 않다구 주문을 외워요!
경	(옆에 따라가며) 이 안에서 사귀는 사람은 없어요?
민 호	제가 그 방면엔 좀 촉이 있는데요. 수정이 누나가 좋아하는 사람은 있는 거 같아요.
경	누군데요?

씬42. 굿스프 일각

홍아, 있다. 원준, 나온다. 손엔 쇼핑백. 디저트 케이크.

원 준	(주며) 여깄어. 별걸 다 시킨다. 취재 갈 때 가져갈 케익까지 만들어달라구 하구!
홍 아	잘 보여야 돼. 이 사람이 취재 안 해줌 글 쓰는 데 지장 있단 말야. 방송 되면 오빠 이름 올려줄게. 최원준 요리 자문.
원 준	됐구! 잘나갔음 좋겠다. 잘나가게 되면 아무래두 여유가 있어지지 않겠냐! 현수 누나 보조 작가 시절이 최악이었어. 대학 다닐 때 정도루 가주라. 고만큼만 달라져줘!
홍 아	달라진다구 오빠한테 가진 않아.
원 준	누가 나한테 오래? 니가 우리 관계 주도권 가진 거 같지? 아냐! 우리 둘 안 만나면 누가 아쉬울 거 같아? 너야.
홍 아	발끈하는 성질 좀 고쳐!
원 준	(기막힌) 적반하장이다! 넌 애가 진짜 얘기하다 보믄 어이가 없어서 웃게 돼. (웃는다) 이것두 재주면 재주다! (어이없어 웃는)
홍 아	(부드럽게) 그렇게 웃어! 내가 지랄을 하더라두 오빠 웃으라구! 간다! (가는데. 그 시선으로 경이 주방에서 나오는 모습이 보인다.)

홍아, 경에게로 가고 경은 카운터로 간다. 수정, 홍아와 원준을 보고 있었다. 안 보는 척하면서. 핸드폰 검색하면서.

씬43. 굿스프 카운터

수정, 핸드폰 검색하고 있고. 경, 오면서

경   언니! 브레이크 타임엔 뭐 하세요 다들?

수 정   저녁 프렙 전까진 각자 개인 시간이죠 뭐. (홍아 오는 거 봤다)

경   말 놓으세요. (하면서 수정의 시선을 따라 보는 홍아다)

홍 아   너 여기서 뭐 해?

경   취재한다!

홍 아   무슨 취재? 언니 요리 얘기 써?

경   엉!

홍 아   지금 취재하면 내년에나 하겠다. 경아! 난 올해 들어간다.

경   언니두 올해 들어갈 수 있어. 시놉하구 대본 두 개나 있어.

홍 아   (부지런도 하다) 언제 썼어?

경   몇 년 전에 써놓은 거라던데.

홍 아   옷 예쁘다. 역시 난 보는 눈이 있어.

경   보는 눈이 있지. 여기 왜 왔어?

홍 아   취재원 줄 케익 원준 오빠한테 만들어달랬어. (시계 보고) 이제 가야겠다.
        (수정에게) 언니 저 갈게요. (가는)

수 정   (인사)

경   참 부지런하다. 너 같은 애가 안 됨 누가 되겠니!

수 정   잘난 거 다 좋은데 수셰프님한테 함부루 하지 않았음 좋겠어요.

경   (보는. 이 사람인가. 원준 수셰프를)

씬44. 굿스프 테라스

영미, 잡지 보고 있다. 차 마시면서. 정선이 나온 잡지. 현수, 올라온다.

현 수   안녕하세요?

영미	어. 앉아라.
현수	네.
영미	(잡지 주며) 이거 봤니? (정선이 인터뷰 나온 거 보여주며)
현수	(받아서 보며) 못 봤어요. 와우! 잘생겼다!
영미	그렇지! 내가 낳았어. 지금까지 한 일 중에 젤 잘한 거 같아. 두 번째 잘한 게 이혼이구.
현수	(바로 혹 들어오니까)
영미	이혼하구 사람답게 살았어. 왜 그렇게 이혼 안 하려구 버텼는지. 우리 정선이가 젤 힘들었어.
현수	열다섯 살 때라구 들었어요.
영미	그 나이에 걔가 날 지켜줬다니까! 너무 일찍 어른이 돼버려서 안됐지만 어쩌겠어. 모든 사람이 갖구 태어난 운명이란 게 있잖아.
현수	반듯하게 잘 자랐어요. 제가 배울 점이 많아요.
영미	쇼핑 가려는데 같이 갈래? 민 교순 특강 있어서 갔구, 정선인 일해야 되잖아.
현수	쇼핑 꼭 같이 다니세요?
영미	그런 건 아니구 친해지려면 뭘 같이 해야 되잖아.
현수	어머니 근데요. 저 뭐 좀 여쭤봐두 돼요?
영미	뭐든 물어봐.
현수	왜 저하구 친해지려구 하세요?
영미	같이 연하남을 만나는 공통점이 있잖아. 우리 아들하구 사귀기두 하구. 커플루 만남 좋을 거 같아. 민 교수하구 내 사이두 더 좋아질 거 같아.
현수	………
영미	우리 민 교수가 날 엄청 행복하게 해주거든. 근데 정선인 맨날 일만 하니까. 엄마로서 생각해보니까 안됐어. 우리 아들두 누가 행복하게 해줬음 좋겠다 그런 생각이 들었어. 현수 얘기할 때 얼굴이 환해져.
현수	아 그래요?
영미	그렇다구 그렇게 바루 좋아하는 티를 내니? 맘에 들게!
현수	(미소)
영미	난 가식적인 애들은 딱 질색이야.

현 수	저 근데 일해야 돼서 쇼핑 못 가요. 드라마 준비 중이거든요.
영 미	솔직한 거 좋다구 했더니 너무 솔직하게 군다.
현 수	어머니 첨에 쫌 무서웠거든요. 근데 다시 만나 뵈니까 소녀 같으세요!
영 미	그런 말 많이 들어.

씬45. 굿스프 주방

정선, 정우에게 줄 디저트 케이크 스케치하고 있다. 원준, 들어온다.

원 준	디저트 케잌 개발하게? 꼭 숲속에 길 같다.
정 선	정우 형 프로포즈에 쓸 케잌! 스케치해보는 거야.
원 준	박 대표님 결혼해?
정 선	오랫동안 마음에 둔 여자가 있는 거 같아. 숲길 컨셉이야. 정우 형이 사랑하는 여자랑 꽃길만 걸으라구! 내가 응원해주는 거야.
원 준	누군지 되게 궁금하다.
정 선	쫌만 참아. 토요일에 형두 볼 수 있어. 굿스프에서 할 거니까.
현 수	(E) 똑똑똑
원 준	누나?
현 수	안녕!
정 선	왔어?
현 수	어 왔어. 뭐 해?
정 선	프로포즈용 디저트 케잌 만들려구 우선 스케치하구 있어.
현 수	(옆에 오며) 아아 요리하기 전에 먼저 이렇게 그려 보는 거야?
정 선	어. 보는 것두 맛의 일부니까. 뭐 같아?
현 수	숲길 같은데!
원 준	나 나갈게. 누나 저 나가요! (아무도 자길 안 본다. 부럽다. 나가는)
현 수	(그림 보며) 꽃이 더 많았음 좋겠다. 숲길이니까.
정 선	못 할 거 없지! (하면서 꽃을 그려 넣는다)
현 수	나두 해봄 안 돼?

정 선	돼! (하면서 펜 주는)
현 수	(펜으로 그린다)

두 사람 미소.

씬46. 건강검진 센터 안

미나, 민재와 함께 건강검진 받고 있다. 가운 입고, 피 검사와 흉부 엑스레이를 찍고, 위 내시경 받기 위해 이동하는.

민 재	당신 요즘 계속 머리 아픈데. 머리 CT두 추가로 선택할 걸 그랬나.
미 나	됐어. 그 정도 두통 없는 사람이 어딨어.
민 재	그래두 할 때 확실하게 하는 게 좋아.
미 나	알았어. 당신 말 들을게.

씬47. 현수 집 거실

경, 앉아 있다. 노트북에 녹취한 거 정리하고 있다. 녹취한 소리. 하성, 한국 음식 먹구 싶은 거 마음대루 못 먹는 거였어요. 쉐어하우스 같이 사는 외국 친구들이 마늘 김치 된장 냄새 싫어했어요. 경, 받아 적고 있다. 현관 벨 E 경, 문 열어주러 간다. 문 여는. 준하 들어온다.

준 하	아 피곤하다! (하면서 소파로 가서 눕는다)
경	뭐예요 감독님!
준 하	한 시간만 자구 나갈 거니까 황보 작간 황보 작가 일해요.
경	여기가 감독님 집이에요? 왜 틈만 나면 여기루 와요?
준 하	현수 온 셰프랑 사겨요?
경	(녹취 작업 하면서) 남의 사생활을 감독님이 알아서 뭐 하시게요?

준 하   현수랑 나랑 더 오래된 친구거든요. 정우 형은 뭐가 돼?

경   박 대표님 현수 언니 좋아해요?

준 하   오래됐어요. 잠 다 깼네. (일어난다) 라면 하나만 끓여봐요.

경   끓여 드세요.

준 하   알았어요. (주방 가서, 라면 꺼내려고 냄비 찾았다. 막상 끓이려니까 섭섭. 냄비들을 일부러 떨어뜨린다.) 아! 어떡하나! (경 본다)

경   (오는) 아 진짜! 감독님 애예요? 저리 가요. (하면서 냄비 줍는)

준 하   손이 미끄러졌어요.

경   가세요. 앉아 있음 라면 끓여줄 테니까!

준 하   (가지 않고 보는) 경아 씬 참 착해요.

경   (보는) 경아 아니구 경! 이구요! 저 착하단 소리 진짜 안 좋아하구요. 안 좋아하는 말 자꾸 하는 사람두 안 좋아해요.

준 하   나빠. 못됐어. 이제 맘에 들어요?

경   그냥 말을 하지 마세요 저한테!

준 하   왜케 날 싫어하냐?

경   나만 싫어하는 건 아닐 거 같은데요.

준 하   인정! 오죽하믄 결혼한 지 1년두 못 돼 버림받았겠어요?

경   진짜 아무렇지두 않은 거예요? 아님 일종의 방어기제? 남이 들쑤시기 전에 내가 먼저 간다! 그러면서 맘 숨기는 거예요?

준 하   대충 맞아요. 아니 이 정도 심리분석 해낼 수 있는데 왜 보조만 6년째예요?

경   보조만 10년 하는 사람두 있거든요! 내가 아주 오래하는 건 아니라구요! 그리구 뭐든 때가 있는 거예요.

준 하   (호감 가는) 나 눈 예쁘지 않아요?

경   눈 예쁜 사람 소개해줄게요. 저기 굿스프란 식당에 가면 온정선 셰프란 남자가 있어요.

준 하   싫어요 온정선! 정우 형과 나의 주적이에요!

경   (물 끓이며) 진짜 주적 같은 소릴 주접같이 하구 계시네요!

준 하   지홍아 작가랑 친구죠! 지 작가는 입봉해요!

경   걔랑 저 비교하지 마세요. 걔는 내 자신감 도둑이에요.

씬48. 대기업 00회사 로비

홍아, 들어온다. 원준에게 받은 케이크 들고. 자신감 있는. 안 과장 맞이
한다.

안 과장 (정중히 인사하는) 안녕하세요? 작가님!
홍 아   뭐 하러 여기까지 내려오셨어요? 제가 올라갈 텐데. (걸어가는)
안 과장 (따라가는) 아버님께서 신신당부하셨습니다. 잘 도와드리라구!
홍 아   신입사원이면 좋겠어요. 주인공 라이벌이 신입이거든요.
안 과장 언제 방송 나와요?
홍 아   아직 정해지진 않았지만 올해 안에 할 거예요.

씬49. 굿스프 홀―밤

손님 있다. 반 정도 채워진. 정선, 나와서 본다. 맛있게 식사하고 있나. 정
선, 손님 석에 간다. 먹는. 정우, 혼자 밥 먹고 있다. 굴/ 팝/ 샴페인.

정 선   안녕하세요? 오랜만에 오셨네요.
손 님   출장 다녀왔어요. 이제 방송 또 안 나와요?
정 선   안 나갑니다! (굴/ 팝/ 샴페인. 가리키며) 어떠세요?
손 님   맛있어요. 지중해 가서 샴페인하구 굴하구 따루 먹을 때랑 좀 다른데 아
         주 다른 거 같아요.
정 선   (인사하고. 정우에게 간다)
정 우   (굴/ 팝/ 샴페인 먹고 있다)
정 선   형 혼자네! 바쁘신 분이 어떻게 약속이 없어?
정 우   요즘 웬만하면 약속 안 만들어. 이거 맛 보완됐다. 첨에 만든 거보다 훨씬
         낫네.
정 선   (정우 가리키며) 좋은 테스터 때문이죠!
정 우   끝나구 차 한 잔 하자.

씬50. 굿스프 테라스—밤

정우, 맥주 마시고 있고. 정선, 옆에서 같이 마시는. 뷰 보면서.

정 우   손님 많이 줄었다.

정 선   다음 달에 메인 요리 바꿔봐야 되겠어.

정 우   요리의 문제가 아닌 거 같은데. 현실 직시 안 하는 거야?

정 선   이제 문젤 현실적으루 푸는 방식에 대해 회의적이야. 결국 본질은 그게
        아니란 생각이 들어. 곁가지 바꿔봐야 결국 제자리 같아!

정 우   (보는. 맘에 드는 애다. 얘 자체로)

정 선   ....

정 우   식당 이름 말야.

정 선   어어.

정 우   왜 굿스프라구 했어? 온정선두 있구 온정성두 있구 애정선두 있구 여러
        가지 있을 거 같은데.

정 선   온라인에서 난 착한 스프루 활동해. 온라인 닉네임이야.

정 우   스프가 왜 착하냐?

정 선   (웃는) 스프가 우리 음식으루 치면 국하구 비슷하잖아. 국 하나만 있어두
        밥 먹잖아. 착한 거 좋아해. 요리하구 싶었어. 착하다는 우리나라 말. 스프
        는 외국 말. 동서양의 만남!

정 우   (피식) 이름 하나에 그렇게 공정과정이 복잡했던 거야?

정 선   쉽게 지은 이름 아니라구!

정선, 정우에게 짠 청하고. 둘이 짠 하는.

정 우   (어떻게 풀어야 하나 이 관계를.)......

정 선   ......

정 우   (반지 꺼낸다. 정선에게 준다) 이거!

정 선   (받는다)

정 우   프로포즈 반지야. 니가 갖구 있다가 요리하구 같이 내줘.

정 선	심플하구 이쁘다. 군더더기 없구. 나두 프로포즈할 때 이런 반지 주려구 생각했었는데. 형이 먼저 하네.
정 우	정선아!!
정 선	엉!!
정 우	너 내가 좋아하는 거 아냐?
정 선	형은 알아 내가 좋아하는 거?
정 우	알아.
정 선	나두 알아.
정 우	근데 말야. 인생엔 각자 갖구 있는 우선순위가 있잖아. 지금까지 살아오면서 좋았던 관계가 틀어지는 거 많이 봤다.
정 선	나두 많이 봤어.
정 우	우린 어떨까. 우리가 만약 틀어진다면
정 선	(O.L) 왜 만약을 생각해? 지금 좋잖아. 그때 가서 생각해 그건. 근데 형 나는 형이랑은 안 틀어질 거 같아.
정 우	왜?
정 선	형이니까!
정 우	(심장 쿵)........
정 선	지금 심쿵했지!
정 우	(피식) 그래두 멈출 순 없다. 끝까지 가서 뭔지 알아야겠어!
정 선	무슨 뜻이야?

정우, 짠 하자는. 정선과 정우 짠 하고. 밤하늘. (F.O)

씬51. 현수 집 앞 골목—새벽 (F.I)

현수, 뛰고 있다. 굿스프 지나면서.

현 수	(마치 정선에게 인사하듯) 안녕 자기! 나 일찍 일어났어! 일하려구! 파이팅!

씬52. 굿스프 주방

원준, 하성, 민호, 경수, 프렙하고 있다. 정선, 애들 도와주며

정 선   (경수에게) 퓨레 만들어놓은 거 아직 많이 있지!

경 수   네 셰프!

정 선   상태 미리미리 체크해! (하성에게) 하성! 해산물 남은 거 상태 잘 봐! 아니다 싶음 그냥 버려.

하 성   네!

씬53. 정우 사무실 안

정우, 창밖을 보고 있고. 홍아, 들어온다.

홍 아   대표님 저 왔어요!

정 우   아주 좋아 보이네요!

홍 아   하구 싶은 일을 하니까요. 어제 취재했어요. 오늘은 온종일 대본 쓸 거예요. 왜 보자구 하셨어요?

정 우   대본 읽어봤어요.

홍 아   (살짝 긴장)

정 우   재밌던데요.

홍 아   재밌다구 했잖아요.

정 우   배우 접촉할게요. 입봉작이라 스타여야 된단 점 숙지하구 있어요. 캐스팅에 힘줄 거예요.

홍 아   감사합니다. 연출은요?

정 우   (좀 난감) 아아... 연출은? 연출 엄청 중요해요. 배우들이 작가만 보구 드라마 하겠다구 하지 않아요. 물론 스타 작가면 다르겠지만.

홍 아   그래서 누구냐구요?

정 우   맞는 상대 찾았어요. 지금은 말해줄 수 없구 나중에 얘기해줄게요.

홍 아	현수 언니 작품 곧 들어가요? 요리 드라마 하는 거 같던데.
정 우	대본 수정하구 있으니까 대본 나오면 다시 얘기해야 돼요.
홍 아	대표님 신뢰하구 있어요. 신뢰해야 하는 게 우리 계약 조건이잖아요. 원칙 잊지 마세요. 언니 작품 땜에 제 작품 조금이라두 소홀하다 싶음 가만 안 있어요.
정 우	알아요. 말 안 해두. (일어나는) 그럼..
홍 아	언니랑 정선이. 온 셰프! 둘이 사랑해요. 아마 두 사람 사이에 대표님이 들어갈 자린 없을 거예요.
정 우	(보는) 그거 왜 말해줘요?
홍 아	대표님이 좋으니까요. 상처 받더라두 알구 받는 게 낫잖아요. (나가는)

씬54. 정우 사무실 밖 복도

홍아, 나와서 걷는데.. 민이복 들어온다. 두 사람 마주치는.

홍 아	여기 웬일이세요? 이제 촬영 막바지 아니에요?
이 복	네 뭐! 그럼! (가는)
홍 아	(뭐지?)

씬55. 정우 사무실 안

이복, 들어오는. 정우, 앉아 있다 일어선다.

정 우	힘드시죠?
이 복	뭐 그렇죠!
정 우	차 뭐 드시겠어요?
이 복	차는 됐구. 만나잔 이유나 들어봅시다.
정 우	회사 나가신다구 들었어요. 두어 군데랑 계약 얘기 중이시구!

이 복 　근데요?

정 우 　감독님 모셔오구 싶어서요.

이 복 　나한테 감정 안 좋잖아요.

정 우 　감정은 감정이구 실력은 실력이죠! 서루 뜻이 맞으면 좋은 파트너가 될
　　　　수 있을 거 같은데요.

이 복 　차 한 잔 주세요.

정 우 　그러죠! (일어나서 자신이 커피 뽑는)

이 복 　근데 토요일두 일하시네요.

정 우 　네 오늘은 아주 중요한 일을 해야 하는 토요일이기도 합니다.

씬56. 현수 집 거실

현수, 경, 준하 회의하고 있다. 준하, 착한 스프는 전화를 받지 않는다. 시
놉시스 보고 있다.

준 하 　근데 나는 이 시점에서 의문이 드는 게 니가 사랑을 알아?

현 수 　왜 몰라?

준 하 　야아 이건 사랑 아냐. 나 첫눈에 반하는 사랑 숱해 해 본 사람이야. 그건
　　　　사랑 아니다. 욕망이야.

경 　　제가 볼 땐 경험이 다 좋은 건 아닌 거 같아요.

준 하 　건 또 무슨 말이에요?

경 　　감독님이 바람둥이라 그런 거 같다구요. 첫눈에 반하는 사랑이 왜 사랑이
　　　　아니에요?

현 수 　그러니까. 내가 이렇게 사랑에 대한 이해가 얕은 사람하구 멜로를 해야
　　　　되니?

경 　　언니 난 첨부터 반대했다.

준 하 　더구나 옆에 이런 돈 많구 잘생긴 남자가 있는데. 이건 말이 안 돼. 판타
　　　　지야! 그래서 내가 하겠단 거야. (웃는) 설레!

경 　　그죠? 설레요. 우리가 사랑할 때 하면서두 얼마나 많이 계산하구 따져요?

준 하	계산하구 따져요? 황보 작간 그럼 안 되는데.
현 수	(준하에게) 그만 좀 해. 왜 우리 경이 놀려?
준 하	난 니가 놀라운 게. 몇 년 새 이렇게 달라졌냐? 너한테 사랑은 잘 다려진 와이셔츠처럼. 반듯하구 선이 딱 있구.
경	(듣기 싫다 말이 O.L) 감독님 계란 삶아줄까요?
준 하	시끄럽구나 내 말이.
경	네!
현 수	경 파이팅!

씬57. 굿스프 주방/ 현수 집 거실

정선, 프러포즈 디저트 케이크 다 만들었다. 원준, 옆에서 본다.

원 준	우와 예쁘다. 박 대표님 프로포즌 이 케잌 땜에 꼭 성공할 거다!
정 선	(냉장고에 보관하려고 뚜껑 덮고) 아 참! (전화하는. 현수에게, 통화 버튼 누른다)
현 수	여보세요?
정 선	뭐 해?
현 수	회의! 시놉시스 다 써서 준하 오빠랑 경이랑 얘기하구 있었어.
정 선	오늘 바뻐?
현 수	아니 계속 집에 있어.
정 선	이따 저녁에 같이 밥 먹자. 시간 돼?
현 수	안 되두 됩니다. 누가 먹자는데 먹어야죠.
정 선	이따 봐. (끊는)
원 준	현수 누나두 오라구 하게?
정 선	형한테 정식으루 소개해주게. 깜짝 놀랄 거야 아마!

하면서 디저트 케이크 냉장고에 넣는다. 보관.

씬58. 도로 정우 차 안—밤/ 현수 집 방

정우, 운전하고 있다. 전화한다. 현수에게. 신호음 떨어지고. 현수, 받는다. 현수, 글 쓰고 있다. 모니터에 시놉시스 수정.

현 수 네 대표님!

정 우 지금 나와라.

현 수 네?

정 우 나오라구! 저녁 같이 먹자구!

현 수 (곤란) 아 저.. 꼭 오늘 먹어야 돼요? 저 약속 있거든요.

정 우 오늘 먹어야 돼. 덧붙여 하나 말할게. 너한텐 선택권이 없다.

현 수 알아요. (정선하고 취소해야지. 우린 다음 날 만남 되니까. 이따 만나도 되고) 알았어요. 대표님 하구 싶은 대로 다 하세요. 반칙형사 종방할 때까지! (끊는)

씬59. 굿스프 테라스/ 현수 집 방

정선, 정우의 프러포즈를 위해 식탁 꾸미고. 세팅하고 있다. 핸드폰 E '이현수'

현 수 여보세요?

정 선 왜 안 오구 전화야?

현 수 오늘 못 갈 거 같아. 갑자기 일이 생겼어. 미안해.

정 선 괜찮아. 일 봐. 나하곤 언제든 봐두 되는데 뭐.

현 수 고마워. 역시 온정선은 다정선이야!

정 선 미안하다구 남의 이름 갖구 장난치지 마세요. 이현수 씨! (끊는)

씬60. 현수 집 앞

정우, 자신의 차 밖에 나와서 서 있고. 현수, 내려온다. 정우, 조수석 문 열어준다.

씬61. 굿스프 가는 길/ 굿스프 앞

정우, 운전하고. 현수, 조수석. 에이미 와인하우스. 백 투 블랙. 정우, 차 세운다.

현 수   (보고) 어? 굿스프였어요? 우리가 가는 데가!
정 우   어. 좋아?
현 수   네 좋아요. (정선 볼 생각에) 대표님께 드릴 말씀 있다구 했잖아요. 사적인 얘기.
정 우   들어가서 얘기하자.

정우, 나가는. 현수, 나가는. 정우, 현수를 에스코트해서 안으로 들어간다.

씬62. 굿스프 홀

손님들 있고. 수정, 현수와 정우 맞이한다.

수 정   안녕하세요 대표님 작가님!
현수·정우   (인사)
수 정   셰프님이 기다리셨어요. 이쪽으로 오세요. (2층으로 안내한다)
현 수   (오는 거 알고 있나?)

씬63. 굿스프 테라스

세팅되어 있는 테이블. 수정, 현수와 정우를 테이블로 안내하려는데.

정 우   우리가 알아서 앉을게. 내려가서 일 봐요. 정식 손님두 아닌데.
수 정   (인사하고 내려가는)
현 수   (테이블 세팅한 거 보면서) 여기 왜케 예뻐요? 오늘 무슨 날인가 봐요.
정 우   ....

씬64. 굿스프 주방

주방 각자 일하고 있고. 정선은 빠스에 서서. 프린터기에서 오더지 나온다. 디너 코스 2명, 스테이크 MR.

정 선   (종이 보면서) ○번 테이블 디너 코스 둘! 스테이크는 미디움 레어로!
일 동   네 셉.
수 정   (와서) 셰프님! 박 대표님 오셨어요!
정 선   (반색) 알았어.

씬65. 굿스프 주방 밖 / 굿스프 2층 계단

정선, 나와서 굿스프 테라스로 간다.

씬66. 굿스프 테라스

정선, 왔다. 그 시선으로. 정우 앉아 있는 것이 보인다. 앞에 있는 여자. 뒷모습이 낯설지 않다. 현수와 정우, 와인 마시고 있다. 정선, 의아한. 정우,

정선 본다.

정 우	(정선에게 손 흔든다)
현 수	(아무 것도 모른 채. 왔니란 말에 정선 온 줄 알고. 환하게 뒤돌아보는)
정 선	(현수다. 현수가 저기 왜 있지. 정우 형이 사랑한 여자가 현수구나. flash back 9부 씬57. 정우, 만약 내가 좋아하는 여자가 다른 남잘 좋아하구 있어. 그럼 포기할 거야?)
정 우	(정선 보고 있다 flash back 9부 씬57. 정선, 포기할 때 포기하더라두 끝까진 가봐야지.)
정 선	(두 사람 향해 가는 flash back 9부 씬57. 정우, 나랑 같네! 그럼 그 남자가 나라구 해두 끝까지 갈래?)
정 우	(정선 보고 일어나는. flash back 9부 씬57. 정선, 당연한 거 아냐? 형은 안 그래?)
정 선	(두 사람 앞에 왔다. flash back 9부 씬57. 정우, 나두 그래)

정우와 정선의 두 사람만이 아는 마음속의 대화에 끼지 못하는 현수. 해맑은. 정선과 정우.

정 우	다시 정식으루 인사하자. (현수에게) 내가 젤 좋아하는 남자야. (현수 어깨 감싸며) 여긴 내가 젤 좋아하는 여자!
정 선	....
정 우	....
현 수	(정선을 향해 있고)

11부

21

헷갈리지도

흔들리지도 않아

23

흔들어도 변함없을까?

씬1. 굿스프 테라스—밤

10부에 이어

정선, 왔다. 그 시선으로. 정우 앉아 있는 것이 보인다. 앞에 있는 여자. 뒷모습이 낯설지 않다. 현수와 정우, 와인 마시고 있다. 정선, 의아한. 정우, 정선 본다.

정 우   (정선에게 손 흔든다)
현 수   (아무것도 모른 채. 왔니란 말에 정선 온 줄 알고. 환하게 뒤돌아보는)
정 선   (현수다. 현수가 저기 왜 있지. 정우 형이 사랑한 여자가 현수구나. flash back 9부 씬57. 만약 내가 좋아하는 여자가 다른 남잘 좋아하구 있어. 그럼 포기할 거야?)
정 우   (정선 보고 있다 flash back 9부 씬57. 정선, 포기할 때 포기하더라두 끝까진 가봐야지.)
정 선   (두 사람 향해 가는 flash back 9부 씬57. 정우, 나랑 같네! 그럼 그 남자가 나라구 해두 끝까지 갈래?)
정 우   (정선 보고 일어나는. flash back 9부 씬57. 정선, 당연한 거 아냐? 형은 안 그래?)
정 선   (두 사람 앞에 왔다. flash back 9부 씬57. 정우, 나두 그래)

정우와 정선의 두 사람만이 아는 마음속의 대화에 끼지 못하는 현수, 해맑은. 정선과 정우

정 우	다시 정식으루 인사하자. (현수에게) 내가 젤 좋아하는 남자야. (현수 어깨 감싸며) 여긴 내가 젤 좋아하는 여자!
정 선	....
현 수	(정선을 향해 있고. 약속 어긴 거에 대한 미안함).........
정 우	......
정 선	(아직도 상황 파악은 되지 않지만. 팩트는 정우의 상대가 현수)
정 우	이제 앉자 다들.

정우, 앉는. 정선, 앉는. 현수, 이상한 느낌. 뭔가 이상하다. 앉는다.

현 수	여기 올 줄 몰랐어 정선 씨!
정 선	그럼 두 분 식사 올리라구 할게요.
현 수	(웬 존댓말)
정 우	그래 그럼.
정 선	(내려가는)
정 우	....

씬2. 굿스프 2층 계단

정선, 테라스에서 내려오는. 계단에 서는. 기대는. 수정, 버섯타르트 들고 올라가는. 수정, 보는.

정 선	올라가요. (내려가는.)
수 정	(의아)

씬3. 굿스프 테라스

정우와 현수, 있다. 현수, 아무래도 안 되겠다 찜찜해서.

현 수	정선 씨하구 선약 있었는데 깼어요. 대표님이 부르셔서
정 우	(보는)
현 수	전에 제가 말씀드린 적 있는데.. 사랑하는 남자 있었는데 사라졌다구.. 그 남잘 최근에 다시 만났어요.
정 우	……
현 수	정선 씨예요. 말씀드리려구 했는데 정선 씨 다시 만나구 시작한 지 얼마 안 됐거든요.
정 우	……
수 정	(오는. 와서. 버섯 타르트 놓는다) 버섯 타르트예요.

타이틀 오른다.

씬4. 굿스프 주방

디너 서비스 타임, 각자 일하고 있다.

정 선	0번, 0번 테이블 뿌리야채 같이!
경 수	네 셉!
수 정	(들어오며) 테라스, 디저트 들어가야 될 차례예요.
정 선	……
원 준	박 대표님 애인 봤어?
정 선	…..여기 좀 맡아줘.

정선, 냉장고로 가서 프러포즈 케이크 꺼낸다. 꺼내 놓고. 주머니에 있는 정우가 준 반지 케이스 꺼낸다. 다들 바쁘게 움직이고. 혼자만의 세상. 케이스 연다. 반지가 있다. 심경이 좀 복잡하다.

씬5. 굿스프 테라스

정우, 현수 있다. 정우, 별 말 없이 와인 마시고. 현수, 뭔가 분위기가 이상하다. 불안해져서 말을 해야 한다는.

현 수   유혜정 씬 다음 주에 만나는 거죠?

정 우   어. 말했잖아.

현 수   대표님 사무실에서 만나는 거 맞죠?

정 우   나한테 말 걸어야 된단 의무감 있는 사람 같다.

정 선   (온다. 손엔 디저트 케이크 있다)

현 수   그러게요. 자꾸 제가 말을 해야 될 거 같구. 침묵이 너무 어색하구. 암튼 뭔가 이상해요.

정 우   (정선 오는 걸 의식한다. 본다)

정 선   (디저트 케이크를 놓는다.) 스페셜 케익이에요. (케이크를 테이블에 놓는다. 케이크만. 반지 없음.)

현 수   (케이크를 본다. 뭔가 이건. 어디서 본 거 같다. flash back 10부 씬45. 정선, 프로포즈용 디저트 케익 만들려구 우선 스케치하구 있어.)

정 우   이거밖에 없어? 빠진 거 있잖아.

정 선   형! 잠깐 얘기 좀 하자.

현 수   (뭔가 상황 파악 중이다. 이게 그 케이크라면. 왜 프로포즈용 케이크가 여기 있지)

정 우   (일어난다) 그러자 그럼. (현수에게) 여기 좀 있어.

현 수   (슬픈 예감이 들지만 아니길) 네.

정선, 정우와 함께 걸어간다. flash back 10부 씬45. 현수, 꽃이 더 많았음 좋겠다. 숲길이니까.

현 수   (케이크에 올려진 꽃 만져본다. 자신의 예감이 틀려야 한다.)

씬6. 정선 집 거실/ 주방

비밀번호 누르는 소리 들리고, 정선과 정우 들어온다.

정 우   무슨 얘길하려구 집까지 데리구 와?

정 선   차 한 잔 할래?

정 우   주구 싶음 줘. (앉는다)

정 선   (차 타러 움직이고. 어떻게 말을 시작해야 할까. 형이 놀라지 않게 해야
        되는데. 한편으론 형이 모르고 한 행동일까)

씬7. 굿스프 테라스/ 미나 집

현수, 벌 받고 있는 사람처럼. 케이크만 보고 있고. 핸드폰 E 아 깜짝. 발
신자 '엄마'

현 수   (받는. 반가운) 어 엄마! 엄만 어떻게 이렇게 타이밍을 잘 맞춰?

미 나   갑자기 전화해보구 싶더라. 너 지금 엄마 보구 싶었어?

현 수   어 엄마 생각났어.

미 나   집이야?

현 수   아니 밥 먹으러 왔는데 일행들이 잠깐 자릴 비웠어.

미 나   밥 먹다 왜 자릴 비워? 매너 없는 사람들인가 부다.

현 수   아니야. 그건. 암튼 엄마 고마워. 어어. 밥 잘 먹구 들어갈게요. (끊는) 엄
        마 말이 맞아. 매너 없는 사람들이야.

씬8. 정선 집 거실

정선과 정우, 차 앞에 놓고 있다. 마신. 정선, 정우가 준 반지 꺼낸다. 정우
앞으로 민다. 정우, 본다.

정 선	어떻게 얘길 시작해야 될지 모르겠어. 이 반진 내가 줄 수가 없어. 오늘 나오기로 한 내 여자 친구가 현수 씨야.
정 우	(놀라운 일 아니다. 근데 얘 바로 얘기하네) 그래?
정 선	으음.
정 우	내가 너 파리에 있을 때 꽤 갔었잖아. 두 번짼가 갔을 때 너한테 얘기했던 여자가 현수야.
정 선	...그렇구나. 그럼 그때 우리 둘 다 마음에 두구 있던 여자가 같았었네.
정 우	같았었네 아니구 현재진행형이야.
정 선	현수 씨두 프로포즌 줄 알구 나온 거야?
정 우	이 프로포즈에 현수가 책임질 일은 하나두 없어.
정 선	책임질 일은 없다구 하면 알구는 있었어? 표정 보니까 모르는 거 같던데.
정 우	몰랐어. 일루 데리구 왔어.
정 선	어떻게 프로포즐 감정 교감두 없이 할 생각했어?
정 우	내 프로포즌 근거 있어.
정 선	....
정 우	니가 현수와 만나지 않던 시기에 내가 같이 있었어. 공모 당선됐을 때. 첫 방송 끝났을 때. 아팠을 때. 크리스마스이브! 연말연시! 다른 직원들두 있었지만 같이 있었어.
정 선	....
정 우	거의 4년 정도 옆에 있는 동안 다른 남자 만나는 거 못 봤어. 일만 하더라구. 마음에 품구 있는 남자 있다는 거 알았어. 근데 그 남잔 현수 옆에 없었어.
정 선	(없었어.. 할 말 없고)......
정 우	만날 수 없다구 해두 감정 소중히 여기는 거 맘에 들었어. 그 마음이 나한테 향한다면 나한테두 그럴 거잖아. 그래서 가만있었어. 가벼운 여자 아니니까.
정 선	이건 아니겠지만. 아니었음 좋겠어. 내 여자 친구가 현수 씨인 거 알았어? 왜 이런 느낌이 드는지 모르겠지만 그런 느낌이 들어.
정 우	알았어.
정 선	(설마했지만 황당) 알았어? 알면서 나한테 반지까지 주면서 프로포즈 준

빌 시켰어?

정 우   내가 이 사실을 알고 느꼈던 고통.. 너두 가져야 공평하잖아.

정 선   내가 뭘 잘못했는데?

정 우   잘못한 거 없어. 잘못한 거 없는데 너한테 화가 나. 현수한테 화낼 순 없으니까.

정 선   (충격)........

정 우   이제 주사위는 던져졌어. 각자 자기 식대루 행동하자! 현순 내가 데려다 줄게.

정 선   아니. 현수 씬 나하구 먼저 얘기해야 돼. 우린 쌍방이니까.

씬9. 굿스프 테라스

정우, 온다. 현수, 전경을 보고 있다. 추운지 어깨를 감싼다. 뒤에 느낌이 있어 뒤돌아본다. 정우, 와서 선다. 현수, 대체 무슨 일이죠. 본다.

정 우   난 먼저 갈게.

현 수   .....네.

정 우   안 물어봐 무슨 일인지?

현 수   제가 알아야 될 일이면 얘기해줄 거잖아요.

정 우   (이러니 내가 널 좋아하지) 이 자리 내가 너한테 프로포즈 하려구 만들었어.

현 수   (아아 그래서. 케이크가. 연결.. 어떡해..) 죄송해요.

정 우   뭐가?

현 수   진작 말씀드렸어야 했는데 그 남자 만난 거.

정 우   알구 있었어.

현 수   (철렁. 알고 있는데 왜).....

정 우   너한테 진심이었어. 진심이니까 끝까지 가봐야 되잖아.

현 수   (미안하다...)........

정 우   한 번 거절당했어. 남자 여잔 아니지만 인간으루 신뢰 서로 갖구 있다구 생각해. 아냐?

현 수 ...맞아요.

정 우 신뢰 바탕으루 인생을 함께 갈 사람 결정하기두 해. 방송국에서 작가 붙였을 때. 너한테 가장 절망의 순간/ 너한테 내가 있다는 거 알리구 싶었어. 날 의지하라구. 그래서 프로포즈 결심했어.

현 수 (그런 마음인 줄 몰랐다)

정 우 프로포즈 결정하구 알았어. 여수에서 봤어 두 사람.

현 수 ....

정 우 자 이젠 내 패는 다 깠어. 지금부터 시작이라구 생각해. 너하구 나.

씬10. 운동장 — 밤 (회상. 2년 전)

현수, 야구하고 있다. 날아오는 공 치고 있다. 시원하게 날아가는 공. 정우, 옆에 있다.

정 우 우와 이제 잘 친다!

현 수 너무 재밌어요. 저 소질 있는 거 같아요. (하더니 또 날아오는 공 친다. 활짝 웃는)

정 우 이제 나두 좀 하면 안 되냐? 너만 하냐? (배트 달라는)

현 수 헤헤 좋아하면 멈출 수가 없어요. (배트 준다)

정 우 (배트 받으며) 근데 폼은 별루야.

현 수 폼까진 어떻게 못 합니다 제가! 폼은 대표님이 가지세요!

정 우 너 연앤 안 하니?

현 수 연애세포가 다 말라 죽어버렸어요. 일만 할 거예요.

정 우 (미소. 날아오는 공 멋지게 날린다)

씬11. 운동장

　　　　정우와 현수, 걷고 있다. 운동 끝난 후.

정　우　요즘 좋겠다. 이번 방송된 거 시청률두 좋구 평두 좋구!

현　수　네 좋아요!

정　우　회사루 다른 제작사에서 전화 많이 온대. 너 계약 우리 회사랑 얼마나 남
　　　　았냐구? 너한테두 많이 오지?

현　수　(오긴 좀 온다.) 쫌 요! 근데 연락 와서 만나자구 함 온엔터가 좋다구 얘
　　　　기해요.

정　우　(좋은.. 심드렁하게.) 그래?

현　수　부모가 물려준 재산으루 사업 일군 줄 알았어요 첨에. 자신의 힘으루 여
　　　　기까지 온 거 너무 대단해요.

정　우　운이 좋았지 뭐.

현　수　운두 실력이란 말 있잖아요. 되게 부지런하구 목플 정하면 그걸 이룰 때
　　　　까지 직진이구. 성공 안 할 수가 없겠어요.

정　우　왜 그러실까 오늘? 뭐 먹구 싶니?

현　수　제가 또 인정은 잘하거든요! 대표님 존경해요.

정　우　(존경한단 말에.. 세상을 다 가진 거 같은)....전에 쓰다던 미니 쓰구 있어?
　　　　반칙형사라구 했지?

현　수　네 쓰구 있어요. 6부까지 탈고했다는 건 안 비밀!

정　우　(미소) 집 안 옮겨?

현　수　옮겨요 돈 벌었는데. 전세 얻었어요 좀 넓은.

　　　　정우, 현수 걷고 있다. 정우는 이 여잘 사랑하는. 현수, 존경. 지금 조금 편
　　　　한 상대가 된 듯한.

씬12. 현수 집 거실—낮 (회상 1년 전)

현수, 홍아와 함께 식탁에 테이블 세팅하고 있다. 경, 해물찜 하고 있다.

홍 아   대표님 왜 아직 안 와?

현 수   배고파? 밥 먹자 우리. 어차피 대표님 잠깐 들른다 그랬어.

홍 아   대표님은 뭔지 모르겠어.

경   뭐가? (해물찜 갖고 오며)

홍 아   언니에 대해 왜 이렇게 미적지근해? 내가 볼 땐 좋아하는 게 확실한데.

현 수   그런 거 아니거든. 계약자와 피계약자야.

경   넌 제발 앞서 가지 좀 마라. 꼭 남자 여자루 엮구 있어. 둘 다 생각 없는 거 같은데.

홍 아   넌 멜로 쓰긴 글렀어. 그런 감각으루

경   (O.L) 야아!

현관벨 E

현 수   적절하게 끊구 들어오는 타이밍! 대표님이다!

스크린폰에 정우. 경, 문 연다. 정우, 서 있다. 기사, 손에 쇼핑백. 디퓨저 등 집들이 선물. 경 뒤에 현수와 홍아.

경   대표님! 들어오세요.

정 우   약속 있어서 가야 돼요. (기사에게 주라는. 기사 쇼핑백 갖다 놓고)

현 수   안 오셔두 되는데.

정 우   그래두 내가 축하해줘야지.

홍 아   안녕하세요?

정 우   네 안녕하세요? (현수에게) 그럼 난 간다. (가는)

홍 아   (현수 밀며) 배웅해. 너무 받아만 먹는 거 아냐?

씬13. 현수 집 밖 계단

정우, 내려오는. 현수, 같이 내려오는. 차까지 가는.

정 우   안 나와두 되는데.
현 수   감사해요. 안 오셔두 되는데.
정 우   따라 나오니까 선물 하나 줘야겠다.
현 수   또 있어요 선물이?
정 우   아직 확정은 아닌데 반칙형사 SBC에 편성될 거 같아.
현 수   신하림 한대요?
정 우   긍정적으루 보구 있다구 하는 거 보니까. 돈만 맞춰주면 할 거 같아.
현 수   (좋은. 활짝)
정 우   (배 꼬륵 소리. 무안한) 밥을 아직 안 먹었어.
현 수   잠깐 기다리심 뭐 좀 갖다드릴게요.
정 우   아냐. 차 안에서 먹으면 돼.
현 수   (안쓰럽다) 좋은 여자 만나서 결혼하셨음 좋겠어요.
정 우   (보는) 난 널 원해. 원하는 걸 두구 딴 걸 갖는 거 안 해.
현 수   (철렁)........
정 우   긴장할 필요 없어. 내가 한 약속은 지켜. 불편하지 않게 하겠다는 거.

씬14. 굿스프 테라스 ─ 밤 (현재)

현수, 있다. 전경 보고. 춥다. 으스스. 손으로 팔을 감싸는데. 정선, 온다.
현수의 뒤에서 몸을 감싼다.

정 선   춥지?
현 수   왜케 늦게 왔어?
정 선   근무 중이야. 원준이 형한테 주방 맡기구 왔어.
현 수   우리 얘기해야 되잖아.

정 선　일단 들어가자.

씬15. 정선 집 안 거실

정선, 차 끓인다. 현수, 앉아 있고. 담요 덮고.

현 수　아까 너무 놀랐지?

정 선　형한테 들었어. 프로포즈하는 줄 모르구 나왔다구.

현 수　박 대표님하구 정선 씨.. 그 정도루 친한 사인 줄 몰랐어.

정 선　형 좋은 사람이구 행복해졌음 좋겠어. 근데 꼬였네 그것두 우리하구. 오늘은 새로운 사실을 처음 알았으니까. 얘긴 내일하자. 차 다 마시면 데려다줄게.

씬16. 정우 사무실 안

정우, 창밖 보면서 술 마시고 있다.

준 하　(E) 사랑은 이성이래. 자신을 존중할 수 있는. 자기가 존경할 수 있는 남자랑 결혼하구 싶대.

정 우　(씁쓸한 미소.)
　　　　(flash back 씬11. 현수, 제가 또 인정은 잘하거든요! 대표님 존경해요.)

정 우　(원하는 걸 갖는 덴 선택이 없다. 계속 갈 뿐)

씬17. 도로 정선 차 안

정선, 운전하고 있다.

정 우   (E) 니가 현수와 만나지 않던 시기에 내가 같이 있었어.

씬18. 현수 집 안 욕실

현수, 씻으러 들어왔다. 이 닦으려고 한다. 거울 본다. (flash back 10부
씬66. 정우, 다시 정식루 인사하자. (현수에게) 내가 젤 좋아하는 남자
야. (현수 어깨 감싸며) 여긴 내가 젤 좋아하는 여자!)
현수, 이 다 닦았다. 물로 헹구는. (flash back 씬9. 정우, 너한테 진심이
었어. 진심이니까 끝까지 가봐야 되잖아.) 거울 보는.

씬19. 현수 집 앞 골목 / 현수 집 앞/ 놀이터 ─ 이른 아침

정선, 자전거 타고 오고 있다. 현수, 나온다. 집에서. 정선, 놀이터에 서 있
다. 현수, 놀이터로 나온다.

정 선   잠 방해한 거 아냐?
현 수   아냐 원래 일할 땐 새벽에 일어나. 오늘 일찍 일어났어.
정 선   난 잠 별루 못 잤어.
현 수   나두 잠이 잘 오진 않더라.
정 선   생각해봤는데. 결국 우리 사이가 변함없는 게 중요하잖아. 옆에서 누군가
         흔들어대던. 근데 옆에서 흔들면 흔들릴 수 있어.
현 수   대표님한테 감사한 마음 미안한 마음 둘 다 갖구 있어. 이거 사랑 아냐.
         헷갈리지두 않구 흔들리지두 않아.
정 선   그럼 됐어. 들어가. 나 가서 일해야 돼.
현 수   나두 일해야 돼.
정 선   안아주구 싶은데 사람들 지나다녀서 못 해. (하면서 안아준다)
현 수   집에 들어오라구 하구 싶은데 경이 있어서 못해.
정 선   (미소)

현 수   (미소) (F.O)

씬20. 현수 집 방—아침 (F.I) (며칠 후) / 정우 사무실

현수, 일하고 있다. 자판에 치고 있다. 1부 씬22 크루장, 자자 다 오신 거 같은데. 중앙으루 모여주세요. 다 아시겠지만 오늘 코스는 경복궁 삼청동 북촌 인사동 찍구 청계천 광화문 다시 경복궁입니다. 준비운동 하고 그룹 나눌게요. 그룹은 뛰는 속도에 따라 짤 겁니다. 준비 운동 시작! 크루장, 몸 풀기 스트레칭 시작. 발목 손목 무릎 허리. 다들 스트레칭 시작. 연우 (스트레칭하면서) 실력대루 짜면 난 니들하구 같이 못 뛰잖아. 해영, 깍두 기두 있으니까 걱정 마세요! 연우, (아무렇지도 않게 받으며) 나 깍두기 좋아하는데.. 깍두기 먹구 싶다! 해영 (연우 반응에.. 뭐야 이 여자?)

핸드폰 E '박정우'

현 수   (잠깐 망설이다 받는) 네 대표님!
정 우   오랜만이다. 결국 내가 먼저 연락하게 만드네.
현 수   죄송해요.
정 우   오늘 유혜정 씨 만나는 날인 건 알아?
현 수   알아요. 아직두 약속 유효한가요?
정 우   약속한 거 잘 변경 안 하는데. 취소해줄까?
현 수   ..아뇨.
정 우   그럼 이따 봐. (끊는)
현 수   (한편으론 좋고 한편으로 좀 무겁고)

씬21. 굿스프 앞/ 정선 차 안—아침

정선 차, 들어와 주차한다. 정선, 내린다. 손에 장봐온 거. 도미.

씬22. 굿스프 홀/ 홍아 방

수정, 냅킨 접고 있고. 원준, 있고. 냅킨 접어주고. 다른 서버들 아직 출근
전이고.

원 준   왜케 일찍 나왔어요 오늘? 아직 나올 시간 아닌데.

수 정   할 일두 없구 잠도 일찍 깨서.

정 선   (들어오고) 좋은 아침!

원 준   뭐 사왔어?

정 선   도미! 발주한 거 맘에 안 들어서. 오늘 예약률 30%지?

수 정   네. 이번 주 내내 그 정도구. 다음 주는 거의 비었어요.

정 선   (알았다. 주방으로 들어간다)

원 준   입소문 진짜 무섭다. 이 난관을 어떻게 헤쳐가지?

핸드폰 E 발신자 '홍아' 수정, 원준 전화하는 거 의식하면서. 접고 있고.

원 준   (받는) 어 홍아!

홍 아   (침대에 누워서. 밤새 작업했다) 오빠! 전에 만들어준 삼겹살 그거 먹구
         싶어.

원 준   어디 아퍼? 목소리가 이상하다.

홍 아   (누워 있다 일어난다) 누워 있어서 그래. 밤 샜거든.

원 준   그럼 다행이다. 언제 먹으러 올 거야?

홍 아   오빠가 갖다 주면 안 돼?

원 준   근무 시간엔 자릴 못 비워.

홍 아   알았어 만들어나 놔. 브레이크 타임에 갈게.

원 준   어어. (하고 전화 끊는다)

수 정   (본다)

원 준   (멋쩍은) 그럼 일 봐요. (하곤 안으로 들어간다)

수 정   (냅킨 접는)

씬23. 현수 집 거실

경, 차 마시고 있다. 현수, 나온다. 외출 채비 다 마쳤다.

경   신경 엄청 썼다!
현 수   엄청 썼어. 떨려!
경   그렇게 떨려?
현 수   (나가면서) 내 글이 좋다잖아. 그러니 안 떨려!
경   (따라 나가면서) 유혜정 싸인이나 받아다 줘.
현 수   못 말할 거 같아.
경   그래 하지 마. 좀 없어 보인다. 작가가 되갖구 첨 만나는 배우한테 싸인
        해달라구 하기엔.
현 수   이해해줘서 고마워.
경   잘 다녀와 언니!

씬24. 정우 사무실 엘리베이터 앞

정우, 엘리베이터 앞에 있다. 누군가 기다리고 있다. 문 열린다. 그 시선으
로 보면. 혜정이다. 매니저와 함께. 혜정, 보고 반색.

정 우   환영합니다.
혜 정   (내리며) 반갑습니다.

        매니저하고도 인사.

혜 정   왜 나와 계세요?
정 우   (자신의 사무실로 안내하며) 바쁘신 시간에 사무실까지 왕림해주시는데
        당연히 나와 있어야죠.
혜 정   너무 격식 차리시면.. 좋아요. (미소)

정 우   (미소)

혜 정   작가님은 와 계세요?

정 우   아직요.

        정우, 사무실 문 열고. 혜정, 안으로 들어간다.

씬25. 정우 사무실 로비

        현수, 들어와 엘리베이터 앞에 와서 선다.

씬26. 굿스프 홀

        손님 한 테이블밖에 없다. 정선, 본다. 영미, 들어온다. 다니엘하고.
        수정, 맞이한다.

영 미   왜케 손님이 없어?

수 정   자리 안내해드릴게요.

씬27. 정우 사무실 안

        정우, 혜정 있다. 혜정, 사무실 둘러본다. 창밖 본다. 정우, 커피 내리고 있다.

혜 정   사무실이 되게 좋으네요. 그림두 좋구.

정 우   모든 걸 사무실에서 다 하니까요. (내린 커피 주며) 간 맞나 봐요.

혜 정   (받는. 마시는. 장난기) 좀 짜요. (웃는)

정 우   (웃는) 정말 왜 많은 사람한테 사랑받는지 알겠어요.

노크 E 비서, 현수와 들어온다.

비 서   대표님 작가님 오셨어요.

현 수   (시선으로. 정우와 혜정 눈에 들어온다. 정우, 그 일 이후로 처음 본다. 염
       려하지 않아도 되겠다. 평소 정우다. 일이다. 부담 떨치고 현재에 충실하자)

혜 정   (환한)

현 수   (눈 맞추는)

정 우   자 두 사람 소개할게요.

혜 정   소개 안 하셔두 돼요. 검색해보구 나왔어요. 안녕하세요 전 유혜정입니다.

현 수   (인사하며) 이현수입니다.

정 우   (혜정과 현수에게) 이제 앉아요. (현수에게) 이 작가두 커피 마시지?

현 수   네.

       현수와 혜정, 앉고.

혜 정   대표님께 제가 작가님 만나 뵙게 해달라구 졸랐어요.

현 수   (차분하게) 근데 진짜 예뻐요. 깜짝 놀랐어요. 키가 크네요 생각보다 마
       르구.

혜 정   화면이 좀 붓게 나와요.

현 수   그래두 예뻐요.

혜 정   대본 읽고 너무 설렜어요. 요즘 연애세포가 다 말라버려서 일만 하거든요.

현 수   설레라구 썼는데 설레서 좋아요.

혜 정   작품 하구 싶은데 사전제작 드라마 들어가요. 아쉬워요.

현 수   이번 아니어두 다음두 있어요.

혜 정   다음 작품두 저한테 꼭 먼저 보여주셔야 돼요.

현 수   물론이죠! 팬입니다.

혜 정   저도 팬입니다.

정 우   아 나 이렇게 존재감 없기는 오랜만입니다.

       웃는 세 사람.

씬28. 굿스프 홀

영미, 다니엘과 디저트 먹고 있다. 한 테이블밖에 없다.

다니엘   무슨 문제 생긴 거 아냐? 손님이 확 준 거 같은데.

영 미   문젠 무슨 문제. 손님이야 왔다 안 왔다 하는 거지.

다니엘   잘 알아봐. 갑자기 준 건 문제가 있는 거야.

영 미   아니 왜 자꾸 문제가 있다 그래? 없는 문제두 생기겠다. 자긴 우리 온 셰
프가 안 됐음 좋겠어?

다니엘   누가 그렇대? 안 되면 자기 속상할까 봐 그러지.

영 미   자기가 속 썩이는 게 더 속상해 난.

다니엘   내가 뭔 속을 썩였단 거야?

영 미   생활비 왜 안 내놔 저번 달부터?

다니엘   돈 얘기하지 마. 급 피곤해지잖아. 카드 줬잖아. 카드 쓰면 되잖아.

영 미   한도 초과됐어. 어떻게 카드로만 써? 현금두 있어야지.

다니엘   교수 월급 뻔하잖아. 나두 좀 써야 되구.

영 미   나두 좀 써야 되구가 아니라 다 쓰잖아. 자기 믿구 자기랑 사는데 자기 이
렇게 나옴 나 어떻게 되니?

다니엘   (시계 보고) 이제 약속 가야 돼. 자긴 여기 더 있을 거야?

영 미   잘도 빠져나간다.

다니엘   제발 잔소리 좀 하지 마. 힘들어. 세상에서 날 가장 이해해주는 사람이 자
기잖아.

영 미   갔다가 데리러 올 거야?

다니엘   당연히 데리러 오지.

영 미   알았어.

씬29. 정선 집 거실

정선, 농어 스케치하고 있다. 메인 요리할 거. 현관벨 E 정선, 스크린폰

본다. 영미다. 문 열어준다.

정 선 웬일이야?

영 미 민 교수 약속 있어서 갔다가 데리러 올 거야.

정 선 요즘 시간 많은 거 같아. 서울 나들이가 잦네.

영 미 니네 식당 무슨 문제 있니? 왜 저번 주부터 손님이 없어?

정 선 엄마가 상관할 일 아니니까 잠깐 쉬다 가려면 저쪽에 가서 있어. 난 일해
        야 되니까.

영 미 방송 언제 나가?

정 선 안 나가.

영 미 왜 안 나가? 그런 데 얼굴을 한 번이라두 비춰야 사람들이 찾아오지.

정 선 (스케치하는 데 몰두)

영 미 엄마가 걱정돼서 그래. 식당 망하면 어떡하나 해서. 그럼 엄마 못살아.

정 선 각자 자기 삶에 집중하자 엄마. 엄마 일 아니니까 신경 꺼.

영 미 넌 왜 그렇게 말을 쌀쌀맞게 해? 니 일이 내 일이야.

정 선 제발.. 그러지 맙시다 좀.

영 미 (그러지 말면 안 돼)......

씬30. 굿스프 홀

홍아, 들어온다. 수정 맞이한다.

홍 아 오빠 있죠?

수 정 네. 앉아 있음 불러줄게요.

홍 아 내가 주방으루 갈게요.

수 정 원칙상 주방은 관계자 외엔 못 들어가요.

홍 아 전엔 들어갔었잖아요.

수 정 저 없을 때였나 부죠! (간다)

홍 아 (저 언닌 또 왜 저래)

씬31. 굿스프 주방

원준, 삼겹살 다 했고. 도시락으로 쌌다.

수 정   (와서) 수셰프님! 홍아 씨 왔어요.
원 준   네. 다 됐어요. (하면서 도시락 뚜껑 닫는다)
수 정   (본다. 진짜 착한 사람인데. 왜)
원 준   (수정 지나 나간다)

씬32. 굿스프 홀

홍아, 앉아 있고. 원준, 나온다. 삼겹살 만든 거 손에 들고. 수정, 차 준비
하고.

홍 아   어딨어?
원 준   (도시락 싼 거) 여기지?
홍 아   그걸 왜 싸 갖구 나와? 여기서 먹으려구 대충 먹구 나왔는데.
원 준   아 그랬어? 난 너 요즘 바쁘니까 가져가서 먹는다는 걸루 알아들었다.
수 정   (와서 차 따라주는)
홍 아   오빠 진짜 왜 그러니! 일하느라 얼마나 피곤한 줄 알아? 일일이 말해줘야
       돼? 이럴 거면 퀵으루 부쳐주면 됐잖아. 내가 도시락 가지루 들어가려구
       나온 줄 알아?
수 정   저 말씀 중에 죄송한데요.
홍 아   (보는)
원 준   (보는)
수 정   드릴 얘기가 있어요.
홍 아   저한테요?
수 정   네.
홍 아   하세요.

수 정	이 남자 저 주세요!
원 준	수정 씨??
수 정	지금까지 수셰프님 좋아하구 있었어요. 더 이상 이런 대접 받는 거 제가 못 참겠어요.
원 준	(너무나 갑작스러워 당혹스럽다)
홍 아	다른 여자 좋아한다는 남자가 좋아요?
수 정	수셰프가 좋아요. 어차피 안 가지실 거잖아요. 저 주세요.
홍 아	가지세요! 근데요 이 오빠 저한테 5년째 버닝 중이거든요. 마음 갖기까지 어려우실 거예요.
원 준	(마음 엄청 상한) 어렵지 않을 거예요 수정 씨! 수정 씨 박력에 반했어요.
홍아·수정	(둘 다 놀란)
홍 아	오빠아?
원 준	뭐? 나 지금부터 수정 씨 거니까 수정 씨 허락받구 불러.
홍 아	(기막힌) 오빠아?
원 준	잘 가라! (안으로 가는)
홍 아	그래 잘 있어.
수 정	(홍아에게 목례한다)
홍 아	(이게 뭐야.. 갑자기 웬 날벼락)

씬33. 굿스프 밖

홍아, 나오는.

홍 아	(생각할수록 기막힌, 다시 안을 본다) 최원준 얼마나 가나 보자!

씬34. 굿스프 주방

원준, 있고. 수정, 들어온다.

수 정   죄송해요.

원 준   내가 그렇게 한심하게 보였어요?

수 정   홍아 씨가 승부욕이 강한 거 같아 제가 좋아한다 그럼 수셰프님께 잘하지
         않을까 싶어서. 그랬어요. 오지랖이 넓었어요.

원 준   저두 승부수 한번 던져본 거예요. 언제까지 이런 관계루 있겠어요?

수 정   그럼 저 용서해주시는 거예요?

원 준   (미소) 고마워요 거짓말해줘서. 잠시나마 날 그렇게 강력하게 원하는 여
         자가 있다는 거 설렜어요.

수 정   거짓말 아니에요.

원 준   ....(철렁)

수 정   그럼 전 나가서 일하겠습니다.

씬35. 현수 집 거실

         경, 라면 끓이고 있다. 홍아가 사준 원피스 입고. 준하, 게임하고 있다.

경   감독님은 맨날 여기루 출근하시네요. 좋겠다 저러구두 월급 나와서.

준 하   일하는 거예요 지금. 작가랑 감독이 친하게 지내야 좋은 작품이 나오죠.
         착한 스프가 나한테 얼마나 중요한 작품인 줄 알아요?

경   제발 푸르딩딩하게 좀 잡지 말아요. 왜 사람 얼굴을 그렇게 나오게 해요?

준 하   실험 정신 (꼬였다) 정신두 몰라요?

경   그러니까 그 실험 여기선 하지 말라구요!

준 하   (일어나는) 냄새 죽여준다. 배고파.

경   안 먹는다면서요?

준 하   하두 눈칠 주니까 그렇게 말했죠.

경   말했음 지켜야죠.

준 하   말을 왜 지켜? 말은 하는 거지 지키는 게 아냐 황보 작가.

경   말 지키지두 말구 하지두 말구 걸지두 마세요.

현관벨 E

경   언니다. 유혜정 만나구 왔다. (스크린 보면. 홍아다)

        준하, 벌써 문 열어주고 있다. 홍아, 들어온다.

홍 아   (준하 보고) 감독님이 여기 웬일이에요?
준 하   지 작가는 웬일이에요?
홍 아   배고파서 왔어요 이 근처 왔다가. 경! 뭐라두 좀 줘. 너 라면 끓였니?
경   암튼 너는 개코다 개코!
준 하   지 작가만 주구 난 안 주면 그건 반칙!
경   (머리 아파. 진저리)

씬36. 정우 사무실 안—저녁

        현수, 있다. 정우, 들어온다.

현 수   잘 바래다줬어요?
정 우   어.
현 수   오래전에 알았던 사람처럼 수다 떨었어요.
정 우   다행이다 두 사람 다. 만나구 나서 더 호감 가져서.
현 수   저한테 호감 가졌대요?
정 우   어. 그렇지 않음 이렇게 오랫동안 같이 안 있지. 스케줄 엄청 빡빡해.
현 수   기분 좋다. 저두 만나구 나서 더 호감 됐어요.
정 우   나온 김에 같이 저녁 먹자.
현 수   그냥 들어갈게요.
정 우   일인데 감정은 끌어들이지 말자. 서로 먹구는 살아야 되잖아. 두 번 말해
        야겠어?
현 수   네.

정 우	굿스프 가자. 거기 요즘 운영 어려워. 가서 팔아줘야지.
현 수	........(정선 때문에 걸리는)
정 우	안 보이는 데서 만나는 걸 알면 더 기분 나쁠걸. 어차피 일하는 사이라 만나야 되는 거 알잖아.
현 수	알았어요. 가요.

씬37. 현수집 거실/ 주방

라면 끓인 거 있고. 만두, 밥. 김치. 홍아, 경, 준하 있다. 만두 찍어 먹는 소스(마요네즈+라면스프) 있다.

홍 아	(만두를 소스에 찍어 먹는다) 으음 맛있다. 무슨 소스야?
경	온 셰프님이 알려준 레시피. 라면스프하구 마요네즈 섞은 거야.
홍 아	갑자기 먹기 싫어지네.
준 하	그럼 제가 다 먹을게요.
홍 아	(경에게) 두 사람은 언제부터 사귄 거야?
경	(기막힌) 누구?
홍 아	뭘 그렇게 시치밀 떼! 너하구 김 감독님! 너두 취향 독특하다.
준 하	지 작가님! 저 앞에 있습니다.
경	아아! 넌 배고프다구 해서 밥 잘 먹여놨더니 왜 쓸데없는 소리하구 그래? 김 감독님을 내가 왜 사겨?
홍 아	안 사겨? 사귀는 거 같은데 내가 보기엔. 썸 타는 건가! 하긴 니가 지금 남자 만날 때니? 이제 곧 서른이야. 언제까지 언니한테 얹혀살래?
경	아아!
홍 아	내가 친구니까 얘기해주는 거야. 남자가 뭐라구 거기다 인생을 걸어? 야망을 가져 경! 공모 당선하구 입봉해야지.
경	(어쩜 무의식적으로) 넌 어떻게 그렇게 사람 속 뒤집는 얘길 아무렇지두 않게 해?
홍 아	니가 아니라곤 하지만 너 그 원피스 왜 입었어? 집에서?

준 하	집에서 입지 그럼 밖에서 입어요? 밖에 잘 나가지두 않는데.
경·홍아	(준하 보면)
준 하	경이 씬 착하잖아요. 착하기가 얼마나 어려운데. 입봉하구 대단한 작가 돼 봐요. 착해지나!
경	(왜 저래. 심쿵)
홍 아	(어머)
준 하	저 인제 갈게요. 현수 오면 저한테 연락하라구 하세요. (나가는)
홍 아	(경에게) 왜 저래?
경	몰라. 왜 저래?
홍 아	너 좋아하니까.
경	보면 못 잡아먹어 난린데 날 왜 좋아해?
홍 아	아니 그렇게 감이 없어서 어떻게 글 쓸래? 넌 멜로 못 쓰겠다.
경	넌 아직 방송두 안 나간 애가 벌써부터 스타작가 노릇한다. 꼴깝이다! (하고 들어간다)
홍 아	(뒤에 대고) 야아! 왜 다들 나한테 그래? 사실대루 말해줘두 왜 지랄들이야? (성질난다. 속상하다)

씬38. 굿스프 밖/ 정우 차 안—밤

정우 차 와서 주차한다. 정우, 운전석. 현수, 조수석. 현수, 내린다. 정우, 내린다. 현수, 정우에게 들어가자는. 현수, 먼저 들어가고 정우, 따라 들어간다.

씬39. 굿스프 홀

수정, 있고. 정선, 있다.

정 선	농어에 어울리는 와인 리스트 업 해놓으세요. 다음 메뉴에 넣을 거예요.

| 수 정 | 네. |

현수, 들어온다. 정선, 본다. 서로 배시시 웃는.

| 정 선 | 온단 말 안 했잖아. |
| 현 수 | 온단 말 안 해두 와두 되는 사이잖아. |

현수, 뒤에 정우 들어온다. 정선, 뒤따라 온 정우 본다. 정선, 정우 보자 표정 좀 굳어지고. 현수, 그런 정선 눈치 보게 되고.

정 우	유혜정 씨 만나구 같이 밥 먹으러 왔어.
정 선	어어. (수정에게) 안내해드리세요.
현 수	(수정에게도 인사.)
수 정	이쪽으루 오세요.
현 수	정선 씨두 와.
정 선	나중에.
현 수	(머쓱한)

씬40. 굿스프 주방

주방 식구들 각자 일하고 있고. 원준, 경수, 하성, 민호. 정선, 들어온다.

원 준	박 대표님하구 현수 누나 같이 온 거야?
정 선	어어. 경수! 버섯 타르트 다 됐어?
경 수	예썰!

씬41. 굿스프 홀

정우, 현수와 먹고 있다. 말이 없다. 할 말이 없다. 현수도.

정　우　불편해?
현　수　네. 잘못한 거 없는데 죄짓는 기분이에요. 왜죠?
정　우　(미소) 넌 정말.. 웃기는 애야.
현　수　뭐가요?
정　우　맘에 있는 말을 확실히두 한다.

정선, 홀을 둘러보고 서 있는데. 정선, 정우의 환한 미소 본다.

씬42. 홍아 집 홍아 방

홍아, 들어온다. 피곤하다. 가방 놓고. (flash back 씬32. 수정, 이 남자 저 주세요) 홍아, 기막히다. (flash back 씬32. 원준, 나 지금부터 수정 씨 거니까 수정 씨 허락받구 불러.)

홍　아　이게 실화야?

홍아, 전화한다. 원준에게. 신호음 간다.

씬43. 굿스프 주방

원준, 핸드폰 발신자 확인한다. '홍아' 받지 않는다.

씬44. 홍아 집 홍아 방

홍아, 전화 끊고. 컴퓨터 켠다.

홍 아   사랑 진짜 후지다! 이러면서들 잘난 척하는 거야? 적어두 난 잘난 척은
         안 해. (파일에서 상류사회 5부 대본 연다)

씬45. 굿스프 홀

정우, 현수 차까지 다 마셨다.

현 수   이제 가요. 저 일해야 돼요.
정 우   그래.
현 수   전 정선 씨 잠깐 보구 갈게요.
정 우   알았어.

         정선, 온다.

현 수   정선 씨! 잠깐 보구 가도 되지?
정 선   우린 나중에 보자. 전화할게. 난 형하구 할 말 있어.
정 우   (본다)

씬46. 굿스프 테라스―밤

정선, 정우와 있다.

정 선   현수 씨하구 난 서로 사랑해.
정 우   알구 있어. 불안해서 계속 얘기하는 거야? 나한테 아님 자신한테?

정 선	마음 접는다는 거 어렵겠지만 행동하는 건 이제 그만해야 되지 않아?
정 우	그만하구 안 하곤 내가 결정한다. 내가 이러는 거 기분 나빠?
정 선	어. 무지 나빠. 계속 생각했어. 형이 왜 잘못한 거 없는 나한테 화가 났는지?
정 우	생각해보니까 잘못이 전혀 없는 것두 아니더라.
정 선	(보는)
정 우	파리에서 만났을 때 니가 얘기했던 여자 현수 맞잖아. 꼭 다시 한 번 만날 거라면서 나한테 소개해준다구까지 했어. 근데 왜 말 안 했어?
정 선	누군가에게 말하기엔 내 감정이 너무 무거웠어.
정 우	(O.L) 반칙형사 특별 출연해달라구 했을 때 현수가 작가인 줄 알구 하겠다구 했잖아. 그때두 말 안 했어.
정 선	똑같은 이유야. 내가 왜 이걸 형한테 변명해야 되는 거야?
정 우	나하구 같이 놀기루 하구 약속 취소했잖아. 현수하구 여수 내려가느라.
정 선	(어이없다)
정 우	유치하지! 이런 싸움이야. 남자 여자 치정은! 너 이거 견딜 수 있어? 난 할 수 있어. 어차피 지금까지 내 인생/ 싸워서/ 이겨서/ 내가 가졌어.
정 선	형이 하면 나두 할 수 있어. 근데 사랑은 둘이 하는 거지 혼자 하는 게 아니잖아. 우리 둘이 암만 싸워두 결관 이기는 거랑 다르단 거야. 이런 싸움 왜 해야 돼?
정 우	넌 가졌으니까 싸움할 필요 없지만 난 다르지. 옆에서 흔들어두 지금처럼 둘이 변함없을까?
정 선	변함없어. 우린 헤어져 있는 동안에두 서로 사랑했어.
정 우	변함없이 사랑해라 그럼. 난 옆에서 좀 흔들어야겠어. 지난 4년 동안 가슴앓이 하면서 한 여자 옆을 지켜온 내 인생에 대한 예의야.
정 선	우리 둘의 우정은?
정 우	지금부터 진정한 우정의 시작이지. 잘해보자 온정선!

씬47. 현수 집 현수 방

현수, 씻고 들어온다. 핸드폰 책상 위에. 핸드폰 확인한다. 전화 온 거 없다. (flash back 씬39. 정우와 현수, 들어온다. 정선, 본다. 정선, 두 사람 본다. 표정 좀 굳어지고.)

현 수   (핸드폰 만지작) 엄청 신경 쓰이네. 왜 연락 안 하지? ...안 하면 내가 하면 되지 뭐.

씬48. 굿스프 앞 골목

현수, 자전거 타고 오고 있다. 표정은 환한. 정선을 만난다는.

씬49. 정선 집 거실

정선, 농어 스케치 하고 있다. 현관벨 E 스크린엔 현수. 정선, 문 연다. 그 시선으로 현수 서 있다. 정선, 손 벌린다. 현수, 들어와서 안긴다.

정 선   머리 감았어?
현 수   아니 난 아침에 감어. 샤워했어.
정 선   샤워하구 나온 거야?
현 수   어. 샤워하면 누가 불러도 밖에 안 나가는데. 나왔어.
정 선   나 무지 좋아하는구나.
현 수   어 무지 좋아해.
정 선   (보며) 뭐 줄까?
현 수   비싼 블루마운틴!

점프. 짧은 O.L 시간 경과

정선, 커피 내리고. 현수, 농어 스케치 본다.

현 수 (스케치한 것 들며) 새로 개발하는 요리야?

정 선 어 메인 요리 바꿀려구.

현 수 식당은 많이 적자야?

정 선 또 훅 들어온다!

현 수 미안. 본의 아니게 굿스프에서 취잴 하다 보니 여러 가지 사정들이 다 들
       려오네요.

정 선 (커피 준다) 지금 커피 마심 잘 수 있어?

현 수 상관없어 난. 카페인이랑 친해. 자긴 안 마셔?

정 선 어 지금 마심 못 자.

현 수 자 이제 들어줄게 해결은 못 해줘. 해결은 각자! 자기 문제니까.

정 선 식당 적자 운영에서 탈피하려구 선택했어 방송 출연. 근데 나랑 안 맞아.
       이길려구 뭘 하는 거 싫어해.

현 수 굿스프 차릴 때 빚은 안 졌어?

정 선 인제 빚까지 체크하는 거야?

현 수 아니 그렇잖아. 이런 델 자기 돈으루 차릴 수 있는 사람이 몇이나 되겠어?

정 선 정우 형이 투자했어.

현 수 (정우 나오자. 좀 그렇다) 아아.. 그렇구나.

정 선 불안해?

현 수 뭐가?

정 선 자신이 흔들릴까 봐? 그래서 이 밤에 뛰어온 거 아냐?

현 수 아닙니다 온정선 씨! 좀 앞서 가셨습니다.

정 선 (보는)

현 수 불안한 마음이 드는 건 맞아 정선 씨 땜. 날 의심하구 내가 감정 꼬릴
       남기구 다녔다구 생각할까 봐.

정 선 내가 함께하지 못했던 시간에 정우 형 같이 있었어. 그 시간까지 다 가지
       려고 안 해. 안심해.

현 수 고마워. 근데 있잖아. 내가 보기엔 굿스프가 적자에서 탈피하려면 정선
       씨가 미슐랭 스타 받는 게 젤 좋은 방법 같아. 별 받는 건 이길려구 하는

건 아니잖아.

정 선   (미소.. 보는)

현 수   왜?

정 선   들어준다더니 해결책까지 주시는 건가요?

현 수   잘했어?

정 선   잘했어.

현 수   (미소) 내가 예나 지금이나 밥값은 좀 한다구요!

정 선   예나 지금이나 잘난 척!

현 수   이쯤 되면 잘난 척이 아니라 잘났다구 해주면 안 될까요?

정 선   안 돼!

현 수   치이! 집에 갈 거야!

씬50. 현수 집 앞 골목

현수, 정선과 걸어오고 있다.

현 수   (E) 자전거 타구 왔는데.

정 선   (E) 내가 낼 갖다 줄게. 걷자!

현 수   (E) 알았어.

카메라 빠지면서. 두 사람 걷는 뒷모습.

정 선   (E) 손잡을래? (손 내미는)

현 수   (손잡는)

하늘. 별. 연인. 아름다운 밤. (F.O)

씬51. 정우 사무실 앞 (F.I)

영미, 들어온다. 비서, 맞이한다.

비 서   안녕하세요?
영 미   안녕?
비 서   대표님 기다리구 계세요.

씬52. 정우 사무실 안

정우, 영미를 맞는다. 영미, 앉는다.

정 우   요즘 격조했어요.
영 미   무소식이 희소식이잖아. 근데 일이 있어서 찾아왔네 또.
정 우   무슨 일이신데요?
영 미   내가 기댈 데가 박 대표밖에 없잖아. 정선인 어려워. 순수해서. 엄말 이핼 못 해.
정 우   가족이란 게 쉽지만 또 어렵기두 하잖아요.
영 미   이해하기 쉽지 않아. 나두 알아 내가 잘못한 거. 그치만 안 하려구 해두 일이 꼬이는 걸 어쩌겠어!
정 우   (서두가 긴 걸 보니 돈 얘기다)
영 미   내가 돈 사고두 여러 번 치구. 그 돈 막느라 개 유산에두 손댔다구 말했었지!
정 우   경제권 정선이한테 뺏겼다는 말씀두 하셨어요.
영 미   그러니까 어릴 때부터 애가 만만하지가 않았다니까. 돈은 개한테 다 있는데 한 번 들어가면 나오질 않아. 사고 치면 해결은 해주겠지 엄마니까.
정 우   얼마 필요하신데요?
영 미   씀씀이란 게... 습관이란 게 무서워. 줄여지지가 않아.. 갚을 거야. 우리 민 교수 그림 비싸게 팔리면 한 방에 다 해결돼.

현관벨 E

씬53. 현수 집 현관/ 거실

민재와 미나, 들어온다. 현수, 맞이한다. 경도 있다.

현 수   환영합니다!
경   안녕하세요?
미 나   경이두 있었네.
민 재   일하는 데 방해된 거 아냐?
미 나   밥은 먹어야 되잖아.
현 수   밥은 먹어야지!
경   근데 집에 별루 먹을 게 없는데.
미 나   우리가 니네한테 밥 먹여달라겠니? 당연히 사주려구 왔지. 그치 여보?
민 재   그럼 당연하지.
경   (좋은) 우와!!!
미 나   어디 갈래? (생각 난 듯) 전에 가려다 못 간 데 갈래? 오늘은 영업하지 않
         을까?
현 수   ......
경   거기가 어딘데요?

씬54. 굿스프 냉장고 안/ 현수 집 현수 방

정선, 냉장고 안에서 식재료 꺼내고 있다. 핸드폰 E '이현수'

정 선   여보세요?
현 수   뭐해?
정 선   식재료 꺼내구 있어.

현 수	점심 굿스프 가서 먹으려구.
정 선	알았어. 누구랑 와? 아님 혼자?
현 수	엄마! 아빠! 경!
정 선	(엄마 아빠에) 어어. 그럼 네 명 예약해놓음 되지?
현 수	예약은 내가 벌써 했어. 정선 씨 우리 엄마 아빠한테 인사할래? 부담스러움 밥만 먹구 갈게.
정 선	인사할래.
현 수	(활짝) 알았어 이따 봐! (끊는)

씬55. 굿스프 홀

영미, 다니엘과 들어온다. 수정, 맞이한다.

수 정	오셨어요?
영 미	안녕?
다니엘	볼수록 예뻐지네요.
영 미	자기 그런 인사 좀 아니야.
다니엘	아니야?
영 미	아니야. 그치?
수 정	안내해드리겠습니다. (자리로 안내한다)
영 미	그렇게 말을 돌림 어떡해? 곤란해서 그래?
수 정	네 좀 곤란해서. 민 교수님 기분 나빠 하실까 봐.
영 미	이거 봐. 싫단 말이잖아.
다니엘	미안해요.
수 정	아닙니다.
영 미	(자리에 앉는) 오늘두 손님 없어?
수 정	예약 손님 있어요.

씬56. 굿스프 밖

현수, 미나, 민재, 경, 도착했다.

미 나 (보는) 드디어 먹어보는구나.

민 재 당신은 지금 먹는 게 중요해? 우리 현수 남자 친구가 셰프라는데.

미 나 너무 좋아서 그렇지.

경 온 셰프님은 진짜 짱이에요. 잘생기구 멋지구 스윗하구

현 수 경!! 넌 왜 사실만 말해?

미 나 (웃는) 어머 얘 좀 봐.

민 재 아유 이제 한시름 놓진다. (문 열며) 자 인제 들어가자!

씬57. 굿스프 카운터

현수, 미나, 민재, 경, 들어오고. 수정, 맞이한다.

수 정 작가님 오셨어요?

현 수 (인사하는) 우리 부모님이세요.

수 정 (목례하고 자리 안내하려는데)

미 나 여기 화장실이 어디에요?

수 정 저쪽인데 제가 안내해드릴게요.

현 수 제가 안내해줄게요. 여긴 제가 잘 아니까. (미나에게) 엄마 이리 와.

현수, 화장실 안내해주러 가고. 수정, 민재 경 자리로 안내한다.
다니엘과 영미 자리에서 많이 떨어지진 않은. 영미는 없고, 다니엘만 있다.

씬58. 굿스프 테라스

정선, 있다. 허브 따고 있었고. 현수, 올라온다.

현 수   엄마 아빠 왔어.
정 선   (숨 호흡하고) 내려가자!
현 수   좀 이따! 엄마 화장실 갔어.

씬59. 굿스프 화장실 안

영미, 거울 보고 립스틱을 바른다. 옷매무새 본다. 살짝 향수도 바르고. 미나, 손 씻고 있다. 미나, 영미가 좀 거슬린다. 중년인데. 너무 품위 없어 보인다. 슬쩍 보는.

영 미   뭘 그렇게 슬쩍 보세요? 대놓구 봐두 되는데.
미 나   죄송합니다. (하곤 나가는)
영 미   (그러거나 말거나 할 일 끝났으니 나가는)

씬60. 굿스프 홀/ 미나 좌석/ 영미 좌석

미나, 민재 있는 좌석을 향해 가고. 미나 뒤에 영미, 다니엘을 향해 가고.

미 나   (자리에 앉고)
민 재   현순 남자 친구 부르러 갔나 봐.
미 나   어어, (하면서 영미와 다니엘 쪽으로 시선 갔다가 영미한테 들킬까 봐 안 본 척)
다니엘   (핸드폰으로 검색하고 있다. 노안이라. 안경 위로)
영 미   자기두 이제 완전 노안인가 봐.

다니엘	나두 수술할까 봐 자기처럼.
영 미	난 눈이 좋아서 노안 수술해도 됐지만 자긴 아니지.
다니엘	나두 동안이라믄 동안인데 자긴 진짜 동안이야.
영 미	우리 뭐 먹을까?
다니엘	여기 한 가지 밖에 없잖아.
영 미	아 그렇지!
미 나	(민재에게) 여보! 저 사람들 좀 이상하지!
민 재	누구?
미 나	(말리며) 보진 말구! 부부 같진 않지! 경아?
경	평범해 보이진 않는데요. 애인은 확실한 거 같은데요.
미 나	어머! 나이 차이가 이모뻘은 되겠다.
영 미	(영미 의식하고) 아 정말! 화장실에서부터 힐끔힐끔 보네. 기분 나쁘게.
다니엘	누가? (하면서 두리번대고)
영 미	이제 안 봐.
다니엘	가족끼리 왔나 보네. 우리가 눈에 띄긴 띄잖아. 기분 나쁘게 생각하지 마.
영 미	역시 우리 자긴 이런 면으론 퓨어해!
미 나	현수는 왜 안 오는 거야?

씬61. 굿스프 테라스

현수, 정선과 있다. 전경 보고 있다가.

현 수	이제 내려가 볼까요?
정 선	그럴까요?
현 수	긴장돼?
정 선	좀. 잘할게. 부모님 맘에 들게.
현 수	자긴 아무것두 안 해두 돼. 서 있기만 해두 맘에 들 거야. 잘생겨서.

현수와 정선, 내려간다.

씬62. 굿스프 홀

현수와 정선, 내려왔다. 현수와 정선, 홀을 본다. 그 시선으로. 영미 좌석
과 미나 좌석 보인다. 영미, 현수와 정선을 보고 손 흔든다.
미나, 현수를 보고 손 흔든다. 현수와 정선, 난감하고. 미나와 영미, 같은
사람들을 향해 손을 들고 있는 것을 보고. 무슨 일인가 하면서.

12부

23

5년을 앓았어요.

안 바뀌어요

24

이제 그만둬

씬1. 굿스프 홀

11부에 이어

현수와 정선, 내려왔다. 현수와 정선, 홀을 본다. 그 시선으로. 영미 좌석
과 미나 좌석 보인다. 영미, 현수와 정선을 보고 손 흔든다.

미나, 현수를 보고 손 흔든다. 현수와 정선, 난감하고. 미나와 영미, 같은
사람들을 향해 손을 들고 있는 것을 보고. 무슨 일인가 하면서.

현 수   (그분들 쪽으로 가는. 영미에게) 안녕하세요 어머니? 안녕하세요 교수님?

미 나   (웬 어머니? 자기 쪽으로 올 줄 알았는데) 현수야?

경   (눈치 보니 사태 짐작. 내가 나서야 한다.) 셰프님! (하면서 정선에게 가
          고) 안녕하세요? 셰프님 이쪽으로 오세요. 언니 부모님이세요.

미나·민재   (현수가 말한 셰프가 저 셰프?)

정 선   네. (간다)

영 미   (미나 쪽 보면서) 누구시니?

현 수   아아... 부모님이세요. 저 응원해주신다구 밥 사주신다구 해서 왔어요. 잠
          시만요.

정 선   (미나와 민재에게 인사) 안녕하세요? 현수 씨하구 만나구 있는 온정선입
          니다.

미나·민재   아 네에 안녕하세요?

현 수   아 바쁘다! 엄마 제 남자 친구예요. 온정선 씨!

민 재   인사했어.

현 수   저쪽에 정선 씨 어머님 계신데.. 인사하셔야 돼요.

미 나   (눈치) 우리가 저리루 가야 되는 거야?

정 선   제가 모시구 올게요.

현 수   (잡는) 잠깐 정선 씨! 순서가 어떻게 해야 맞지? 아빠? 이럴 땐 어떻게 해
        야 돼요?

민 재   여보! 우리가 저쪽으루 가서 인사드립시다.

미 나   (못마땅하지만 반대할 순 없으니까) 으음. (미소) (영미 쪽 본다)

        민재, 미나와 함께 영미 자리로 간다. 현수 따라가고. 정선, 가는.
        영미, 두 사람 보고 일어나는. 다니엘에게 일어나라는.

민 재   안녕하세요? 현수 아빱니다.

미 나   안녕하세요? 현수 엄마예요.

영 미   안녕하세요? 정선이 엄마예요. (다니엘 가리키며) 이쪽은 제 피앙세예요.
        서민대학 교수면서 서양화가예요.

미 나   (뜨악)

다니엘   (인사하는) 안녕하세요?

민 재   네 안녕하세요?

        양가 가족 서로 인사하는 데서 타이틀 오른다.

씬2. 정우 사무실 안─낮

        정우, 커피 내리는. 프린터기에서 착한 스프는 전화를 받지 않는다. 시놉
        시스 인쇄돼서 나오고 있다. 1부. 준하, 들어온다.

준 하   형은 아주 인생을 사무실에 박젤 했구나. 쉬는 날에두 회사야. 직원들이
        싫어해.

정 우   말 많다 넌! 말 많은데 그중에 쓸 만한 건 별루 없구!

준 하   (깨갱) 민이복 감독하구 계약한단 말 있던데. 사실이야?

정 우	민 감독 썩어두 준치야. 반칙형산 몸값 올려 나오려구 무리수 두다 망한 거야. 망해서 싼값에 계약할 수 있을 거 같아.
준 하	어떻게 망했다는 말을 남의 말 하듯이 해? 형이 망한 거잖아. 조기종영 결정됐잖아.
정 우	적자 아냐. 그럼 됐지 뭐.
준 하	와아 대단하다 조기종영인데 적자 아냐? 형은 진짜 다 가졌구나. 사랑 빼구!
정 우	(푹 찔리고) 착한 스폰 어때? 이 작가가 지금 시놉하구 대본 부쳤는데 읽어봐야 되겠지만.
준 하	결말이 바뀌니까 풀어나가는 방식두 바뀌었어. 훨씬 밝고 좋아.
정 우	회사 기획팀한테 검토시켜보고 이 작가랑 얘기 좀 해야겠다.
준 하	형은 결말 바뀐 게 맘에 안 들어?
정 우	읽어봐야 되겠지만 맘에 안 들어.

씬3. 굿스프 홀/ 영미 자리/ 미나 자리

영미 자리엔 영미, 다니엘과 있다. 디저트 먹는 중이다. 미나 자리엔 미나 민재 경 현수 있다.

영 미	현수 쟤는 왜 우리 자리에 안 있구 자기 부모님하구 같이 있어?
다니엘	가족 모임하려구 왔는데 저기 있는 게 당연하지.
영 미	그래두 내가 지를 얼마나 이뻐하는데. 내가 시어머니 될 거잖아.
다니엘	자긴 시어머니가 되구 싶어?
영 미	(그러고 보니까) 아냐 자기 말이 맞아. 옛날 시어머니 생각난다. 진절머리 났어.
미 나	(거의 말없이 디저트)
민 재	(먹으며) 요리가 상큼하다 전체적으루.
경	(분위기 띄우려고) 셰프님 요린 진짜 최고예요. 먹을 때두 좋지만 집에 가서 생각나게 하는.

현 수   나두 그렇게 느꼈는데.

민 재   (O.L) 근데 양이 좀 적다.

미 나   (그제서야 미소) 난 좋았어 요리.

현 수   역시 엄마랑 나랑은 통해.

민 재   이제 일어나자. 가서 너두 일한다며?

정 선   맛있게 식사 하셨어요?

민 재   네 맛있었어요.

정 선   나중에 또 오세요. 다음 달엔 메뉴가 좀 바뀌거든요.

민 재   그럴게요. 그럼 저쪽 가서 인사드리구 우린 퇴장할게요.

민재, 미나와 함께 영미 다니엘에게 가서 인사하고.

민 재   만나서 반가웠습니다.

미 나   (목례)

영 미   아 네에.

다니엘   (목례)

씬4. 굿스프 카운터

민재와 미나 경, 현수 있다. 수정, 카운터. 정선 따라 나오고 있다.

정 선   계산은 하지 마세요.

수 정   (곤란) 아까 하셨어요.

민 재   그럴 거 같아서 미리 했어요. 오늘은 우리 식구 가족 모임이니까 다음에
        정식으루 초대해주세요.

정 선   알겠습니다.

현 수   ......

씬5. 정우 사무실 안

정우, 굿스프 매출 현황 서류 보고 있다. 적자와 흑자. 그 앞에 직원, 컨설팅 결과 자료 내민다.

직 원   굿스프 컨설팅 결과 나왔습니다.
정 우   (받으며 펼쳐본다.)
직 원   대표님이 나서야 됩니다. 온정선 셰프님 방식으론 1년 내에 성과 못 내요.
정 우   (보는. 컨설팅 결과 보는.) 온정선 셰프하구 약속 잡아줘.

씬6. 굿스프 홀

브레이크 타임이다. 정선, 정우 앉아 있다. 정우, 서류 봉투를 정선에게 내민다.

정 우   굿스프 적자 타개할 방법이야.
정 선   (서류 본다)
정 우   요리 퀄리티나 코스 플로우는 아주 좋단 평가야. 그건 나도 동의. 그러니까 너한테 투자한 거구.
정 선   그래서?
정 우   최근 매출 현황하구 발주서 내용 정리해서 다시 줘.
정 선   이건 약속이 다르잖아. 아직 1년 안 됐어.
정 우   남은 시간까지 망해가는 걸 손놓구 볼 순 없잖아. 니가 말했지? 손해 안 보게 해주겠다구!
정 선   약속은 지켜.
정 우   굿스프 수입 아닌 다른 데서 만들어주는 거라면 안 받아.
정 선   좋아. 형 간섭받을게. 그냥 투자자가 아니라 형이라 받는 거야. 지금까지 형한테 진심이었어.
정 우   ....

| 정 선 | 최근 매출 현황하구 발주서 내용 정리해서 줄게. |
| 정 우 | .... |

씬7. 현수 집 거실

현수, 미나 민재와 차 마시고 있다. 미나, 무슨 말을 하려고 눈치 보고 있다. 현수.

미 나	온 셰프 되게 반듯하게 생겼더라.
현 수	어어. 생각두 반듯해. 배울 게 많아. 나보다 더 어른스러워.
민 재	능력두 좋잖아. 그 나이에 그런 식당을 운영한다는 게.
미 나	엄마가 되게 부잔가 봐.
현 수	그건 모르겠구 투자받았대.
미 나	아버님은 뭐 하는 분이서?
현 수	몰라.
미 나	넌 그런 것두 모르면서 사귀니?
민 재	차차 알아가는 거지. 지금은 온 셰프 알아가는 중이구.
현 수	맞아 아빠.
미 나	같이 사는 남자야? 결혼 안 하구? 그 교수라는 사람?
현 수	그런 거 같아.
미 나	되게 쿨하시구나. 이혼 언제 한 거야? 사춘기 때 했음 상처 많이 받았겠어.
현 수	엄마.. 하구 싶은 말이 뭐야?
미 나	하구 싶은 말 많은데 안 할게. 어차피 결혼한다구 인사시키러 온 것두 아니구 사귀는 건데 뭐. 여보 우리 가자.
민 재	그래 우리 간다.
영 미	(E) 가려구 하다 다시 왔어.

씬8. 정선 집 거실

정선과 영미 있다.

정 선 왜 다시 와?

영 미 현수하구 너 지금 결혼할 거야?

정 선 그건 왜 물어?

영 미 결혼은 아니잖아. 그건 분명히 해. 할 일 많아 앞으루.

정 선 현수 씨와 나 사이에 엄마 들어오면 안 돼. 내가 엄마 사생활 존중하듯이.

영 미 내가 안 들어가더라두 현수 부모님이 들어올 거야. 엄마가 철이 없다구 해두 세상 너보다 오래 살았어.

정 선 (보는)

영 미 오늘 보니까 답 딱 나왔어. 아마 그 집에서 널 그렇게 좋아하지 않을 거야. 현수 엄마가 날 어떻게 봤는지 알아?

정 선 (보는) 엄마! 제발 엄마 중심으루 세상을 보지 말구 다른 사람 입장에서 두 좀 봐줄래? 엄마가 그런 식으루 말하면 내가 어떨 거 같아?

영 미 느낀 것두 말 못 해?

정 선 엄마 느낌이 다 맞지 않잖아. 현수 씨하구 난 성인이야. 성인이면 부모 동의 없이 결혼할 수 있어. 우리가 헤어지면 우리 문제 때문이지 집안 문제 때문 아냐. 그러니까 엄마가 우리 사이에 끼칠 영향은 1도 없어.

영 미 넌 진짜 단호박이다!

씬9. 굿스프 주방

한참 프렙 준비로 바쁜. 정우, 들어와서 주방 식구들 일하는 거 본다.
원준 하성 민호 경수, 정우가 보면서 지나갈 때마다 완전 긴장된다. 정우,
나간다. 다들 한숨 내쉬는.

경 수 지렸어 무서워서!

현관벨 E

씬10. 현수 집 현관/ 거실—저녁

준하, 들어온다. 경, 맞이한다.

준 하   잘 지냈어요?

경   네에.

현 수   (차 끓인 거 갖다 놓고 있다. 테이블엔 착한 스프 시놉시스와 대본 3부)
        어서 와.

준 하   (와서 앉으며) 정우 형 만났는데 아직 안 읽었어. 너 사무실루 나오래.

경   (앉으며) 왜 직접 연락하시지 김 감독님한테 전하라구 하시지?

준 하   황보 작가 같음 재하구 연락하구 싶겠어? 그 형 자존심이 얼마나 쎈데. 일
        이니까 보는 거지.

현 수   읽어보니까 어때?

준 하   난 수정한 게 좋아. 정우 형만 오케이하면 회사에 올릴게.

현 수   회사에서 허락하겠어? 중간에 빠졌잖아.

준 하   중간에 빠진 게 잘한 건지두 몰라. 반칙형사 조기종영이야.

현 수   온엔터 손해 많이 봤어?

준 하   적자 아니래. 야 놀랍지 않냐! 결혼은 정우 형 같은 사람하구 하는 거야.
        사랑 개뿔! 맨날 해봐야 상처밖에 안 남는 거.

경   태어나서 사는 거 자체가 상처투성이거든요. 사랑해서 갖는 기쁨은 어떤
        것두 줄 수 없거든요.

준 하   (보는)

경   뭘 봐요?

준 하   내 눈 갖구 내가 보는 데 그것두 허락 맡아야 돼요?

경   허락 맡아야 돼요. 날 보니까.

현 수   경! 홍아 대신 준하 오빠네! 아웅다웅!

준 하   지 작가 얘기 나와서 말인데. 정우 형이 이복이형하구 매칭시킨대.

경   홍아가 미쳤어요? 그 감독님하구 일하게! 안 해요 걔.

현 수   대표님은 언제 보자구 하는 거야?

준 하   시간은 말 안 하던데. 니가 연락해.

현 수   ....

씬11. 동 현수 방/ 정우 자동차 안

현수, 핸드폰을 들고 연락처에서 박정우 누른다. 정우, 뒷좌석에서 착한
스프 읽고 있다. 시놉시스. 운전기사 있고.

정 우   박정웁니다.

현 수   네 대표님! 대본 다 읽으셨어요?

정 우   읽었어. 두 번째 보는 중이야. 저녁에 시간 돼?

현 수   네.

정 우   저녁은 먹구 나와. 난 저녁 약속 있어서 같이 못 먹어.

현 수   네. (끊는)

씬12. 굿스프 홀 ─ 밤

홍아, 유홍진과 같이 있다. 식사 중이다.

홍 아   왜 말씀 안 하세요? 제 대본 읽어본 소감.

홍 진   쉽게 잘 읽혔어요. 되게 자극적이던데요.

홍 아   실제 있는 일 바탕으루 쓴 거예요. 현실이 드라마보다 더 막장이잖아요.

홍 진   그래서 나쁘단 얘긴 아니었어요.

홍 아   편성해주실 수 있어요?

홍 진   그건 나 혼자 결정하는 게 아니라 회의에 올려봐야 되는 거구. 아무래두
         연출이 붙어 있음 편성 가능성이 높아요.

홍 아 　연출이요?

홍 진 　회사에선 김준하 감독한테 미니 주려구 해요. 개가 할 때가 됐거든요. 김
　　　　감독 알죠?

홍 아 　잘 알죠. 현수 언니하구 절친이기두 해서.

홍 진 　이현수 작가랑 뭐 준비하는 거 같던데. 확실한 건 아니고.

홍 아 　(현수랑 준비한다에서 철렁)

씬13. 정우 사무실 밖 복도 ― 밤

　　　　현수, 온다. 문밖에서 노크 E

정 우 　(안에서 E) 들어와!

씬14. 정우 사무실 안

　　　　정우, 앉아 있다가 대본 3부 하고 시놉시스 들고 테이블로 온다. 현수, 들
　　　　어온다.

정 우 　앉아.

현 수 　(앉는)

정 우 　(테이블에 대본하고 시놉시스 놓는다) 맘에 안 들어.

현 수 　네?

정 우 　고치기 전이 좋아. 왜 해피엔딩으루 바꿨어?

현 수 　캐릭털 따라 나가보니까

정 우 　(O.L) 사심이 들어간 거 아냐? 이 작가 자기 얘길 드라마에 쓰는 경향이
　　　　있잖아.

현 수 　모티블 얻긴 했지만 제 사심으루 얘길 꾸리진 않아요.

정 우 　내 패 다 깠어 두 사람한테. 난 내가 원하는 걸 얻을 때까지 행동해. 지금

껏 실패 안 했어.

현 수   그날 일에 대해 아무 말두 안 하구 가만있잖아요. 대표님 마음 더 다치게
       할까 봐.

정 우   (O.L) 내가 불쌍해 보였어? 몇 년 동안 가만있었던 건 결국 넌 나하구 함
       께할 거란 확신이 있어서였어. 근데 지금 달라졌잖아.

현 수   (O.L) 달라졌어요. 그 남자 때문에 5년을 앓았어요. 안 바껴요.

정 우   나두 5년을 앓았어. 바뀔 수가 없다. 서루 각자 갈 길 가자. 그러다 보면
       만나는 곳이 있겠지.

현 수   일에 사적인 감정 넣지 않을 자신 있으세요?

정 우   있어. 지금두 일에 대한 애긴 사적 감정 배제한 거야. 난 이 드라마 새드
       엔딩이기 때문에 만들구 싶었어.

현 수   멜로드라마 새드엔딩이면 매니아 드라마 되기 쉬워요.

정 우   니 작품으루 돈 벌 생각 안 한다구 했잖아. 특색 있구 소수의 시청자들이
       열광하는 드라마 좋아 난.

현 수   전 대중적인 드라마 쓰구 싶어요. 해피엔딩으루 사람들 기쁘게 해주는 드
       라마 쓰구 싶어요.

정 우   니가 계속 주장하면 작가 뜻에 따라야 되겠지. 니가 잘할 수 있는 걸 해.
       넌 새드가 맞아.

씬15. 도로 현수 차 안—밤

    현수, 운전하고 있다.

정 우   (E) 니 작품으루 돈 벌 생각 안 한다구 했잖아. 특색 있구 소수의 시청자
       들이 열광하는 드라마 좋아 난.

씬16. 굿스프 앞

현수, 차 대고 나오고. 홍진과 홍아, 가려고 나오는. 서로 보고 의외. 놀란.

현 수   어? 씨피님!

홍 아   언니?!

현 수   어어.

홍 진   이 작가 여기 웬일이야? 아아 요리 드라마 쓴다더니 취재 왔어?

현 수   (긍정의 미소) 두 분이 식사하셨나 봐요.

홍 진   어어.

현 수   전 그럼 들어가 볼게요. 홍아 잘 가라!

홍 아   응 언니!

현 수   (가고)

홍 진   사람이 밝아서 좋아 이 작간!

홍 아   네. 씨피님은 집으루 바루 가실 거죠?

홍 진   그래야지.

홍 아   그럼 전 잠깐 어디 들렀다 가야 돼서.

홍 진   그래 나 먼저 갈게. (가는)

홍 아   (굿스프 보는)

씬17. 정선 집 안 거실

현수, 앉아 있다. 정선, 차 준다.

정 선   추워?

현 수   괜찮아. (마시는)

정 선   전화루 얘기하자니까.

현 수   (O.L) 얼굴 보구 얘기해야지. 우리 엄마 아빠 처음 만났잖아. 어땠어?

정 선   아버님 되게 좋으시더라.

현 수	아빠가 정선 씨 되게 맘에 들어 하셔. 엄마두. 물론 우리 엄마 아빤 내가 누굴 데려가든 다 맘에 들어 하시겠지만. 내 선택 믿어주셔.
정 선	여동생 있었잖아. 터프하게 애정 표현 하던.
현 수	걘 결혼했어. 아이두 있어. 4살. 말 되게 잘한다.
정 선	(미소. 결혼할 나이구나 이 여자)
현 수	제부 성격 온순하구 강단 있어서 잡혀 살아. 그래도 좋대. 우리 그때 봤을 때 남자 친구랑 헤어져서 힘들어하구 있을 때였어. 나한테 스트레스 풀면서 살았던 애야 걔가.
정 선	(그렇구나. 가족 얘기에 할 얘기가 없다)
현 수	우리 엄마랑 아빠 금슬 좋아서 자식들이 안중에 없어. 쫌 있음 퇴직이라 여행 다니실 생각에 들떠 계셔.
정 선	(미소)
현 수	아버님은 어떤 분이셔?
정 선	분당에서 치과 해.
현 수	(E 속소리) 어떤 분이냐구 물어봤는데 직업을 말한다. 말하기 싫은 걸까 아님 아직 정리되지 않은 걸까.
정 선	일은 어떻게 돼가? 대본 많이 썼어?
현 수	얘기 줄거리랑 대본 고쳐서 넘겼거든. 근데 대표님이 맘에 안 든대 고친 줄거리가.
정 선	(내 일에도 참견하더니) 맘에 안 들면 어떻게 되는 거야?
현 수	고치던지! 설득시키던지!
정 선	어떻게 할 거야?
현 수	다시 생각해보구 준하 오빠하구 얘기해봐야 돼. 준하 오빠가 연출할 거니까. 정선 씨 식당은 어때?
정 선	컨설팅 의뢰한 거 결과 나옴 식당 운영이 달라질 거 같아.
현 수	박 대표님하곤 일루 안 만날 수 없어. 기분 나빠?
정 선	좋진 않지만 할 수 없잖아.
현 수	이해해줘서 고마워. 파이팅! 우린 잘해낼 거야!
정 선	(미소).......

씬18. 굿스프 홀/ 주방

서버들 정리 중이다. 원준도. 수정, 카운터에 있고. 홍아, 들어온다.

홍 아   저 또 왔어요. (하고 수정에게 인사한다)

수 정   언제나 환영이에요.

홍 아   언니 그거 좀 가식 아니에요?

수 정   좋을 대루 생각하세요. 언제나 좋을 대루 하잖아요.

원 준   수정 씨! 크리스마스 프로모션 와인리스트 뽑은 것 줄래요?

수 정   네!

홍 아   (원준에게 가서) 난 아는 척 안 해?

원 준   (부드럽게) 내가 안 해두 니가 하잖아. (주방으로 간다)

홍 아   (따라가며) 나한테 화났어?

원 준   화날 게 뭐 있어? 항상 니가 하던 대루 했는데. (주방에 들어가고)

홍 아   (따라 들어가서) 그래서 이제 나 안 좋아해?

원 준   지홍아! 널 좋아하는 건 니 문제가 아니라 내 문제야. 니가 잘해서 좋아했던 거 아닌데 뭐.

홍 아   수정 언니랑 사겨? 그거 안 좋은 거야. 다른 여자 맘에 품구 있으면서

원 준   (O.L) 습관 아닐까. 널 맘에 품구 있는 거. 너무 오래됐으니까. 습관은 고치면 되는 거 아닐까. 이런 생각이 든다 요즘.

홍 아   그런 생각하지 마. 오빠 없으니까 심심해.

원 준   니가 그렇게 말함 약해지잖아. 결심했는데.

홍 아   왜 결심해? 마음 가는 대루 하면 되잖아.

원 준   이제 일방적으루 하는 사랑 지겨워.

홍 아   ………

원 준   수정 씨 고백 듣기 전까진 내가 다른 사람들한테 그렇게 한심하게 보이는지 몰랐어.

수 정   (들어오는. 리스트 갖고 오는. 주며) 여기요!

원 준   고마워요.

수 정   (나가려는데)

원 준   잠깐요! 홍아 있는 데서 할 말 있어요.

수 정   (서는)

홍 아   ....

원 준   그때 홍아 있는데서 고백해줘서 고마워요. 근데 내가 홍아한테 삐져서 오버했어요. 수정 씨 거니까 수정 씨 허락받구 부르라구 했잖아요. 미안해요.

수 정   괜찮아요. 미안했어요. 제가 수셰프님 삶에 허락두 없이 참견해서. 그럼. (나가는)

홍 아   ....

원 준   세상엔 참 좋은 여자가 많은 거 같아. 좋은 여자한테 사랑을 느끼려면 어떻게 해야 되는 건지 생각하구 있어.

씬19. 굿스프 홀

정선과 현수, 2층에서 내려온다. 홍아, 주방에서 나온다.

현 수   차 갖구 왔어. 가면 돼.

정 선   주차장까지 갈게.

홍 아   언니이!

현 수   (본다) 너 아까 안 갔어?

홍 아   집에 가는 거야?

현 수   어 가려구.

홍 아   나랑 같이 가. 힘든 일이 생겼어. 언니가 들어줘야 돼.

씬20. 현수 집 앞 놀이터

현수와 홍아 있다. 춥다.

현 수	들어가자니까?
홍 아	들어가면 경이 있잖아. 섭섭해. 경이하구 나보다 더 친한 거 같아. 그거 의리 없는 거야 언니. 우리가 같이 보낸 시간이 얼만데?
현 수	뭐 땜에 그러는데?
홍 아	원준 오빠 달라졌어. 이제 반항해. 내가 일두 잘 풀려가구 있는데 왜 그러는지 모르겠어.
현 수	원준이 지금까지 한결같았잖아. 지겨울 때두 됐어.
홍 아	(놀란) 원준 오빠랑 똑같이 말하네.
현 수	사람이 사람을 좋아하는 거 쉬운 일 아냐. 쉽게 보이지만. 좀 잘해줘. 원준이 놓치구 후회하지 말구.
홍 아	언닌 여러모로 운이 좋은 거 같아. 일두 안 되는 거 같더니 다시 진행 중인 거 같구 사랑두 얻었구.
현 수	너는 비교만 안 하면 세상 다 가진 애가 대체 왜 그러니?
홍 아	내가 안 하겠다구 하면 안 하는 게 돼?
현 수	(아이 정말 얘 때문에 진짜) 그래서 계속 나랑 비교할 거야?
홍 아	언니가 경일 더 좋아하는 거 같으니까 더 질투가 나잖아.
현 수	나 들어갈래 추워. (들어가는)
홍 아	(뒤에 대고) 언니 어떡할래? 대표님이랑 정선이 서루 좋아하는 여자가 언니란 거 모르잖아.
현 수	두 사람 지금 다 알아.
홍 아	알아? 그럼 정선인 어떡해? 대표님이 정선이 식당에 투자했는데 언니 땜에 투자금 회수한다 그럼 어떡해?
현 수	(그런 생각까진 못했다) 그럴 사람 아냐 대표님.
홍 아	그럴 사람이 정해져 있어?
현 수	너는 진짜 불안감 조성하는 데 뭐 있다.

씬21. 정선 집 거실

정선과 원준, 차 마시고 있다. 원준 앞에 정우가 준 '굿스프 컨설팅 1차 결과' 앞에 놓여 있다.

원 준   (결과지 건들며) 2차 결관 언제 나와? 대표님 주방 와서 슬쩍 들러보구 나가시는데두 소름이 쫙 돋드라.

정 선   곧 나오겠지. 추진력 있으니까.

원 준   왜 1년두 안 됐는데 이러시는 거야? 현수 누나 땜에 그런 건가? 박 대표님 너하구 현수 누나 사귀구 있는 건 몰랐었지! 그 충격 땜에 잠깐 판단력 잃은 거 아냐?

정 선   판단력 잃을 사람 아니잖아.

원 준   맞다 그건. 근데 현수 누난 어떻게 저런 남자가 옆에서 호감을 보이는데 안 넘어갔냐? 홍아 같음 백번 넘어 갔을 거다.

정 선   형은 진짜 홍아랑 끝낼 수 있어?

원 준   끝낼 수 없어두 끝내볼 거야.

정 선   (보는) 난 형 사랑 응원했어. 홍알 보면 우리 엄마가 떠올라 안쓰러운 마음 같은 거 있거든.

원 준   진짜?

정 선   수정 씨가 형한테 고백한 거. 이해해. 형은 아주 매력 있는 남자야.

원 준   하아 역시 온 셰프!! 따뜻해지는군! 그나저나 넌 어떡해? 현수 누나가 진짜루 프로포즈 받구 싶은 상댄 너 아닐까!

정 선   그런 게 뭐가 중요해? 내가 얼마나 사랑하는지 다 알 텐데.

씬22. 현수 집 안 방

현수, 컴퓨터 켜 있고. 현수, 자판 친다. 해피엔딩 헤어지지 않는다. 새드엔딩 헤어진다. 어떤 쪽이 현실적인가. 어떤 쪽이 대중적인가.

현 수   (E) 해피엔딩 헤어지지 않는다. 새드엔딩 헤어진다. 어떤 쪽이 현실적인가. 어떤 쪽이 대중적인가. (F.O)

씬23. 정우 사무실 복도/ 사무실 밖 (F.I) ─ 이른 아침

정우, 들어오고 있다. 옆에 직원.

직 원   굿스프 컨설팅 2차 결과 나왔습니다.

정우, 안으로 들어간다. 닫히는 문.

씬24. 정우 사무실 안

정우, 보고서 보고 있다. 굿스프 2차 컨설팅 보고서. 페이지를 넘기는 정우.

씬25. 정선 집 거실/ 정우 사무실 안

정선, 식당으로 내려가려는데. 핸드폰 E 발신자 '박정우' 정선, 어느 순간 부터 정우 이름만 봐도 긴장.

정 선   (받는) 여보세요?
정 우   굿스프 2차 컨설팅 결과 나왔다. 내가 오늘 시간이 좀 빡빡해서 니가 브 레이크 타임에 내 사무실루 잠깐 왔다 가라.
정 선   알았어.

씬26. 정우 사무실 안 ─ 낮

정우, 스트레칭하고 있다. 노크 E

비 서   (들어오는) 온 셰프님 오셨는데요.

정 선   (들어온다)

정 우   앉아.

정선, 앉는다. 정우, 굿스프 2차 컨설팅 서류. 테이블에 놓고 정선에게 밀어준다. 아무렇지도 않아 보이지만 미묘한 긴장감. 일 얘기하지만 안에 감정들이 자연스레 드러나서일까.

정 우   읽어봐!

정 선   (서류 들고 읽는)

정 우   커피 마실래? 내가 내려줄게.

정 선   줘.

점프 시간 경과.

정 우   (커피 내리는)

정 선   (다 읽고 테이블에 놓는다) 인테리어부터 바꾸란 거야?

정 우   (내린 커피를 정선에게 순다) 그건 비용이 많이 드니까. 효율성이 떨어져. 지금 나가는 메뉴 바꿨음 좋겠어.

정 선   (받고. 황당) 메뉴 바꾸라구?

정 우   메뉴 자체만 보면 훌륭해. 근데 우리 문화에 안 맞아. 음식이 너무 가볍구 양두 적어. 재료비두 너무 비싸. 그러니 수지가 안 맞잖아.

정 선   음식 값은 그대루 받으면서 재룰 싸게 해서 이익을 남기란 거야?

정 우   계속 그러란 게 아니라 경영 정상화가 되면 다시 가면 돼.

정 선   다시 가면 손님들이 기다린대? 날 믿구 내 요릴 좋아해서 오는 손님들을 속이는 짓은 못 해. 싼 재료 쓰면서 질 좋은 음식 못 만들어.

정 우   그럼 직원들을 구조조정 해.

정 선   뭐?

정 우   손님에 비해 주방이나 홀 직원 많아. 홀 두 명하구 주방 막내 정리하면 되겠다.

정 선   굿스폰 파인다이닝 레스토랑이야. 지금 있는 직원들 파인다이닝에 맞는 서비슬 위해 필요한 최소 인원이야. 이제 겨우 서로 손발 맞아가는데 정리하라구?

정 우   손발 맞아가는데 알러지 사건 터진 거야?

정 선   (보는)

정 우   재료비나 인원 둘 중에 하난 컨설팅대루 해.

정 선   못 한다면?

정 우   못 한다면 내가 투자금을 빼야 되나?

정 선   그건 계약 위반이야.

정 우   그럼 우리들의 우정에 맡겨볼게.

정 선   형!!

정 우   굿스프 이름 바꾸는 건 어때? 그런 제안두 있던데. 이름이 파인다이닝 같지가 않구 일반 레스토랑 같대.

정 선   한 가지 묻자. 이게 형이 말한 남녀 간의 치정! 유치한 싸움이야? 일을 가장해서 흔드는 거?

정 우   벌써 못 하겠어? 이거 시작인데. 포기할 거면 지금 해. 그럼 내가 현술 갖기 위해 널 흔드는 거 안 할 거야.

정 선   나에 대한 애정은 없어?

정 우   있어. 있지만 둘 중에 한 사람을 선택하라면 여자야.

정 선   ....

씬27. 정우 사무실 밖 복도

영미, 꽃 들고 걸어오고 있다.

영 미   (비서에게) 안녕! 박 대표 있지?

비 서   지금 온 셰프님 와계시는데. 두 분 같이 만나기루 하신 거예요?

영 미   뭐야?

안에서 나오려는 기척 들리니까. 영미, 비서 서 있는 곳으로 들어가 탁자 밑에 숨는다. 문 열리면서 정선 나온다. 비서, 정선에게 인사. 정선, 목례 하고 간다. 영미, 바닥에 숨어 있고.

영 미   (비서에게) 갔어?

비 서   (보고) 네.

영 미   쟤는 여기 왜 왔어? 간 떨어질 뻔했네.

홍 아   (온다) 안녕하세요? 대표님 계시죠? (들어가려는데)

비 서   네 근데, 저기 잠깐 기다려주심 안 될까요?

홍 아   왜요? (시계 보며) 약속 시간 맞는데요.

영 미   내가 박 대표랑 친분이 두터워서 약속 안 하구 왔어요. 잠깐 꽃만 주구 갈 거니까. 조금만 기다려줘요.

홍 아   (기분 나쁜)

영 미   기분이 얼굴에 다 드러나나 봐요. 나랑 비슷하네. 근데 그래두 내가 어른 인데 박 대표랑 친분 있다구 했잖아요.

홍 아   박 대표님하구 친분 있으셔두 약속 안 잡구 오셔서 남의 시간 뺏는 건 아니라구 봐요.

영 미   그러니까 내가 양핼 구하잖아요. 박 대표랑 어떻게 알아요?

비 서   계약 작가님이세요.

영 미   작가예요?

홍 아   네 작가예요.

영 미   우리 아들 여자 친구두 작간데. 걔는 미니시리즈두 썼어요. 그럼 바빠서 이만. (안으로 들어간다)

홍 아   (비서에게) 누구예요?

비 서   온 셰프님 어머님이요!

홍 아   온정선 셰프요!

씬28. 정우 사무실 안―낮

영미, 사온 꽃 테이블에 놓는다.

영 미   박 대표가 우리 정선이한테두 잘하구 나한테두 배려 많이 해줘서 신경 좀
         썼어.
정 우   감사합니다.
영 미   약속 안 하구 와서 얼굴만 잠깐 보구 갈게. 시간 없을 테니까.
정 우   네.
영 미   그럼 잘 지내요. (나가는)
정 우   ....
현 수   (E) 잘 지낸다구 해서 잘 지내는 게 아닌 것처럼.

씬29. 현수 집 거실

현수, 준하와 경. 회의 중이다. 착한 스프 대본과 시놉시스 있고. 감자칩
있고. 정선 소스 찍어 먹는다.

현 수   해피엔딩이라구 해서 모두 다 해피한 건 아니잖아.
준 하   정우 형두 그렇구 나두 그렇구 이 작품 엔딩이 새드기 때문에 하구 싶은
         거였어.
경   감독님 너무 현실을 모르신다. 요즘 내 또래 애들 사랑을 뭘루 하는 줄 알
         아요? 드라마루 해요. 먹구사는 건 팍팍해! 인간관계 치여! 사람 깊게 안
         만나 상처받을까 봐! 거기다가 새드엔딩 던져서 가뜩이나 없는 연애 의
         욕 더 떨어뜨릴 거예요?
준 하   황보 작가두 연애 안 해?
경   남이 연앨 하던 말던 상관할 바 아니구요.
준 하   그럼 해피엔딩 해!
현 수   해? 뭐가 이렇게 순순해?

준 하   황보 작가 말대루 현실 땜에 연애하기 어려운데 드라만 연애하라구 부추
       겨야지! (경에게) 그죠?

경   ....(알면서. 모른 척)

현 수   근데 오빠 논리가 너무 감정적이라 대표님 설득할 수 있겠어?

준 하   감독하구 작가가 하자구 하면 하는 거지 뭐.

현 수   오빤 근데 이 작품 왜 하구 싶어?

준 하   그냥. 뭐.. 여기 오는 게 좋기두 하구.

현 수   여기 오는 게 좋다구 연출을 한다구? 내가 이런 사람하구 일해야 되니?

경   내가 볼 땐 감독님이 여기 오는 게 좋다는 건 여기 오면 착한 스프 얘길
       할 수 있으니까.

현 수   경이가 끓여주는 라면 땜에 오는 거 아냐?

경·준하 아냐!

준 하   찌찌뽕! (하면서 경에게 손 내민다)

경   찌찌뽕! (손 부딪치는)

현 수   아니면 아니지 둘 다 좀 이상하다.

준하·경 뭐가 이상해?

현 수   이번엔 찌찌뽕 안 해?

경   두 번은 하는 거 아냐.

준 하   내 생각두 같아. 정우 형하구 약속 잡을 게. 같이 만나서 작품 얘기하구
       밀어붙이자.

현 수   오케이!

씬30. 정우 사무실 안

       홍아와 정우, 앉아 있다. 차 앞에 놓고.

홍 아   유홍진 씨피님 만났는데 김준하 감독한테 미니 편성 준대요. 김준하 감독
       저두 잘 알잖아요. 대표님이 김준하 감독하구 연결 좀 해주세요.

정 우   준하는 이현수 작가랑 작업하구 있어요.

홍 아   작업하다가 깨지는 거 다반산데요 뭐.

정 우   깨졌음 몰라두 중간에서 채 올 순 없어요. 준하가 지 작가랑 하구 싶다구
        하면 몰라두.

홍 아   그럼 제 건 어떻게 메이드해주실 거예요?

정 우   내가 생각하구 있는 지 작가에 대한 그림은 민이복 감독하구 엮어주는 거
        예요.

홍 아   (발끈) 저 엿 먹이려구 작정하셨어요? 상습적으루 대본 고치구/ 고친 대
        본으루 찍는 것두 아니구/ 촬영 나가서 또 바꿔 찍는 감독을 저한테 붙이
        는 거예요?

정 우   아마 이번엔 안 그럴 거예요. 망했잖아요. 당하구 있을 지 작가두 아니구.
        내가 보기엔 둘이 맞아요.

홍 아   뭐가 맞아요?

정 우   둘 다 개연성 없구.. 빠른 스피드가 장점이에요. 욕하려구 하면 이미 다른
        얘기루 넘어가버리니까 만화책 보듯 재밌어요.

홍 아   전작이 망했다는 게 싫어요.

정 우   망하지 않음 지 작가한테까지 차례 안 가요.

홍 아   김준하 감독 만나볼래요.

씬31. 한강 공원 — 밤

정선, 뛰고 있다. 생각 정리하려고.(flash back 3부 씬53. 정우, 형이라구
부를래? 이런 제안은 아무나한테 안 해.) 정선, 뛴다. (flash back 10부 씬
50. 정우, 프로포즈 반지야. 니가 갖구 있다가 요리하구 같이 내줘.) 정선,
뛴다. (flash back 10부 씬50. 정선, 형 나는 형이랑은 안 틀어질 거 같
아.) 뛰고 있다. 땀범벅. (flash back 11부 씬46. 정우 유치하지! 이런 싸
움이야. 남자 여자 치정은! 너 이거 견딜 수 있어?)

씬32. 정선 집 욕실

정선, 샤워하고 있다. (flash back 씬26. 정우, 벌써 못 하겠어? 이거 시작
인데. 포기할 거면 지금 해. 그럼 내가 현술 갖기 위해 널 흔드는 거 안 할
거야.) 물 맞고 있는.

씬33. 정선 집 거실

정선, 샤워하고 나왔다. 문자 메시지 E 현수다. '뭐해' 정선, 본다.

현 수   (E) 뭐해

씬34. 현수집 앞 놀이터

정선, 그네에 앉아 있다. 현수, 온다.

현 수   그러구 앉아 있으니까 소년 같다.
정 선   옆에 와서 빨리 앉아. 소녀 같게.
현 수   (미소. 옆에 와서 앉는다)
정 선   오랜만입니다.
현 수   네 오랜만입니다. 일주일 된 거 같은데 3일 지났네요. 오늘 하룬 어떤 일
        이 있었나요? 힘들었나요?
정 선   힘들었습니다.
현 수   저두 힘들었습니다. 공통점이 있어서 좋아요.
정 선   (미소) 뭐가 힘들었어?
현 수   크게 사건은 없었구 소소하게 작품 쓴 거 어떻게 갈지 방향 결정했어.
정 선   어떻게 결정했어?
현 수   해피엔딩! 정선 씬 뭐가 힘들었어?

정 선 난 사건이 있었어.

현 수 뭔데?

정 선 말하기가 싫어. 말하기 싫음 안 해두 되지?

현 수 돼. 대신 그네를 밀어줘.

정 선 그건 내가 해줄 수 있다. (하면서 그네 밀어주는)

현 수 행복해! 힘들어두 행복해! (F.O)

씬35. 현수 집 골목. 북촌 (F.I) — 이른 아침

현수, 뛰고 있다. 옆에 경 있다. 현수가 앞서고 있다. 경, 저질체력이다. 멈춘다.

현 수 경! 쉬면 안 돼. 관성으루 (팔을 움직이며) 이렇게 이렇게 해!

경   언니 안 된다 잘!

현 수 일 들어가기 전에 몸 만들어놔야 돼. 굿스프 취재 있어 오늘!

경   언니 하면 나두 한다! (하면서 뒤따라가는)

씬36. 굿스프 주방 (F.I) — 이른 아침

정선, 농어 요리 만들고 있다. 플레이팅까지. 원준, 들어온다.

원 준 우와! 이게 새 메뉴야?

정 선 어어. 먹어 봐.

원 준 대표님 만나러 간 거 잘됐구나. (하면서 포크 들고 오는)

정 선 아니. 골치 아픈 일 생길수록 내 요리에 집중하는 게 남는 거다 싶어서.

원 준 맞아! 결국 남는 건 요리야! 대표님 뭐라시는데?

정 선 구조조정 얘기해!

원 준 헐!!

경수·민호   (들어온다) 안녕하세요?

민 호   이게 뭐예요?

정 선   메뉴에 새로 넣을 요리! 다들 맛 좀 봐봐.

하 성   안녕하세요? (하면서 시식에 합류한다.)

일동 먹어보는. 만족한 리액션들.

씬37. 정우 사무실 안

정우, 1인용 소파에 누워 있다. 준하, 들어온다. 테이블 위에 와인과 꽃. 카드 꽂혀있다. '박정우 대표님!' '생신 축하드립니다.'

준 하   형! (안쓰러운)

정 우   (일어나 앉는)

준 하   일만 하다 죽을 거야? 어째 요즘 더 일만 하는 거 같다. 점심 약속 있어? (테이블에 꽃 눈에 들어온다. 카드 꺼내 읽어본다. '박정우 대표님!' '생신 축하드립니다.')

정 우   없어. 요즘 밥답게 먹어본 적이 별루 없어.

준 하   형 생일이야?

정 우   오늘 아니구 내일.

준 하   그럼 내가 생일 축하 거하게 해줄게.

정 우   됐어. 너랑 둘이 무슨 생일! 더 기분 나빠!

준 하   그럼 뭐 할 거야?

정 우   뭐 하겠냐? 가평 별장 가서 처박혀 있을 거야.

준 하   너무 외롭잖아. 다 가지면 뭐 해! 형 땜에 내가 맘이 쓰리다!

정 우   니가 누굴 동정할 처진 아닌 거 같다. 왜 보잔 거야?

준 하   착한 스프 땜에. 현수랑 회의했는데 우린 해피엔딩으루 가잔 결론 냈어.

정 우   다시 회의해봐. 내가 제작해. 나두 내가 보구 싶은 걸 제작할 권리가 있어.

핸드폰 E 준하 보면 발신자 '지홍아 작가'

준 하 지 작간데? 왜 나한테 전화했지?
정 우 (알겠다) 암튼 근성 있어. 그건 맘에 들어. 만나자구 할 거다 아마.

씬38. 굿스프 홀

홍아, 있다. 준하, 있다. 같이 식사하고 있다.

준 하 만나자구 해서 놀랐어요. 둘이 만난 적은 없잖아요.
홍 아 김 감독님 다음 미니 준비하신다면서요?
준 하 아직 결정 안 됐어요.
홍 아 어떤 작가랑 준비해요?
준 하 몰랐어요? 현수랑 하구 있잖아요. 황보 작가한테 얘기 못 들었어요?
홍 아 (확정된 거구나) 아아... 근데 현수 언니하구 준비해서 편성 받을 수 있어요? 저번 일두 있잖아요.
준 하 내가 하겠담 하는 거죠.
홍 아 김 감독님 저번 미니 잘 안 됐었잖아요. 이번엔 잘해야 되잖아요.
준 하 저 그래두 저번에 팬 많이 생겼어요. 제 애칭이 준하찡!이에요.
홍 아 저랑 같이 하는 건 어때요? 제 작품 읽어보셨어요?
준 하 (못 들은 것처럼) 오늘 밥 사줘서 고마워요. 비싼 밥인데.
홍 아 많이 드세요.

씬39. 굿스프 테라스

정선, 전화하고 있다.

정 선 컨설팅 받은 거 생각해봤어. 결정했어. 디너 끝나구 형 사무실루 갈게.

씬40. 회사 엘리베이터 안

정우, 전화 끊는다. 직원 옆에 있다.

직 원 순무제작사에서 이현수 작가님하구 계약하구 싶은가 봐요. 연락왔었어
       요. 계약 사항 체크하러.

정 우 ....

씬41. 굿스프 테라스

정선, 내려가려는데 홍아 올라온다.

정 선 너 웬일이야?

홍 아 점심 먹구 가려다 기분 드러워서. 원준 오빠 주방에 할 일 남은 거 같구.
       넌 오너셰프니까 시간 있는 거 같아서.

정 선 넌 어느 면으루 보면 성격 좋아.

홍 아 난 내가 보구 싶음 봐. 안 보구 싶음 그만이지만. 너랑 나랑 친구루 지낸
       시간 있잖아. 무 자르듯이 딱 잘라지겠냐?

정 선 (강적이다. 앤) 근데 어쩌냐 나 지금 내려가 봐야 되는데.

홍 아 너희 어머니 봤다. 너랑 엄청 다르더라. 깜짝 놀랐어.

정 선 (당연히 식당에서 봤을 줄 알고) 어디서 봤는데?

홍 아 박정우 대표님 사무실!

정 선 (뭐지 이건. 불길한)

홍 아 현수 언니 힘들겠더라. 첨으루 너랑 남자 여자루 안 엮인 게 좋았단 생각
       했어.

씬42. 화랑―낮/ 정선 집 거실

영미, 그림 구경하고 있다. 다니엘하고. 핸드폰 E '정선'

영 미   (받으며) 어 아들!

정 선   (좀 화난) 정우 형 만났어 그저께?

영 미   그걸 니가 어떻게 알았어?

정 선   정우 형 사무실까지 엄마가 왜 가? 만나려면 굿스프에서 보면 되지.

영 미   아니 난 너한테 잘해서 앞으루두 잘 지내라구 꽃 사갓구 잠깐 들렀어.

정 선   이상한 짓 하구 다니는 건 아니지?

영 미   이상한 짓이라니? 넌 왜케 엄말 못 믿니? 옛날에 돈 사고 친 거 갖구 얼마나 더 우려먹을 거야?

정 선   정우 형한텐 얼씬두 하지 마.

영 미   아니 내가 뭘 어쨌다구!

정 선   (전화 끊는)

영 미   어머 그냥 전화 끊는 거 봐. 내가 사무실 간 건 어떻게 알았어? 정우가 말했을 리 없구 비서가 말했을 리 없구 그럼 누구야?

씬43. 굿스프 홀

브레이크 타임. 현수와 경, 원준 인터뷰하고 있다. 탁자 위에 녹음기(핸드폰) 놓여 있고, 경은 노트북으로 원준의 말을 받아 적고 있다.

현 수   수셰프가 하는 일이 뭐야?

원 준   식당 전체 시스템을 실질적으로 관리하구 셰프 업무도 도와요.

현 수   셰프가 없으면 대신 일을 할 수 있을 만큼 실력두 있어?

홍아, 2층에서 내려온다. 경, 본다. 홍아, 세 사람 보고 그쪽으로 온다.

원 준	아직 전 많이 모잘라요. 정선이가 워낙 잘하니까. 셰프론 완벽에 가까이
현 수	(홍아 보고. 여기 왜 왔나?) 어?
경	너 왜 거기서 내려와?
홍 아	정선이하구 얘기 좀 했어. 여기까지 왔는데 아는 사람은 보구 가는 게 좋
	잖아. (원준 보며) 오빠 나 보는 거 싫어하는 거 같아서.
원 준	니가 언제 내 의사 존중하면서 나 봤냐?
홍 아	요즘은 나한테 쌀쌀 맞잖아. 그래서 눈치 본다. 나두 그냥 들이대진 않아.
	여기서 취재하는 거야?
경	어. 넌 누구랑 밥 먹었어?
홍 아	김준하 감독하구. 언니랑 일하기루 했다며?
현 수	둘이 한다구 결정해서 되는 거 아니잖아. 방송국에서 통과가 돼야지.
홍 아	암튼 지금 둘이 하는 거잖아. 언니가 전에 만났을 때 확실히 언니랑 한다
	그랬음 오늘 안 만났잖아.
경	(놀란) 너 김 감독님하구 할려구 했어? 연출 못한다구 엄청 씹었잖아.
홍 아	너두 씹었잖아. 근데 언니가 같이 일하네. 방송은 해야 되니까.
수 정	(와서) 차 한 잔씩 더 드릴까요?
현 수	아니에요 수정 씨. 고마워요. 항상 오면 친절하게 대해줘서.
수 정	(미소 목례하고 가는)
홍 아	난 저 언니 싫어.
원 준	(홍아 보는)

씬44. 정선 집 거실

정선, 요리책 보며 요리 연구하고 있다. 노마 쿡북 보고 있다. 현관벨 E

정 선	(스크린 본다. 현수다. 정선, 문 연다) 취재하러 온다더니 취재 다 했어?
현 수	(들어오며) 아직 멀었어. 지금은 온정선 셰프님 취재하러 왔습니다.
정 선	나 뭐?
현 수	지금 뭐 해? 셰프들은 쉴 때 뭐 해?

정 선   책 보구 있었어. 메뉴 개발해야 돼. 결국 살아남는 건 내 요리니까!

현 수   근데 성격이 되게 부드러운 거 같아. 난 맨 첨에 정선 씨 봤을 때 문신하 구 흉터맨에 주먹깨나 쓴 줄 알았어.

정 선   주먹 안 써. 우리 부모님 이혼 이유 중에 그게 있거든.

현 수   (갑자기 훅 들어오니까. 무슨 말 할지 모르겠다) 그렇구나.

정 선   그래. 그래서 폭력 싫어해.

현 수   (정선의 팔을 손으로 툭 친다) 이것두?

정 선   아아! (아픈 듯)

현 수   (당황) 아 미안!

정 선   안 아퍼!

현 수   놀리는 거 진짜 수준급이야.

        핸드폰 E 발신자 '원준'

정 선   내려가야 되겠다. 저녁 프렙해야 돼.

현 수   수고!!!

씬45. 현수 집 거실―밤

        현수, 서랍에서 캬라멜 꺼낸다. 정선이 만들어준. 포장지 벗겨 먹는.

경   (와서) 언니! 김 감독님 전화 왔는데 기획회의 하재. 박 대표님하구 얘기 가 잘 안 됐나 봐.

현 수   (경 주며) 내일 온대?

경   (받으며) 아니 교외루 나가서 하재.

씬46. 정우 사무실 안 ― 밤

정우, 온 더 락 마시는. 노크 E 정우, 본다. 정선, 들어온다. 테이블 위엔 생일 축하 꽃바구니. 카드.

정 선   술 마시네.

정 우   한잔 해! (하면서 술잔에 술 따르는)

정 선   (와서 술잔 드는) 사무실에서 거의 사나 봐.

정 우   집에두 가. 사무실 편해. 없는 게 없으니까.

정 선   용건 얘기할게. 식재료 단가를 낮추거나 주방 인원을 줄이는 건 못 해. 대신 내가 월급 안 받을 게.

정 우   (그럴 줄 알았다) 넌 어떻게 한 치의 오차두 없이 예상대루 딱 떨어지냐!

정 선   그렇게 날 잘 알면서 왜 그런 제안을 하는 거야?

정 우   흔들려구! 말했잖아.

정 선   형 뜻대론 안 될 거야. 갈게. (가는데)

정 우   (뒤에 대고) 니 월급 안 받는 걸루 얼마나 버티겠어?

정 선   버틸 수 없어두 버틸 거야.

정 우   그렇게 해라 그럼.

정 선   (가는)........... (F.O)

씬47. 정우 별장 앞 (F.I) ― 낮/ 현수 집 앞

정우, 산책하고 있다. 핸드폰 E 발신자 '준하' 준하, 자신의 차 앞에 서 있고.

정 우   왜?

준 하   형 뭐 해 생일이잖아. 누구랑 같이 있어?

정 우   혼자 있겠다구 했잖아. 그거 물어보려구 전화했어?

준 하   어.

정 우	쓸데없는 신경 쓰지 말구 니 일이나 해. (끊는)
준 하	쎈 척하면 누가 모르나! 형은 사람 아니냐!
현 수	(E) 뭘 그렇게 중얼거리구 있어?

현수와 경, 내려온다.

| 준 하 | 자매님들 갑시다! 공기 맑은 곳으루! |

씬48. 굿스프 주방 — 낮

정선, 칼 갈고 있다. 영미, 들어온다.

영 미	넌 쉬는 날인데두 주방을 못 벗어나는구나.
정 선	왜 왔어?
영 미	생각해봤는데 너무 이상해서. 너하구 박 대표 사이 무슨 일 있어?
정 선	엄마하곤 상관없는 일이잖아.
영 미	왜 상관없어? 니가 가진 인간관계 중에 박 대표만큼 도움 되는 인맥이 어딨어? 뭐 땜에 틀어졌는지 엄마한테 말해봐. 그럼 엄마가 도와줄게.
정 선	(칼 정리한다) 엄마까지 보태지 않아두 충분히 힘드니까 그만해.
영 미	충분히 뭐가 힘든데?
정 선	내가 알아서 할게.
영 미	물론 니가 알아서 하겠지. 내가 너한테 신용을 얻지 못했으니까. 근데 난 너 힘든 거 못 봐. 나 땜에 힘든 건 할 수 없다 쳐두. 남들이 널 힘들게 하는 건 싫어.
정 선	아무 일두 없으니까 엄만 가서 엄마 인생 살어. (나간다.)
영 미	....

씬49. 정우 별장 안/ 밖

정우, 음악 틀어놓고. 책상엔 회중시계. 술 한잔하면서 뒹굴거리고 있다.
문자 메시지 E 정우, 문자 본다. '형 우리 기획회의 하러 왔어.'

준 하   (E) 형 우리 기획회의 하러 왔어.
정 우   (무슨 소리지?)

정우, 문 열고 나간다. 그 시선으로 현수 경 준하 보인다. 현수와 경, 있고.
두리번댄다. '우와 좋다' 준하, 차에서 내린다. 현수, 정우를 본다. 경도
봤다.

준 하   (정우를 향해 손 흔든다) 혀엉!!!
현 수   (황당한) 이거 뭐야?
준 하   기획회의 정우 형 별장에서 하자구! 회의에 형두 들어와야지.
현 수   그럼 그렇다구 말을 해야지. 이렇게 오면 어떡해?
준 하   니가 말함 안 온다 그럴까 봐.
현 수   오빠가 생각해두 안 올 거 같은데. 데려온 거네!
경   감독님 진짜! 사람 그렇게 봤는데 그러네.

씬50. 별장 안 — 낮

와인과 안주. 음악. 테이블엔 착한 스프 시놉과 대본. 자유롭게 서 있던 앉
아 있던. 정우, 준하, 현수, 경. 분위기 무르익은. 술 좀 마신.

준 하   형 얼마나 좋아! 이런 게 사람 사는 거지! 나 잘했지!
경   회의하자 그러더니 순 뻥인가 부다.
준 하   뻥 아니구 뻥이에요. 무슨 회의야 여기까지 나와서. 친목하구 해피엔딩으루
        결론!

경   김 감독님 진짜 가볍다. (나가는)

준 하   왜 저래?

현 수   경이 거짓말하는 거 되게 싫어해.

씬51. 별장 밖

경, 걸어가고 있고. 준하, 따라간다.

경   왜 따라와요?

준 하   왜 따라가는지 몰라요?

경   몰라요.

준 하   거짓말하는 거 싫어한다면서요 개뻥이네!

경   뭐뭐가 개뻥이에요?

준 하   내가 좋아하는 거 알잖아요. 왜 모른 척해요?

경   어떻게 아는 척해요?

준 하   왜 아는 척 못 해요?

경   아는 척하면 사겨야 되잖아요.

준 하   사귀면 안 돼요?

경   안 돼요. 작가 될 때까진 아무두 안 사귈 거예요.

준 하   내가 볼 땐 황보 작가 평생 못 사겨 그럼!

경   김 감독님!!!!!! (하곤 도로 안으로 가는)

준 하   (따라가며) 미안해 미안해요!

씬52. 별장 안―낮

정우, 온 더 락이나 위스키 만들고 있다.

정 우   오늘 와인 안 맞네 나하구.

130 / 사랑의 온도 /

현 수   (와인 마시고 있다)

문자음 E 현수 본다. '뭐해' 정선. 정우, 술 마시면서 현수의 미소 본다. 정
선에게 온 문자인가 보다.

정 선   (E) 뭐해?
현 수   (미소. 문자에 답한다. '기획회의 왔음' E) 기획회의 왔음.

다시 문자음 E. 보면 '이따 만날까' 정선.

정 선   (E) 이따 만날까
현 수   (문자 보낸다. 언제 끝날지 몰라. 나중에 연락할게. E) 언제 끝날지 몰라.
          나중에 연락할게.

문 열리면서 경이 들어온다. 준하, 따라 들어온다.

경   언니 집에 가자! 대표님 오늘 회의 안 하실 거죠?
현 수   (일어나며) 그래!
준 하   너까지 왜 그래? 형한테 오늘이 어떤 날인 줄 알아?
정 우   야 됐구! 황보 작가 모셔다 드려 집까지.
현 수   저두 같이 갈게요.
정 우   이 작간 내가 데려다줄게. 할 얘기 있어.
경   그럼 저두 있을게요. (앉는)
준 하   이랬다 저랬다 일어나요! 나두 할 얘기 있어요.

씬53. 별장 밖

경, 준하 차에 탄다. 준하, 운전한다.

씬54. 별장 안

정우, 현수 있다. 시간이 좀 지난. 말없이 각자. 정우 그냥 이렇게 둘이 있
는 공간과 시간이 좋다. 굳이 말 안 해도. 말하면 더 골 아프다. 현수, 불안
하다. 오늘 분명한 의사를 밝혀야 한다. 물론 매번 말했지만.

현　수　좀 전에 문자 온 거 정선 씨예요.
정　우　어쩐지 순순히 남는다 했어. 그렇게 시작해서 아니라는 말 하려는 거면
　　　　그만둬. 거절은 들을 만큼 들었어.
현　수　(미안하지만) 더 나가면 집착이에요.
정　우　집착을 다른 말루 하면 열정이야. 열정으루 바꾸니까 훨씬 긍정적이잖아.
현　수　딴 남자한테 마음 다 줘버린 여자 뭐가 좋아요?
정　우　그 마음까지 사랑해.
현　수　(철렁)......
정　우　눈에서 멀어지면 마음에서 멀어져! 대부분 그래. 근데 넌 아니더라. 그 마
　　　　음 나한테 향하게 하구 싶어.
현　수　방향 바꿀 수 없어요.
정　우　일 때문에 정선이 밀어냈었잖아. 근데 변했잖아.
현　수　대표님이 행복했음 좋겠어요. 딴 마음 품구 있는 여자.. 이건 아니에요.
정　우　어차피 너와 내 사랑은 출발부터 세 사람이었어. 새삼스럽지 않아. 내가
　　　　널 포기한다면 그게 이유가 될 순 없어.
현　수　.....대표님과 같이 일하는 게 맞는 건가 계속 생각하구 있어요.
정　우　일어나 데려다줄게.

씬55. 도로 정우 자동차 안─밤

정우와 현수, 뒷좌석에 앉아 있다. 말없이. 운전기사 있고. 정우, 쓸쓸하다.
다른 남잘 사랑하는 여잘 사랑한다는 거. 현수, 계속 이렇게 불편하다면
결정을 내려야 하나. 정우에게 미안한 마음 있고.

씬56. 현수 집 앞

정선, 현수 기다리고 있다. 정우 차 들어온다. 헤드라이트. 정우 차 서고. 현수와 정우 내린다. 현수와 정우를 바라보는 정선의 감정 요동치는. 이 세 사람의 아슬아슬함.

정 우 이대루 들어갈 거야? 난 바람 쐬구 싶은데.

현 수 ………

정 선 형!

정우·현수 (본다)

현 수 정선 씨! (하면서 정선에게 간다) 언제부터 와 있었어?

정 우 (두 사람 보는. 특히 현수의 표정에. 나에겐 보여주지 않았다)

정 선 아까!

현 수 춥겠다 그럼. 안에 들어갈래?

정 선 아니. 현수 씨 안에 들어가. 나 형하구 할 얘기 있어.

현 수 기분 나쁘지?

정 선 좋진 않아.

현 수 알았어 들어가 있을게.

정 선 어 들어가.

현 수 대표님 전 이만 들어갈게요. (하고 들어간다)

정선과 정우가 남는다.

정 선 할 얘기 있어.

정 우 여기서 할래?

정 선 아니.

씬57. 현수 집 앞 놀이터

정우, 오고 있고. 그 뒤에 정선 있다. 정우, 멈춰 서고. 정선, 멈춰 선다.

정 우   할 말이 뭔지 해봐.

정 선   이제 그만둬. 싫다는 여자한테 들이대는 거 그만하라구.

정 우   아직 싫단 말은 못 들었어. 사랑이 아니란 말까진 들었다. 근데 너두 알다
         시피 사랑은 변하잖아.

정 선   우린 아냐.

정 우   아니 니가 변할 거야.

정 선   뭐?

정 우   굿스프 앞에서 니들 처음 만났을 때 내가 왜 니들 사일 의심 안 했는지 알
         아? 어떻게 너냐? 아직 자리두 못 잡구 나이두 어리구

정 선   (주먹에 힘 들어가는)

정선(N)   아버지의 인생과 다름을 증명하기 위해 살았다. 아이러니하게 그날 자유
         로워졌다.

정 우   (계속 도발하는) 니가 현수한테 줄 수 있는 게 뭐야? 난 원하는 거 다 줄
         수 있어. 자기감정만 중요해 여자 미래 따윈 안중에두 없지? 패기두 없어
         넌! 분노할 땐 분노해야지! 니 여잘 내가 뺏으려구 하잖아! 주먹에 힘이
         들어갔음 날려야지 날리지두 못하잖아!

정선, 정우에게 주먹을 날린다.

13부

25

응원해 주세요

26

우리 같이 살자

씬1. 현수 집 앞 놀이터

12부에 이어
정우와 정선 있다.

정 우 굿스프 앞에서 니들 처음 만났을 때 내가 왜 니들 사일 의심 안 했는지 알아? 어떻게 너냐? 아직 자리두 못 잡구 나이두 어리구

정 선 (주먹에 힘 들어가는)

정 우 (계속 도발하는) 니가 현수한테 줄 수 있는 게 뭐야? 난 원하는 거 다 줄 수 있어. 자기감정만 중요해 여자 미래 따윈 안중에두 없지? 패기두 없어 넌! 분노할 땐 분노해야지! 니 여잘 내가 뺏으려구 하잖아! 주먹에 힘이 들어갔음 날려야지 날리지두 못하잖아!

정선, 정우에게 주먹을 날린다. 정선, 주먹을 날렸다. 정우도 때릴 줄 알았다. 정우, 승자의 눈으로 정선을 본다.

정 우 너두 이제 좀 사람 같다! 그동안 너무 품위 있었어. (가는)

정 선 (때려서 얻은 게 뭔가. 패배감과 분노).......

타이틀 오른다.

씬2. 현수 집 안

현수, 시계를 본다. 10시 39분이다. 핸드폰에서 정선 연락처를 누를까 말까 한다. (flash back 12부 씬56. 정선, 현수 씨 안에 들어가. 나 형하구 할 얘기 있어. 현수, 기분 나쁘지? 정선, 좋진 않아.) 현수, 버튼을 누른다. 신호음 떨어진다.

씬3. 정선 집 안 욕실

정선, 손 씻는다. 외출하고 돌아와. 거울 본다. 정우 때린 손 본다.

정 우   (E) 너두 이제 좀 사람 같다! 그동안 너무 품위 있었어.

           밖에서 핸드폰 E

씬4. 정선 집 거실

정선, 나온다. 테이블엔 핸드폰. 발신자 '이현수' 끊어진다.

씬5. 현수 집 안/ 정선 집 거실

현수, 전화하고 있다. 안내음 나온다.

현 수   전화 왜 안 받지?

           핸드폰 E 발신자 '온정선'

현 수   (환한. 안 받을 리 없지. 받는) 여보세요? 어딨어? 아직 집에 안 들어간 건
          아니지?

정 선   집이야.

현 수   다행이다. 만나서 얘기하구 싶어. 안 돼?

정 선   돼.

현 수   알았어. 내가 갈게. (하곤 전화 끊는다)

정 선   (대답할 사이도 없이 끊어버린 현수. 뭔가 그래도 따뜻)

씬6. 굿스프 앞 골목/ 굿스프 앞

          현수, 자전거 타고 오고 있다. 정선, 기다리고 있다.

현 수   (멈춰 선다) 나와 있었네!

정 선   암튼 성질 급해! 대답할 틈두 안 주구 전화 끊구

현 수   자기가 안 된다 그럴까 봐 빨리 끊은 거야.

정 선   (타고 온 자전거 끌고 세워놓는다) 왜 안 된다 그럴 거라 생각했어?

현 수   기분 안 좋을 거 같아서.

정 선   추운 데 들어가서 차 마실래?

현 수   밥 줄 수 있어?

씬7. 정선 집 거실

          정선, 밥할 냄비 꺼내고

현 수   (옆에 서서) 밥하려구? 하지 마. 라면이나 그런 거 있잖아.

정 선   라면 없어. 국순 있어.

현 수   그럼 국수 먹자. 너무 거하다 밥은. 내가 끓일까 국수?

정 선   아냐 국두 끓여 줄 거야. (하면서 냉장고에서 육수, 무와 파 꺼낸다)

현 수   (거기 대고) 아까 대표님하구 회의하구 온 거였어.

정 선	(육수 냄비에 붓고) 술 냄새 났어. 일하면서 술 마셔? (냄비 불에 올리고)
현 수	아아 그건! 준하 선배가 기획회의 가자구 해서 (말하다 보니 아닌 거 같아) 우린 알구 간 게 아니라 준하 선배가 우리한텐 말 안 하구 (하다가) 아 내가 왜 변명하구 있지?
정 선	황보경 작가랑 같이 갔는데 왜 둘이 와? (무를 썬다)
현 수	지금 질투해? 우와 기분 좋다. 근데 괜히 말했다. 별거 없는데. 정선 씬 박 대표님하구 무슨 얘기했어?
정 선	별거 없어. (하다가 손을 벤다. 자신의 심정을 드러내는 듯한. 피나고)
현 수	(깜짝 놀라) 어떡해! (만지려고 하면)
정 선	(못 만지게 하고. 손을 지압하고) 괜찮아. 맨날 이래 우리 일.
현 수	(무슨 일이 있었구나. 정우랑) 그러니까 내가 하지 말라구 했잖아.
정 선	.....빵 먹을래? 굽기만 하면 되니까. 그게 젤 간단하겠어.
현 수	좋아.

정선, 움직이고. 현수, 보고. 정선에게 어떤 선이 느껴지는. 금 그어놓은.
뭐지 이거.

씬8. 포장마차 안

정우, 소주 마시고 있다. 질렀지만 개운하지 않다. (flash back 10부 씬
50. 정우, 우린 어떨까. 우리가 만약 틀어진다면 정선, 왜 만약을 생각해?
지금 좋잖아. 그때 가서 생각해 그건. 근데 형 나는 형이랑은 안 틀어질
거 같아. 정우, 왜? 정선, 형이니까!)

씬9. 거리 보도

정우, 걷고 있다. 밤바람이 찬데 시원하다. 씁쓸한. 여기까지 오기까지 얼
마나 많은 일들을 겪었나. 싸우고 이기고 하는 과정에서 얼마나 많은 사

람들을 잃었나. 이번엔 일이 아니라 사랑이다. 사랑도 투쟁해서 얻어야 하는. 정우 옆 도로엔 정우 차가 계속 정우 발걸음 속도에 맞춰 계속 따라오고 있다.

기 사   (창문 열고) 대표님! 이제 타세요.
정 우   (제스처. 좀 더 걷겠다는)

정우와 정우 차 보도와 도로에서 나란히 걷고 있다. (F.O)

씬10. 공원 (F.I) ─ 이른 아침

현수, 뛰고 있다. 복잡하다. (flash back 씬7. 현수, 지금 질투해? 우와 기분 좋다. 근데 괜히 말했다. 별거 없는데. 정선 씬 박 대표님하구 무슨 얘기했어? 별거 없어.)

씬11. 정우 회사 사무실 로비/ 엘리베이터 앞/ 로비/ 엘리베이터 앞

정우, 들어온다. 비서와 같이. 보고 들으면서.

비 서   (보고하면서) 9시 임원회의. 12시 HNC 국장님과 오찬, 2시 30분 네플렉스 티타임. 3시 30분 민이복 감독님 계약. 저녁 7시 SBC 본부장님과 저녁 정찬 굿스프입니다. (엘리베이터 버튼 누르고)

정우, 엘리베이터 앞에 서 있고. 현수, 씬10의 운동복 차림으로 들어선다. 현수, 엘리베이터 타기 위해 달려온다. 정우, 비서와 엘리베이터 탄다. 비서, 엘리베이터 닫힘 버튼을 누르려는데. 정우, 시선으로 현수 오는 거 보인다. 정우, 열림 버튼 누른다. 비서, 앞 보면 현수 보인다. 현수, 엘리베이

터에 타 있는 정우 본다. 현수, 인사하면서 엘리베이터 앞에 탄다. 정우,
버튼 놓는다.

씬12. 동 엘리베이터 안

정우, 현수, 비서, 세 사람 타고 있다.

현 수 이 시간에 출근하시는 거 알아서. 잠깐 뵙구 가려구요.
정 우 (비서에게) 차 준비해줘.
비 서 네.

씬13. 정우 사무실 안

정우, 현수와 차 마시고 있다.

정 우 할 얘기 뭔데 운동하다 뛰어 왔어?
현 수 그날 정선 씨한테 무슨 말씀 하셨어요?
정 우 (본다) 기억력 좋은 줄 알았는데 사랑에 눈이 멀어 지능두 떨어진 거야?
현 수 대표님은 위악적으루 자신을 어필하는 방법을 참 잘 아시는 거 같아요.
매력 있어요 저한텐 아니지만.
정 우 (커피 준다) 불안하구나. 니네 벌써 흔들리구 있어. 너무 쉽다. 엄청 단단
한 관계처럼 그러더니.
현 수 전 흔드셔두 돼요. 항상 흔들리다 제자리 찾으니까 흔들리는 게 어떤 건
지 아니까. 하지만 정선 씬 아니에요.
정 우 보통 여자들은 강한 남자한테 끌리지 않아? 나약한 남자가 좋아? 아직 자
리두 안 잡은 남자가 좋아?
현 수 네 좋아요. 겉두 멋지지만 내면은 더 멋있는 남자예요. 스물여덟이에요.
지금 자리 잡는 게 더 이상해요.

정 우	너 나한텐 되게 못되게 군다.
현 수	두 사람하구 다 잘 지내려구 하면 셋 다 힘들어지잖아요. 한 사람하구 친하게 지내면 한 사람만 힘들면 되잖아요.
정 우	마치 이 관계에서 선택권이 너한테 있는 거처럼 말한다.
현 수	아닌가요?
정 우	그건 정선이하구 나하구 모르는 사이일 때 가능하지. 우린 경우가 달라. 남자 친구 학부모 노릇 그만하구 집에 가서 일해.
현 수	제 작품으루 왜 돈 벌 생각 안 해요? 돈 안 벌릴 작품이지만 너하구 친분 때문에 너랑 일한다. 이건 아니라구 봐요. 다른 제작사에선 제 작품에 대해 그렇게 말 안 해요.
정 우	다른 제작사랑 일하구 싶어?
현 수	지금은 아뇨. 저두 약속은 지켜요. 나갈 때 나가더라두 온엔터에 돈 벌어주구 나갈 거예요. 그러니까 해피엔딩이에요.

씬14. 수산 시장

정선, 장보고 있다. 상인 알아본다.

상 인	우리 잘생긴 셰프님 오셨네!
정 선	농어 있어요? 제 눈으루 직접 보구 사려구 나왔어요.
상 인	암튼 깐깐하셔! 재료 고르는 건!

핸드폰 E

씬15. 굿스프 카운터/ 식당 일각

수정, 전화받는다.

수 정	안녕하세요 셰프님!
성 재	왜 대답 안 해? 내 스카웃 제의. 굿스프 곧 문 닫는다는데. 문 닫기 전에 빨리 갈아타.

민호, 들어오다가 듣고.

수 정	대답 전에 말씀드렸잖아요.
성 재	상황 더 안 좋아졌잖아. 수정 씨 관둬주는 게 굿스프엔 더 좋을지 몰라. 인건비 줄잖아.
수 정	네에. (끊는)

씬16. 굿스프 라커룸

경수와 하성, 옷 갈아입고 있다.

하 성	식당 운영 이렇게 안 됨 나가줘야 되는 거 아니냐.
경 수	우리 나감 누가 음식 만드냐.
민 호	(들어오면서) 수정이 누나 나갈지두 몰라. 스카웃 제의 받았어.
경 수	난 셰프 좋은데.
하 성	(O.L) 방송 왜 안 나간 거야?
원 준	(들어오다가) 니들 뭐 하냐?
하 성	관둬줘야 되는 거 아닌가 해서요. 짤린 거보다 관둔 게 낫잖아요.
경 수	수정 누나 스카웃 제의 받았대요.

씬17. 굿스프 홀

정선, 들어온다. 수정, 냅킨 접고 있고. 다른 서버들하고. 정선, 보고 인사하는. 정선도 인사.

수 정	셰프님 드릴 말씀 있어요.
정 선	(알았다는 리액션. 하고 주방으로 들어가고.)

원준, 라커룸에서 나와 수정 보고 있다. 수정, 원준 본다. 인사한다.

씬18. 굿스프 테라스

정선과 수정, 있다.

정 선	무슨 일 있어요?
수 정	저 같은 소믈리에보다 일반 서버 하날 더 고용하시는 게 어떻겠어요?
정 선	왜 그런 생각을 했어요?
수 정	와인 리스트는 제가 다른 곳에 가도 짜드릴 수 있어요.
정 선	더 좋은 데서 스카웃 제의 받았음 가요.
수 정	더 좋은 데라 가려는 거 아니에요. 런치 준비하겠습니다.

원준, 오고. 수정 인사하고 내려간다.

원 준	우리 인건비 줄여주려구 그러는 거 같아.
정 선	형 땜에 그러는 거 같은데. 수정 씨 나가는 게 더 타격이야.

씬19. 정우 회사 로비

현수, 걸어오고 있다. 정우 운전기사, 현수에게 온다. 영미, 들어온다. 그 시선으로 현수 본다. 저게 뭐지. 영미, 온다.

기 사	작가님! 대표님께서 모셔다 드리랍니다.
현 수	괜찮아요.

기 사	앞에서 대기하고 있겠습니다. (하곤 가는)
영 미	현수야!
현 수	(당황) 네 어머니!
영 미	저 사람 박 대표 운전기사 아니니?
현 수	예에. 잠깐 대표님 뵈러 왔어요.
영 미	어어. 너두 박 대표 회사 작가구나.
현 수	네 어머니는 여기 웬일이세요.
영 미	박 대표하구 할 얘기 있어서. 나중에 보자.
현 수	네. 그럼 약속 잘하구 들어가세요.

씬20. 정우 사무실 밖

영미, 온다. 비서, 맞이한다.

영 미	박 대표 안에 있죠? 아직 회의 시작 전이잖아.
비 서	회의 이미 들어가셨어요.
영 미	아 그래? 일찍 했네. 언제부터?
비 서	30분 좀 넘었어요.
영 미	(거짓말. 좀 전에 현수 만났다) 아 그래? 알았어.

하면서 사무실로 간다.

비 서	(따라가며) 안 계시다니까요.
영 미	(사무실 문을 연다. 그 시선으로 정우 보인다. 비서 본다.)
비 서	(못 말린다는 듯)

씬21. 정우 사무실 안

정우, 있고. 들어오는 영미 본다.

정 우   오셨어요?

영 미   우리 정선이한테 유감 있어? 내가 좀 단도직입적이지!

정 우   그게 매력이신데요 뭐. 뭐 때문에 그러시는데요?

영 미   굿스프 경영 안 좋단 소리 들었어. 박 대표가 좀 도와주면 안 돼?

정 우   어떻게 말씀을 들으셨는지 모르겠지만 어머님이 정선이 일루 나서시면 모양새 안 좋아요.

영 미   (이런 말 나올 줄 몰랐다. 당혹) 뭐?

정 우   죄송합니다 전 회의 때문에 나가봐야 돼서. 차 한 잔 드시구 가세요. (나갈 채비 하면서)

영 미   현수두 여기 작가야? 들어오다 만났어.

정 우   네 우리 작가예요.

영 미   단지 같이 일만 하는 작가야?

정 우   (암튼 촉은. 인터폰 누른다. 비서에게) 온 셰프님 어머님께 따뜻한 차 한 산 드려.

영 미   ....

현관벨 E

씬22. 현수 집 현관

홍아, 들어온다. 손엔 케이크 들었다. 경, 맞이한다.

홍 아   (주며) 되게 맛있는 케익이야. 너 먹으라구 사왔어.

경   고맙다! 넌 입봉한다구 좋다더니 한가하다.

홍 아   감독이 없어. 김준하 감독은 언니랑 하는 거 확고하더라.

경	니 작품 민이복 감독 얘기하던데.
홍 아	(O.L) 알아. 이따 만나기루 했어. 언닌 어디 갔어?

씬23. 학교 교실 안—낮/ 영미 차 안

미나, 학생들 숙제 봐주고 있다. 현수, 들어온다.

현 수	엄마아!
미 나	어 잘 왔다. 무슨 할 말이길래 학교까지 왔어?
현 수	(말 꺼내야 한다.) 정선 씨 말야.
미 나	(달갑지 않은) 어어.
현 수	나 사랑한다.
미 나	어어. 그래? 그날 보니까 그래 보이더라. 예쁘게 연애해.
현 수	근데 연애만 할 순 없잖아.
미 나	나이 땜에 결혼 결정하구 그럼 안 돼. 우리 집안에 독신 하나 나와두 돼.
현 수	누가 지금 결혼한대? 정선 씨한테 확신을 주구 싶어. 우리 가족이 인정하는 관계.
미 나	확신까지 주면서 만나야 될 정도루 나약해? 어머니한테 기가 눌렸나. 어머니가 보통이 아니겠더라.
현 수	정선 씨 어머니 좋아. 볼 때마다 새로워.
미 나	(O.L) 그거 안정감 없단 거야. 니네 대표님 말야?
현 수	여기서 대표님이 왜 나와?
미 나	너 좋아하잖아. 좋아하는 건 말 안 해두 알아. 넌 모르더라 대표님이 좋아하는 거. 난 대표님이 좋아. 안정감 있고.
현 수	엄마아.
미 나	넌 어떻게 서른이 넘었는데두 현실감이 그렇게 없니?

핸드폰 E '정선 씨 어머니'

현 수   (발신자 보고. 받으며) 어머니!

미 나   (기막힌. 뭐가 어머니야?)

영 미   아까 너무 급하게 헤어져서. 차 한 잔 하자.

현 수   네에. 어디루 갈까요? 네에. 알겠습니다. (끊는)

미 나   진짜 맘에 안 든다. 아직 결혼두 안 했는데 왜 전화야?

현 수   이런 게 매력이셔. 이런 의외성!

씬24. 카페 안

영미, 있다. 차 마시는. 현수, 들어오는.

현 수   (앉으며) 아까두 뵀는데 또 뵙네요.

영 미   아까랑 옷이 다르다. 아깐 운동복 차림이었잖아.

현 수   네 운동하다 갔어요.

영 미   박정우 대표랑 친해? 안 지 얼마나 됐어?

종업원 커피 갖다놓는다.

현 수   (받으며) 감사합니다.

영 미   내가 시켰어. 전에 보니까 너두 케냐 더블 에이 좋아하는 거 같아서.

현 수   네. 대표님 안 지 5년 정도 됐구요. 친한 편이에요. 대학 선배기도 해요.

영 미   정선이하구 박 대표하구 형제 같은 사이야. 알았어?

현 수   얼마 전에 알았어요.

영 미   요즘 두 사람 사이 안 좋은 것두 알아?

현 수   .....네.

영 미   너 때문이니?

현 수   (철렁).........

영 미   맞구나.

현 수   ......

영 미	난 우리가 연할 만난다는 공통점이 있어서 좋았어. 근데 지금 뒤통수 맞은 기분이야.
현 수	좀 오해가 있었어요.
영 미	(O.L) 이럴 땐 그냥 들어. 정선 아빠 스물다섯에 결혼했어. 내가 두 살 많았구. 시댁에서 반대했어. 내가 얼굴하구 조신한 성격 말곤 내세울 게 없었거든. 너무 사랑했어. 떨어지면 죽을 거 같았는데 막상 사니까 다르더라. 폭력적이었어. 그러니까 외로웠어. 외로워서 동네 친구들을 사겼는데 그게 발목 잡았어. 계주가 날랐어. 남편은 나에 대한 믿음을 잃었어. 그 전까진 여자가 있으면서두 가정은 지켰거든.
현 수	....
영 미	쓰레기더미 속에서 핀 꽃 같은 애야 정선인. 가슴이 아려. 근데 내가 절제가 안 돼. 혼자 사는 게 무서워. 혼자가 싫어. 이런 거 다 받을 수 있어?
현 수	...받을 수 있어요.
영 미	뭐? 이걸 다 받는다구?
현 수	해보겠습니다 어머니. 응원해주세요.
영 미	너 되게 황당하다?
현 수	정선 씨 사랑합니다. 일생에 단 한 번 오는 감정이란 걸 정선 씨가 사라진 5년 동안 충분히 알았어요.
영 미	(우리 아들이 이런 앨 만난다면. 뭔가 믿어도 되지 않을까).....

씬25. 굿스프 주방

정선, 스탭밀용 파스타 만들고 있다. 정선, 면을 삶고. 원준, 경수, 하성, 민호. 런치 마치고 자기 자리 정리하고 있다.

경 수	(와서) 셰프님 제가 할게요. 제 차례예요.
정 선	내가 할게. 정리 마치면 나가서 드실 준비나 하세요!
하 성	(왠지 오버하는 거 같은. 민호에게) 좀 오버 같은데.
민 호	오반 형이 오반데!

씬26. 굿스프 홀

파스타 덜어서 먹고 있는 직원들. 원준 경수 하성 민호 정선 수정 등등.
정선도. 각자 리액션.

정 선   다들 요즘 식당 문 닫을까 봐 걱정해?
직 원   ....(싸해지는. 수정..)
정 선   걱정은 내 담당인데. 월권하면 안 된다.
직 원   ......(수정...)
정 선   왜 대답을 안 해? 걱정해서 막 그만둔다 그럴 거야?
직 원   아뇨 셰프!

씬27. 정우 사무실 안

이복, 정우와 계약한다. 20회 계약한다. 계약서 나누고.

정 우   지홍아 작가 대본 읽어보셨어요?
이 복   시원시원하더라구요.
정 우   제가 보기엔 두 사람 잘 맞거든요. 이현수 작가하곤 맞지 않는다구 첨부
        터 말씀드렸는데 감독님이 원하셨어요.
이 복   근데 지 작가 대본 이대루 가면 안 돼요.
정 우   고치더라두 작가하구 의논하구 하세요. 지홍아 작가 오라구 했어요.

        노크 E 비서, 홍아와 들어온다.

홍 아   안녕하세요?
정 우   어서와요 지 작가!
이 복   또 뵙네요.
홍 아   제가 감독님하구 일하는 거 결정하기까지 엄청 고통스러웠어요.

이 복	시작부터 쎄게 나오시네.
홍 아	제 대본에 손대면 죽여버릴 수두 있어요.
정 우	아 두 분 흥미진진하네요. 누가 이길까?

홍아, 이복 보는.

씬28. 현수 집 거실

준하, 라면을 끓이고 있다. 비밀번호 누르는 소리 들리고 현수 들어온다.

현 수	뭐야? 오빠네 집인 줄 알았어.
준 하	나두 여기가 우리 집 같아.
현 수	경 없어?
준 하	자. 좀 게으른 거 같아. 잠두 많구.
현 수	그런데 좋지?
준 하	(미소) 우리 작품 회사에 제출했어. 근데 온엔터에서 지홍아 작가 것두 냈어. 둘 다 온엔터 작품이잖아. 둘 다 못 하는데. 정우 형 무슨 생각인지 모르겠어.
현 수	잘 알아 하실 거야.
준 하	너 옛날 이상형이 정우 형 아니었냐?
현 수	그러니까 이상형을 만났는데 딴 남잘 사랑하네.
준 하	어우 나이 먹더니 뻔뻔해졌어. 근데 현실은 왜 못 봐? 정우 형하구 함께 하면 편안한 삶이 보장돼. 내가 해봐서 알아. 얼마 못 가 너처럼 사랑하는 거. 사랑에 왜 모든 걸 걸어?
현 수	내가 해볼게. 끝까지 가보구 나서 결정할래.

경, 나온다. 방에서.

| 현 수 | 잘 잤어? |

경	언니이! (와서 백허그한다)
준 하	라면 먹을래요?
경	아뇨. 굿스프 취재가야 돼요. 거기 감 잘생긴 셰프님들이 맛있는 거 줘요.

씬29. 굿스프 홀

홍아, 들어온다. 원준과 수정, 냅킨 접고 있다. 홍아, 두 사람 보고 기분 묘하다.

홍 아	오빠? (수정에게 인사. 수정 인사)
원 준	어 왔구나.
홍 아	(와서 앉으며) 지금 감독 만나구 오는 길이야.
원 준	잘됐나 부다.
홍 아	어 잘됐어.
수 정	(일어난다. 간다)
원 준	(같이 일어난다. 홍아에게) 그럼 있다 가.
홍 아	(황당. 진짜 원준이 수정을 좋아하나) 오빠. 애인 생긴 건 알겠어. 근데 나랑 인간관계두 있잖아. 어떻게 이렇게 안면 바꿔?
원 준	미안해. 요즘 식당 사정두 안 좋구 여러 가지루 복잡해서 그래. 정선이 불러줘?
홍 아	내가 갖구 있는 인간관계! 현수 언니. 오빠. 정선이. 경. 이 네 사람이야. 여기서 한 사람두 날 지지해주는 사람이 없어.

영미, 들어온다.

원 준	어머니 오셨어요?
영 미	어어. 정선이 집에 있지?
원 준	없어요. 대표님 만나 뵈러 갔어요.

홍아, 영미 보는. 영미, 홍아 보는.

영 미   낯익은 얼굴이네요.

홍 아   안녕하세요?

원 준   (둘 다 알아서) 어떻게 아세요?

영 미   박 대표 사무실에서 봤어. 근데 왜 다시 얼굴을 보니까 뭔가 되게 얽혀 있
         구 복잡하단 생각이 들까. 암튼 오늘은 내가 우리 아들하구 얘길해야 되
         구. 에너질 많이 써서 나중에 봐요.

홍 아   ....

씬30. 정우 회사 옥상

정선, 누군가를 기다리고 있다. 전경 본다. 정우, 온다.

정 선   형 높은 데 좋아하잖아. 그래서 여기서 만나자구 했어.

정 우   지금부터 30분 시간 있어.

정 선   맞은 덴 안 아퍼?

정 우   주먹 별루 안 쎄던데.

정 선   미안해. 때려서.

정 우   사과할 필요없어.

정 선   형한테 하는 거기두 하지만 나한테 하는 거기두 해.

정 우   (뭐지) 알아듣게 말해.

정 선   내 인생 목푠 아버지처럼 살지 않는 거였어. 내 안에 있는 거친 심성 누르
         구 눌렀어. 그걸 형이 건드렸어. 새로운 세상이 열렸어.

정 우   (어쭈).....

정 선   고마워.

정 우   (의아)

정 선   형 덕분에 흔들리게 됐어.

정 우   ....

정 선	형 존중해. 나에 대한 분노 결국 자신에 대한 분노잖아. 그만큼 날 아꼈단 얘기잖아.
정 우	(너...)
정 선	(감정 오르는) 우리 우정은 시험대에 올랐어. 나두 끝까지 가보구 싶어. 어떤 건지 알구 싶어 내가 사랑했던 실체들을.
정 우	이런다구 굿스프에 대한 압박 멈추지 않아.
정 선	멈추지 마. 제대루 상대해줘. 제대루 깨지구 제대루 엎어지구 제대루 서구 싶어.
정 우	....

씬31. 동 엘리베이터 안

정우, 정선과 있다. 침묵. 과연 이 둘의 우정은.. 엘리베이터 문 열리고 정우 내린다. 정선, 남았다. 정우, 본다. 엘리베이터 문 닫힌다.

씬32. 홍아 집 방

홍아, 컴퓨터 앞에 앉아 있다. 글 쓰고 있다. 메모 정리하고 있다. 명대사 모음. 이 남자 저 주세요. 이 남자 저 주세요.

홍 아	이 남자 저 주세요. 이걸 어따 써먹지? 왔다 갔다 하지 마. 이 사람 저 사람 기웃대지 마. 인간은 결국 혼자야. (일어난다)

씬33. 공원

홍아, 패딩 입고. 뛰다가 걷고 있다. 벤치에 앉는다. 혼자 놀기 시전 중이다. 셀카 찍고. 인스타에 올린다. 혼자서도 좋아요. 해시태그 꿈을 향해 가는 중. 드라마 작가. 근데 외롭다. 포근해. 안 되겠다. 홍아, 연락처 목록에서 원준 찾는다. 버튼 누르려다 만다.

홍 아 맘대루 해라. 누구 좋아하는 게 맘대루 되는 건가 뭐. 근데 나 왜 계속 혼자 말해!

씬34. 굿스프 냉장고

현수, 경. 취재하고 있다. 경수, 냉장고 보여주고 있다.

현 수 전에보다 식재료가 준 거 같아.
경 언니 언제 취재했어?
현 수 아아 전에.
경 수 요즘 예약이 별로 없어서 발주량이 많이 줄어서 그래요.
현 수 많이 어려워요?
경 수 박 대표님이 많이 쪼세요.
현 수 온 셰프님 위에 있겠죠!

씬35. 정선 집 거실

정선, 들어온다. 그 뒤에 영미 있다.

영 미 한 시간 넘게 기다렸어. 박 대표 만나러 간 건 어떻게 됐어?
정 선 ……
영 미 왜 대답을 안 해? 현수 땜에 이렇게 된 거지? 그래서 숨기는 거지?
정 선 현수가 여기 왜 나와?
영 미 박 대표 회사에서 현수 만났어. 보통 친한 사이가 아닌 거 같아.
정 선 그 회사 소속이니까 친한 거 맞아. 괜한 오해하지 마.

영 미	오해 같은 소리 하구 있다.
정 선	요즘 민 교수랑 무슨 일 있어?
영 미	(찔린) 그게 무슨 소리야?
정 선	엄마가 나한테 언제부터 관심이 있었다구 이러는 거야?
영 미	자식한테 사랑하지 않는 엄마가 어딨니? 나두 엄마야.

현관벨 E 스크린 본다. 현수다.

영 미	(보고) 어머!
정 선	이제 가. (문 열어주는)

그 시선으로 현수 있다. 환하게.

현 수	안녕!! (하면서 들어온다. 영미 본다) 하아!
영 미	참 부지런두 하다. 나 가는 데 따라다니니?
정 선	엄마 안 가요?
영 미	(정선에게) 너 왜 나 무시해? 우리 둘이 있는 데서 그러는 건 그렇다 쳐.
	애 앞에서 그럼 내가 뭐가 돼?
정 선	알았어.
영 미	뭘 알아? 다 애 때문이잖아. 왜 엄마한테 성질이야?
현 수	....
영 미	(현수에게) 넌 아깐 좋았는데 지금은 별루야.
현 수	계속 좋아하시도록 노력하겠습니다.
정 선	(영미에게) 계속 이럴 거야?
영 미	계속 안 해. 계속하면 니가 나 싫어하잖아. (나가는)
현 수	안녕히 가세요. (인사하는)
영 미	인사는 잘하는구나.
현 수	네 어머니! 제가 그런 말은 많이 듣습니다.
영 미	성격은 좋다. (나간다)
정 선	(문 닫는다)

현 수   취재하러 왔다가 정선 씨 위에 있다구 해서 올라왔어. 이제 곧 저녁 프렙
        해야 되네.

정 선   미안해.. 엄마.

현 수   난 괜찮아. 별루 난이도두 안 높아. 어머니 귀여우셔. 훅 올랐다 훅 내려가
        는 타입 같아. 솔직해서 좋아. 내가 홍아 그래서 좋아했거든.

정 선   긍정적인 태도 좋으네요. (환하게 나오니까 더 미안하다)

씬36. 현수 집 욕실 — 밤

현수, 들어온다. 닦으려고. 거울 본다.

경 수   (E) 박 대표님이 많이 쪼세요.

현 수   (이 닦는) (F.O)

씬37. 정우 사무실 안 (F.I) — 이른 아침

정우, 있고. 직원 리포트 정우 책상에 놓는다. 굿스프 컨설팅 3차 제안.

씬38. 굿스프 홀 / 정우 비서실

정선, 카운터에 있다. 냅킨 접고 있는. 직원들. 전화벨 E

정 선   (전화 받는) 굿스픕니다.

비 서   셰프님! 박정우 대표님 사무실입니다.

정 선   네 안녕하세요?

비 서   저녁 2명 예약이요. 대표님이 홍콩 미슐랭 3스타 에릭 송 셰프님하구 식
        사하러 가신대요.

정 선 네 알겠어요.

원 준 (오는) 수정 씨 없으니까 너무 이상하다.

정 선 오늘 우리 식당에 누가 오는 줄 알아? 에릭 송 셰프!! 정우 형하구 같이!

원 준 에릭 송 셰프? 미슐랭 3스타잖아. 이제 박 대표님 우리 밀어주려는 거 같다.

정 선 그건 아닐 거 같은데.

원 준 아냐. 내 촉이 그래. 에릭 송 셰프님이 우리 요리 맛있다구 하면 얼마나 좋겠니! 빨리 들어가서 준비해야겠다.

정 선 (뭐지)......

씬39. 굿스프 홀─저녁

정우, 에릭 송 셰프와 정찬 먹고 있다. 원준, 주방에서 나와서 정우와 홍콩 셰프 본다.

에 릭 (음식을 손으로 냄새를 맡고, 향을 음미한 후, 먹는) 전체적인 밸런스도 좋구. 무엇보다 맛있어요.

정 우 내 생각에두 음식은 나무랄 데 없어요. 근데 이거보다 좀 익숙했음 좋겠어요.

에 릭 온 셰프만 좋음 공동 메뉴 개발하면 좋죠.

정 우 같이 일하면 조율해야 되겠지만 미슐랭 3스타 요린 뭔지 제대루 맛보구 싶어요.

디저트 접시 싹싹 비웠다. 원준, 빈 그릇 된 거 보고 기쁘게 주방으로 들어간다.

씬40. 굿스프 주방

각자 일하고. 원준, 정선에게 온다.

원 준   (좋아서) 에릭 송 셰프님 클리어!
정 선   (다행이다)
서 버   (들어와) 박정우 대표님이 잠깐 뵙자는데요.

씬41. 굿스프 홀

정선, 긴장한 모습으로 인사하러 나오는. 정우 셰프, 차 마시는.

정 선   (셰프에게) 음식은 어떠셨어요?
에 릭   맛있어요. 제가 개발한 메뉴가 이런 코스에 녹아들지 모르겠어요.
정 선   (이건 또 무슨 말)
정 우   셰프님께서 레시피 몇 개 만들어주실 거야.
정 선   (E) 이건 너무 심하잖아.

씬42. 굿스프 일각

정선, 정우 있다.

정 선   하나의 코스엔 스토리가 있어. 일관성이 있다구. 누가 맘대루 내 요릴 건
          드려?
정 우   3차 컨설팅에서 낸 제안이야.
정 선   당분간 월급 안 받는다구 했잖아. 몇 달은 그걸루 넘어가줘야지.
정 우   지출만 줄임 뭐 해? 매출 증댈 해야지. 손님 안 오면 결국 계속 적자야.
정 선   딴 건 참아두 메뉴 건드리는 건 못 참아.

정 우	그렇게 감정적으루 식당 운영 하니까 적자야. 에릭 셰프 미슐랭 3스타야.
	메뉴 개발 해준다는 것두 그나마 니 요리가 맘에 들어서 해준단 거야.
정 선	…….
정 우	자존심 내세우지 말구 개발해준 신메뉴 런칭하고 그걸로 홍보하면 매출
	에 훨씬 도움 돼.
정 선	내 요리하구 싶어서 식당 차린 거야. 남의 요리 흉내 내서 돈 벌려는 게
	아니라.
정 우	현실이 안 받쳐주면 타협해.
정 선	그러느니 형 지분 빼줄게. 경영에서 손 떼.
정 우	후회하지 않겠어? 경영하는 거 쉬운 일 아냐. 내가 그동안 봐주구 있어서
	이 정도라두 유지한 거야.
정 선	끝까지 안 봐준 거면 봐준 게 아냐 형.

두 사람 팽팽한.

씬43. 정선 집 거실/ 현수 집 거실

정선, 냉장고 안에서 맥주 꺼내 마신다. 시계 본다. 10시다. 전화한다. 현
수, 컴퓨터 작업하고 있다.

현 수	여보세요?
정 선	뭐 해?
현 수	일.
정 선	일에 내 취재두 포함됐잖아. 왜 취재 안 해?
현 수	지금 취재할 일 있어?
정 선	장보러 가야 돼.

씬44. 마트

현수, 정선과 카트 밀면서.

현 수   이 시간에 하는 마트 첨 봤어.
정 선   24시간 해. 셰프들이 애용하는 마트.
현 수   이번 작품 잘 나올 거 같아. 자기 땜에. 오늘 무슨 일 있었어?
정 선   아니. 그냥 보구 싶었어.
현 수   아아 그냥... 좋다! 뭐 사?
정 선   사구 싶은 거 다 사. 다 사줄게.
현 수   돈 많아?
정 선   자기 먹을 거 사줄 정돈 된다.
현 수   우와 신난다.

현수, 라면 넣고. 정선, 야채와 파스타 면.

현 수   행복해!
정 선   (보는)
현 수   일상을 공유하잖아. 무지 가까운 거 같아.
정 선   (미소)

씬45. 마트 주차장

정선, 현수 아이스 바 먹으면서 온다. 정선, 비닐 쇼핑백 들고 있다. 현수,
그저 좋다. 정선, 이런 기쁨이 얼마나 갈까.

현 수   자기두 행복해?
정 선   (훅 들어오는. 그렇지만 생각해야 행복한) ....행복해.
현 수   (정선이 들고 있는 비닐 쇼핑백 뺏으며) 이거 내가 들래.

정 선   (안 뺏기려) 괜찮아. 내가 들 거야.

현 수   아냐. 내가 자기 짐 들어줄 거야.

정선, 현수 둘이 비닐 쇼핑백으로 실랑이하다 안에 담긴 물건을 쏟는다. 두 사람의 미래를 암시하듯.

정 선   하지 말랬지!

현 수   미안! 다시 주우면 되지 뭐.

현수, 정선 쏟아진 짐을 비닐 백에 담는다. (F.O)

씬46. 은행 안 대출 코너 앞 (F.I) ─ 낮

정선, 기다리고 있다. 자기 차례 오자 간다.

정 선   대출 상담 받으러 왔는데요.

직 원   담보 대출이신가요?

정 선   네. 토지요.

직 원   우선 대출 신청하시구 토지 감정평가 후에 한도 산정됩니다. (용지 주며) 신청서 작성하고 가시면 결과 나오는 대로 연락드릴게요.

정 선   (신청서 적고 있는)

씬47. 방송국 사무실

홍진, 준하 보고 상류사회 대본 갖고 나오고. 준하, 온다.

준 하   형 찾았어요?

홍 진   (상류사회 대본 주며) 너 이번에 지홍아 작가랑 해라.

준 하   엥?

홍 진   지 작가 이복이랑 한다구 온엔터에서 들어왔는데. 이복인 나간 지 얼마나
        됐다구. 안 돼. 니가 지 작가랑 해.

준 하   이현수 작가랑 준비 중이라니까.

홍 진   이 작가 거 좀 두구 보자. (나가는)

준 하   혀엉!

씬48. 정우 사무실 안 — 낮

정우, 나가려고 하고. 준하, 들어온다.

준 하   형! 홍진이 형이 나랑 지 작가랑 하래. 이게 말이 돼?

정 우   말이 안 될 건 없어.

준 하   그럼 현수 건 어떻게 해?

씬49. 카페 / 방송국 사무실

홍아, 들어오고. 이복, 기다리고 있다. 홍아, 앉는다.

이 복   웬일이야? 지 작가가 만나자구 하구?

홍 아   우리 할 얘기 있지 않아요? 앞으루 같이 일하려면

이 복   무슨 얘기?

핸드폰 E '유홍진 씨피'

홍 아   잠깐만요! (받는) 네 지홍압니다.

홍 진   생각해봤는데 지 작가가 준하랑 같이 하는 거 괜찮을 거 같아. 내일 좀 봅
        시다.

홍 아	(기쁜) 네 감사합니다.
이 복	(보는)
홍 아	오늘 할 얘기 없구요. 감독님하구 차나 마시면서 친해지려구요.
이 복	같이 일하려면 친해져야죠.

씬50. 현수 집 현관

경, 홍아 맞이한다. 현수, 영화 보고 있고.

경	너 웬일이야?
홍 아	언니 뒤통수 맞았어.
경	건 또 무슨 말이야?
홍 아	김준하 감독 나랑 일하게 됐다구. 유홍진 씨피님 전화 왔어.
경	김 감독님 그런 사람 아냐.
홍 아	위에서 까라면 까야지. 김 감독이 그럴 사람 아닌 거랑은 상관없어.
현 수	(보는 그 위에 소리)
준 하	(E) 온엔터에서 지홍아 작가 것두 냈어. 둘 다 온엔터 작품이잖아. 둘 다 못 하는데. 정우 형 무슨 생각인지 모르겠어.

씬51. 방송국 로비

정우, 홍진과 있다.

정 우	지홍아 작가하구 김준하 감독은 안 맞아요.
홍 진	준하랑 이현수 작가가 맞는 것두 모르잖아요. 준하 걔가 하겠단 거지.
정 우	두 사람 잘 맞춰가구 있으니까
홍 진	(O.L) 이현수 작가랑 사겨요?
정 우	(보는)

홍 진	그런 말 있더라구. 맞아요?
정 우	아니에요.
홍 진	그런 줄 알았어. 박 대표가 사적인 감정에 끌려 다니는 사람 아니니까.
준 하	(E) 정우 형이랑 홍진이 형이랑

씬52. 현수 집 거실

현수, 준하와 함께 있다. 경도.

준 하	만나구 있으니까 얘기 잘 될 거야.
현 수	오빠 홍아랑 같이 일해.
경	언니이?
현 수	회사에서 시키면 해. 전번 미니두 말아먹구 선택지가 좁잖아. 일 해야지.
준 하	지 작가 거 싫어. 싫은 걸 어떻게 연출해? 넌 어떡할래?
현 수	난 계속 쓰던 거 쓰면 돼. 저번에 배운 게 있잖아. 무조건 한다구 좋은 게 아냐. 경!
경	어 언니!
현 수	우리 취재가야지. 굿스프.
준 하	(버럭) 굿스폰 왜케 자꾸 가? 편성 엎어질지두 모르는데.
현 수	편성이 되던 말던 내가 할 일은 해야지. 모든 게 다 불확실한데 얘기는 내 거잖아.
경	언니 엄지 척!
준 하	무슨 향단이야? 장단만 맞춰?
경	감독님 장단은 안 맞추잖아요.
준 하	그니까 왜 내 장단만 안 맞춰요?
경	몰라요. 언니 가자!

씬53. 굿스프 홀

현수, 들어온다. 경과 함께. 브레이크 타임이다. 홀에 아무도 없다.

경   다들 어디 갔나?

현 수   개인 시간 보내겠지. 근데 요새 수정 씨 안 보인다.

경   (안다)......

원준 나온다. 손엔 쇼핑백 들고 있다.

원 준   누나 왔어요?

현 수   어어. 수정 씨 어디 갔어?

원 준   올 거예요. 이거 놓구 가서. 관뒀어요.

수 정   (들어온다) 안녕하세요?

경   아 언니! 맨날 유니폼 입은 것만 보다가 사복 입으니까 예쁘다. 머리두 풀르구.

현 수   좋은 데루 옮겼어요?

수 정   아뇨. 전 굿스프가 젤 좋아요. (원준에게) 그거 제 거예요?

원 준   네. (하면서 쇼핑백 준다)

수 정   그럼 안녕히 계세요.

경   네 언니!

현 수   잘 가요. 나중에 따루 만나요.

수 정   네 작가님! (나가는)

원 준   (보고 있다)

씬54. 굿스프 밖

수정, 나온다. 원준, 쫓아 나온다.

원 준	수정 씨!
수 정	(뒤돈다)
원 준	딴 데 가는 거 아니었어요?
수 정	아뇨. 좀 쉬려구요.
원 준	그럼 왜 나가요? 굿스프 반드시 정상 궤도에 올라요. 온 셰프 호락호락한 사람 아니구 저두 있잖아요.
수 정	한 입 줄여주려구요.
원 준	수정 씬 일당백이에요. 한 입이 아니에요.
수 정	(미소) 지금 저 잡는 거예요?
원 준	잡는 거예요.
수 정	원래 스카웃할 땐 돈두 올려주는데.
원 준	(O.L) 돈은 못 올려줘요.
수 정	(쇼핑백 준다)
원 준	(받는다)

씬55. 굿스프 안

현수, 앉아 있고. 경, 있다.

현 수	너 아는 거 있음 말해봐. 취재 중에 들은 거 있지?
경	식당 재정 상태가 말이 아닌가 봐. 수정 언니두 그래서 관뒀대. 박 대표님이 투자금 빼면 파산이래.
현 수	계약 기간 있는데 마음대루 뺄 수 있어?
경	안 빼면 대표님 말을 들어야 되는데. 온 셰프님이 대표님이 하자는 대루 안 하나 봐.
현 수	....

씬56. 굿스프 주방

원준, 프렙하고. 현수, 들어오는.

현 수   정선 씨 어디 갔어?

원 준   ......좀 생각 좀 하구요.

현 수   곤란하구나.

원 준   은행에 담보 대출 알아보러 갔어요.

현 수   (어떡하나)

씬57. 굿스프 홀

정선, 들어오는. 수정 있다.

수 정   셰프님!

정 선   잘 왔어요.

현 수   (주방에서 나오는) 정선 씨!!

정 선   왔어?

현 수   어디 갔다 와?

정 선   어디 갔다 와. 근데 지금 못 놀아줘. 저녁 프렙 해야 돼.

현 수   알아. 아주 잠깐만.

씬58. 굿스프 테라스 올라가는 계단

정선, 올라온다. 현수, 따라 올라가며.

현 수   박정우 대표님 자기한테 심하게 해?

정 선   아니. 형 시각에서 보면 내가 심한 거야. 비즈니스루 보면 제대루 하는 거야. 신경 쓰여?

현 수 어.

정 선 형하구 난 현수 씨와 별개루 우리만의 관계 있어. 우린 우리가 알아서 해.

현 수 되게 이상해. 자기가 말하면 다 진짜 같아.

정 선 진짜니까!

현 수 (미소)

씬59. 정우 사무실 복도

정우, 들어온다. 비서에게.

정 우 이현수 작가하구 김준하 감독 약속 잡아주세요.

비 서 네.

씬60. 정우 사무실 안

현수 있다. 준하 있다. 앞에 차 놓여 있고. 정우, 있다.

정 우 우선 두 사람 의살 물어보려구 불렀어.

준 하 난 계속 말하지만 지 작가 건 하기 싫어.

현 수 전 주어진 상황에 맞게 움직일래요.

준 하 넌 날 너무 쉽게 포기한다. 기분 나빠.

현 수 어차피 위에서 시킴 해야 되잖아. 오빠 맘 편히 가라구 포기해주는 거야.

정 우 주어진 상황이면 언제 편성될지 몰라.

현 수 알아요. 한 번 학습했어요.

정 우 그럼 지 작가랑 준하 매칭시켜서 일 진행할게.

준 하 아 진짜 너무 한다. 아씨! (나간다)

현 수 (뭐 저렇게까지 화나나) 저두 가볼게요. (일어나는)

정 우   그래. (일어나 자기자리로 가는)

현 수   (나가려다. 망설이다) 대표님!

정 우   (보는)

현 수   굿스프 (하다가 정우 눈치 보고) 됐어요.

정 우   (컴퓨터 보는) (F.O)

씬61. 정선 집 거실 — 낮 (F.I)

정선, 있다. 서류 봉투 있다. 원준, 차 만들어 갖고 온다.

원 준   토지 감정평가 결과 나왔어?

정 선   나왔어. 정우 형이 우리한테 투자한 금액이 3억 5천이지!

원 준   진짜 박 대표님하구 끝낼 거야? 계약 몇 년 남았잖아. 3년인데 1년도 안
        지났어.

정 선   비즈니슨 끝낼 거야. 정우 형 지분 매입하면 돼.

원 준   박 대표님이 거절하면?

정 선   어차피 같이 못 간다는 거 알아. 비즈니스엔 냉정하니까 손익 계산해보면
        손 떼는 게 낫다는 거. 뭐 하러 리스큰 껴안구 신경 써?

원 준   현수 누나 있잖아. 여기서 손 떼면 널 맘대루 못하잖아. 그래서 잡으면.

정 선   형이 그런 사람은 아닐 걸. 그런 사람이면 더 쉬울 거 같긴 해.

씬62. 정우 회사 엘리베이터 안

정선, 타고 있다.

씬63. 동 사무실 안

정우, 창밖 보고 있다. 정선, 들어온다. 손엔 서류 봉투 있다. 정우, 본다.

정 선   (서류 테이블에 놓는다) 굿스프 투자 지분 매입 계약서야.

정 우   결국 이렇게 갈라서자는 거구나.

정 선   서로 방향이 다르니까 헤어지는 게 맞다구 생각해.

정 우   난 니 나이 때 방향! 꿈! 이런 생각 못 했어. 오로지 돈 벌겠단 생각만 했
          어. 뭐든 했어. 근데 넌 뭐든 하진 않는구나.

정 선   가치관이 다른 거야.

정 우   내 가치관하구 달라두 절박하면 해. 넌 절박하지 않은 거야. 니가 갖구 있
          는 돈으루 얼마나 버틸 수 있을 거 같아?

정 선   버텨볼게. 다신 형하구 돈으루 엮일 일은 없어.

정 우   '다신' 그래 '다신' 엮일 일이 없었음 좋겠어. 니가 얼마나 자존심이 상하
          겠냐!

정 선   ....

정 우   아버지처럼 살구 싶지 않았어 나두. 근데 난 아버질 사랑했어. 넌 아버질
          사랑하지 않아. 그 차이가 아직 뭔지 모르지? 그게 남자 인생에 성패 나누
          는 거야.

정 선   대신 난 형이 가질 수 없는 사랑을 가졌어.

정 우   (씁쓸) 받아치는 게 제법이다. 가라. 또 올 텐데 더 길어지면 창피하잖아.

정 선   (저게 무슨 말이지?).........

씬64. 굿스프 홀

영미와 다니엘 들어온다. 수정, 맞이한다.

수 정   안녕하세요?

영 미   안녕?

다니엘   수정 씨가 있으니까 맘이 편하다. 굿스프 같아.

씬65. 현수 집 거실

현수, 무선청소기 작동시킨다. 밀면서 청소한다.

경   언니 신나는 일 있어? 누가 보면 편성 받구 방송하는 줄 알겠다.
현 수   경! 신나서 하면 신나는 일이지 별거 있나!
경   맞다! 신나서 하면 신난다!
현 수   깨끗이 청소하구 일을 하는 거야. 기분 좋겠지!
경   슈퍼 슈퍼 그레잇! (하면서 같이 청소하는)

씬66. 굿스프 홀

정선, 들어온다. 수정, 맞이한다. 브레이크 타임.

수 정   어머니 오셨어요.
영 미   (정선을 보고 손 흔든다)
정 선   (두 사람에게 가는)
영 미   (디저트까지 다 먹었다) 어디 다녀와?
정 선   (다니엘에게. 목례하고 가는)
다니엘   (영미에게) 나 좀 무시하는 거 같아.
영 미   왜 무시해?
다니엘   나 보면 말두 잘 안 하구.
영 미   원래 과묵하다니까.
다니엘   집이 바루 위면서두 들어오란 말을 안 해. 누가 들어가구 싶대나?
영 미   (들어가구 싶구나.) 그게 뭐가 어렵다구! 온 셰프한테 차 한 잔 달라구 하
          자 그럼.

씬67. 정선 집 거실

정선, 커피 만들고 있다. 현관벨 E 정선, 보면 영미와 다니엘이다.
문 열어준다.

영 미   (들어오며) 커피 향 좋다. 우리두 한 잔 줘.
다니엘   이렇게 생겼구나. 혼자 살기 좋네.

영미, 다니엘과 식탁 가서 앉는다.

영 미   앉아 여기!
정 선   (하던 일 계속)
다니엘   (무슨 말이라도 해야 될 거 같아) 요즘 힘들지? 손님 없어 보이던데.
정 선   (커피 주며) 괜찮습니다.
다니엘   하긴 혼자 하는 거 아니구 박 대표가 뒤에서 받쳐주니까 큰 타격은 없을
         거야.
정 선   박 대표님은 이제 굿스프하구 연관 없어요.
영 미   너 기어이 박 대표랑 헤어졌어?
다니엘   그래서 이렇게 어렵게 된 거야? 어떡해? 박 대표 사람 좋던데. 해마다 내
         전시회에 성의 보여주구.
정 선   (이건 또 뭐지)
영 미   (일 커지겠다) 일어나 민 교수! 가자! 상황 안 좋은데 우리 있음 불편하겠
         다.
정 선   전시회에 성일 보여줬다는 게 뭐야?
영 미   별거 아냐.
다니엘   그래 별거 아냐. 파리에 보내준 일두 있는데. 그거에 비함 별거 아니지.
정 선   (이거구나. 감정 오르는) 엄마!
영 미   아 깜짝이야. 우리 나가자!
정 선   (영미 잡는) 똑바루 얘기해. 형한테 돈 갖다 썼어?
다니엘   (이건 아니구나) 난 나가 있을게. 가족 회의하는데 (잽싸게 나가는)

정 선	....
영 미	아파아. (잡은 손 빼며)
정 선	내가 말했었지! 가장 최악은 나랑 친한 사람한테 돈 꾸는 거라구!
영 미	친한 사람 아님 누가 돈 꿔줘? 그러니까 니가 좀 주면 좋았잖아. 엄만 박 대표한테 가서 손 벌리기 쉬웠는지 알아?
정 선	엄마! 엄마!! 엄마!!!! 엄마가 어떻게 자식 인생에 사사건건 태클을 거냐구!!!
영 미	미안해. 이렇게 생겨먹은 걸 어떡해. 진정해. 진정하라구.
정 선	나가! 나가라구!!

씬68. 현수 집 방

현수, 일하려고 커피 타서 들어온다. 컴퓨터 옆에 핸드폰. 현수, 정선 찾아 전화한다. 신호음 떨어진다.

씬69. 정선 집 거실/ 현수 집 방

정선, 앉아 있다. (flash back 씬63. 정우, '다신' 그래 '다신' 엮일 일이 없 었음 좋겠어. 니가 얼마나 자존심이 상하겠냐!) 정선, 참고 있던 감정이 오르는데. 핸드폰 E 발신자 '이현수'

정 선	(현수 이름 보자. 참았던 감정이 더 올라오고. 참으면서 전화받는) 여보세 요?
현 수	목소리가 왜 그래?
정 선	(눈물 삼키며. 들릴까 봐 핸드폰 막고)
현 수	울었어?
정 선	(참았던 눈물과 감정이 올라오면서 오열한다)

씬70. 굿스프 골목

현수, 자전거 페달을 힘껏 밟으며 오고 있다.

씬71. 정선 집 현관/ 거실

정선, 문 열어준다. 현수, 들어온다.

현 수   무슨 일 있었어?

정 선   아냐. 차 마실래? (하면서 차 끓이러 가는데)

현 수   (뒤에서 정선을 백허그한다) 우리 같이 살자!

정 선   (뜻밖의 제안에)......

14부

27

불안해하지 마

28

힘들어

씬1. 정선 집 현관/ 거실—밤

13부에 이어

정선, 문 열어준다. 현수, 들어온다.

현 수　　무슨 일 있었어?

정 선　　아냐. 차 마실래? (하면서 차 끓이러 가는데)

현 수　　(뒤에서 정선을 백허그한다) 우리 같이 살자!

정 선　　(뜻밖의 제안에)......

현 수　　우리 같이 살아!

정 선　　(뒤돌아 안아주는)

씬2. 부암동 집 안

불 켜지고, 정우 들어온다. 어린 정우 (9세) 들어온다. 정우 모, 맞이한다.

어린 정우　　(들어오며) 다녀왔습니다!

정우 모　　(환하게. 안으며) 우리 아들! 보기두 아까워!

정 우　　(아무도 없다. 어린 시절. 씁쓸) 박정우! 여기 자주 온다. 약해진다 너.

씬3. 한강 둔치

정선과 현수, 걷고 있다.

정 선   오래 참는다. 물어보구 싶은 거.

현 수   아까 너무 놀랐어. 심장이 멈추는 줄 알았어.

정 선   뭘 심장까지 멈추냐!

현 수   왜 울었어?

정 선   바뀔 수 없는 현실에 치였어.

현 수   잘했어.

정 선   뭘?

현 수   우는 거. 실컷 울면 시원해지잖아. 난 슬픈 일 있었어. 근데 신나게 청소했
         어. 신나구 싶어서.

정 선   현수 씬 사랑 받구 자란 사람 같아.

현 수   같이 살자구 해서 놀랐어?

정 선   같이 살구 싶어?

현 수   어. 행복하게 해주구 싶어.

정 선   ....

씬4. 편의점 안

정선, 현수와 따뜻한 차 마시고 있다.

정 선   우리 처음 만났을 때 나한테 물었었지? 왜 핸드폰 없냐구?

현 수   ......

정 선   엄마한테서 도망했어. 핸드폰 없애구 잠적하면 못 찾을 줄 알았어. 근데
         잡혔어. 그때 포기했어. 엄말 버리는 거.

현 수   정선 씨 어머니두 받았어.

정 선   왜?

현 수	(의외) 어?
정 선	자식인 나두 받기 싫어서 도망쳤었는데 자기가 왜 받아?
현 수	사랑하니까.
정 선	날 사랑한다구 자기 인생 희생하지 마.
현 수	희생이라구 생각 안 해.
정 선	우리 엄마 받겠단 생각할 때부터 자기 인생은 뒷전에 놓은 거야.
현 수	자기가 흔들리잖아. 내가 붙잡아 줄게. 맘껏 흔들려두 돼.
정 선	물에 빠진 사람 구할 때 힘 빠질 때까지 기다려야 되는 거 알아?
현 수	....
정 선	안 그럼 둘 다 죽어. 그동안 억눌러왔던 것들이 한꺼번에 터져버렸어. 뿌리째 뽑혀버릴지두 몰라.
현 수	(맞는 말이지만. 그래도 왠지.).......

씬5. 현수 집 앞/ 현수 집 안

현수와 정선, 걸어온다. 서로가 서로에게 선의로 주었던 것들이 어긋난.

정 선	들어가 이제.
현 수	어 조심해서 가.
정 선	문 닫는 거까지 볼게.
	현수, 올라가는. 정선, 손 흔드는. 이전과 다르게 해맑지 않고. 현수, 같이 손 흔들고. 비밀번호 누른다. 정선, 본다. 현수, 들어간다. 문 닫힌다. 현수, 거절당한 쓸쓸한. 정선, 닫힌 문을 바라본다. 정선, 놀이터에 가서 그네에 앉는다. 현수 창가에 불 꺼진다.

타이틀 오른다. (F.O)

씬6. 정우 사무실 밖 복도 — 아침 (F.I)

정우, 비서와 같이 걷고 있다.

비 서 점심 약속은 비웠습니다.

정 우 잘했어.

직 원 (빠른 걸음으로 온다) 대표님! 지홍아 작가님하구 김준하 감독님 회의 들어가 보셔야 되겠어요.

정 우 왜?

준 하 (E. 성질. 버럭) 감독이 호구예요?

씬7. 동 회의실 안

준하와 홍아, 있다. 테이블엔 대본 있다. 상류사회 1, 2부 대본.

홍 아 누가 호구래요? 대본에 있는 대루 찍으란 게 잘못된 거예요?

준 하 대본이 이해가 안 되는데 왜 있는 대루 찍으래요?

홍 아 아니 이게 왜 이해가 안 되냐구요?

준 하 회장이 밥상 엎구 돈으루 와이프한테 갑질 한다 쳐요. 밥은 꼭 개랑 같이 먹잖아요.

홍 아 그거 제가 실제루 있는 얘기 쓴 거예요.

준 하 실제루 있는 얘길 설득력 있게 풀어야죠.

정 우 (들어온다)

준하·홍아 형! 대표님!

정 우 (준하에게) 뭐가 문제야?

준 하 대본이 말이 안 된다구.

홍 아 감독님 뭐 그렇게 대단한 작품 연출했다구 제 대본 갖구 뭐라 하는 거예요?

정 우 지 작가!

홍 아   대표님은 제 대본 좋다구 했어요. 감독님이 문제예요.

정 우   준하야!

준 하   형 미안한데. 나 이거 못 해. 어느 정도여야지. (홍아에게) 미안해요 지 작
         가. 우린 안 맞아요.

홍 아   내가 스타 작가면 찍소리 못 하구 찍을 거잖아요.

준 하   그럼 찍소리 못하게 스타 작가시던지! (일어나 나간다)

홍 아   (기막혀) 왜 저래요?

정 우   내가 말했잖아요. 지작간 민이복 감독하구 맞는다구.

홍 아   민이복 감독하구 하면 지금 SBC에서 못하잖아요. 난 한 시가 급해요.

정 우   급할수록 돌아가란 말두 있잖아요.

홍 아   밥 사 주세요.

정 우   어디서 먹을래요?

홍 아   경영난에 허덕이는 친구들 도와주구 싶어요. 싫으세요?

정 우   아뇨. 굿스프에 애정 있어요 나두.

씬8. 굿스프 라커룸

         정선, 옷 갈아입고 있다. 비장한. 정선, 주방으로 들어간다.

씬9. 굿스프 주방

         정선, 주방 멤버들 프렙하는 것 체크하고 있다. 일하는 것 하나하나 확인
         하는데. 까칠한. 바쁘게 돌아가는. 경수 메인 디쉬 프렙하고 있다. 하성,
         랍스터 손질. 민호, 허브 씻고 있고.

정 선   (경수 퓨레 확인하며) 퓨레 새로 만든 거 맞아?

경 수   그저께 만든 건데요.

정 선   다시 만들어. 오래됐잖아. (퓨레 싱크대에 쏟아붓는다)

경 수   네 셉.

정 선   (하성에게) 굴이랑 농어 새로 들어온 거 상태 체크했어?

하 성   네 셉.

정 선   언제?

하 성   어제요.

정 선   신선도 중요한 거 몰라! 다시 체크해.

하 성   네 셉. (냉장고로 튀어가는)

정 선   (민호에게) 이거 다 시들었잖아. 시들거나 색 바랜 잎들 다 제거하라고
         했지?

민 호   다시 할게요.

수 정   (들어오며) 셰프님 오늘 예약 00명 있어요. 예약자 명단에 박정우 대표님
         계십니다.

정 선   ....

씬10. 미나 학교 교실 안

         현수, 들어온다. 미나, 있다. 1학년 담임.

현 수   엄마!

미 나   너 자주 온다. 에너지 충전이 엄청 필요한 가부다.

현 수   힘들어.

미 나   일이 또 잘 안 풀려?

현 수   아니. 사랑이 너무 어려워.

미 나   온 셰프랑 잘 안 돼?

현 수   까였어 정선 씨한테 같이 살자구 했다가.

미 나   (황당)......

현 수   모든 걸 다 갈아 넣구 희생하려구 했는데 하지 말래. 기분 안 좋아.

미 나   그게 왜 기분이 안 좋아? 책임감 있구 신중한 거 같아 엄만 호감도 확 상
         승이다.

현 수	그러니까 그 책임감! 자기만 책임감 있냐구! 나두 책임감 있구 나두 책임 지구 싶어. 지금 이 상황.
미 나	지금 어떤 상황인데?
현 수	(말할 순 없고) 그런 게 있어.
미 나	사랑은 연민이 아냐. 연민으루 시작해서 책임감으루 유지하다가 죄책감 으루 끝나는 거야.
현 수	인생에 똑같은 결론이 어딨어? 사람마다 다 다른 거지.
미 나	사람 다 비슷비슷해.
현 수	비슷비슷하지 똑같은 건 아니잖아.
미 나	전에 남자 만날 땐 이거저거 다 따지구 분석했잖아. 너무 낯설어 이런 거.
현 수	정선 씰 언제부터 사랑했나 생각해봤거든. 처음 만나서 사귀자 그랬을 때 였던 거 같아.
미 나	(기막힌) 아우 갑자기 머리 아프다.
현 수	근데 그땐 날 후려갈기는 감정을 못 느꼈어. 그때 알았어야 했어.
미 나	너 진짜 왜 그래? 전에 남자 사귈 땐 남자 애들이 시험 때 만나자구 하면 공부한다구 안 만났었어. 해야 될 거 안 해야 될 거 딱딱 구분 지었어.
현 수	해야 될 거 안 해야 될 거 딱딱 구분 져두 별루 안 아팠어. 그런 건 줄 알 았지 사랑이.
미 나	일어나. 아빠랑 밥 먹기루 했어.
현 수	왜 나한테 기대지 않는 거야? 속상해.
미 나	어우 속상해.

씬11. 분식집 안

우동 김밥 먹고 있는 민재 미나 현수.

민 재	당신 인제 머리 안 아프지?
미 나	괜찮아.
현 수	역시 엄마 챙기는 건 아빠밖에 없네.

미 나	근데 이걸 말해야 되나 말하지 말아야 되나.
현 수	뭐?
미 나	박 대표한테 선물 받았어. 너 반칙형사 공동작가 투입 기사 나던 날 위로차 보낸 거 같더라.
현 수	.......(미안함)
미 나	두 사람 잘될 줄 알구 받았는데 어떡하지. 돌려줘야 되나.
민 재	그건 좀 실례 같은데. 생각 좀 해보자.
현 수	....

씬12. 굿스프 홀

홍아, 들어온다. 정우와 함께. 수정, 맞이한다.

수 정	대표님 오셨어요?
정 우	(고개 끄덕)
홍 아	언니 오랜만이에요. 관뒀다구 하더니 다시 왔나 봐요.
수 정	이쪽으루 오세요.

홍아와 정우, 자리에 안내한다.

씬13. 굿스프 주방

오더지 나오고. 코스 둘. 정선, 오더지 읽고. 다들 각자 일하고.

수 정	(와서) 지홍아 작가님하구 박 대표님 오셨어요.

정선, 박 대표에.. 원준, 홍아에.

씬14. 굿스프 홀

    홍아와 정우, 농어 먹고 있다. 와인하고 같이. 정선, 나와서 홀 둘러본다.

홍 아   대표님은 정선이 요리가 왜 좋아요?
정 우   개인의 취향이죠.
홍 아   취향이면 집에 요리살 고용하지 왜 식당에 투잘 해요? 비용이 너무 많이
        나가잖아요.
정 우   ....
홍 아   정선이 투자금 뺄 거예요?
정 우   빼는 게 아니라 온 셰프가 제 지분을 사는 거예요.
정 선   (온다) 내가 가야 되는데 왔네.
정 우   오게 됐어. 식사 마치구 테라스로 올라갈게.

씬15. 굿스프 테라스

    정우, 올라온다. 여러 가지를 고려해서 차린 식당.

정 선   (E) 맘에 들어?

씬16. 굿스프 테라스 (회상)

    정선, 전경이 보이는 곳에 서 있다. 정우를 보며.

정 우   (오며) 어 맘에 든다.
정 선   투자자님 맘에두 드셨다니. 결정합니다!
정 우   좋아!

씬17. 굿스프 테라스 (현재) ─ 낮

정우, 서 있다.

정 선 (온다) 계약서 갖구 왔어?

정 우 오늘은 단순히 밥 먹으러 왔어. 이제 간다.

정 선 나한테 할 얘기 없어?

정 우 할 얘긴 니가 많을 거 같은데.

정 선 우리 엄마한테 얼마나 꿔줬어 돈?

정 우 (이제 알았구나)

정 선 왜 나한테 말도 없이 돈을 꿔줘?

정 우 말했다면?

정 선 빚이 늘진 않았겠지.

정 우 아니. 내가 꿔주지 않음 너희 어머니 어디루 갔겠어? 너한테 베푼 호의야.

정 선 형이 베푸는 호의가 상대방한텐 악의가 될 수 있어. 우리 엄마 돈 사고 친 거 몇 번 되구 어떻게 대처할지 알아. 내가 맘이 상한 건 형한테 끼친 민폐야.

정 우 ......

정 선 내가 젤 싫어하는 게 사랑하는 사람한테 끼치는 민폐야. 물론 지금은 사랑했던 형이지만!

정 우 사무실루 나와. 투자 지분 매입 계약서 작성하자.

씬18. 굿스프 주방

정선, 들어온다. 기분이 좋지 않다. 브레이크 타임이다.

정 우 (E) 냉장고 크게 만들어.

씬19. 굿스프 주방 (회상)

정선과 정우, 있다.

정 선   나두 그러려구 했는데. 생각이 맞았네.

정 우   셰프한텐 주방, 냉장고. 이게 다 아니냐!

정 선   형하구 시작하길 잘했단 생각 든다.

정 우   끝두 아마 그럴 거다. 내가 원래 시작과 끝이 같은 걸 좋아하거든.

씬20. 굿스프 주방 (현실)

정선, 브레이크 타임이다. 냉장고에 쪽지 붙어 있다. '미슐랭 평가단 출현' '다른 식당에 왔다고 함' 정선, 쪽지를 뗀다.

원 준   (E) 다른 식당에 미슐랭 다녀갔단 말이 있어.

정선, 쪽지 넣는다.

씬21. 정우 회사 엘리베이터 안

정선, 타고 있다.

씬22. 정우 사무실 안

정선, 들어왔다. 정우, 서류 봉투를 갖고 온다.

정 우   성질 많이 급해졌다. (서류 봉투에서 서류를 꺼내 정선에게 준다. 투자 지분 매입 계약서에 사인했다.) 계약서 사인했어.

정우 정선, 사인한 계약서에 간인. 계인. 한다. 서로 계약서 갖는다.

정 우 후회하지 않겠어? 비즈니슨 감정적으루 하는 게 아니야. 지금이라두 니
가 철회한다면 받아들일 수 있어.
정 선 아니. 난 형처럼 뭐든 하지 않아. 내 식대루 할게.
정 우 (제법이다. 손 내미는)
정 선 악수하구 싶지 않아. 흔들리구 있거든.
정 우 (손 들여보낸다)
정 선 엄마 빚두 갚을게. 빚이 얼만지 정확히 알려줘.

정우, 정선, 팽팽히.

씬23. 방송국 사무실

홍진, 있고. 준하, 온다.

준 하 형 나 지홍아 작가랑 못 해.
홍 진 왜 못 해?
준 하 이해가 안 되는 걸 어떻게 찍냐구?
홍 진 조율해봐.
준 하 무지 쎈 캐릭터가. 감당이 안 된다구.
홍 진 아우... 증말.
준 하 이현수 작가랑 할게. 나두 내가 하구 싶은 것 좀 시켜줘. 전번에두 시키는
거 해서 거하게 말아먹었잖아.
홍 진 거하게 말아먹은 게 자랑이다!
준 하 형 누가 더 오래 조직생활할 거 같아? 형 퇴직해서 나가두 난 남아 있다.
내가 그때 잘해줄게.

씬24. 굿스프 앞 북촌 골목

현수, 걷고 있다. 굿스프 앞에 왔다.

정 선   (E) 날 사랑한다구 자기 인생 희생하지 마.
현 수   (핸드폰에서 정선 전화번호를 찾는다.)

씬25. 정우 사무실 주차장/ 정선 차 안 / 굿스프 앞

정선, 걸어오고 있다. 핸드폰 E 발신자 '이현수' 정선, 차 문을 연다. 차에
탄다. 운전석에 앉은 정선. 심호흡을 한다.

정 선   (전화 받는) 여보세요?
현 수   (전화 안 받아서 끊으려 하다 받는다) 아아 안 받는 줄 알았잖아. 왜케 늦
         게 받아?
정 선   미안.
현 수   나 안 궁금해?
정 선   궁금해.
현 수   근데 별루 의욕이 없는 거 같다. 전화 받는데.
정 선   아냐. 말해.
현 수   아냐. 그냥 했어. 전번에 그렇게 헤어져서.
정 선   미안해.
현 수   미안하다구 하지 마. 거리감 생기는 거 같아.
정 선   (기분 좋게 해주려) 그럼 뭐라 말할까?
현 수   어어.. 어디야?
정 선   어디야? (최대한 맞춰주려)
현 수   어디야. 안 가르쳐줄 거야.
정 선   그래.
현 수   (다시 어딘데란 질문을 받길 바랐는데. 자기만 노력한 느낌)

핀트가 안 맞는 사랑하는 남자 여자의 대화.

씬26. 굿스프 홀

> 홍아, 있다. 태블릿 PC 보고 있다. 수정과 원준 신경 쓰면서. 수정, 꽃병에 꽃 갈아 꽂는다. 원준, 옆에서 도와준다. 정선, 주방에서 나온다.

정 선   (홍아 보고) 너 뭐하나?

홍 아   보다시피 뉴스 검색하면서 원준 오빠 유치하게 구는 거 신경 쓰구 있어.

원 준   미안. 유치하긴 했다.

홍 아   좀 심한 거 아냐? 질투 유발 작전 같아. 사귀면 사귀는 거지. 뭘 그렇게 아는 척두 안 하면서 그러구 있냐?

정 선   그동안 너한테 당한 게 많아서 그런가 부다.

홍 아   당한 걸루 치면 내가 너한테 당한 거에 비하겠냐! (일어나는) 갈게. 근데 나 진짜 착하지 않아? 너랑 오빠랑 나한테 이러는데두 니네 매상 신경 써서 대표님한테 여기루 오자구 했어.

정 선   고맙다.

홍 아   잘 있어. 여기 다시 안 올 거야. (가는)

원 준   넌 그러구 또 오잖아.

수 정   (원준 본다)

홍 아   (속소리 E) 이렇게 나오는데 니들이 안 쫓아 나오겠냐! (따라 나올 줄 알고. 의식하는)

씬27. 굿스프 밖

> 홍아, 나왔다. 뒤돈다. 아무도 따라 나올 기미가 안 보인다.

홍 아   (기막힌) 뭐야? 진짜 안 따라 나오는 거야? 너무한다. 이래서 사람한테 정을 주면 안 돼. 어떻게 이럴 수가 있어?

씬28. 굿스프 주방

원준, 들어와서 프렙 하려는. 수정, 따라 들어온다.

수 정 수셰프님!
원 준 네 수정 씨!
수 정 사랑은 맘대루 안 되는 거잖아요. 멈출 수두 없구 멈춰지지두 않구. 그래
서 사랑인 거잖아요.
원 준 ....
수 정 응원해요 수셰프님 사랑. 저한테 살짝 흔들리긴 했죠?
원 준 네.
수 정 저한테 살짝 흔들렸던 거에 만족할래요. (나간다)
원 준 아유 저런 여잘 사랑해야지 이 등신아!

씬29. 공원

홍아, 기어를 착용하고 런닝하고 있다. 뛰다가 잠시 멈추고, 귀에 꽂은 이
어폰을 터치한 후 손목에 있는 기어를 터치해 운동량을 확인한다. 듣는
음악은 ‘All by Myself’. 따라 부른다. 난 혼자다. 자유다. 그치만 외롭다.
어쩌다 이렇게 됐나. 인스타에 올린다. 뛰는 사진. 해시태그. 인생 혼자.
뛰는 거 좋아. 사랑따윈 필요없어. 나혼자그램.

씬30. 홍아 집 홍아 방

홍아, 외출복으로 갈아입었다. 기어를 찾아 스트랩을 바꾼다.

홍 아   이럴수록 집에 있음 안 돼. (핸드폰에서 박정우 대표 찾아 전화한다. 신호
        음 떨어지고 받는다)

정 우   (F) 박정웁니다.

홍 아   대표님! 저 일해야 돼요. 민이복 감독하구 미팅 잡아줘요. 내 거 편성 어
        떻게 되는 거예요? 일 똑바루 하시는 거 맞아요?

씬31. 정우 사무실 안

        정우, 준하 있다.

정 우   (전화 받고 있다. 홍아 F) 내 거 편성 어떻게 되는 거예요? 일 똑바루 하
        시는 거 맞아요?

정 우   우선 진정해요. 민이복 감독하구 자리 만들게요. 그럼 끊습니다. (끊고)
        아 이 또라이!

준 하   내 말이 맞지?

정 우   유구무언이다.

준 하   현수 오라 그랬어. 회의실 가자. (일어나 나가는)

씬32. 정우 회사 사무실 복도/ 회의실 밖

        준하와 정우, 온다.

준 하   형 먼저 들어가 있어. 화장실 갔다 갈게.

정 우   (회의실 문밖에서. 좀 망설인다. 노크한다. 문 연다.)

194   / 사랑의 온도 /

씬33. 회사 회의실 안

현수, 앉아 있다. 정우, 들어온다. 그 시선으로 현수보고.

현 수   준하 오빠는 요?

준 하   (E) 반칙형사 편성 뒤루 밀릴 수두 있대.

씬34. 도로. 정우 차 안 (회상) ─ 밤

정우, 골프 치고 오는 중. 감기 걸린. 기침한다. 전화벨 E

정 우   (전화 받는) 왜?

준 하   (F) 이복이형이 다른 작품 하구 싶다구 갖구 왔대. 그럼 현순 다른 감독
        붙여서 가야 되잖아.

씬35. 현수 집 앞/ 현수 집 거실

정우, 서 있다. 문 열린다. 경이다. 다급한.

경   지금 119 부르려구요.

정 우   내가 갈게.

현수, 소파에 배 움켜잡고. 식은땀 흘리며. 누워 있다. 정우, 현수를 업는
다. 경, 도와준다.

경   (따라가며) 민 감독님 만나구 와서. 스트레스 받았는지. 계속 뭘 먹더라구요.

씬36. 현수 집 앞 정우 차

정우, 현수 업고 나오고. 옆에 경 있고. 운전기사, 정우 도와 현수를 뒤에 태운다. 경, 뒤에 타고.

씬37. 도로 정우 차 안

현수, 경한테 기대 있고.

경　　언니!

정우, 조수석에서 룸미러를 통해 현수 본다.

씬38. 응급실 안

현수, 수액 맞고 있다. 현수, 거의 다 맞았다. 경, 있다.

현 수　대표님은 이제 가보세요.
정 우　이제 정신 좀 드나 부다.
경　　이거 빼달라구 해야겠다. (나가는)
현 수　(약간 추운 거 같다. 스르르 눈 감는다.)
정 우　(이불을 덮어준다.)
현 수　(E) 상황이 바뀌었다는 게 무슨 얘기예요?

씬39. 정우 회사 사무실 (현실) ─ 낮

현수, 정우, 준하, 있다.

정 우	원래대루 두 사람이 같이 준비하는 걸루 얘기됐어.
현 수	(의외)......
준 하	어디까지 진행됐어? 너 논 거 아니지?
현 수	대본 3부까지 뽑은 거 다시 보구 있어.
준 하	황보 작간 뭐 하구 있어?
현 수	경인 굿스프 가서 취재하구 있을 거야.
준 하	왜 자꾸 거기 가?
현 수	오빠! 경이 좋으면 경이한테 가서 좋다구 하구 잘해줘. 사랑해봤다며? 해 본 사람 맞아?
정 우	둘이 또 시작이야? 나 빼놓구 둘만 있는 세상!
준 하	밥 먹으러 가자. 배고프다. 형 고기 사줘.
현 수	지금 무슨 밥을 먹어? 시간이 몇 신데?
준 하	밥 때가 따루 있냐? 넌 니 생각만 하냐?
현 수	알았어 먹자 먹어.

씬40. 정선 차 안 도로

정선, 운전하고 있다.

현 수	(E) 미안하다구 하지 마. 거리감 생기는 거 같아.

씬41. 고기 집

현수, 등심 굽고 썰고 있다. 숙련된 솜씨로. 정우, 준하 있다. 술 있고. 현수, 정우 최대한 의식 안 하려는.

준 하	역시! 고기 써는 데 1인자 이현수!
현 수	한번 익힌 기술은 죽지 않아. 보조 작가 시절 생각나게 한다.

준 하	(고기 구운 거, 정우에게 놔주며) 형 많이 먹어.
정 우	한잔 해. (하면서 술 따라준다. 준하에게)
준 하	형도! 우리 팍팍 밀어줘. 해외 로케두 보내주구 제작비 아낌없이 빵빵!
현 수	(O.L) 무슨 멜로에 제작빌 많이 쓸려 그래? 배우 캐스팅만 잘되면 되지.
준 하	니가 작가냐? 제작자냐? 니 정체성이 뭐야?
현 수	제작비 아껴줄려는 작가!
정 우	(보는)

핸드폰 E 발신자 '온정선'

현 수	(발신자 보자마자. 미소 활짝) 저 전화 좀 받구 올게요. (가는)
준 하	온정선이네. (정우에게) 쟨 완전히 미쳤어 형! 내가 10년을 넘게 봤는데 저러는 거 진짜 낯설어.
정 우	......
준 하	사랑은 있어. 없다구 생각했는데 쟬 보니까 있네.

씬42. 고기 집 앞/ 도로 차 안

현수, 전화 받고 있다. 정선, 전화.

현 수	웬일이야?
정 선	어디야? 아까 못 물어봤잖아.
현 수	타이밍은 놓쳤지만. 대답해줄게.
정 선	나 지금 굿스프 들어가는 중인데 동선이 맞음 내 차에 태우려구.
현 수	동선은 맞추면 돼.

씬43. 고기 집 안

정우와 준하, 고기 먹으면서 술 마시는.

정 우 편성 시기는 내년 초나 돼야 윤곽이 나오겠지!
현 수 (오는) 대표님! 오빠!
준 하 가라 가!
현 수 가도 돼?
정 우 가!
현 수 감사합니다. (가는)
정 우 (준하에게 잔 내미는) 한 잔 더 줘.
준 하 (주는)

씬44. 도로 정선 차 안

정선, 운전하고 있고. 현수, 조수석.

현 수 소금 보구 싶다.
정 선 (보는)
현 수 보면 안 돼?
정 선 볼 수 있음 봐봐.

정선 차 신호등에 걸려 선다.

현 수 이때다! (정선의 팔을 걷는다. 아직 안 나온다) 어디까지 걷어야 되는 거
       야?
정 선 출발한다!
현 수 (신호 눈치 보다가) 됐다! (소금 나왔다. 현수, 소금 만진다)
정 선 (간지러운)

현 수   애 좋아.

정 선   뭐는 안 좋겠니!

현 수   맞아 뭐는 안 좋겠어!

차 출발하는.

씬45. 현수 집 앞 정선 차

정선 차 선다. 현수, 내리려는데. 정선, 현수를 끌어당긴다.

정 선   나 어디 안 가. 불안해하지 마. (이게 더 불안하다. 자신에게 하는 말. 어디
갈 거 같은)

씬46. 현수 집 안 현관

현수, 들어온다. 경, 맞이한다.

경   축하해! 다시 편성 받은 거.

현 수   어떻게 알았어?

경   준하 감독님 전화왔던데.

현 수   너한테 왜 보고해?

경   (펄쩍) 보고하는 게 아니라 말해주는 거잖아. 궁금할까 봐.

현 수   지금 감정 오반데. 준하 오빠 좋아해?

경   언니 이렇게 날 놀리면 나두 놀릴 수 있어. 내가 볼려구 본 게 아냐. 날씨
가 로맨틱해서 창밖을 본 거 뿐이야.

현 수   (어?)

경   물론 내가 차 안까지 볼 수 있는 투시력은 없어. 그치만 분위긴 알 수 있
어. 19금이었어.

현 수	경!!
경	아닌가 24금이었나?
현 수	경!
경	왜?
현 수	왜 이럴까?
경	뭐가?
현 수	왜 이렇게 불안한지 모르겠어. 만나면 안심되면서 불안하구 떨어져 있으면 계속 떨어져 있을 거 같아 불안하구. 이게 뭐니?
경	사랑!
현 수	야아.. 농담 아냐. 왜 이러지!

씬47. 굿스프 주방—밤

서비스 타임. 각자 일하고 있고. 정선, 빠스에 있다.

정 선	나한테 목표가 하나 생겼다! 내가 하구 싶은 일을 계속하기 위해 미슐랭 별을 받아야 되겠어.
일 동	(일하면서) 우와!
원 준	요즘 미슐랭 평가단이 다른 식당에 나타났대.
하 성	미슐랭 평가단은 소리 소문 없이 다닌다던데! 어떻게 알았대요?
경 수	소리 소문 없이 다녀가기가 쉽냐? 어디서든 뽀록이 나겠지.
민 호	맞아요. 난 알 수 있을 거 같아요.
원 준	헛다리 짚는 일 많아!
정 선	미슐랭은 평소에 잘해야 돼. 벼락공부 안 통해.
원 준	이미 왔다 갔을 수두 있어.
정 선	11월까진 바짝 신경 좀 쓰자!
일 동	네 셰프!

정선, 빠스에 갖다 놓은 음식 체크하고. 다 됐다는 벨 누른다.

씬48. 현수 집 방

현수, 컴퓨터 앞에 앉아 있다. 대본 쓰고 있다. 핸드폰 든다.

현 수 　또 뭐 하는지 알구 싶다. 전화하면 안 되겠지? 하면 어때? (현수, 전화하려다 만다.) 가자! 너한텐 취재가 있잖아.

씬49. 굿스프 앞 ― 밤

퇴근한다. 수정, 나온다. 원준, 민호, 하성, 경수 나온다. 각자 인사들 한다.

원 준 　다음 주에 만나자. 잘 쉬구!
일 동 　네. (하면서 가고)
수 정 　저도 이만 갈게요.
원 준 　수정 씨! (따라가며)
수 정 　(보는)
원 준 　홍아는 습관이 되어버린 거 같아요.
수 정 　이해해요.
원 준 　근데 수정 씨가 너무 좋은 사람이구 저한테
수 정 　그럼 한 한 달 정도 썸 탈래요? 타다 보면 답이 나오지 않겠어요?
원 준 　괜찮겠어요?
수 정 　괜찮아요. 원래 썸 탈 때 더 설레잖아요. 한 달 설레면 답이 나오겠죠! 안녕히 가세요!
원 준 　안녕히 가세요!

씬50. 굿스프 주방

정선, 칼 갈고 있다. 현수, 들어온다. 뒤에서 안는다.

현 수   누구게?

정 선   다친다!

현 수   낭만 떨어졌어!

정 선   (현수의 머리에 손 올리고)

현 수   나 아까 낮에 굿스프 앞에서 전화했다. 어디였는지 지금 가르쳐주는 거야.

정 선   (너 불안하구나. 들어서 테이블에 앉힌다) 고마워.

현 수   (보는) 자기 옆엔 내가 있어.

정 선   (현수의 가슴에 자신의 머리를 묻는)

현 수   (안는) (F.O)

씬51. 양재 꽃 시장 — 아침 (F.I)

현수와 정선 걷고 있다. 앞에 보면 늘어선 허브와 꽃 모종들 보인다.

현 수   테라스 넓잖아. 거기 다 채우려면 되게 많이 사야겠다.

정 선   많이 안 사. 원래 있던 거 온실에 옮겨 심을 거야. 옮겨 심는 김에 몇 가지
        더 사구. 사구 싶은 거 있음 사.

현 수   몇 가지 더 사겠다는 거! 내가 살래. 테라스 지분 확보! 말리지 마!

정 선   ......

씬52. 굿스프 테라스

정선과 현수, 함께 테라스 월동 준비하는. 작업복 입고. 정선, 나무를 톱질
로 자르고. 현수 옆에서 돕는. 정선, 못질 한다.

현 수   나두 할래 못질.

정 선   암튼! (하면서 망치 준다) 할 줄은 알아?

현 수   그럼! (망치 내려치며)

정 선   그렇게 하면 손 다쳐. (하면서 현수 잡은 망치 잡고 같이 못질) 이렇게!
현 수   이렇게!

허브 및 화분들 넣을 수 있는 온실 만들고 있는 두 사람.

씬53. 정선 집 식탁

짜장면 먹고 있는 현수와 정선. 배달해서.

현 수   역시 노동엔 짜장면!
정 선   (짜장면 묻은 거 닦아준다)
현 수   나만 묻었나! (하면서 정선 얼굴에 묻은 것 닦아준다)

핸드폰 E 발신자 '정선 씨 어머니'

현 수   어머니다!
정 선   (무슨 어머니? 우리 엄마?)
현 수   (받으려는데)
정 선   (핸드폰 내놓으라는 시늉하며) 받지 마.
현 수   왜에?
정 선   글쎄 받지 마. 엄마가 자기한테 전화할 이유가 없잖아.
현 수   이유가 없는지 있는지 들어봐야 알지. (하면서 전화기 뺏으려는 정선 피
        해 화장실로 들어간다)

씬54. 정선 집 욕실 안/ 영미 집

현수, 들어와서.

현 수	네 어머니!
영 미	어 잘 지냈니? 오랜만이다. 넌 왜 나한테 연락을 안 하니?
현 수	아직 어려워서요.
영 미	나 어려운 사람 아냐. 정선이 아직 잘 만나지?
현 수	그럼요. 지금두 정선 씨하구 같이 있었어요.
영 미	아아 그래? 우리 정선이 기분 어떠니?
현 수	평소랑 비슷해요.
영 미	잘해줘. 내가 못해주는 거까지 잘해줘.
현 수	알겠어요 어머니.
영 미	정선이한테 무슨 일 있음 나한테 꼭 연락해. 비상연락망. 잊지 마.
현 수	네. 안녕히 계세요. (전화 끊는) (대체 뭘까 어느 정도일까)

씬55. 정선 집 거실―낮

정선, 앉아 있다. 별로 기분 안 좋은. 현수, 나온다.

현 수	(기색 살피며) 왜 그래?
정 선	엄마가 무슨 얘기했어?
현 수	별 말씀 안 하시구. 정선 씨 걱정했어.
정 선	....
현 수	내가 말 안 듣구 전화 받아서 기분 나빠?
정 선	내가 엄마하구 안 좋아 요즘.
현 수	....
정 선	난 현수 씨가 엄마와 나 사이에 전달자가 되지 말았음 좋겠어.
현 수	내 입장두 있잖아. 어떻게 어른이 전화했는데 안 받아? 더군다나 정선 씨 어머니잖아. 어머니랑 무슨 일이 있었는지 모르지만 부모 자식인데 어쩌겠어.
정 선	현수 씬 우리 엄마에 대해 다 모르잖아. 우리 가족에 대해 아직 모르잖아. 아직 말하기 힘든 것들이 있어.

현 수   대충 들었어 어머니한테. 난 괜찮아. 아버님하구 정선 씬 달라. 다른 인생이잖아.

정 선   (화제 바꾸는) 커피 마실래?

현 수   (뻘쭘한) 가족 얘기 하는 거 민감해?

정 선   가끔 어떤 땐 그냥 넘어가줬음 좋겠어. 오늘은 블루마운틴 없다. (일어나서 커피 만드는)

현 수   (좋았었는데)

씬56. 정우 사무실/ 미나 집 거실

정우, 차 마시고 있다. 컴퓨터 보면서. 핸드폰 E 000-0000-0000

정 우   여보세요?

미 나   (정우 명함 들고 있다) 안녕하세요? 저는 이현수 작가 엄마예요.

정 우   아 네 어머니.

미 나   보내주신 선물에 있는 명함 보구 전화 드렸어요.

정 우   네에.

미 나   언제 시간 좀 내주세요. 잠깐 봬면 좋겠는데요.

정 우   오늘 되는데.. 괜찮으시겠어요?

씬57. 카페

미나, 손엔 쇼핑백 들고 들어온다. 안엔 유자청 2개. 정우, 있다.

미 나   안녕하세요 대표님!

정 우   네 안녕하세요?

미 나   우리 현수두 잘 봐주시구 우리까지 마음 써주셔서 감사드립니다.

정 우   아닙니다.

미 나   전번에 너무 과한 선물을 받아서. 오늘 갚으러 나왔습니다.

정 우   그러실 필요 없는데요.

미 나   (쇼핑백 주며) 열어보세요. 원래 선물은 열어보는 거예요.

정 우   네. (하면서 열어본다. 유자청. 담근 거.)

미 나   유자가 감기에 좋아요. 해마다 감기 걸릴 때마다 먹으려구 담가요. 대표
         님 드리구 싶었어요.

정 우   감사합니다.

미 나   저두 감사합니다.

씬58. 부암동 집 — 밤

         정우, 미나가 준 유자청을 덜어 차로 마신다.

씬59. 정선 집 거실/ 영미 집 거실

         현수, 없다. 현수가 왔던 흔적. 빈 커피 잔. 살짝 묻어 있는 립스틱 자국.
         정선의 머그잔. 정선, 잔 치우고 있다. 설거지통에 넣고. (flash back 씬
         22. 정우, 후회하지 않겠어? 비즈니슨 감정적으루 하는 게 아니야. 지금
         이라두 니가 철회한다면 받아들일 수 있어.) 정선, 잔 닦은 거 올려놓는
         다. (flash back 씬22. 정선, 난 형처럼 뭐든 하지 않아.) 핸드폰 신호음 E

정 선   (전화 걸고 있다. 신호음 E 상대편 받는다.)

영 미   (잠옷 차림. 다니엘 들을까 봐 나왔다. 핸드폰 들고. 이럴수록 아무렇지도
         않은 듯) 어 아들!

정 선   나한테 할 얘기 있잖아. 언제까지 피할 거야?

영 미   현수한테 들었구나. 엄마가 전화해서 간본 거. 너 보기 무서워서.

정 선   현수 씨랑 우리가 무슨 상관인데 이런 진흙탕에 끌어들여? 연락하지 마
         그 여자한텐.

영 미	끔찍이두 위한다. 그만큼 엄말 위해봐. (하다가) 이건 아니다. 엄마두 끔찍이 위하긴 해.
정 선	빚 정산해봐. 얼만지 알아야겠어. (끊는)
영 미	지 말만 하곤 끊네. 아 미치겠다 진짜!

씬60. 현수 집 거실

현수, 창밖을 보고 서 있다. 불 안 켜놓고. 밖엔 아무도 없고. 놀이터 그네에도 아무도 없다.

경	(나오다 보고) 아 깜짝이야? (불 켠다) 뭐 하는 거야?
현 수	(경 보는) 경! 사랑하는데... 왜 쓸쓸하니?
경	뭐?
현 수	사랑하는데... 왜 더 허전하니!
경	언니! 철학하지 마시구 들어가 자!
현 수	알았어. (안으로 들어가려다. 경에게 다시) 넌 아니 이런 거?
경	언니 여기서 더 나가면 머리에 꽃 꽂아야 돼!
현 수	(웃는) 미쳤다 진짜 내가 생각해두! (F.O)

씬61. 굿스프 라커룸 (F.I) — 아침

정선, 옷 갈아입고. 타투 보이는. 에이프런을 질끈 묶고. 하루 시작이다. 요리만이 나의 갈 길.

씬62. 굿스프 주방

주방 인원들, 각자 자리에서 프렙하고 있다. 새로운 메뉴 프렙.

정 선 　(들어오면서) 오늘 런치 예약 두 테이블 있다. 한 팀은 외국인 손님! 새 코스 메뉴 나가는 첫날이다! 더 신경 써서 일하자!

씬63. 굿스프 홀 카운터 ― 낮

수정, 외국인 1명, 한국인 1명(미슐랭으로 의심되는)을 테이블로 안내한다.

씬64. 굿스프 주방

오더지 꺼내는 정선. 코스 둘. 수정, 주방으로 들어온다.

수 정 　○번 테이블 좀 신경 쓰면 좋을 거 같아요.
정 선 　왜?
수 정 　그냥 왠지 미슐랭 평가단 같아서? 제 촉이에요.

일동 주목, 들뜬.

정 선 　자! 집중! 다들 괜히 오버하지 말고, 자기 일에 집중하자! (하지만 은근 신경 쓰이는 표정)

씬65. 현수 집 거실

현수, 대본 쓰고 있다. 노크(E)

경 　(얼굴 빼꼼) 언니 차 줄까?
현 수 　아니 지금 필받구 있어. 계속 달릴래.

씬66. 굿스프 주방 안

정선, 메인 요리 신중하게 플레이팅 하고, 콜한다. 수정 와서, 접시들 들고
나간다.

씬67. 굿스프 홀

수정, 음식을 손님 테이블에 놓고 있다. 정선, 손님들 음식 잘 먹고 있나
나와본다. 원준, 와서.

원 준   (정선에게) 진짜 미슐랭일까?
정 선   아니. 미슐랭이 티 내구 다니지 않아.
원 준   그래두 지푸라기라두 잡구 싶어.

손님 테이블에선 한국인, 외국 손님 맛있게 먹고 있다. 맛있게 먹는 모습
에 정선, 미소 지어지는. 수정도 매의 눈으로 보는.

씬68. 정우 사무실

정우, 창밖에 서 있다. 홍아, 들어온다.

홍 아   민이복 감독님 왜 없어요?
정 우   오는 중일 거예요.
홍 아   쫌 늦게 올걸.
정 우   (보는)
홍 아   그렇잖아요. 내가 먼저 와 있음 내가 아쉬운 거 같잖아요.
이 복   (들어온다) 안녕하세요?
정 우   잘 오셨어요 감독님! 오늘 두 사람 전쟁 참관은 안 할 예정입니다. 서루

인사 나누시구 다른 장소루 이동해주셨음 합니다.

홍아, 이복 서로 인사한다. 고개 끄덕.

씬69. 굿스프 주방

서버, 냅킨으로 만든 별 올려져 있는 빈 디저트 접시 두 개를 갖다 놓는다. 정선. 원준. 주방 일동. 보는.

원 준   웬 별?
경 수   미슐랭이다!
정 선   아냐.
하 성   별이잖아요. 맞는 거 같은데.
원 준   손님 갔나? (나가는)

씬70. 굿스프 카운터

한국인 손님, 카드 내밀고, 수정 받아서 계산한다. 원준, 온다.

수 정   맛있게 드셨어요?
손님1   파인다이닝 좋아해서 여러 군데 다녔는데 제 취향이네요.
수 정   (계산된 카드와 영수증 내민다.) 감사합니다. 우리 온정선 셰프님은 프랑스 꼬르동블루 출신이구
손님1   (O.L) 알아요. 검색해보구 온 거예요. (명함 내밀며) 혹시 새 메뉴 나오면 연락 주시겠어요?
수 정   (받으며) 새 메뉴요?

손님들 나가고. 수정, 명함 보면 외국계 기업 비즈니스맨이다.

원 준   수정 씨?

수 정   (본다. 미소)

씬71. 굿스프 주방

원준, 들어온다. 주방 식구들. 정선, 치우고 있고.

하 성   미슐랭이에요?

원 준   (엑스 표시 한다)

정 선   김칫국 다 마셨지! 오늘 스텝밀 누가 할래?

씬72. 카페

홍아, 이복과 있다. 차 앞에 놓고 있다.

홍 아   감독님! 뭐든지 첫 단출 잘 끼워야 되잖아요.

이 복   뭔 얘길 할려구 그래요?

홍 아   제가 생각해봤어요. 감독님하구 어떻게 하면 스트레슬 덜 받으면서 일할까.

이 복   (O.L) 그래서요?

홍 아   (계약서를 내민다.)

이 복   이게 뭐예요?

홍 아   감독님이 제 대본에 손을 대면 책임을 묻겠단 계약서예요.

이 복   (기막힌) 뭐요? 지금 장난해요? 내 살다 살다 이런 희한한 계약선 듣두 보두 못했어요.

홍 아   저하구 일하시면 이렇게 희한하구 재미난 일들 많이 겪으실 거예요.

이 복   (애 보통 아니구나) 좀 앞서가네 지 작가! 난 지 작가 대본 좋아. 이현수 작간 나랑 결이 안 맞아.

씬73. 현수 집 거실/ 카페

현수, 방에서 나온다. 스트레칭 하면서. 경, 컴퓨터로 셰프 영상 보고 있다. 이어폰 끼고. 테이블 위엔 고구마칩을 정선 소스에 찍어 먹고 있다. 현수, 나오면서 '아 배고프다' 와서 고구마칩 소스에 찍어먹는다. 경, 이어폰 뺀다.

현 수 이 소스 너무 중독성 있어.
경   언닌 진짜 중병이야. 이 와중에두 온 셰프님 소스 자랑하는 거야!
현 수 그 남자 셰프라 얼마나 좋니! 먹을 것만 보면 생각나잖아. 먹으면 행복해지잖아.
경   인정! 먹으면 행복해져!

핸드폰 E 발신자 '정선 씨 어머니'

현 수 (머뭇거리지만. 받는) 여보세요?
영 미 어 나야.
현 수 네 어머니!
영 미 오늘 시간 어때?
현 수 일해요.
영 미 일을 하더라두 밥은 먹어야 되잖아. 같이 밥 먹자.
현 수 (어쩌지) 네.
영 미 정선이 지금 만나기루 했어. 만나구 나면 내가 맘이 엄청 상할 거 같아서 너 보려는 거야.
현 수 네. 알겠습니다. (전화 끊는)
경   온 셰프님 어머니야?
현 수 어.
경   온 셰프님만 봤을 땐 슈퍼슈퍼슈퍼 그레잇! 어머님 스튜핏 슈퍼 스튜핏! 플러스 마이너스 돈돈!!
현 수 (웃는) 너 땜에 웃는다.

씬74. 카페

영미, 화장 다듬고. 정선, 들어온다.

영 미   여기야! (손 흔든다)

정 선   (앉는다.)

영 미   내가 너 마실 것두 시켜놨다. 잘했지!

정 선   길게 얘기하구 싶지 않아. 도대체 얼말 빚진 거야?

영 미   얼마 안 돼.

정 선   (뚫어지게 본다)

영 미   니가 하라 그래서 계산해보니까

정 선   (니가 하라 그래서? 외면하는)

영 미   5천만 원 정도.

정 선   정확히 말해야 거기다 이자 계산까지 해서 주지.

영 미   이잔 무슨 이자야? 친한 사인데.

정 선   (또 본다)

영 미   무서워 그런 눈으루 보지 마.

정 선   그래 엄마두 이렇게 사는 게 최선이겠지. 이렇게 살 수밖에 없어서 사는
        거겠지. (일어나 나간다)

영 미   ....

씬75. 카페 주차장 정선 차 안─낮

정선, 자신의 차로 가는. 허탈하다. 끝날 거 같지 않은 이 짓. 평생 안고 가
야 하는 거. 정선, 차에 탄다. 기어 넣고 출발한다.

씬76. 베트남 음식점 안—밤

현수, 있다. 메뉴판 보고 있다. 영미, 온다.

영 미 와 있었구나.

현 수 네. 어머니 뭐 드실래요? 제가 오시기 전에 공부 좀 했거든요.

영 미 그랬니?

현 수 (메뉴판 가리키며) 분짜라구 베트남 서민 음식인데 국수 종류예요.

영 미 (보는. 밝은 애구나 얘는)

씬77. 굿스프 홀

정선, 원준. 수정과 함께 와인 페어링 중. 정선이 만든 킹크랩 요리와 잘 어울리는 와인 찾는 중이다. 정우와 결별 후 새로 짠 메인 디쉬.

원 준 박 대표님하구 헤어지구 선보이는 새로운 메뉴라 좀 긴장된다.

정 선 (마시고) 해산물이랑 먹기엔 좀 무거운 거 같은데요.

원 준 (마시고) 쫌 그러네.

정 선 (다른 하나 마시고) 이건 너무 가볍고.

수 정 (나머지 잔 골라 들며) 개인적으루 이거 추천해요.

원 준 (마셔보는. 그 위에 수정 소리) 과실향이 풍부하고 산미도 튀지 않아요.

정 선 (마셔보는. 그 위에 수정 소리) 밸런스두 좋구요.

원 준 (활짝 미소. 수정 보며) 저두 맘에 들어요.

정 선 살짝 단맛두 있어서 더 좋네요.

원 준 그럼 만장일치!

정선 원준 수정, 와인 마시는.

씬78. 베트남 음식점 안

영미, 현수 먹고 있다. 영미, 잘 넘어가지 않는다.

현 수   맛이 없어요?
영 미   술 한 잔 할래?

씬79. 포장마차 안

영미와 현수, 술 마시고 있다. 영미, 마시는. 현수, 조심스레 마시는. 이미
좀 마셨다. 안주해서.

영 미   내 인생 얘기 좀 들어줄래? 너 작가잖아. 작가니까 왠지 다 이해해줄 거
          같아 말하구 싶어.
현 수   말씀하세요.
영 미   나는 왜 태어났니?
현 수   ....
영 미   우리 정선인 왜 나한테서 태어나서 저 고생이니? 미안해. 미안한데 왜 고
          쳐지질 않니? 지금부터 노력하면 될 수 있을까.
현 수   (영미 손 잡는)

씬80. 북촌 골목

현수, 누군가를 기다리고 있다. 걷고 있다. 정선, 온다. 현수, 본다.

현 수   (가서 안긴다)
정 선   술 마셨어?
현 수   어 마셨어.

정 선	잘했어.
현 수	(떼고) 나 지금 누구 만났게?
정 선	누구 만났어?
현 수	(걸으며) 어머니!
정 선	(당황) 뭐?
현 수	자기 어머니 만났다구!
정 선	우리 엄마 만나서 같이 술 마신 거야?
현 수	좀 짠했어. 잘해드리구 싶어.
정 선	엄마가 만나자구 했지!
현 수	(분위기 이상하네) 어.
정 선	나한테 엄마 만나러 간다구 얘기할 생각은 못 했어?
현 수	(왜 이래) 얘기하구 나가야 되는 거야?
정 선	전에 말했었지. 엄마랑 나랑 요즘 안 좋다구.
현 수	나두 어머니하구 인간관계가 있는데 무조건 안 만난다구 할 순 없잖아.
정 선	우리 엄마하구 관곈 나 아님 안 맺어두 되잖아.
현 수	정선 씨 인생에 들어가려면 어머닐 빼놓을 수 없잖아. 노력하구 있어.
정 선	나에 대해 불안한 건 아니구?
현 수	맞아. 흔들려보지 않은 사람이 흔들린다니까 불안해. 포기하구 사라져버릴 거 같아 힘들어.
정 선	……
현 수	난 많이 흔들려봤어. 그래서 흔들리는 게 강한 거란 거 알아. 흔들리면서 끊임없이 자신을 다지구 자신을 만드는 거야.
정 선	날 믿지 못하는구나.
현 수	아냐 그건.
정 선	좀 전에 말했어. 포기하구 사라져버릴 거 같아 힘들다구. (걷는)
현 수	(뒤에다 대고) 누군 좋기만 한 줄 알아!

15부

29

눈치 보고 있어

30

오늘은

함께 먹지 못하겠다

씬1. 북촌 골목

14부에 이어
현수, 정선 있다.

현 수　난 많이 흔들려봤어. 그래서 흔들리는 게 강한 거란 거 알아. 흔들리면서 끊임없이 자신을 다지구 자신을 만드는 거야.

정 선　날 믿지 못하는구나.

현 수　아냐 그건.

정 선　좀 전에 말했어. 포기하구 사라져버릴 거 같아 힘들다구. (걷는)

현 수　(뒤에다 대고) 누군 좋기만 한 줄 알아!

정 선　(멈추고)

현 수　왜 자기만 생각해?

정 선　(오는) 나만 생각하지 않아.

현 수　(O.L) 어디냐구 물어보면 어디라구 대답해. 내가 어디란 대답 듣구 싶어서 물어봤겠어?

정 선　(그때 그랬다).......

현 수　같이 물에 빠져 죽든 같이 얼어 죽든 같이 하구 싶어 살자구 했더니 안 된대.

정 선　(그때도 그랬다).......

현 수　내가 자기 인생 안으로 들어가서 함께 아프구 싶다는데 왜 벽 쳐?

정 선　난이도 높다구 가족사 있다구 했잖아.

현 수　우리 가족은 쉬운 줄 알아? 다 저마다 어려운 거 있어.

정 선   (고맙다. 자신의 삶을 이해해주려고 하는) ....
현 수   자긴 힘들다구 하지만 나한텐 안 힘들 수 있잖아.
정 선   (현수를 끌어당긴다.)

정선, 현수에 대한 미안함. 하지만 내 고통스런 삶으로 들어오는 건 아직.
현수, 이제 달라질까. 동상이몽.

씬2. 북촌 골목

정선, 현수를 업고 있다. 약간 취했으니까.

현 수   우리 엄마 아빠 결혼하구 늦게까지 아이가 안 생겨서 어른들이 걱정 많이
         하셨대. 그러다 내가 태어났대. 기댈 많이 받았었어 어릴 때부터.
정 선   (N) 내가 생겨서 결혼했단 말을 어떻게 말해야 하지
현 수   우리 엄마 아빠 우릴 독립심 심어주는 걸 최우선으루 키웠어. 너무 금슬
         좋아 자식은 뒷전이구. 어릴 땐 그게 섭섭할 때 있었어.
정 선   ....
현 수   우리 엄만 줄 수 있는 사람이 강한 사람이라면서. 주면서 할 말 다 해. 할
         머니하구 신경전에서 엄마가 이겼어.
정 선   ....
현 수   안 힘들어? 내릴까.
정 선   안 힘들어.

정선, 현수 불편하지 않게 자세 잘 잡고 다시 걷는다.

현 수   (N) 내가 우리 가족에 대해 애기할 때 그가 말한 건 안 힘들어 였다.

타이틀 오른다.

씬3. 현수 집 현수 방—밤

현수, 씻고 들어온다. 머리도 감고. 경, 따라 들어온다.

경   왜 밤에 머리 감았어?

현 수   답답해서. (드라이기 켜서 머리 말린다)

경   내가 이래서 연앨 안 한다. (드라이기 빼앗아 말려주면서) 보는 것두 감
         정 소모 엄청 돼.

현 수   일할 거야 새벽까지! 낼 준하 오빠랑 회의 있잖아.

경   요즘 홍아 사는 거처럼 사는 게 젤 남는 걸지두 몰라.

현 수   걔 요즘 연락 없다. 어떻게 살아?

씬4. 홍아 집 홍아 방

홍아, 눈이 뻑뻑해서 인공눈물 넣고 있다. 셀카 찍는다. 해시태그 #마감노
동자 #밤샘중 #열일중 #미니 입봉 #사랑은 없다. 굿스프 음식 사진. 패션
사진. 여행 사진. 팔로우 197명.

경   (E) 인간관계 다 청산하구. SNS 팔로우 숫자 느는 보람으루.

무 명   (E) 사진이 예쁘네요. 맞팔해요.

홍아, 맞팔한다.

홍 아   내가 니들 없음 아쉬울 줄 알았지! 내가 지들한테 어떻게 했는데! 여긴
         사진만 남겨두 좋단 사람들 쨌다!

씬5. 굿스프 주방

원준, 마무리됐지만 더 깔끔하게. 정선, 들어온다.

정 선 왜 아직 안 갔어?

원 준 이런 노력을 신이 보시면 로또라두 맞게 해줄까 해서! 현수 누난 왜 보재? 질문이 잘못됐다. 왜가 어딨냐? 사랑하는 사이에.

정 선 우리 식당 운영 정산 좀 해보자. 우선 건물 보증금 2억 있구.

원 준 (O.L) 그건 보증금이니까 빼달랄 수 없구. 이럴 때 내가 턱 하구 내놨음 좋겠다.

정 선 형이 무슨 돈이 있어? 집안에서 내놨는데.

원 준 계속 내놓겠냐. 때 되면 받으신다. 그때 되면 내가 잘돼 있어야겠지만.

정 선 그럼 당분간 매출 없다구 하구 6개월 정도 유지하려면 어느 정도 있어야 돼?

원 준 한 2억! 장난 아니다! 너 대출 얼마나 받았어?

정 선 판교라 좀 받았어. 그거 말구 내가 또 정산해야 될 게 있거든.

원 준 또 뭐?

정 선 엄마 빚!

씬6. 북촌 골목

정우, 걸어오고 있다. 씩씩이 있는 곳에 온다. 씩씩인 없다. (flash back 5부 씬25. 현수, 얘는 씩씩이에요. 정우, 여기서 이쁘게 자랐네.) 정우, 여기도 이제 추억해야 되는 곳이 되었나. (F.O)

씬7. 카페 ─ 낮 (F.I)

정선, 들어온다. 누군가 만나러 왔다. 그 사람은 와 있다. 정선, 그 사람을 향해 간다. 다니엘이다.

다니엘　날 만나자구 해서 좀 놀랐어. 물론 용건이 있어서지만. (하면서 서류봉투를 준다)

정 선　(받는다)

다니엘　박 대표한테 받은 후원금이야. 이건 갚을 필요 없어. 내 그림을 좋아해서 그런 거야.

정 선　그럼 전 가보겠습니다. (인사하는)

다니엘　그래. 난 여기서 또 약속이 있어.

정 선　네. (가는)

핸드폰 E

다니엘　(받는) 어디니? 1박은 안 돼. 밤늦게까지 같이 있는 걸루 만족해.

씬8. 영미 집 앞—낮

정선 서 있다. 그 시선으로 문 열리면 영미다.

영 미　(기쁘게) 웬일이야 엄마한테 다 오구! (안으로 끌며) 들어와 들어와

씬9. 영미 집 안

영미, 차 준다.

정 선　민 교수 만났어.

영 미　왜?

정 선　엄마가 계산한 빚 액수가 안 맞을 거 같아서. 얼만진 정확히 알아야 돼서.

영 미	너는 애가 너무 깐깐하다. 친한 사람끼리 신세 질 수두 있지. 나중에 갚음 되잖아. 니가 얼마나 장래성 있는 셰픈데. 박 대표가 너한테 괜히 투자했 겠어? 니가 투자할 가치가 있으니까 투자했어. 내가 민 교수 그림 사라 사 라 해두 안 사는 사람이야.
정 선	그럼 후원금 아니네. 후원금은 작가의 예술적 가치에 투자하는 거잖아.
영 미	....
정 선	내가 온 건 앞으루 어떻게 할 거냐야. 내가 돈을 안 줘서 빚 졌다구 했잖 아. 한 달에 얼마가 필요한데?
영 미	줄 거야?
정 선	일단 들어보구.

씬10. 중국집

현수, 경, 준하, 먹고 있다. 준하, 짬뽕. 현수 경, 짜장면. 만두.

준 하	(현수에게) 넌 얼굴이 그게 뭐냐? 온에어 중인 거 같다.
현 수	온에어처럼 일하구 있어. 다음 주에 기획회의 올린다며?
준 하	이번 주까진 시놉. 1, 2부 대본 줘.
경	여기 짜장면 맛있다. 감독님이 사주는 거예요?
준 하	지금 먹는 얘기 왜 나와? 되게 얻어먹는 거 좋아한다 황보 작가!
현 수	우리 경인 공짜 싫어해!
경	(O.L) 역시 언닐 사귄 건 잘한 일이라구 생각해.
준 하	건 무슨 말이에요?
경	절 알아주잖아요. 감독님은 저 본 지 얼마나 됐어요? 근데 절 모르잖아요. 그렇게 얄팍해 갖구.
준 하	(O.L) 빨리 먹어요. 오늘은 굿스프 취재 안 가요? 거기가면 젊구 잘생긴 셰프들 있다며?
경	오늘 쉬는 날이에요.
준 하	넌 데이트 안 하냐?

현 수	데이트? 지금 온에어처럼 일한다구 했잖아. 취재는 해야지.
준 하	일거양득!
경	일석이조!

하면서 둘 다 만두 집는다. 준하, 양보해주는. 그러거나 말거나. 경이 먹는다.

씬11. 정우 회사 주차장/ 중국집 앞

정선 차, 들어온다. 정선, 주차하고. 룸미러로 자신의 얼굴본다. 긴장했다. 긴 숨 내쉬고. 이제 얘기하러 가야 한다. 핸드폰 E 발신자 '이현수'

정 선	(받는) 나야!
현 수	어디야?
정 선	으음. 정우 형 만나러 왔어.
현 수	그렇구나. 늦게 끝나? 온정선 셰프님 취재 좀 해야 되는데요.
정 선	늦게 안 끝나. 이따 굿스프루 와.
현 수	어어.
정 선	(전화 끊고 나간다)

씬12. 정우 사무실 안

정우, 있다. 노크 E 비서 들어온다.

비 서	온정선 셰프님 오셨습니다.
정 선	(들어온다)
정 우	(비서에게) 차 좀 줘요.
비 서	네.

정 우	앉아라.
정 선	(앉는) 바쁜데 용건만 얘기하구 갈게.
정 우	(앉는)
정 선	(서류 내민다) 엄마 빚 계산했어.
정 우	(차 마시는)
정 선	민 교수한테 후원금 명목으루 들어간 거까지.
정 우	(계산은 정확히 하는구나 역시)
정 선	근데 이 빚을 한 번에 갚을 수가 없어. 매달 갚았음 좋겠는데.
정 우	싫다면?
정 선	싫다면... 형이 원하는 걸 얘기해. 맞출 수 있는 데까지 맞춰볼게.
정 우	...애정 관계보다 더 질긴 게 채무관계거든. 길게 가보자.
정 선	고마워.
정 우	(본다)
정 선	고마운 거잖아.
정 우	(굽힐 줄은 아는구나)

씬13. 도로 정선 차 안/ 도로 차 안

정선, 운전하고 있다. 핸드폰 E 발신자 '아버지'

정 선	여보세요?
해 경	(감정 누르는) 너 좀 보자. 지금 가는 길이야. (끊는)
정 선	(뭐지?).....

씬14. 굿스프 주차장

현수, 차를 세운다. 주차되어 있는 해경 차. 정선 차. 문자 메시지 '급한 일이 생겨서 취재 미뤄야 돼. 일 끝나면 전화할게.'

정 선	(E) 급한 일이 생겨서 취재 미뤄야 돼. 일 끝나면 전화할게.
현 수	벌써 왔는데! (정선 차 보고) 차 있는데. 안 갖구 나갔구나.

씬15. 정선 집 거실

해경, 있다. 정선, 있다. 차 마시고 있다.

해 경	무슨 식당이 월요일에 문을 닫냐?
정 선	영업하려면 준비할 것들이 있어요. 근데 웬일이세요?
해 경	(등기부등본 내민다. 땅 담보 대출.) 이게 뭐냐?
정 선	(본다. 대출 받은 거다)
해 경	내가 너한테 땅 팔지 말랬지?
정 선	팔지 않았잖아요.
해 경	이러다 파는 거 아니냐?
정 선	제 땅이에요. 제가 알아서 해요.
해 경	갖구 있음 더 오를 땅이야. 널 위해 그런 거잖아.
정 선	아버지 삶에 제가 있기는 해요?
해 경	자식인데 당연한 거 아니냐? 담보 대출은 왜 받은 거냐?
정 선	식당 운영에 필요해서 받았어요.
해 경	그럼 쉬는 날 없이 일해야지. 오늘 같은 날 왜 노냐? 잡지에 실리구 그래서 대단한 줄 알았더니 겉만 뻔지르하구 실속이 없는 직업이구나. 그러니까 요리 한다 그럴 때 반대했잖아. 전문직 가졌음 얼마나 좋아! 나랑 같이 살자구 했을 때 느이 엄마 따라 나서더니. 느이 엄마가 다 망쳤어 널.
정 선	엄마가 약자라 선택했어요. 자식이 엄마냐 아빠냘 선택해야 되는 삶을 줬으면서 왜케 당당하세요?
해 경	지금 날 원망하는 거야?
정 선	엄마 따라 프랑스 갔을 때 아버지 보구 싶은 적 있어요. 근데 아버지 같은 사람은 되구 싶지 않았기 때문에 아버질 보구 싶어 하는 제가 싫었어요.
해 경	내가 어때서? 왜 나처럼 살구 싶지 않아? 안정적이구 모범적인 삶을 살아

왔어.

정 선   자기 아낼 학대했으면서! 너무 모른 척하는 거 아니에요 자기 인생을!

씬16. 정우 회사 회의실 안

홍아와 민이복, 있다. 20대 남자 톱스타. 여자 톱스타. 사진들 놓여 있다.

홍 아   (자기가 캐스팅하고 싶은 배우 사진 끌어오며) 데려오세요.
이 복   내가 데려오구 싶다구 되나?
홍 아   같이 일하셨잖아요.
이 복   요즘 누가 같이 일했었다구 또 같이 일해요? 매니지먼트는 뭐 놀구 있나?
홍 아   감독님 스타 피디라 캐스팅 쉬울 줄 알았는데
이 복   (O.L) 그래두 내가 일했던 스타들 중에 지금은 좀 주춤하는 애들은 내가
         데려올 수 있어.

노크 E 직원 들어온다. 손엔 간식거리.

홍 아   뭐예요?
직 원   대표님께서 회의하면서 드시랍니다.
홍 아   (미소) 대표님 지금 뭐 하세요?
직 원   오리온 음방 1등해서 축하하구 계세요.
홍 아   저 잠깐 나갔다 올게요.

씬17. 정우 사무실 안

온엔터 소속 아이돌들 사무실에 있다. 1위 트로피 들고. 정우를 둘러싸고.
기념 촬영 중.

아이돌1 사랑합니다 대표님!

아이돌2 너 씨 저리 안 비켜! 사랑합니다 대표님!

직 원 더 바짝 붙어! (사진 찍으며)

홍 아 (들어오며) 저기요! 대표님!

정 우 지 작가!

홍 아 (아이돌에게) 축하해요! 와 있단 얘기 듣구 축하해주러 왔어요! 같이 찍
        어도 되죠? (하면서 그들 틈에 와 선다. 활짝)

        사진 찍히고. 홍아 인스타그램에 해시태그. 온엔터 오리온#캐스팅 중
        #내배우 언제와#오늘도 내 세상# 홍아 인스타에 사진 업데이트 된다.

씬17-1. 정우 사무실 안

        정우, 홍아와 차 마시고 있다.

정 우 SNS 엄청 하나 봐요.

홍 아 인간관계 공들이는 게 시간 낭비 같아요. 대표님두 그런 거 아니에요?

정 우 편성은 JK하고 얘기 중이에요.

홍 아 말 돌리시네. 대표님두 인간관계가 약점이구나.

정 우 지 작간 자기 욕망에 충실해요. 그게 장점이에요. 사람들이 좋아할 거예
        요 작품.

홍 아 현수 언니 보기 힘들지 않아요? 계약 해지하세요.

정 우 좋은 작가랑 계약하는 게 힘들어요. 왜 해지하겠어요?

홍 아 정선이 한 4년 정도 좋아했구. 끝났거든요. 끝나구 나니까 알겠더라구요.
        내가 앨 좋아한 건 진짜가 아니었구나. 대표님두 끝내보세요. 그럼 알게
        돼요 진짠지 가짠지.

정 우 끝낼 수 있다는 거 자체가 가짜 아닌가요!

씬18. 굿스프 주차장

현수, 자동차 안에서 셰프 동영상을 보고 있다. 해경, 나와서 차를 갖고 간다. 현수, 해경을 본다. 문자 메시지 E 정선. '오늘 취재하러 올 거야?'

정 선   (E) 오늘 취재하러 올 거야?
현 수   나 주차장에 있어.

씬19. 굿스프 주방

정선, 현수 데리고 들어온다. 정선, 빠스 자리에 서서.

현 수   자긴 어디서 일해?
정 선   보통 여기가 내 자리. 빠스라구 해.
현 수   잠깐 녹음 좀 할게.. 빠스가 뭐야? (핸드폰 녹음기 켜는)
정 선   빠스! 패스(PASS). 길! 이란 뜻인데. 셰프가 플레이팅 완성하구 최종 점검하는 길. 뭐 이런 거.
현 수   (위에 달린 등 보고) 이건 뭐야?
정 선   힛 램프(Heat Lamp)! 음식 따뜻하게 유지하는 기능.
현 수   왜 요릴 직업으루 갖게 됐어?
정 선   엄마 영향! 엄마가 내가 열두 살 때까진 되게 가정적이었어. 먹는 건 뭐든 만들어줬어. 빵 과자까지. 친구들두 우리 집에 놀러오는 거 되게 좋아했어.
현 수   요릴 직업으루 선택하는 데 1분밖에 안 걸렸다며?
정 선   어느 날 엄마가 밤늦게까지 안 들어오는데 혼자 밥 차려 먹다가 문득 스치더라. 요리사가 돼야겠다.
현 수   어어...
정 선   다음은 냉장고 볼래?
현 수   냉장곤 전에 봤어. 그거보단 온정선 셰프 내면을 보구 싶어.

정 선   (보는)

현 수   직업이 그 사람의 많은 걸 드러내주잖아. 주인공을 잘 그려내려면. 필요
         해... 아버님은 요리한다 그럴 때 반대 안 하셨어?

정 선   (본다)..반대 했어. 근데 아버지 반댄 나한테 안 먹혔어. (그러곤 화제 바
         꾸는) 그럼 어딜 보여줘야 되나?

현 수   (잘못 건드렸나)

씬20. 굿스프 홀

         정선, 주방에서 나오고. 현수 따라 나오며.

현 수   오너 셰프 셰프랑 다르게 경영두 하는 거잖아. 뭐가 젤 힘들어?

정 선   직원 월급 안 밀리구 주는 거! 내가 주구 안 주구에 따라 살구 못 살구가
         갈리니까.

현 수   이번 달은 월급 다 줬어?

정 선   줬어.

현 수   담보 대출 받아서?

정 선   원준이 형이 별 얘길 다했구나. 신경 안 써두 돼.

현 수   돈 말곤 힘든 거 없어?

정 선   왜 없겠어?

현 수   (보는) 어머니?

정 선   엄마 얘긴 하구 싶지 않아.

현 수   언제까지 참아야 될지 생각 중이야.

정 선   지금 참을 수 없어, 라구 말하는 거 아냐?

현 수   계속 기다렸어. 어머니 만났다구 혼냈잖아. 그때 섭섭했어. 그냥 넘어갔
         어. 자기가 싫어하는 거 같아서. 눈치 보구 있어. 언제쯤 나한테 자기 인생
         에 들어와도 된다구 허락해줄 거야?

정 선   이미 내 인생에 들어왔어.

현 수   근데 왜 난 그렇게 느껴지질 않을까? 난 자길 내 인생에 들어오라구 허락

	했어. 자기 앞에서 울구 불구 흉한 거 다 보였어.
정 선	.....
현 수	자긴 내 앞에서 운 적 있어? 혼자 울지 마. 혼자 우는 건 자신의 인생에 들어오도록 허락한 게 아냐. 자기 고통이 뭔지 정확히 알아야 자길 더 깊게 사랑하구 이해하게 되잖아. 얄팍한 관계가 되구 싶어?
정 선	너무 극단적인 거 아냐? 난 누군가와 내 깊은 고통을 나눠본 적이 없어. 그걸 당장 하라구 하는 거 아니지 않아?
현 수	당장이 아니지! 우리한텐 몇 번의 기회가 있었어. 내가 같이 살자구 했을 때. 어머니 만나구 왔을 때.
정 선	현수 씬 모르잖아. 부모가 막장이면 자식들이 어떤지? 때가 되면 차차 얘기할게.
현 수	어머니한테 대충 얘기 들었어. 이혼 과정!
정 선	(어머니에 화나는) 내가 엄마 만나지 말랬잖아. 또 만났어?
현 수	왜 화를 내? 전에 만났을 때 들은 거야.
정 선	엄마 생각하면 화가 나. 꼭 여기까지 가게 만들어야 돼? 좀 전에 좋게 얘기 끝냈음 좋잖아.
현 수	좋게 끝나는 게 뭐가 좋아? 제대루 붙구 제대루 끝나는 게 좋지!
정 선	....
현 수	갈게. 안 된단 사람 붙들구 길게 얘기해봐야 감정만 상하니까.

씬20-1. 정선 집 거실

정선, 들어온다. 소파에 앉는다. (flash back 11부 씬49. 현수, 내가 예나 지금이나 밥값은 좀 한다구요! 정선, 예나 지금이나 잘난 척. 현수, 이쯤 되면 잘난 척이 아니라 잘났다구 해주면 안 될까요?)

씬21. 현수 집 현관/ 거실/ 민재 학교 교실

현수, 들어온다. 경, 맞는다.

경   언니 취재 간다더니 안 좋은 일 있었어? 온 셰프님 못 만났어?
현 수   만났어.
경   만났는데 왜 그래? 아하! 사랑이 깊어지려구 하는구나!
현 수   꿈보다 해몽이 좋다!

핸드폰 E 발신자 '아빠'

현 수   (받으며) 네 아빠!
민 재   현수 오늘 바쁘니?
현 수   왜요?
민 재   엄마 병원 좀 같이 다녀와 줄래? 난 학교 업무가 많아 늦게 끝날 거 같아
        서. 엄마 혼자 가두 되는데. 괜히 안쓰러워서.
현 수   알았어 아빠! (끊는. 경에게) 도로 나가야겠다. 엄마랑 병원 갔다 와야 돼.
경   편찮으시대?
현 수   갱년기라 호르몬이 장난치나 봐.

씬21-1. 현수 집 앞

현수, 나오는데. 정선, 있다. 손엔 캬라멜 상자.

현 수   (보고. 좀 풀리는) 뭐야?
정 선   (캬라멜 상자 준다) 다 먹었을 거 같아서.
현 수   (이러니 어떻게 미워할 수 있나. 받는)
정 선   (현수 머리카락 얼굴에 묻어서 정선 머리카락을 귀 뒤로 넘겨준다. 안
        는다.)

씬22. 대학 병원 진료실 밖

현수, 미나 같이 있다.

미 나   괜찮은데.. 느이 아빠 극성은 암튼 알아줘야 돼.
간호사   박미나 님! 들어오세요.

씬23. 대학 병원 진료실 안

의사가 미나 진료하고 있다. 옆에 현수 있다.

의 사   두통이 심하세요? 언제부터요?
미 나   한 두어 달 됐어요. 약 먹으면 괜찮아졌거든요. 얼마 전에 CT 찍었는데
아무 이상 없었어요.
의 사   어디가 어떻게 아프신데요?
미 나   (왼쪽 이마를 짚으며) 여기가 지끈지끈해요.
의 사   검사 다시 해봐야 할 것 같아요.

씬24. 대학 병원 진료실 밖 복도

현수, 대기 번호표 들고. 미나, 옆에 같이.

현 수   (미나 가방 뺏으며) 엄마 이거 내가 들게.
미 나   얘 너 진짜 너무한다. 엄말 무슨 중환자 취급해? (도로 뺏으며)
엄마 짐은 엄마가 든다.
현 수   엄만 괜히 예민하게. 들 수두 있지. 아까 간호사가 나 부르는 거 못 들었
어? 보호자님!
미 나   알겠어요 보호자님. 아직은 사양합니다.

정 우   (E) 보호자는 아닌 거 같습니다 어머니.

씬25. 정우 사무실 안/ 영미 집 안

정우, 전화 받고 있다.

영 미   정선이 아직 결혼 안 했으니까. 부모가 보호자 맞아. 할 얘기 있다니까 진
         짜 시간 안 내줄 거야?
정 우   ....

씬26. 카페

영미, 정우와 차 마시고 있다.

영 미   우리 정선이가 박 대푤 얼마나 좋아하는지 알아? 형제 없이 자랐구 아빠
         사랑두 제대루 못 받구 자랐어. 갠 누구한테 잘 의지 안 해. 근데 박 대표
         한텐 달랐어.
정 우   ....
영 미   박 대표두 마찬가지잖아. 내가 보니까 친구두 없는 거 같던데.
정 우   (보는)
영 미   (친구 없단 말 실수한 거 같아) 아니 젊은 나이에 이렇게 성공을 하려면
         얼마나 많은 사람들 피눈물을 (또 실수한 거 같아) 아니 내 말은 박 대푠
         훌륭하단 거야.
정 우   (어떻게 해야 될지 모르겠다)
영 미   꼭 우리 정선이한테 돈을 받아야 되겠어? 내가 빌린 돈이잖아. 내가 갚을
         게. 시간이 얼마가 지나두 내가 갚을게.
정 우   돌려받을 생각이루 드린 거 아니에요.
영 미   그렇지! 역시 박 대푠 그릇이 커.

정 우	그치만 굳이 갖겠다는데 말릴 생각은 없어요.
영 미	남자가 처음 생각을 밀어야지. 뭘 애 반응에 왔다 갔다 해? 원래 돌려받을 생각 없었다며!
정 우	(약간 피곤한. 언제까지 이 얘길 듣구 있어야 하지)
영 미	지금 피곤하구나 내 얘기. 내가 눈치 보면서 많이 살아서 눈치 하난 백단이야. 그래두 내가 이렇게 박 대표한테 읍소하는 건 난 남이 정선이 힘들게 하는 건 못 봐.
정 우	(그래도 모성은 있구나)........
영 미	내가 어떻게 하면 좀 봐줄래? 무릎이라두 꿇을까? 정선일 위해서라면 백 번두 꿇을 수 있어.
정 우	어머닌 참 이상해요.
영 미	뭐가?
정 우	가끔 어머닐 뵈면 우리 엄마가 살아 있었음 나하구 어땠을까.
영 미	(O.L) 어머니 살아계셨음 나랑 친하게 지냈을 거야. 박 대표랑 정선이 친하구 난 어머니하구 친하구.
정 우	(완전 동문서답에 딴소리다. 실소)
영 미	그래 그렇게 웃어! 내가 돌아가신 어머니 대신 엄마 노릇 해줄게.
정 우	(어이가 없어 더 크게 웃는다. 졌다)
영 미	맘 돌린 거야? 웃는 거 보니까 그런 거구나. 나 재밌지?
정 우	네 재밌습니다.
영 미	재밌는 게 얼마나 어려운 건지 알아? 우리 가족처럼 지내자. 전처럼. 현수 땜에 그래?
정 우	(여기서 현수가 왜).......
영 미	현수 갠 제정신 아냐. 걔한테 미련 있음 버려.
정 우	(무슨 얘기)
영 미	내 사정 다 말했는데 그래두 우리 정선이가 좋대. 미친 거지. 어떻게 날 받을 생각을 해?
정 우	(그렇게까지 했구나).....
영 미	아직 젊어서 세상에 사랑이 하나 같지만. 지나가면 또 나타나. 끝이 아냐. 그리구 끊임없이 상대만 바꾸면서 사랑하는 거야. 왜 한 상대에 집착해?

돈두 많으면서!

씬27. 대학 병원 진료실 안

미나, 검사하고 왔다. 옆에 현수 있다.

의 사   (컴퓨터로 미나 CT 사진 보며) 뇌동맥류네요.
미 나   뇌동맥류요?
의 사   혈관이 풍선처럼 부풀어 있네요.
현 수   얼마 전 CT 검사에선 이상 없었어요.
의 사   그땐 부풀어 있지 않았겠죠.
미 나   그럼 어떻게 해야 돼요?
의 사   혈관 터지면 뇌에 심각한 손상이 와요. 빨리 수술받으셔야 해요.
현 수   그럼 수술 빨리 잡아주세요.
의 사   근데 그게 곤란합니다.
미나·현수   ....

씬28. 병원 주차장

미나와 현수, 오고 있다.

현 수   괜찮아 엄마. 수술 예약 잡아놨으니까 약 먹으면서 기다리구 있음 돼.
미 나   기분 나빠. (감정 올라온다. 하면서 걷다가 손이 풀려 가방 놓치고)
현 수   (가방 들려고 하면서) 내가 할게.
미 나   (벌써 눈물이 찼다) 내가 내가 할 거야. (하면서 가방 집다가 그냥 앉는다.
        눈물)
현 수   (안아주며. 같이 눈물) 괜찮다니까 엄마!
미 나   ......

씬29. 홍아 집 홍아 방

홍아, 컴퓨터 일하려고. 핸드폰으론 자신의 인스타그램 보고 있다.

홍 아   아 심심해! 근데 애네들하곤 말을 할 수가 없네. 나한테 말을 걸라구! 아
니 원준 오빠 왜 그래? 생각할수록 괘씸하네. 연락 안 하는 거 봐. 핸드폰
꺼내 원준에게 전화한다.

씬30. 굿스프 주방

원준, 치킨 프리카세 만들고 있다. 그 앞에 수정, 그 모습 흐뭇하게 지켜보
는. 핸드폰 E 발신자 '홍아'

원 준   (받는) 어 홍아야!
수 정   (긴장)
홍 아   오빠 뭐 해? 요리하나 봐. 오늘 쉬는 날 아냐?
원 준   쉬는 날인데 수정 씨하구 밥 먹으려구 나왔어.
수 정   ....
홍 아   (황당하다. 진짜 사겨?)
원 준   홍아야 이제 전화 끊어야 돼.
홍 아   나한테 용건두 안 물어봤잖아.
원 준   아아 용건 있었어? 뭔데?
홍 아   (확 끊는)
원 준   야아!
수 정   이제 거의 다 됐네요.
원 준   네.
홍 아   가서 얘기할게 용건!

씬31. 굿스프 홀

원준, 수정과 자신이 만든 치킨 프리카세와 와인 먹는다.

원 준 으음.. 이 와인하구 잘 맞아요.

수 정 제 전공이잖아요.

밖에서 문 두드리는 소리 들린다.

수 정 뭐죠?

원 준 내가 나갈게요.

원준, 나가서 문 열려고 보니까 홍아다. 문 연다. 예쁘게 입었다.

원 준 홍아야!

홍 아 오빠! 언니 안녕하세요?

수 정 안녕하세요?

홍 아 집에서 일하다 심심해서 나왔어요. 아까 오빠한테 전화했더니 밥 먹는다
       고 해서. 제가 와서 방해됐어요?

수 정 와요! 같이 먹어요. 포크 가져올게요. (가려는데)

원 준 수정 씨!

수 정 괜찮아요. 어차피 홍아 씰 해결하지 않구 우린 사귀지 못하잖아요.

홍 아 언니! 내가 해결해야 될 대상이에요?

수 정 그만큼 수셰프 인생에 많은 부분을 차지하고 있단 거죠.

원 준 (수정에게 감동) 홍아야.. 이건 아닌 거 같아.

홍 아 뭐가?

원 준 내가 아까 밥 먹으려구 나왔다구 했잖아. 그러니까 지금은 수정 씨랑 내
       시간이야. 이건 예정에 없던 일이야. 차 가져 왔어?

홍 아 어.

원 준 주차장까지 데려다줄게.

씬32. 굿스프 주차장

홍아, 걸어오고 있다. 원준, 뒤따라온다.

홍 아 그래두 오늘은 뒤따라 나오네.
원 준 조심해서 가라.
홍 아 내가 아는 최원준 맞아? 어떻게 사랑이 변해? 사랑이 변해두 습관은 안
      변하는 거야. 이렇게 반항해서 뭐 할래?
원 준 심심하구 놀아줄 사람 없으니까 나 찾는 거 알아. 근데 이번엔 전하구 좀
      다른 거 같아. 질투 같아.
홍 아 난 있잖아 오빠두 알다시피. 감정 기복이 쎄잖아. 정선이 한 4년 정도 좋
      아했어. 그건 현수 언니에 대한 승부욕이 발동한 거 같아. 걔가 안 넘어오
      니까 더 감정이 깊어졌어.
원 준 지금두 승부욕 때문에 그런 거야. 수정 씨가 나 좋아한다 그러니까. 너두
      습관처럼 좋아했던 정선이 금방 잊었잖아. 나두 그럴 거야.
홍 아 (감정 오르는) 오빤 나랑 다른 사람이잖아. 왜 나랑 같은 사람이 되려구
      해? 나 같은 사람이 되는 게 좋아? 그렇게 살지 마.
원 준 ......

씬33. 정우 사무실 안─밤

정우, 음악 틀어놓고 있다. 창밖 보고 있다. 와인 마시면서. 오늘도 난 혼
자다.

홍 아 (E) 대표님두 끝내보세요. 그럼 알게 돼요 진짠지 가짠지.

씬34. 미나 집 거실

현수, 있고. 민재, 방에서 나온다. 방에서 나오자 눈시울이 붉어졌다.

민 재   안 가?
현 수   자구 갈게.
민 재   엄마 수술 정확하게 뭐라구? 머릴 열어야 돼?
현 수   어어. 동맥류 잘라내고 혈관을 잇는 수술이래.
민 재   빨리 수술할 수 있음 좋겠는데. 무슨 수술 받는 데 3개월이나 기다려야
        되니?
현 수   어려운 수술이라 잘하는 분한테 하려구 그런 거잖아.
민 재   기다리다 터지면 어떡해!!(하더니 눈물)
현 수   아빠아!!(다독인다)

씬35. 정선 집 침대

정선, 자려고 누우려다가 현수에게 전화한다. 신호음 떨어진다.

씬36. 미나 집 거실/ 정선 집 거실

현수, 민재와 차 마시고 있다.

민 재   무턱대구 기다릴 순 없어.
현 수   알아볼게. 아태 대학병원에 전에 취재차 소개받았던 선생님 계셔.

        핸드폰 E 발신자 '온정선'

현 수   (좀 그렇다. 그래도 핸드폰 들고 저편으로 가는) 어 정선 씨!

정 선	어머닌 괜찮아?
현 수	아니. 좋진 않아.
정 선	많이 안 좋으셔?
현 수	나중에 얘기할게. 옆에 아빠 있어.
정 선	그래 그럼. 나중에 꼭 얘기해.
현 수	알았어.
정 선	그럼 잘 자.
현 수	어 잘자! (F.O)

씬37. 굿스프 라커룸 (F.I) ― 아침

정선, 라커룸에서 옷 갈아입고 있다. 원준, 오는.

원 준	농어랑 야채/ 상태 안 좋아서 돌려보냈어.
정 선	내가 나가 사올게. 형이 주방 좀 맡아줘.

씬38. 굿스프 홀 ― 낮

수정, 외국인 1명, 한국인 1명을 ○번 테이블로 안내한다. 수정, 미슐랭 평가단일까. 설레발치지 말자. 지난번에도 아니었다.

씬39. 굿스프 홀 일각

○번 테이블 손님 중 한국인, 스낵 먹다가 나이프, 손으로 밀치는 바람에 바닥에 떨어뜨린다. 마치 시험해보는 것처럼. 수정, 금세 새로운 나이프 서비스한다. 와인, 스파클링워터 있고.

손 님   감사합니다.

수 정   (미소)

수정, 자리로 가면서 손님들 한 번 다시 본다.

씬40. 굿스프 주방

수정, 주방으로 들어오며. 정선 없고. 각자 다들 일.

수 정   ○번 테이블 손님! 미슐랭인 거 같아요.
원 준   에이! 미슐랭은 티 나게 다니지 않는 거 같아요.
수 정   아니에요 이번엔! 나이플 바닥에 떨어뜨렸어요. 와인이랑 스파클링워터
         도 따로 시키구.
하 성   미슐랭 평가단이 그런단 소문 있긴 하더라.
경 수   진짜?
하 성   어 나 들었어.
수 정   암튼 밑져야 본전이잖아요.

씬41. 미나 집 주방/ 거실 — 낮

민재, 토스트 굽고. 계란 부치고 있다. 현수, 옆에서 전화 통화 끝내고 온
다. '네 알겠습니다. 감사합니다'

현 수   내가 할게 아빠.
민 재   아냐. 맨날 하는 일인데 뭐. (그릇에 담고) 뭐래? 수술 일찍 받게 해줄 수
         있대?
현 수   내가 아는 교수님이 안 계셔. 미국으루 연수 가셨대.
민 재   (굳어지는) 그럼 어떡하냐? 머리에 시한폭탄을 안구 언제까지 기다려?

현 수	약 먹구 있으니까. 괜찮을 거야.
민 재	평생 느이 엄마 중심으루 살아서. 인맥이 좁아 내가.
미 나	(나온다. 방에서. 일부러 밝게) 낮에 집에 있으니까 이상하다. 것두 병가 신청하구.
민 재	먹어. (미나만 보면 눈물 난다. 안으로 들어간다)
미 나	(그런 민재 보며) 왜 그래? (현수에게) 느이 아빠 왜 저러니?
현 수	빵보다 밥이 낫지 않아? 약 먹으려면.
미 나	아침엔 빵 먹는 게 습관 돼서 밥은 싫은데. 너 안 가?
현 수	더 있다 갈게.
미 나	가! 가서 니 일 해. 같이 앉아 있다구 해결되는 거 하나두 없는데 뭐.
현 수	엄마 왜케 담담해?
미 나	느이 아빠 (울컥) ..어쩌니. 우리 계획이 다 틀어져버렸어. (그래도 먹어야 한다. 먹는)

씬42. 카페 ─ 낮

현수, 앉아 있다. 홍아, 들어온다.

현 수	일하는데 시간 뺏어서 미안.
홍 아	아냐. 어차피 회사 가봐야 돼. 캐스팅 땜에. 아빠한테 물어봤는데 아태 대학병원은 잘 모른대. 국일 병원 병원장님하구 친한가 봐. 그 병원으루 옮길래?
현 수	병원 옮기는 건 아빠랑 의논해봐야 돼.
홍 아	박 대표님한테 얘기해.
현 수	....어떻게 그래.
홍 아	어떻게 그러긴. 그럼 3개월 동안 손 놓구 기다릴 거야?
현 수	원준이네두 의사 집안 아니니?
홍 아	언닌 의사면 다 연결되니? 답답하다. 박 대표님한테 얘기 못 하는 거 정선이 때문이야?

현 수	아니. 일하는 사이에 사적인 거 부탁하기 미안해서.
홍 아	뭐가 미안해? 언니한텐 어려운 일이지만 박 대표님 입장에선 그런 일 되게 쉬운 일이거든.
현 수	....
홍 아	정신 차려 언니! 도대체 이해가 안 돼? 박 대표님 같은 남잘 옆에 두구 정선일 만나는 게 말이 돼? 정선이 어머니 만났지?
현 수	어.
홍 아	결혼은 하지 마.

씬43. 굿스프 홀

○번 테이블 손님, 고구마 메뉴 한 입 먹고 다 먹은 듯 포크와 스푼을 테이블에 내려놨다. 수정, 이상하게 여기고 ○번 테이블로 향한다.

수 정	식사 다 마치셨습니까? 다음 코스 준비해드릴까요?
손 님	네. 다음 메뉴 주세요.
수 정	(접시 들고 주방으로 향하는)

정선, 홀 들어오고. 수정이 거의 남긴 접시 들고 주방으로 향하는 거 보고 따라 들어간다.

정 선	거의 안 드셨네.

씬44. 굿스프 주방

정선, 손님이 남긴 고구마 접시 확인한다. 소스로 뿌려진 발효 우유가 제대로 조리되지 않아 굳고 갈라진 상태.

정 선	급하게 가열했구나. 다시 조리해드리겠다고 해.
수 정	바로 다음 코스 달라고 하세요.
원 준	저 손님 미슐랭인 거 같다고 하지 않았어?
정 선	잘 보이려구 하다가 더 망쳐버렸구나. 미슐랭은 평소 실력이라니까!
일 동	....

씬45. 굿스프 카운터

*번 테이블 손님들, 계산한다. 카드 내민다. 수정, 손님 눈치 보는.

| 수 정 | 식사는 어떠셨어요? |
| 손 님 | (제스처) |

씬46. 굿스프 주방

수정, 들어온다.

하 성	미슐랭 맞아요?
수 정	(사실 맞는 것 같은데) 확실하게 모르겠어요. 반반!
하 성	50%면 엄청 높은 건데.
일 동	(실수해서 신경 쓰이는)
정 선	아닐 확률두 반이잖아. 일합시다!

씬47. 정우 사무실 안

홍아, 들어온다. 정우, 있다. 배우 사진들 보고 있었다.

홍 아   저 왔어요 대표님! 어떻게 됐어요?

정 우   (나오는) 아직 답이 없어요. 하루가 멀다 하구 채근이네요.

홍 아   우는 아이 젖 준단 말두 있잖아요. 오다가 현수 언니 만났는데.

정 우   ....

홍 아   대표님 갑자기 말이 없어지시네요.

정 우   (황당한) 할 말이 없으니까요.

홍 아   어머니 편찮으시대요. 빨리 수술 받을수록 좋은데 기다려야 되나 봐요.
         저한테 부탁했는데. 우리 집은 아태 병원이랑 관련이 없어요.

         노크 E

정 우   민 감독님 오라구 했어요.

민 감독   (들어오는) 아 오랜만이야 지 작가! 대본 얼마나 썼어?

홍 아   5부 다 썼어요.

민 감독   빨리 보내요 그럼 끼구 있지 말구. 대표님! 지 작가 땜에 피곤하시죠!

홍 아   대표님! 민 감독님 땜에 지겨우시죠!

정 우   두 분 땜에 즐겁습니다!

씬48. 정선 집 주방

         정선, 떡볶이 만들고 있다.

씬49. 현수 집 앞

         정선, 떡볶이 만든 거 문에 걸고. 벨 누른다. 간다. 내려가는데 아무도 나
         오지 않는다. 다시 올라가서 벨 누른다. 문 열리고 경, 나온다.

경   셰프님!

정 선	황보 작가님! (떡볶이 주며) 드세요. 현수 씨 있어요?
경	대학 선배 만나러 간다구 나갔어요. 어머니 수술 땜에 알아보러 갔어요.
정 선	....

씬50. 주차장

현수, 걸어오고 있다.

교 수	(E) 너희 어머니 받으려는 수술 대기자 엄청 많아.

씬51. 아태 대학병원 병원장 실

정우, 들어간다. 병원장, 맞이한다.

병원장	어서오세요 박 대표!
정 우	안녕하세요 원장님! 부탁드릴 게 있어서 왔습니다.
병원장	박 대표 부탁이면 뭐든 들어줘야죠.

씬52. 현수 집 앞

현수 자동차 선다. 파김치다. 집으로 올라간다. 비밀번호 누르려는데. 문이 열린다. 그 시선으로 정선이다.

현 수	(놀라는) 어머!
경	(정선 뒤에서) 언니 온 셰프님이 언니 먹으라구 떡볶이 해오셨다.

씬53. 현수 집 거실

현수, 떡볶이 먹고 있다. 깨작댄다. 정선, 있다.

정 선   맛없어?
현 수   아니. 입맛이 없어. 고맙지만 나중에 먹을게.
정 선   왜 말 안 했어? 어머니 수술까지 받으셔야 되는 거?
현 수   자기 일두 복잡한데 나까지 보태주기 싫어서.
정 선   섭섭하다.
현 수   자기두 나한테 말하지 않는 거 많잖아. 차 마실래?
정 선   그래 줘.
현 수   (끓이러 가는) 엄마 수술 빨리 받으면 좋겠는데. 아태 병원에 아는 사람이 없어.
정 선   (보는)

씬54. 정선 집 주방 (F.I)―아침

정선, 어니언 스프 만들고 있다. 보온병에 넣는다.

현 수   (E) 아태 병원에 아는 사람이 없어.

씬55. 현수 집 앞

현수, 나오고. 정선, 보온병 준다.

정 선   어머니 갖다 드려. 양파가 뇌동맥류에 좋대. 그래서 양파스프!
현 수   고마워. 들어올래?
정 선   아니 누구 좀 만나기루 했어.

씬56. 치과 밖

정선, 걸어온다. 어려운 결심했다. 심호흡한다. 안으로 들어간다.

씬57. 치과 안

해경, 있다. 정선, 들어온다.

해 경 니가 웬일이냐?

정 선 부탁드릴 게 있어서요.

해 경 뭔데?

정 선 아태 병원 신경외과에 아는 분 계신가 해서요.

해 경 아는 사람이야 많지. 동창들이 다 특진 교수들인데. 왜? 누가 아파?

정 선 여자 친구 어머니 수술 좀 앞당길 수 있을까 해서요.

해 경 여자 친구? 결혼할 사이야? 니가 나이가 몇 살인데 벌써 결혼을 해?

정 선 누가 지금 결혼한대요? 병원 어렌지해줄 수 있나 물어보잖아요.

해 경 결혼할 여자두 아닌데 왜 병원까지 알아봐주면서 공을 들여? 쓸데없이!

정 선 아버지! (진짜 말이 안 통한다)

씬58. 아태 병원 신경외과

민재, 미나와 함께 들어온다. 정우, 있다. 직원과 함께. 민재와 미나 보고 그쪽으로 간다.

정 우 (인사하는)

민 재 감사합니다 대표님. 어떻게 이렇게 빨리 수술 날짜가 잡혔어요?

정 우 제가 이 병원에 아는 분이 계셔서요.

미 나 (인사하는) 감사합니다.

정 우   일반 병실은 다 차서 없어서. 빨리 들어갈 수 있는 병실루 준비해놨습니다.

씬59. 동 VIP 병실 안

민재와 미나, 들어오고. 테이블 위엔 꽃과 에비앙 물. 과일 있다. '빠른 쾌유를 빕니다. 온엔터 박정우 대표' 의료진 들어온다. 미나, 입원복으로 갈아입은 상태다.

의 사   오늘 저녁부터 금식이시구요. 내일 10시에 맞춰서 수술 들어갈 겁니다.
민 재   감사합니다.

나가는.

미 나   (기분이 많이 밝아진)
정 우   (들어온다) 어떠세요?
민 재   좋습니다.
정 우   필요한 거 있음 말씀하세요. 부담 없이.
미 나   너무 신세를 지는 거 아닌지 모르겠어요.
정 우   유자차 잘 마시구 있습니다. 그 덕분에 감기 안 걸리는 거 같아요. 나중에 또 담가주세요.
미 나   그런 거라면 얼마든지 해줄 수 있어요.

씬60. 동 VIP 병실 복도

현수와 현이, 다급하게 들어오고 있다.

현 이   근데 웬 VIP 병실이야?
현 수   그러니까.

박미나, 병실 앞에 선다. 현이와 현수, 들어간다.

씬61. 동 VIP 병실 안

미나 민재 정우, 앉아서 과일 먹고 있다. 차도 함께. 화기애애한 분위기.

민 재   이렇게 마음 써주셔서 정말 감사합니다.
정 우   특별하게 한 거 아니니까 마음 쓰지 마세요.
민 재   감사합니다.

현수, 현이 문 여는... 그 시선으로 현수 보는. 세 사람의 화기애애한 광경.
현수, 놀라는. 정우가 해준 거구나. 정우와 눈 마주치고.

현 수   (인사)
정 우   (일어나며) 전 그만 가보겠습니다.
민 재   벌써 가시게요?
현 이   누구세요?
미 나   언니 회사 대표님!
현 이   아아. 전 이현이라구 합니다. 동생이에요.
정 우   (끄덕)

씬62. 동 VIP 병실 복도

정우, 걸어 나오는데. 현수, 따라 나온다.

현 수   대표님!
정 우   (보는) 오랜만이다.
현 수   감사해요.

정 우	알았어.
현 수	엄마 아빠 저한텐 소중한 사람들이에요. 다시 감사드려요.
정 우	그만해 감사.
현 수	근데 병실은 옮길게요.
정 우	불편하면 옮겨. (가는)
현 수	네. 죄송합니다.
정 우	넌 어떻게 나한테 계속 죄송 고맙이냐?
현 수	그러게요.
정 우	별거 아닌 수술은 없어. 잘 돌봐드려! (가는)

씬63. VIP 병실 안

현수, 들어온다. 민재, 현이, 미나 있다.

현 이	갔어?
민 재	갔어가 뭐야 어른한테?
현 이	나이 별루 안 들어 보이던데 뭐.
현 수	아빠 병실 옮겨요 우리.
민 재	그럼 박 대표가 서운할 거 아냐?
미 나	호의 거절당하는 거 별루 안 좋을 거야.
현 수	제가 박 대표님한테 저 정도 호읠 받을 만한 관계가 아니에요.
민 재	병실비 우리가 내면 돼.
현 이	되게 비쌀 텐데. 돈 있어?
민 재	(울컥) 있어. 넌 이 상황에 돈이 왜 나와?
현 이	죄송해요.
민 재	크루즈 여행 가려고 모아놓은 돈 있어. 평생 퇴직하면 놀러 다닌다구 아끼구 아꼈어. 그거 쓸 거야. 느이 엄마한테 최고급 서비스 받게 해줄 거야.
미 나	여보!
민 재	느이 엄마 없음 죽어버릴 거야. 가벼운 수술이 어딨어?

현 수   (민재 어깨에 손 얹고. 자기도 눈물)

씬64. 정선 집 주방

정선, 마 갈고. 양파스프 끓이고 있다.

원 준   그거 다 현수 누나네 갖다 줄 거야? 아주 지극정성이다!
정 선   이거라두 해야지.
원 준   이거 하면 엄청 잘하는 거지 뭘 더 잘해?

씬65. 현수 집 앞―밤

정선, 쇼핑백 들고 서 있고. 꽃도 들었다. 경, 있다.

경   언니 어머니 낼 수술 받으신다는데요.
정 선   아 그래요?
경   저 병원 가려구 했는데. 같이 가실래요 셰프님?

씬66. VIP 병실 복도

정선, 경 오고 있다. 현수, 기다리고 있다.

경   언니!
현 수   어어. (정선 본다)
정 선   (본다. 꽃 준다) 이거!
현 수   (받는) 어어!
경   언니 VIP 병실 써? 병원비 엄청 많이 나오겠다.

민 재	(병실에서 나온다)
현 수	아빠?
정 선	안녕하세요?
민 재	어 왔어? 엄마 지금 자.
현 수	아아. 정선 씨가 엄마 주려구 양파스프 가져왔는데.
민 재	전번에두 잘 먹었어요. 고마워요.

씬67. 병원 일각/ VIP 복도/ 병실 앞

정선, 현수 있다.

현 수	와줘서 고마워.
정 선	당연히 와야. 수술 하게 됐음 나한테 먼저 연락했어야지.
현 수	미안해.
정 선	낼 아침 몇 시에 수술이야?
현 수	10시.
정 선	알았어. 들어가 쉬어. (손잡고) 가자.

병원 VIP 병실 앞에서. 정선, 현수 있다. 현수, 안으로 들어간다. 문 닫힌
다. 정선, 문에 대고. 안녕.

씬68. 정선 집 주방—아침

정선, 도시락 싸고 있다. 5인분. 정성스레. 플레이팅까지.

씬69. 아태 병원 로비

정우, 들어온다. 엘리베이터로 간다. 정선, 들어온다. 엘리베이터로 간다.

씬70. 동 VIP 병실 복도

정우, 미나 병실을 향해 걷고 있다. 뒤에 정선이다. 정선, 정우가 VIP 병실로 가는 것을 본다. 정선, 이게 뭐지. 병실을 정우가 얻어 준 건가. 정우, 병실 안으로 들어간다. 문 열리면, 정선, 시선으로. 현수, 민재, 미나 보인다. 정우를 보고 환한 미소를 띠는 가족.

정 우   저 왔습니다. 괜히 왔나요?

정선의 시선으로 문 닫히면서... 안에 있는 사람들 보인다. 정우가 끼니까 완벽한 가족처럼 보인다.

민 재   무슨 말을 그렇게 섭섭하게 해요?
미 나   맞아. 우리가 얼마나 박 대표님 좋아하는데요.

문 닫힌다. 정선, 서 있다. 이게 뭐지. 노크 하려다 못 한다. 정선, 뒤돌아 걷는다.

정 선   (N) 아침 일찍 일어나 5인분의 도시락을 만들었다. 함께 먹으려고. 오늘은 함께 먹지 못하겠다.

정선, 얼굴에서.

16부

31

벽이 느껴져

32

모든 걸 걸고

노력하고 있어

씬1. 병원 VIP 병실/ 엘리베이터 안

정선, 문 닫히는 VIP 병실을 향해 서 있다. 정선의 시선으로 문 닫히면서... 안에 있는 사람들 보인다. 정우가 끼니까 완벽한 가족처럼 보인다. 문 닫힌다. 정선, 서 있다. 이게 뭐지. 노크 하려다 못 한다. (flash back 15부 씬53. 현수, 자기두 나한테 말하지 않는 거 많잖아.) 정선, 뒤돌아 걷는다. 엘리베이터 타고 있는 정선.

씬2. 병원 주차장/ 정선 차 앞

정선, 오고 있다. 리모컨으로 차 문 연다. (flash back 15부 씬20. 현수, 계속 기다렸어. 어머니 만났다구 혼냈잖아. 그때 섭섭했어. 그냥 넘어갔어. 자기가 싫어하는 거 같아서. 눈치 보구 있어. 언제쯤 나한테 자기 인생에 들어와도 된다구 허락해줄 거야?) 정선, 차 문을 열고 들어가려다 다시 차 문을 닫는다.

씬3. 병원 일각

정선, 기다리고 있다. 현수, 오고 있다. 정선, 본다. 현수, 본다.

현 수   왜 안 들어오구 불러?

정 선   (도시락 준다) 식사할 경황 없을 거 같아서 만들었어.

현 수   이걸 왜 줘? 같이 들어가야지.

정 선   오늘은 안 들어갈래. 들어가서 식구들하구 같이 먹어.

현 수   도시락두 좋지만 정선 씨가 우리 아빠한테 인사해주는 게 더 좋아.

정 선   생각할 게 있어서 그래.

현 수   생각하는 건 내 전공인데. 자긴 이제 나 닮아가나 부다.

정 선   왜케 뾰족해?

현 수   왜케 복잡해? 들어와서 같이 인사하구 밥 먹음 얼마나 좋아!

정 선   미안해.

현 수   고마워. (도시락 받는)

현수, 들어가고. 정선, 바라보고.
타이틀 오른다.

씬4. 병원 VIP 병실 안

정우, 민재, 현이 있다.

정 우   식사하구 오시죠! (일어나는)

민 재   입맛이 없어서.

현 이   아빠 그래두 드셔야 돼요. 수술 5시간 정도 걸린다잖아요.

민 재   그러니 얼마나 힘들겠어. 근데 밥을 어떻게 먹어.

현 이   엄마 아빤 한 몸이잖아. 아빠가 딱 버티구 있어야 엄마두 버틸 수 있어.

현수, 들어오는. 정선이 준 도시락 들고.

현 수   식사 왔어요.

정 우   (보는)

현 수   정선 씨가 만들어 왔어요. (테이블 위에 도시락 놓는)

현 이	잘됐다 나가기 싫었는데.
정 우	그럼 난 가볼게.
현 이	대표님두 드시구 가세요. 아침 안 드셨잖아요.

씬5. 도로 자동차 안

정선, 운전하고 있다. 길 가에 차 세운다. 잠깐 이대로 좀 있자.

씬6. 병원 VIP 병실 안

현수 정우 현이 민재, 정선이 싸온 도시락 먹고 있다. 가족 같다.

현 이	어어.. 맛있다!
민 재	(별 의욕이 없는. 하나 집어 먹는. 맛있으니까 먹게 되고)
현 수	(민재에게 하나 집어 주며) 드세요.
정 우	(먹는. 맛있다. 역시)....
현 수	물 줄까 아빠?
민 재	어어.
정 우	(먹는. 정선이 싸준 도시락을 현수 가족과 먹고 있다는 것이 뭔가 좀. 오랜만에 정선이 해준 밥 먹으니까.).....
현 이	대표님두 물 드려요?
정 우	네.
현 이	언니 좋겠다. 남자 친구가 셰프라 이런 밥 실컷 얻어먹겠다. 난 아주 밥 지긋지긋한데.
현 수	부러우면 지는 거다.
현 이	언니한테 질 순 없으니까. 좋겠다는 거 취소!
현 수	먹는 게 들어가니까 신경이 좀 누그러진다.
현 이	동감! 숨 막혀 죽는 줄 알았어. (하면서 현수 도시락에 있는 반찬 하나 뺏

어 먹는다)

현 수   야아 니 거 먹어!

민 재   니네 또 시작이냐!

현 이   이렇게라두 분위기 업 되면 좋잖아!

정 우   (이 사람들과 가족이 되면 어떨까)

씬7. 굿스프 홀

수정과 원준, 와인잔 닦고 있다. 민호, 들어온다.

민 호   두 분 요즘 분위기 좋으시네요.

수 정   그런 거 아니거든.

원 준   (민호 귀여운)

민 호   그럼 누나 나랑 사겨!

수 정   너 맞을래?

민 호   싫어. (하면서 안으로 뛰어 들어간다)

원 준   프렙하러 들어갈게요.

씬8. 굿스프 라커룸

하성과 경수, 옷 갈아입고 있다.

경 수   수정 누나가 잘 모르겠다고 했던 사람들 있잖아.

하 성   고구마 메뉴 남긴 사람들! 그 사람들 왜?

경 수   그 사람들이 미슐랭이면 우리 별 못 받지!

하 성   못 받겠지. 발효유 소스 좀 망쳤잖아.

경 수   그치? 그럼 우리 식당은 점점 더 바닥을 치는 건가!

하 성   너 쳐라. 난 11월에 미슐랭 가이드 발표 나면 나갈 거니까.

민 호   (들어오는) 의리 디게 없네.

하 성   넌 돈만 주면 있겠다는 놈이 뭔 의릴 찾냐?

민 호   야아!

하 성   이게 얻다가 야야!

경 수   (하성 말리며) 야 하지 마 애한테.

민 호   나 애 아니거든요! (라커 문 여는)

씬9. 현수 집 놀이터―낮

경, 앉아 있다. 누군가를 기다린다. 준하, 꽃다발 들고 온다.

준 하   소녀 같이 앉아 있네요!

경   (일어나며) 소녀 같은 소리 하지 마시구요!

준 하   (앉으며) 나두 앉아야지. 어릴 때 생각난다!

경   (일어나며) 왜 이래요 진짜? 버스 타구 간다니까. 굳이 같이 가자구 하구
        왜 늦게 와요? 혼자 실컷 앉아 계세요 어릴 때 생각하시면서! (가는)

준 하   (따라가며) 나한테 왜 그래?

경   왜 반말해요?

준 하   아니 내가 그렇게 그렇게 했잖아요.

경   뭘 그렇게 해요?

준 하   신호를 많이 보냈잖아. 근데 왜 무시해? 알면서!

경   알면서 무시 왜 하겠어요? 안 하겠단 거잖아요.

준 하   그럼 좋아요. 내가 싫은 거예요? 연애가 싫은 거예요?

경   둘 다요!

준 하   (잡으며) 나 이렇게 안경 쓰구 얼굴 내 취향 아닌 여자한테 이렇게 공들
        이는 거 처음이야.

경   저두 처음이에요 남자가 이렇게 저한테 이러는 거. 더 즐기구 싶어요!

준 하   경!!!! (따라가며. 꽃 주며. 이거)

경   언니 어머님 드릴 거 아니에요?

준 하   (아니다) 맞아요.

경   나보러 들라구요? 감독님 듣기 힘드니까!

준 하   아뇨! 이렇게라두 말 한 번 걸려구!

경   (본다. 꽃 받는다. 걷는다)

준 하   (뒤에서. 솔직히) 경 씨 줄려구 산 거예요!

         경, 걷는.

씬10. 굿스프 라커룸

정선, 옷 갈아입는다. 자신의 팔에 새겨진 타투 만져본다. 책임져야 될 사람들이 있다. 아자아자아자! 문자 E 현수다 '잘 먹었어. 덕분에 아빠가 식사하셨어'

현 수   (E) 잘 먹었어. 덕분에 아빠가 식사하셨어.

씬11. 굿스프 주방

아침 프렙하고 있다. 각자. 정선, 들어온다.

정 선   오늘 런치 예약 세 테이블 10명! 디너 예약! 세 테이블 8명! 어제보다 한 테이블 늘었다!

원 준   (정선에게 엄지 척 한다)

씬12. 병원 보호자 대기실

민재, 초조한 듯. 현수, 옆에 있다. 자신도 힘들지만, 잘 될 거야. 현수, 민

재의 손을 잡아준다.

씬13. 정우 회사 회의실 앞 복도

홍아, 온다. 정우, 직원과 오고 있다.

홍 아   대표님!
정 우   회의 왔어요?
홍 아   네! 감독 바꿔주면 안 돼요?
정 우   (왜 또 이러나) 왜 또 이러시나!
홍 아   대표님만 보면 문젤 던져주구 싶어요.

씬14. 정우 사무실 안

정우, 홍아에게 차를 준다.

홍 아   현수 언니 병원은 잘 해결해주셨더라구요.
정 우   건 제가 잘할 수 있는 일이에요.
홍 아   잘할 수 있는 일 제가 잘하게 알려줬어요.
정 우   ....
홍 아   전 아직두 대표님하구 언니 지지해요. 정선인 독거노인으루 살았음 좋겠
       어요.
정 우   정선이한테 유감이 많은가 봐요.
홍 아   팬이 안티가 된 거죠. 걔는 적당히가 없어요. 선이 분명해요.
정 우   적당히가 안 되는 사람이라 맘에 들었어요.
홍 아   맘에 든 사람이랑 사귀는 여자 친굴 가지려면 그런 마음 자세론 안 되죠.
정 우   적을 알구 날 알아야 이깁니다. 지 작가님!
홍 아   그럼 이기세요! 그럼 돼요 전.

정　우　이제 민 감독님 만나세요. 지 작가님 작품은 우리 온엔터 내년 상반기 기
　　　　대작입니다.

홍　아　기대작은 제 거 하나예요.

씬15. 음식점 안―낮

정우, 전처럼 혼자 밥 먹고 있다. 예전보다 왜 더 쓸쓸해 보일까. 회중시계
테이블 위에 있고. 직원, 오는.

직　원　대표님! 이현수 작가님 어머님! 수술 아직 안 끝나셨답니다.

정　우　예정보다 늦어지네.

씬16. 굿스프 주방

정선, 음식하고 있다. 수술 후 먹을 수 있는. 죽. 샐러드. 담고 있다. 영미,
들어온다.

영　미　현수 어머니 수술하셨니?

정　선　어떻게 알았어?

영　미　들어오다 원준이한테 들었어. 젊은 나이에 그게 무슨 일이라니! 현수 심
　　　　란하겠다. 넌 엄마가 건강하니까 얼마나 좋아. 한 걱정 덜었잖아.

정　선　(어이없는)

영　미　이제 화 풀렸어?

정　선　…….

영　미　(가방에서 핸드크림 꺼낸다) 이거! 너 손에 물 마를 일 없잖아.

정　선　(보는 이 와중에 또 뭘 사)

영　미　있던 거야. 산 거 아냐. 엄마 쓰는 건데 너 주려구 갖구 온 거야. 되게 좋
　　　　다. (하면서 핸드크림을 정선의 손에 찍어준다. 자신의 손에도. 바르면서

정선 손에도 발라주며)

정 선   (밉다가도 미워할 수 없는)

영 미   엄마두 노력하구 있어. 니가 보기엔 똑같은 거 같겠지만. 죽을 힘을 다해
        노력은 한다구.

씬17. 병원 일각

정우, 의사와 있다.

의 사   수술은 잘 끝났으니까 걱정하지 않으셔도 됩니다.

정 우   감사합니다.

씬18. 미나 병실 밖

현수, 있다. 누군가를 기다리고 있다. 정선, 온다. 쇼핑백 들고.

정 선   만나 봬두 돼?

현 수   놀라진 말아.

정 선   (끄덕)

현 수   (문 열고 안으로 들어간다)

씬19. 미나 병실 안

미나, 누워 있다. 머리에 붕대하고 있고. 민재, 있다. 정선, 들어온다. 현수
와.

정 선   안녕하세요?

민 재   (환한) 잘 왔어요. 오늘 아침 덕분에 아주 잘 먹었어요.

정 선   (미나에게) 수술 들어가기 전에 뵐려구 했는데 주무시구 계셔서 못 뵀어요.

미 나   괜찮아요.

정 선   (쇼핑백 주며) 수술 후에 드실 수 있는 요리 만들어 봤어요.

민 재   고마워. 자꾸 신세지네요.

정 선   할 수 있어서 좋습니다. 신세 아니에요.

미 나   고마워요.

씬20. 도로 자동차 안

정우, 뒷좌석에 타고 있다.

씬21. 정우 사무실 안

정우, 들어온다. 준하, 있다.

정 우   넌 일 안 하구 여기 웬일이야?

준 하   형이야말루 병원 안 가? 나 지금 거기서 오는 길인데.

정 우   ......

준 하   온 셰프 왔더라. 음식 바리바리 만들어 갖구. 나두 요리 배울까 봐! 황보 작가 그거에 또 확 가더라.

정 우   (정선 왔구나)

준 하   형 뭐냐! 호구냐! 결국 온 셰프 좋은 일만 시켰네. 눈물 없인 못 보겠다 순애보!

정 우   기획회의 올릴 거 나한테 우선 줘.

준 하   현수한테 아직 못 받았어. 부치라구 할게.

씬22. 카페

정선과 현수, 차 마시고 있다. 겉만 핥는 대화들. 어떻게 안으로 들어갈지 모르는.

정 선   힘들지?
현 수   수술 무사히 끝났으니까. 예후만 좋음 좋겠어.
정 선   도움이 되구 싶어.
현 수   충분히 도움이 되구 있어. 정선 씨가 있다는 것만으루.
정 선   입원 얼마나 해?
현 수   일주일쯤.
정 선   밥은 내가 계속 해줄 테니까 밥 걱정은 마.
현 수   (미소) 셰프 남자 친구 둔 덕 톡톡히 본다. 이번에.

씬23. VIP 병실 앞 복도

현수, 오고 있다. 의사, 미나 병실에서 나온다.

현 수   안녕하세요 선생님! 회진 왔다 가세요?
의 사   네! 박 대표님이 저한테 신신당부를 해서. 안 할 수가 없네요.
현 수   (미소) 아네.
의 사   모르는 사람이 보면 이 집 사원 줄 알겠어요. 아까두 수술 끝나구 찾아왔 더라구요.
현 수   (몰랐다. 아 진짜 고맙다).......

씬24. 동 병실 안

미나, 자는. 민재, 자는. 현수, 들어온다. 민재, 이불을 덮어주려는데.

민 재   (깨며) 깜빡 졸았네. (일어난다)

현 수   자! 아빠.

민 재   정말 박 대표가 은인이다. 우리 가족한텐.

현 수   (미소)

민 재   (미나 보고) 니네 엄마두 자는데 나두 자볼까! (도로 눕는다)

         현수, 민재 이불 덮어준다. 우리에게 이런 일상을 준 정우에게 고맙다.
         (F.O)

씬25. 정우 사무실 앞—낮 (다음 날) (F.I)

         현수, 온다. 쇼핑백 들고 있다. 비서, 맞이한다.

현 수   대표님 계시죠?

씬26. 정우 사무실 안

         정우, 동영상 보고 있었다. 아이돌. 현수, 들어오는 거 보고. 나온다.

현 수   안녕하세요?

정 우   웬일이야? 만나러 온다구 하구?

현 수   (자리에 앉는다) 저두 사람이에요.

정 우   누가 사람 아니래?

현 수   (쇼핑백 준다) 감사합니다 엄마 일.

정 우   (이럴 줄 몰랐다.)

현 수   대표님하구 저하구 신뢴 갖구 있잖아요.

정 우   그 신뢸 가볍게 대한 사람 누구야?

현 수   가볍게 대했다면 지금 인사하러두 안 왔어요.

정 우	......
현 수	항상 얘기했어요. 고맙다구 죄송하다구 미안하다구. 다신 말할 일 없을 줄 알았는데. 또 이렇게 됐어요.
정 우	내가 항상 너한테 줬다구 생각하지? 그렇지 않아. 니가 나한테 준 거 엄청 많아.
현 수	가볼게요. (일어나는) 병실은 옮겨요. 엄마 아빠가 그러자구 하셔서.
정 우	대본 봤어. 방송국에 제출할게.

씬27. 3인실 병실 앞 복도

정선, 오고 있다. 손엔 쇼핑백.

씬28. 3인실 병실 안

미나, 있다. 민재, 하고. 3일이면 말도 잘하고 거동도 잘함. 민재, 물병 들고. 정선, 음식 싸갖고 왔다.

정 선	안녕하세요?
민 재	현수 지금 없는데 연락 안 하구 왔어요?
정 선	있을 줄 알았죠. 저두 금방 들어가야 돼요. 브레이크 타임이라 잠깐 나왔어요. (쇼핑백 준다)
미 나	번번이 고마워요.
정 선	아닙니다. (물병 달라고 하며) 제가 물 떠올게요.

씬29. 병원 탕비실 안

정선, 물병에 물 담고 있다. 현수 부모를 위해 뭔가 하고 있어 좋다.

미 나   (E) 온 셰프 자꾸 오는 거 부담스러워.

씬30. 병원 복도 탕비실 앞/ 탕비실 안

미나, 민재와 슬슬 걸어오며 서 있다.

민 재   너무 잘해.
미 나   아직 사원 아니잖아. 당신이 얘기해 좋게.
정 선   (나오려다가 주춤하고)
민 재   (E) 뭐라구?
미 나   안 와도 된다구. 젊은 애들인데 어떻게 될지두 모르구.
민 재   그런 말 했다가 마음 상해 하면 어떡해. 그동안 얼마나 잘했는데.

민재, 미나와 걸어간다. 정선, 나온다.

씬30-1. 미나 병실 안

민재, 미나 있고. 민재, 귤 까서 먹고 있다. 정선, 들어온다. 물병 갖고. 정선, 물병 놓는다.

민 재   귤이 아주 맛있어요. (하면서 정선 준다.)
정 선   네 (받는)
민 재   바쁜데 고마워요.
정 선   부담스러워하지 않으셔두 돼요.
미 나   (들었나)

씬31. 정우 사무실 안

정우, 현수가 준 선물 보고 있다. 커프스다. 만져본다.

비 서   (E) 대표님!
정 우   (커프스 다시 뚜껑 닫고)
비 서   7시 유홍진 씨피님과 약속. 자주 가시는 곳으로 예약 마쳤습니다.

씬32. 굿스프 앞

현수, 차에서 내려 안으로 들어가려는데.

원 준   (E) 누나!!
현 수   (보면)

수정과 원준, 손엔 음료수와 와플 뜯어 먹으며 오는.

현 수   두 사람 데이트해요?
수 정   한 달 동안 썸타기루 했어요.
현 수   아아. 개념 정리 확실히 하는 거 좋아하나 봐요.
원 준   정선하구 연락 안 하구 왔어요?
현 수   당연히 있을 줄 알았어. 너는 홍 (하다가 만다)
수 정   (홍.. 소리 나오니. 홍아 얘기 같아) 저 먼저 들어갈게요.
원 준   홍아가 뭐라구 해요?
현 수   아냐. 내가 좀 놀랍다. 난 니가 변할 줄 몰랐어.
원 준   나두 몰랐어요. 지금두 모르겠어요. 그냥 마음이 조금 움직여두 움직여보
         기루 했어요.
현 수   ....
원 준   옛날엔 80%는 돼야 움직여야 된다구 생각했거든요. 그걸 수정 씨가 깨줬

어요.

현 수 　조금 움직이는데 움직였단 거야? 수정 씨 들음 섭섭하겠다.

원 준 　그래서 노력하게요! 노력하면 안 될 것두 없잖아요.

현 수 　초쳐서 미안한데.. 노력이 될까 과연!

씬33. 현수 집 앞

　　　현수 차 와서 선다. 현수, 내린다. 정선, 있다.

정 선 　어머니 아버님 뵈러 병원 갔었어.

현 수 　난 굿스프 갔었어.

정 선 　엇갈렸네.

현 수 　엇갈렸어.

정 선 　어머닌 다음 주에 퇴원하신다며?

현 수 　그렇게 될 거 같아.

정 선 　그때까지 갈게.

현 수 　그러지 않아두 지금까지 충분했어. 우리 요즘 서루 근황만 체크하구 있는
　　　거 알아?

정 선 　(안다)........

현 수 　박 대표님이 엄마 수술 잡아줬어.

정 선 　(안다).......

현 수 　자기가 혹시 기분 나빠 할까 봐 말 못 했어.

정 선 　말을 돌직구루 해 짱돌 맞아 죽을 거 같단 이현수 씨! 어디 갔어?

현 수 　몰라. 자기랑 얘기하려구 하면 눈치 보게 돼.

정 선 　언제부터?

현 수 　언제부터! 언제부턴가? 같이 살자는 거 거절당했을 때부터? 난 진짜 내
　　　인생 모둘 던졌어.

정 선 　(O.L) 자길 위해서 그랬는데두?

현 수 　현실 때문에 자기가 가진 상처 때문에 밀어내는 거란 생각 들게 했어. 혹

시 내가 같이 살자구 해서 매력 떨어졌나 불안하기두 했어.

정 선   현수야!

현 수   노력했어. 계속 시도했어. 근데 자꾸 벽이 느껴져.

정 선   ………

씬34. 북촌 굿스프 가는 길

홍아와 경, 오고 있다.

경   인간이 싫다며! SNS가 친구라며! 다신 볼 일 없을 거처럼 그러더니 취재
       하는 덴 왜 따라와?

홍 아   나두 요리 취재해야 되거든.

경   원준 수셰프한테 직접 물어봐. 이젠 수정 언니 땜에 너랑 말두 안 해?

홍 아   수정 언니가 뭐라구! 나하구 보낸 시간이 얼만데!

경   보낸 시간 많으면 황혼 이혼이 왜 있겠어!

홍 아   너 말 얄밉게 한다!

경   너한테 배웠어!

씬35. 굿스프 안

경, 홍아 들어간다. 수정, 원준과 음료수와 와플 먹고 있다.

수 정   이번에 서초동에 새로 생긴 파인다이닝 레스토랑에 가보셨어요?

원 준   아직요! 갈래요?

경과 홍아, 들어온다. 홍아, 눈에 불꽃이 튄다. 경, 어떡하나.

수 정   좋아요.

경   안녕하세요?

수 정   오셨어요?

경   네! 민호 씨 있어요?

수 정   주방에 있을 거예요.

홍 아   전 오늘 밥 먹구 갈 거예요. 경, 너두 먹자. 우리 둘이 예약 손님에 올려주세요.

수 정   그럴게요.

홍 아   (원준에게) 오빠! 나두 취재해야 되거든. 여기서 얘기 좀 해줘.

원 준   그래라. 수정 씨! 그럼 이따 같이 퇴근해요.

수 정   네. (가는)

홍 아   (황당)

씬36. 현수 집 욕실

현수, 이 닦으려고 거울 본다. (flash back 씬33. 정선, 말을 돌직구루 해 짱돌 맞아 죽을 거 같단 이현수 씨! 어디 갔어?) 현수, 이 닦는. (flash back 씬33. 정선, 자길 위해서 그랬는데두?)

현 수   날 위한다면 내가 원하는 걸 줘!

씬37. 굿스프 홀

원준, 홍아와 얘기하고 있다.

홍 아   의사 관두구 요리사가 돼서 좋아? 의사 안 관뒀음 지금쯤 전문의 땄겠다!

원 준   요리가 좋아.

홍 아   오빠 아버님은 오빠 땜에 홧병 걸리시기 일보 직전이라던데. 좋단 말이 나와?

원 준	그래두 요즘은 내가 전화하면 받아.
홍 아	(O.L) 부모가 자식 전화 받는 게 당연한 거지. 기뻐할 일이야?
원 준	이런 작은 일에도 기뻐할 수 있으니까. 얼마나 좋으니.
홍 아	왜케 따박따박 말대꾸야?
원 준	취재한다며? 말하지 마?
홍 아	(O.L) 말해. 한 달에 얼마 벌어?
원 준	250!
홍 아	그렇게 적어?
원 준	뭐가 적어? 그 정도면 적당한 거야. 셰프 되면 더 많이 받구 내 요리두 하게 되구
홍 아	(O.L) 파인다이닝이라구 특별한 것두 없는 거 같더만! 왜케 이게 하구 싶어?
원 준	그러는 넌 드라마 작간 뭐 그렇게 대단하다구 하구 싶어 했냐?
홍 아	오빠!
원 준	왜?
홍 아	그러지 마라. 내가 잘못했어.
원 준	(잘못했단 말에 철렁)
홍 아	수정 언니가 좋아한다니까 급 땡기는 거 팩트야. 그치만 우리가 이걸루 사귈 순 없잖아.
원 준	누가 사귀재?
홍 아	수정 언니랑 사귀지 말라구! 나랑 안 사겨두 되니까.
원 준	사귀자구 해두 생각해볼 판에 무슨! (일어나 간다)
홍 아	오빠아!

씬38. 일식집 안—밤

정우, 있다. 홍진, 들어온다.

정 우	그동안 격조했습니다 씨피님! (악수하는)

홍 진	자주 봅시다!
정 우	저야 좋죠.
홍 진	박 대표 좋아하는 얘기부터 할까? 이현수 작가 시놉시스 대본 봤어.
정 우	네.
홍 진	기획회의에 올려봐야 알겠지만. 난 맘에 들어. 준하두 의욕이 강해서 준하 시키구 싶어.
정 우	감사합니다.

씬39. 정선 집 거실

정선, 샤워하고 나온다. 냉장고에서 맥주를 꺼낸다. (flash back 씬33. 현수, 자기랑 얘기하려구 하면 눈치 보게 돼.) 정선, 맥주 마신다. (flash back 씬33. 언제부터! 언제부턴가? 같이 살자는 거 거절당했을 때부터? 난 진짜 내 인생 모둘 던졌어.) 정선, 맥주를 마신다.

씬40. 정우 사무실 안

정우, 들어온다. 피곤한 하루였다. 와인 한 잔 마시는. 테이블 위에 커프스. (F.O)

씬41. 병원 3인실 (F.I) ─ 이른 아침/ 방송국 사무실

현수, 미나 짐을 챙기고 있다. 퇴원한다. 다 챙겼다. 정선, 온다.

정 선	(짐 들며) 내가 할게. 주차장에다 짐 갖다 놓구. 병원 앞으루 나갈게. 한 10분 있다 나와.
미 나	정말 고마워요.

정 선	괜찮습니다. (나가는)
미 나	우리끼리 할 수 있는데 왜 불렀어?
현 수	온다잖아. 마음이 너무 좋잖아.
미 나	마음은 좋더라.
현 수	엄마두 아빠 마음 하나 보구 결혼했잖아.
미 나	그땐 그래두 되는 세상이었어.
현 수	나가자! 병원 앞에서 오래 기다리면 안 돼. (걸어가는)

핸드폰 E '김준하'

현 수	(받으며) 여보세요?
준 하	오늘 5시에 나와. 홍진이형이 편성할지 안 할지 말씀해주신 댄다.

씬42. 방송국 로비 카페 ─ 낮

현수, 떨리는 가슴으로 들어온다. 홍진, 앉아 있다. 현수, 인사한다.

현 수	안녕하세요?
홍 진	잘 지냈어요?
현 수	네.
홍 진	기획회의 결과 나왔어. 우선 진행하기루 했어. 완전 확정은 아냐. 준하하구 잘 맞춰봐.
현 수	열심히 해볼게요.
홍 진	이 작간 인복이 진짜 많은 거 같아. 박 대표 이 작가 일이라면 완전 발 벗구 나서잖아. 오죽하면 둘이 애인이란 소문이 돌았겠어.
현 수	....
홍 진	전에 신하림 촬영장 이탈해서 애먹였을 때. 박 대표가 데려왔어.
현 수	(몰랐다)......

준하, 온다.

준 하   현수야! (하면서 옆에 앉는다) 얘기 들었어? (홍진 마시던 거 뺏어 마시며)

현 수   (미소)

씬43. 방송국 일각

현수, 들어온다. 좋다. 핸드폰 꺼낸다. 이 기쁜 소식을. 정선에게 전화한다. 버튼 눌렀다.

씬44. 굿스프 주방/ 방송국 일각

저녁 프렙하는. 주방 식구들. 정선, 있다. 핸드폰 E 발신자 '이현수'

정 선   여보세요?

현 수   정선 씨! 나 오늘 무슨 일 생겼는지 알아?

정 선   무슨 일인데?

경수, 민호와 같이 물건 들고 들어오다 정선을 친다. 정선, 전화기를 놓친다. 경수 '죄송합니다 셰프' 민호 '셰프 죄송합니다'

현 수   착한 스프 편성 받을지두 몰라!

정선, 괜찮아. 하면서 전화기 다시 받는다.

정 선   못 들었어. 무슨 일이야?

현 수   (김새) 어어... 착한 스프 편성 받게 될지두 모른다구.

정 선	잘됐다.
현 수	어 잘됐어.
정 선	오늘 뭐 해?
현 수	일해야지.
정 선	그럼 내가 이따 갈게.
현 수	어어. (끊는)
준 하	(오는) 이현수! 잘해보자!
현 수	(하이파이브)
준 하	오늘 같은 날 그냥 집에 들어가면 안 되지 않냐? 다같이 축배를 들어야 지!
현 수	다같이?
준 하	어 다같이!

씬45. 술집. 노래방 ─ 밤

준하, 경, 현수, 정우 있다. 건배하는 네 사람! 정우, 와이셔츠에 현수가 사 준 커프스 하고 있다. 아직 안 보이고. '착한 스프' 하면 '대박'

준 하	착한 스프! 하면 대박! (잔 앞으로 내밀며) 착한 스프!
일 동	대박!

씬46. 굿스프 홀 ─ 밤

디너 마치고. 정선과 주방 멤버들. 새로운 코스 메뉴 사진 촬영한다. 홈페 이지 업로드 및 홍보용 사진. 원준, 수정 있고. 정선, 세심하게 디쉬 플레 이팅 마치고. 원준과 수정, 테이블 세팅 세심하게 한다. 민호와 하성, 대여 용 조명과 반사판 들고 디쉬 비추고 있다.

정 선	니들이 말했다. 우리끼리 할 수 있다구!
경 수	하구 있잖아요. (사진 찍는다) (하성에게) 반사판 똑바루 들어!
하 성	아 진짜 뭐 좀 하나 부다! (드는)
민 호	나는 형!
경 수	넌 됐어.

음식 사진 찍고. 정선, 원준 수정 주방 멤버들 단체사진 찰칵!

씬47. 술집 노래방

정우, 현수, 준하, 경, 술 마시고 있다. 현수, 정우 둘 다 분위기만 맞추는.
정우, 와이셔츠엔 현수가 준 커프스. 현수, 자신이 해준 커프스 달고 있는
거 본다.

경	(벌써 반했다. 눈빛이) 대표님은 분위기가 가을하구 딱 맞는 거 같아요.
	감성적이면서
준 하	(O.L) 황보 작가 사회생활 무지 잘한다. 나만 빼구 다 좋지!
경	맞아요!
준 하	왜 다들 노래 안 부르는 거야? (경 손잡고) 같이 불러요.
경	싫어요. 억지루 하는 거 진짜 싫어요.

준하, 노래 부르고. 경, 노래 부르는 준하 본다.

경	(현수에게) 언니 노래 쫌 하네 김 감독님!
현 수	쫌 해.
경	언니 우리도 나가서 노래 부를래?
현 수	경! 너 불러봐. 너 잘하잖아. 춤두 추구. 오랜만에 니 노래 좀 듣자.
준 하	(아무도 자기 노래 안 듣자) 나 인젠 안 불러. 내가 뭐 기쁨조야? (하면서
	내려가는)

경   그럼 내가 불러야지. (나가는데)

준 하   같이 부르자구 할 땐 안 부르구!

경   (노래 부르는)

준 하   (나간다. 같이 노래 부른다)

경과 준하, 티격태격하면서 노래 부르고. 정우, 현수 두 사람 보면서 미소. 그러다 눈이 마주친다. 그러곤 다시 두 사람 보는.

씬48. 굿스프 홀

사진 촬영하고 음식을 먹고 있다. 굿스프 사람들. 술하고 같이.

정 선   조금씩 나아지구 있어. 다들 너무 고마워. 굿스프!

일동, 굿스프.

씬49. 술집 복도. 화장실

현수, 화장실에서 나와서 걷는다. 정우, 온다. 현수, 목례하고 스쳐 지나가려는데.

정 우   얼굴이 많이 상했다.

현 수   (보는)

정 우   니 표정만 봐두 알아. 니가 어떤 기분인지.

현 수   (스쳐 지나간다)

정 우   (두 사람 지나간다)

씬50. 현수 집 앞

현수, 경과 택시에서 내린다. 정선, 기다리고 있다.

경   (정선 보고) 셰프님!

정 선   안녕하세요 황보 작가님! 두 분이 술 마셨나 봐요.

경   회식 있었어요. 편성 기념!

현 수   아직 확정 아니잖아.

경   확정이나 마찬가지. 언니는. 김 감독님이 한다잖아.

현 수   춥지! 들어가자.. 정선 씨두 술 마신 거 같은데.

정 선   홈페이지 리뉴얼 땜에. 굿스프 애들하구.

경   (눈치보고) 아 그럼.. 두 분 잠깐 들어가 계세요. (가는)

현 수   너 어디 가게?

경   갈 데가 생겼다 언니. (가는)

정 선   가지 마세요. (이미 갔다) 좀 미안한데.

현 수   그러네 미안한데. 쟤 왜 눈칠 보지!

씬51. 편의점 안

경, 있다. 준하, 들어온다.

준 하   좀 전에 보구 왜 또 보자구 해요! 아깐 유령 취급하더니!

경   집에 들어갈 수가 없어서.

준 하   (O.L) 오늘 같이 자자구! 난 아직 준비가 안 됐어요.

경   내 이러니까 맘이 가려다가 획 다시 온다니까! (일어나는)

준 하   (잡는) 농담이에요 농담! 뭐 먹을래요?

경   사이다!

씬52. 현수 집 안 방—밤

현수, 냉장고 안에서 물 꺼낸다. 정선, 주고. 자기도 마시고.

정 선   축하해!

현 수   감사해!

정 선   이번엔 잘될 거야.

현 수   어어. (소파로 가는)

정 선   (뭔가 느껴지는 쎄함에) 내가 뭐 잘못했어?

현 수   아니. 자긴 잘못을 안 해. 잘못을 하면 좋겠어. 그럼 나한테 매달리구 붙잡구 미안하다구 할 거 아냐?

정 선   날 만나서 불행해지구 있어?

현 수   내가 불행하다면 정선 씨 때문이 아니라 나 때문이야. 불행두 내가 선택한다면 행복이라구 생각해.

정 선   노력하구 있어. 자길 위해 뭐든 하려구. 안 되는 시간 짬짬이 내면서 현수 씨한테 잘해주려구 한다구.

현 수   누가 나한테 잘해달래? 내가 애야? 잘해주면 그걸루 좋아서 헤헤 대게?

정 선   취했구나.

현 수   취했어. 답답해 죽을 거 같아. 왜? 왜? 왜 사랑하는데 왜 이렇게 더 쓸쓸하구 더 외로워? 자기 옆에 있음 더 외로워. 자기 삶에서 날 소외시키구.

정 선   (O.L) 엄마가 나 몰래 정우 형한테 돈 빌렸어. 자기 같음 그런 얘길 하구 싶겠어?

현 수   ....

정 선   이 사랑을 지키기 위해 내 모든 걸 걸구 노력하구 있어.

현 수   근데 왜 자기가 날 사랑하는 거 같지가 않냐구! 애인으루 기능적으루 움직이구 있는 거 같다구!

정 선   자기가 그렇게 하니까 나두 그렇게 하는 것처럼 보이는 거겠지.

현 수   만나면 싸우거나 파이팅하구 헤어져. 아니면 눈치 보느라 속을 꺼내놓을 수 없어. 이게 뭐냐구? 사랑이 뭐 이러냐구? 내가 그렇게 원해서 모든 걸 다 버린 게 이거냐구!

정 선	내가 어떻게 해줌 좋겠어?
현 수	자기가 어떻게 행동할지는 자신이 정해야지. 왜 나한테 물어봐?
정 선	내 삶과 이현술 분리해놓지 않았으니까!
현 수	....

씬53. 굿스프 홀 — 낮 (F.I)

영미와 다니엘, 들어온다. 다니엘 손에 쇼핑백 들고 있다. 수정, 맞이한다.
브레이크 타임이다.

영 미	온 셰프 위에 있지?
수 정	네.
영 미	올라가자.
다니엘	(쇼핑백 주며) 자기 혼자 올라가. 난 좀 그래.
영 미	뭐가 그래?
다니엘	그래 좀.
영 미	알았어.
다니엘	수정 씨 난 차 한 잔 줄 수 있어?
수 정	물론이죠. 이리 오세요.
다니엘	(가는)

씬54. 정선 집 주방

영미, 갓 튀긴 비프까스를 그릇에 담는다. 정선, 셰프 동영상 보고 있다.

영 미	정선아! 와! 갓 튀겼을 때 먹어야지. (비프까스 식탁 테이블로 옮긴다.)
정 선	(오는)
영 미	니가 요즘 기분 다운되어 있을 거 같아서. 엄마가 노력하잖아.

정 선   (앉는)

영 미   어릴 때 니가 젤 좋아했잖아. 내가 해준 비프까스.

정 선   엄만 내가 어릴 땐 잘했다구 생각하나 봐. 사고만 치면 어릴 때 추억 떠올리는 음식 갖구 오더라.

영 미   난 그때 떠올리기 싫어. 그래두 널 위해 하는 거야. 느이 아빤 지금 그 여자하구 잘 사는 거 보면. 나하구 안 맞았나 봐. 나두 다니엘이 마지막 남자였음 좋겠어.

정 선   엄만 아들 앞에서 이런 얘길 하구 싶어?

영 미   하구 싶어. 넌 나한테 자식 이상이잖아. 근데 그때 말한 거 있잖아. 엄마한테 한 달에 얼마씩 준다구 한 거?

정 선   (보는) 백만 원.

영 미   어우 야아. 그렇게 질금질금 주지 말구. 너 판교 땅 있잖아. 거기서 엄마한테 한몫 떼 주면

정 선   (O.L) 떼 줄 거 없어. 이미 없어.

영 미   팔았어?

정 선   엄마 아버진 왜케 그 땅에 관심이 많아? 아버지두 그러더니.

영 미   느이 아빤 건물두 있으면서 그 땅에 왜 관심 있어?

정 선   아버지 관심은 엄마 같은 거 아니니까 신경 꺼.

영 미   그래두 아빠라구 감싼다. 하긴 느이 아빠가 나하곤 그랬어두 넌 끔찍이 예뻐했다. 난 때려두 넌 손끝두 안 댔잖아.

정 선   .....(일어난다)

영 미   왜 더 안 먹어?

정 선   엄마 같음 먹구 싶겠어 지금?

영 미   느이 아빠 내가 만나야겠다. 니 핑계 대면서.

정 선   엄마아!

영 미   넌 아빠하구 잘 지내. 건물 있잖아. 아들 너 하나야.

씬55. 미나 집 거실

현수, 들어온다. 손엔 쇼핑백. 떡. 미나, 맞이한다. 예쁜 모자 쓰고 있다. 민재, 있다.

현 수   (미나를 안으며) 엄마!!
미 나   어어.
현 수   꽃같이 예쁘시네요.
미 나   고마워.
현 수   아빠 학교 안 갔어?
민 재   엄마랑 있으려구 연가 냈어. 수술할 때 쓰구 남은 거 또 쓴다.
현 수   엄마 아빠 두 분이서 실컷 노시겠네요. 내가 여행이나 보내줘야겠다. (스마트폰의 숙박앱 터치한다. 숙박 정보 이것저것 눌러보며 괜찮은 곳 찾는다)
미 나   좋은데. 여행 가기 전에 감사할 분들한테 인사하구 가야 돼.

씬56. 정우 사무실 밖

홍아, 오고 있다. 좀 화가 난. 비서에게.

홍 아   대표님 계시죠?
비 서   왜 약속 안 잡구 오셨어요?
홍 아   화나서요. 뭐예요 진짜!

씬57. 정우 사무실 안

홍아, 들어온다. 정우, 맞이한다.

홍 아	전 대표님하구 저하구 동지애 정돈 있다구 생각했는데. 아닌가요?
정 우	뭐 땜에 이렇게 화가 났어요?
홍 아	현수 언니 편성 났다면서요? 난 뭐예요? 말론 온엔터 최고 기대작이라구 해놓구.
정 우	JK 확정이에요.
홍 아	확정인 걸 왜 인제 말해요?
정 우	연락하려구 했는데 이미 왔잖아요.
홍 아	(좋다는 제스처나 소리)

핸드폰 E 발신자 '현수 어머니'

정 우	여보세요?
미 나	안녕하세요 박 대표님! 저 현수 엄마예요. (옆에 민재 있다)
정 우	네 안녕하세요?
미 나	전 덕분에 잘 퇴원했구 감사 인사 드리구 싶어서 연락드렸어요.
정 우	크게 한 거 없습니다.
미 나	남편 바꿔드릴게요.
민 재	박 대표님! 사람이면 인사를 해야죠. 우리 부부가 초대합니다. 함께 식사해요.
정 우	그러시다면 시간 장소 정해서 알려주세요. 네네. (전화 끊는다)
홍 아	누구예요?
정 우	캐스팅은 누굴 원하세요?
홍 아	현수 언니 부모님이군요. 식사 초대받으셨어요?
정 우	(졌다)......

씬58. 미나 집 거실

현수, 청소해주고 있다. 미나, 나온다. 민재랑.

민 재	현수야.. 박 대표랑 밥 먹기루 했어. 식당 좀 알아봐라.
현 수	네?
민 재	느이 엄마 이렇게 멀쩡하게 된 데 1등 공신은 박 대표야.
현 수	알았어요. 예약 3명하면 되죠?
미 나	왜 3명이야? 4명이지. 니가 안 가면 우리가 너무 뻘쭘하잖아.
현 수	....
미 나	왜? 온 셰프 싫어할까 봐
현 수	아냐.
민 재	그래 그건 좀 아니다. 우리가 마련한 감사 자린데. 싫어할 게 뭐 있어?
미 나	온 셰프한테두 감사 인사 할 거야. 걱정하지 마.
현 수	......

씬59. 굿스프 주방 ─ 밤

정선, 칼 갈고 있다. 다 갈고 칼집에 넣는다. 핸드폰 본다. 집는다. (flash back 씬52. 현수, 답답해 죽을 거 같아. 왜? 왜? 왜 사랑하는데 왜 이렇게 더 쓸쓸하구 더 외로워? 자기 옆에 있음 더 외로워.) 정선, 전화기 주머니에 넣는다.

씬60. 굿스프 홀

정선, 주방에서 나오고. 원준, 홀에서 매출입 계산하고 있다.

정 선	아직 안 갔어?
원 준	계산 다 마치구! 현수 누나한테 연락했어?
정 선	못 하겠어.
원 준	해야 돼. 싸우면 바루 바루 화해해야 돼.
정 선	아버지 오시기루 했어.

원 준	낮엔 어머니 밤엔 아버지. 두 분이 연이 있긴 있으신 분들이셨나 보다.
정 선	형한테 아무렇지 않게 말할 수 있는 상처가 왜 현수 씨한텐 그렇게 안 될까.
원 준	사랑하면 잘보이구 싶잖아. 좋은 것만 주구 싶구 힘든 건 나 혼자 감당하구 싶구.
정 선	아는 거 많다.
원 준	니 사랑은 건강한 거라구 한마디 더 덧붙여줄게!
홍 아	안녕! 이제 왔어 내가.
원 준	진짜 왔다. 오지 말라구 했더니.
홍 아	나 기다린 거 아냐? 수정 언니 없네. 오늘은 데이트 안 해?
정 선	그럼 놀다 가라.
홍 아	(삐죽. 원준에게) 나 편성 확정됐어. JK에.
원 준	잘됐다.
홍 아	그게 다야?
원 준	다야.
홍 아	오빠 진지하게 묻겠는데... 진짜 수정 언니가 좋아?
원 준	(본다)
홍 아	이 침묵의 의미는 뭐야?
원 준	원래 침묵은 긍정과 부정으루 나눠. 근데 지금은 뭘까?
홍 아	(버럭) 오빠! 어디서 이런 못된 걸 배웠어?
원 준	내가 너 사랑한 거 맞다. 너랑 헤어지구 나니까 자꾸 너처럼 행동하게 된다. 전염됐어.
홍 아	....
원 준	문 닫아야 돼. 나가자.
홍 아	(가서 안긴다)
원 준	(철렁)
홍 아	이래두 항복 안 할 거야?
원 준	안 해. (하기 싫지만 홍아 놓고 나간다)
홍 아	(남는)

씬61. 현수 집 거실

현수, 창밖을 내다보고 있다.

경 　　그러지 말구 온 셰프님한테 연락해.
현 수 　(본다) 싫어.
경 　　얼마 전까지 좋아죽더니만. 아직두 좋아죽는구나.
현 수 　이게 좋아죽는 걸루 보이니?
경 　　어. 언니 좋아죽을 때두 거기서 그렇게 딱 그렇게 있었어.
현 수 　..........

씬62. 정선 집 거실

정선, 냉장고에서 맥주 꺼내는데. 현관벨 E 보면 해경이다. 정선, 문 연다.

해 경 　차가 막혀서.
정 선 　제가 쉬는 날 간다니까 뭐 하러 오세요?
해 경 　한시가 급해서 왔다. 내가 이자 나갈 생각하니까. 아무리 생각해두 안 되
　　　겠어.
정 선 　(무슨 말이지)
해 경 　앉아봐.
정 선 　(앉는)
해 경 　담보 대출 받은 거. 이걸루 갚아. (통장 도장 준다. 아버지 봐라. 선의를 내
　　　미는 본인의 감정이 더 중요)
정 선 　(뜻밖. 의외)
해 경 　초기에 빚이 있음 크게 되질 못해.
정 선 　제가 알아서 할게요. 할 수 있어요. (하면서 통장을 내민다)
해 경 　넌 아버지 없이 자라서 쓸데없는 자존심만 세우는구나. 애비 없이 자란
　　　애들이 그렇더라.

정 선	아버지!
해 경	니 에미가 널 베려놓을 줄 알았어. 도움두 줄 때 받는 거야. 갖구 있는 거라곤 딸랑 땅 하나 있는 거/ 어차피 다 날리면 나한테 손 벌릴 거잖아.
정 선	안 벌려요. 지금까지 아버지 없이두 잘 살았어요. 이런 식으루 제 삶에 들어오려구 하지 마세요.
해 경	내가 너한테 뭘 그렇게 잘못했냐? 할 만큼 했어.
정 선	제가 파리에 있을 때 왜 한 번두 연락 안 했어요? 열여섯 살이었어요.
해 경	그거야 그때 나두 복잡했으니까.
정 선	복잡하면 버릴 수 있는 게 자식이었잖아요. 하시던 대루 하세요. 갑자기 아버지 노릇하시려구 하지 마시구!
해 경	그래두 난 너한테 손 하나 안 대구 키웠어. 난 자랄 때 얼마나 맞았는지 알아? 이유 없이 맞았어.
정 선	할아버지랑 다르다는 거 보여주려구 저한테 손 안 댄 거잖아요. 대신 엄마한테 그랬죠. 엄마 인생을 아버지가 얼마나 망쳐놨는지 알아요?
해 경	이 자식이 진짜! (하면서 정선의 멱살을 잡고 주먹으로 후려치려고 손을 든다. 차마 때리진 못하고)
정 선	(해경 시선 받아내고)
해 경	(감정 오르고. 부르르.. 하고 손 내린다)
정 선	....

씬63. 북촌 골목―아침

현수, 뛰고 있다.

씬64. 피트니스 클럽

정선, 운동하고 있다.

씬65. 정선 거실

정선, 샤워하고 나온다. 침대 옆 서랍에서 반지 꺼내 본다.

씬66. 현수 집 거실

현수, 방에서 나온다. 외출 준비 끝내고. 경, 있다.

경   벌써 나가?
현 수   엄마 아빠가 일찍 나오래.
경   박 대표님하구 두 분이 있기 뻘쭘하신가 부다.
현 수   그러신가 봐. 엄마 편찮으신데 비위 좀 맞춰드려야지.

씬67. 정우 사무실 — 밤

정우, 사무실 행거에서 옷을 꺼내 입는다.

씬68. 정선 집 거실 — 밤

정선, 반듯하게 옷 갈아입는다. 반지 챙긴다.

씬69. 음식점 앞 — 밤

정우 차 서고. 정우 내린다. 정우, 안으로 들어간다.

씬70. 음식점 안

민재 미나 현수, 있다. 정우, 들어온다. 민재 미나, 정우 보고 일어난다. 현수, 일어난다.

정 우   (와서 인사한다) 안녕하세요?
미 나   네 안녕하세요? 수술날 뵙구 처음이네요.
정 우   건강해 보이시네요. 다행입니다.
미 나   덕분에.
민 재   그러지 말구 앉읍시다. 오늘은 우리 가족이 대접하는 거니까. 편하게 드셨음 좋겠습니다.

씬71. 정선 집 거실

정선, 있다. (flash back 씬52. 현수, 근데 왜 자기가 날 사랑하는 거 같지가 않냐구! 애인으루 기능적으루 움직이구 있는 거 같다구!) 정선, 밖으로 나간다.

씬72. 음식점 안

정우 민재 미나 현수, 화기애애한 분위기다. 음식 놓고 먹고 있는.

민 재   우리 집안에서 현수가 돌연변이예요. 우린 다 안정된 삶을 추구하거든요. 애는 좀 아니에요.
현 수   꼭 그렇진 않은데.
민 재   박 대표님은 부모님두 사업하셨어요?
정 우   네 아버지 크게 사업하시다 크게 망하셨어요.

씬73. 현수 집 앞 놀이터

정선, 온다. 현수 집 안 불 꺼져 있다. 전화기를 꺼낸다.

씬74. 음식점 안

정우 민재 미나 현수, 차 마시고 있다.

미 나   근데 저 궁금한 게 있는데요.
정 우   말씀하세요.
미 나   계약 작가들한테 다 이렇게 잘해줘요? 가족까지?
정 우   그렇진 않습니다.
미 나   (의아) 그래요? 그럼 우리 현수만 특별 대접 받는 거예요?
정 우   네! 현수 좋아하구 있습니다.
미나·민재·현수   (당황)

핸드폰 E 발신자 '온정선'

씬75. 현수 집 놀이터 앞

정선, 신호음 떨어진 전화기 붙들고 있다.
한 화면에 들어오면서.

17부

33

내가 더 잘할게 .

기다릴게

34

계속 사랑할 수밖에 없어

씬1. 음식점 안

정우 민재 미나 현수, 차 마시고 있다.

미 나　계약 작가들한테 다 이렇게 잘해줘요? 가족까지?

정 우　그렇진 않습니다.

미 나　(의아) 그래요? 그럼 우리 현수만 특별 대접 받는 거예요?

정 우　네! 현수 좋아하구 있습니다.

미나·민재·현수　(당황)

핸드폰 E 발신자 '온정선'

현 수　대표님!

정 우　(O.L) 물론 제가 여러 번 거절당했습니다.

현 수　(안 받고. 문자 메시지. 조금 있다 연락드리겠습니다)

민 재　아 저런!

미 나　그랬구나! 제가 20년만 어렸으면 좋았을 텐데. 그럼 바루 받았을 텐데.

민 재　여보오!!

일 동　(화기애애)

씬2. 현수집 놀이터 앞

정선, 전화기 내리고. 반지 꺼내 본다. 설레는 느낌이다.

씬3. 음식점 일각/ 놀이터 앞

현수, 정선에게 전화한다. 정선, 놀이터에서 집으로 가고 있다.
핸드폰 E 발신자 '이현수'

현 수 전화했었네.
정 선 집 앞이야. 올 때까지 기다릴게.
현 수 알았어.

씬4. 놀이터 앞

정선, 있다. 현수, 온다. 정선, 현수 보고 미소. 현수, 받고.

현 수 무슨 일 있어?
정 선 같이 갈 데가 있어.
현 수 어딘데?
정 선 (손을 잡고 같이 간다)

씬5. 굿스프 테라스

정선, 현수와 함께 들어온다. 환하게 불 켜져 있고. 소소한 장식이 되어 있
다. 현수, 이게 뭐지. 정선, 현수가 자신의 지분이라며 만들어놓은 데에
간다.

정 선   여긴 현수 씨 지분! (하면서 열면 안엔 페어리스타 있다)

현 수   어 이건? (이건 씩씩이)

정 선   어 맞아 걔야. (거기서 페어리스타를 꺼내 준다.)

현 수   (받는다)

정 선   불안하게 해서 미안해.

현 수   ....

정 선   (주머니에서 반지 꺼낸다. 준다) 우리 같이 살자. 같이 살아.

현 수   (받는다. 뜻밖이다 갑자기.)

타이틀 오른다.

씬6. 굿스프 밖 (F.I) ― 이른 아침

정선, 굿스프 문 오픈한다. 굿스프 입간판 가지고 나와 세운다.

씬7. 굿스프 라커룸

하성 경수 민호, 옷 갈아입고 있다.

하 성   오늘 니들하구 마지막이다.

경 수   기어이 딴 데루 가는 거야?

하 성   미슐랭두 못 딸 거 같은데. 희망이 없잖아. (민호에게) 너두 빨리 갈 데 정
        해.

민 호   막내 일은 갈 데 많으니까 걱정 마.

씬8. 굿스프 주방

다들 프렙 중이다. 정선, 돌아보며 얼마나 했는지 체크하고 있다.

정 선   (소스 먹어보고, 경수에게) 좀 더 올려봐!

경 수   네!

정 선   (민호 하는 거 보면서) 하성! 너 다 끝내면 와서 민호 좀 도와줘!

하 성   네 셉!

씬9. 정우 회사 로비/ 정우 사무실 안

현수, 빠르게 오고 있다. 급한 일이 생긴 거 같다.

씬10. 정우 사무실 안

정우, 준하와 있다.

정 우   넌 어떻게 하구 싶은데? 편성 앞으루 가면 할 수 있어?

준 하   난 까라면 까야지. 회사에서 그러면. 현수가 문제야.

정 우   이 작가가 대본을 댈 수 있을까?

현 수   (들어온다) 어떻게 된 거예요?

준 하   너 양반은 못 된다. 지금 니 얘기하구 있었는데.

정 우   편성이 앞당겨지게 생겼어.

준 하   우리 앞에 게 펑크 나서 우리 보러 그거 메우래.

현 수   ......

준 하   어떡할래?

현 수   나한테 달려 있는 거야?

정 우   우리한테 달려 있어. 의견 일치!

현 수	전 할래요. 있던 대본이었구 하면 돼요.
준 하	좋았어! 이거거든!
현 수	(준하와 하이파이브)
정 우	그럼 방송국이랑 그렇게 정리할게.
현 수	네.

씬11. 정우 회사 복도

현수, 준하 나와서 걷고 있고. 홍아, 이복과 들어온다.

홍 아	언니!
현 수	어! (이복에게) 안녕하세요?
이 복	어! (준하에게) 너 웬일이냐?
준 하	정우 형 만나러. 편성 땡겨졌거든.
홍 아	앞당겨졌어요?
준 하	네 우리 앞에 게 펑크 났어요.
홍 아	언니 할 수 있어?
현 수	해야지! 마지막 기횐지두 모르잖아.
홍 아	(별루지만) 축하해!
현 수	고마워. 넌 잘돼가지?
홍 아	어 지금 민 감독님하구 회의하러 온 거야. 캐스팅!
현 수	그래 그럼 파이팅!

준하와 현수, 인사하고 간다. 준하, '캐스팅 돌리려면 수정 한 번 더 하자.'
현수, '알았어.'

홍 아	(성질나는)
이 복	안 가요?
홍 아	대표님 좀 만나 봬야 되겠어요.

씬12. 정우 사무실 안

정우, 있고. 홍아, 들어온다. 그 뒤에 민 감독 있다.

홍 아 대표님 정말 이러실 거예요?

정 우 뭔가요?

홍 아 왜 현수 언니께 제 거보다 먼저 들어가요?

정 우 그건 제가 한 게 아니라 방송국에서 했는데요. 그거 지 작가랑 상관없잖아요.

홍 아 상관이 왜 없어요? 캐스팅이 겹치잖아요! 우리 거 캐스팅 어떻게 돼가요?

이 복 지 작가 성질 맘에 들어. 나한테만 안 부리면 좋겠는데. 아니 뭘 믿구 이러는 거야?

홍 아 믿구 이러는 게 아니라요. 성질 부려두 크게 데미지가 없더라구요. 사람들이 싸움을 싫어해서.

정 우 두 분 회의하시구요. 저는 약속 있어서 가보겠습니다. 제 사무실은 비워주시기 바랍니다.

씬13. 굿스프 홀/ 미슐랭 사무실

직원들 스탭밀 먹고 있다. 각자 담소 나누는. 전화벨 올린다.

수 정 홈페이지에 새 코스 메뉴 사진 올린 거 반응 좋아요.

원 준 예약 문의 많아요?

수 정 네 조금씩 늘고 있어요.

전화벨 E

정 선 내가 받을게. 밥 먹어. (뛰어가서 전화 받는) 네. 굿스프입니다.

미슐랭 안녕하세요? 미슐랭 코리아입니다.

정 선	아 네에.
미슐랭	이번 미슐랭 가이드 신판에서 굿스프에 미슐랭 원스타가 수여될 예정입니다.
정 선	(믿기지 않은) (전화 끊는) (멍한)

정선, 전화 끊는다. 멍한 표정.

원 준	무슨 전화야?
정 선	우리 원스타래.
원 준	뭐?
정 선	(주방 멤버들에게) 미슐랭 원스타! 방금 전화 왔어.

일동 환호. 껴안고 난리. 하성 경수와 껴안다가 서로 밀치는.

씬14. 굿스프 일각/ 현수 집 거실

정선, 핸드폰으로 전화를 한다. 현수, 경과 있다.

경	(인쇄한 거 갖고 온다) 언니 할 수 있어? 너무 시간 바투잖아.
현 수	해야 돼. 이젠. 셰프 쪽 자료 조산 다 됐어?
경	아직 안 끝났어. 더 해야지 계속

핸드폰 E 발신자 '정선 씨.'

현 수	(받는) 어 정선 씨!
정 선	내가 오늘 어떤 전활 받았는지 알아?
현 수	어떤 전화 받았는데?
정 선	미슐랭! 미슐랭 원스타 됐어.
현 수	(자기 일처럼) 축하해!

정 선   ……

현 수   (감정 올라오는. 누르며) 정말 축하해!

정 선   고마워. (전화 끊고)

씬15. 정선 집 거실

정선, 들어온다. 요리 스케치북 보다가 넘기면. 현수 반지 스케치한 거 나
온다. '사랑해 사랑하고 있어.' 글자 써 있고. (flash back 9부 씬64. 정선,
좋아 선택해! 10대 버전, 20대 버전, 30대 버전. 다 받구 냉장고 키스)

씬16. 디자인 샵 (회상) ─ 낮

정선, 반지 스케치한 거 주면서.

정 선   이것대루 만들어줄 수 있어요?

작 가   프로포즈용 반진가요?

정 선   (미소) 네. 제가 직접 그렸어요.

작 가   한번 만들어볼게요.

씬17. 현수 집 방 (현재)

현수, 반지를 보고 있다.

씬18. 굿스프 테라스 (회상) ─ 밤

정선과 현수, 있다. 현수, 정선에게 반지 받았다.

현 수	시간을 좀 줘.
정 선	(현수의 반응에 당황)......

씬19. 현수 집 현수 방 (현재)

현수, 서랍에서 정선이 준 반지 보고 있다. 지금껏 억눌러왔던 남자의 현실로 인해 마음 고생했던. 눈물이 복받쳐 흐른다. 이별을 말해야 하나. 페어리스타 한 송이 화분. (F.O)

씬20. 굿스프 홀―낮 (F.I)

굿스프 입구에 미슐랭 원스타 표시 붙어 있고. 카운터에 미슐랭 상패. 손님이 미어 터진다. 수정, 서버들 바쁘고.

씬21. 굿스프 주방

주방 식구들, 각자 자리에서 바쁘게 할 일 하고 있다. 바쁘지만 밝은 얼굴. 정선, 빠스에서 음식 플레이팅 하며 음식 내주기에 여념 없는.

정 선	(벨 누르고)
수 정	(들어온다)
정 선	○번 테이블 디저트.
수 정	네. 그리고 ○번 테이블 런치 코스 네 명 또 있어요.
정 선	(외치는) ○번 테이블 런치 네 명.
일 동	예 셉!

씬22. 정우 사무실 안—낮

정우, 기사 보고 있다. 미슐랭 원스타 받은 굿스프 온정선 셰프 "철학 깃든 요리로 세상 바꾸길" 정우, 복잡한. 기쁘기도 하고. 자신의 안목이 맞았고. 사랑이 아니라면 지금쯤 이 순간을 함께 즐기고 있을 텐데.

씬23. 굿스프 홀

브레이크 타임이다. 원준, 파김치로 앉아 있고. 수정, 차 갖고 온다.

수 정   피곤이 좀 풀릴 거예요.
원 준   고마워요. 수정 씬요?
수 정   전 마셨어요.
원 준   그래두 같이 마셔요. 내가 갖구 올게요.
수 정   괜찮은데.
원 준   (가는)
수 정   ......

홍아, 들어온다. 카운터에 미슐랭 상패 있는 거 본다. 홍아, 기사 봤는데 눈으로 확인한다. 수정, 본다.

홍 아   이게 미슐랭 스타구나. 잘 나가네.
수 정   드라마 방송 된다구 하지 않았어요?
홍 아   언니! 난 언니 진짜 이해가 안 돼. 어떻게 이런 걸 용납해요? 원준 오빠 맘에 나 있는 거 알잖아요.
수 정   근데요?
홍 아   그거 상관없어요?
수 정   상관있어요. 근데 맘이란 게 시시각각 변하기두 하니까. 홍아 씨만 있는 게 아니라 저두 있겠죠.

홍 아	제가 있는 게 안 거슬려요?
수 정	저두 수셰프 말구 가끔 생각나는 구남친 있어요. 근데 구남친한테 가지 않아요.
홍 아	(아 진짜 강적이다. 눈물 난다)
원 준	(E) 홍아 왔니?
홍 아	(보며) 어 오빠!
원 준	굿스프 미슐랭 원스타 받은 거 알구 왔어?
홍 아	어 온 동네방네! 기사까지! 났더라. 정선인 좋겠다. 현수 언니두 편성 당겨 받았어. 이제 그 두 사람은 꽃길만 남았어. 근데 난 뭐니? 왜 나만 빼구 다 잘되는 거야?
원 준	(쟤 어쩌니)
수 정	(원준 보는)

씬24. 현수 집 방―밤

현수, 가방에 반지를 넣는다. 외출 준비 끝냈다.

씬25. 카페 밖

정선, 카페로 들어간다.

현 수	(E) 정선 씨 이제 대답할 수 있어.

씬26. 카페 안

현수, 정선과 차를 앞에 놓고 있다.

현 수	다시 축하해. 미슐랭 원스타 된 거.
정 선	축하해. 방송 결정된 거!
현 수	정선 씨가 잘돼서 너무 기뻐. 이젠 승승장구할 일만 남았다.
정 선	(미소) 현수 씨두 이번 작품 잘될 거야.
현 수	(반지 꺼내 내민다)
정 선	(보는)
현 수	미안해. 내가 밀어붙였지? 얘기할 때까지 기다려달라구 했는데 채근했어.
정 선	아냐.
현 수	정선 씨 처음에 밀어내구 5년의 시간. 반짝이는 감정으루 버텼어. 누구두 내 맘에 들일 수 없을 만큼 강렬했어. 다시 만났을 때 운명이라구 생각했어. 난 달렸어 끝까지 갔어.
정 선	현수 씨 다시 만났을 때 서로 사랑하면서 내 안에 극복했다구 여겨졌던 문제들이 극복하지 않은 문제들이었단 걸 알게 됐어.
현 수	....
정 선	아버지와 난 다른 삶을 살겠다구 이를 악물었는데. 이를 악물을 필요 없었어. 원래 다른 사람이었어.
현 수	혼자 정리하구 짠 하구 나타난 정선 씰 바란 게 아냐. 정리되지 않은 정선 씨 삶을 공유하구 싶었어.
정 선	....
현 수	자신이 없어 이젠.
정 선	미안해. 앞으루 내가 더 잘할게.
현 수	자기가 문제가 아니라 내가 문제라니까.
정 선	기다릴게.

씬27. 카페 밖

현수, 나와서 걷고. 눈물 흐르는.

씬28. 카페 안

정선, 안에서 감정이 오르고. (F.O)

씬29. 굿스프 주방 — 낮 (F.I) (현재)

주방 식구들, 각자 자리에서 바쁘게 할 일 하고 있다. 바쁘지만 밝은 얼굴.
정선, 빠스에서 음식 플레이팅 하며 음식 내주기에 여념 없는.

정 선   (하성에게) 세비체 다 됐어?
하 성   네 나가요!

하성, 세비체 들고 오고, 정선 받아서 매의 눈으로 보고 있으면, 프린터기
에 오더지 나온다.

정 선   런치 둘! (하는데 추가로 하나 더 나오고, 그거 보구서) 런치 셋 추가, 5개
한 번에 들어가자!
일 동   네! 셉!

씬30. 굿스프 라커룸

정선, 들어온다. 라커룸 열고 옷 갈아입으려는데.

씬31. 파리 식당 라커룸 (회상) — 낮 (2015년)

정선 (26세), 옷을 갈아입으려고 한다. 에펠탑 마그네틱으로 붙여놓은 현

수와 함께 갔던 벌교행 기차표. 첫 키스. 옷 갈아입다가 마그네틱 건드려 기차표 삐뚤어지자 다시 바로하고. 하루를 살게 하는 원동력이다. 그리움이 힘이다. 미소. 마그네틱으로 붙인다.

씬32. 방송국 세트 촬영장 (현재)

준하, 현수와 경에게 촬영장 설명한다. 현수 경, 취재하고 있다. 여기서 알아서 설명해주심 좋겠어요.

준 하   (모니터 가리키며) 감독은 모니터 보고 큐랑 컷 해.
경   큐하구 컷! 감독마다 다르지 않아요? 김 감독님은 어떻게 해요?
준 하   (폼 재서) 컷트!!!
경   으음!!!
준 하   뭐 뭐 있다구!
경   생략할게요.
준 하   남자 주인공이 프랑스에서 요리 공부하잖아. 우리 프랑스 가자.
현 수   난 안 갈래.
경   언닌 비행기 타는 거 싫어서 여행 안 가잖아요. 딱 한 번 갔지! 그때 파리!!

씬33. 비행기 안 (2015년) ─ 밤 (회상)

현수, 있다. 파리행 여행 티켓. 들고. 다들 잔다.

씬34. 아르페쥬 앞 ─ 낮

현수, 아르페쥬 서 있다. 매니저 나온다. 브레이크 타임이다.

현 수	(인사한다. 영어로.) 온정선 씨 만나러 왔는데요. 계신가요?
매니저	그는 그만두고 다른 곳으로 갔다.
현 수	다른 곳이 어딘지 알 수 있을까요?
매니저	잘 모르겠다. (들어가는)
현 수	(인사하는)
매니저	(들어간다)

현수, 걷는다. 하늘 본다.

현 수	(N) 나의 첫 해외여행은 그가 있는 파리였다.

씬35. 굿스프 홀 — 낮 (현재) (F.I)

손님 북적북적 대고. 영미, 다니엘 들어온다. 수정, 맞이한다.

영 미	(흐뭇한) 우리 온 셰프 바쁘지?
수 정	네 무지 바쁘시죠.
다니엘	우리 자리 안 돼?
수 정	예 아무리 두 분이라두 이젠 예약하셔야 돼요.
영 미	그럼 이따가 올게. 나가자 다니엘. 내가 맛있는 거 사줄게.
다니엘	맨날 사주면서 뭐. 새삼스럽게.
영 미	자기가 내. 오늘은 못 내겠어.
다니엘	왜 요즘 어깨 힘이 들어갔어?
영 미	아들이 잘됐잖아. 당연히 힘이 들어가지. 밥이나 사. (나가는)
다니엘	(따라 나가는)
수 정	나중에 오세요. (인사하는)

씬36. 정우 사무실 밖

정우, 들어온다. 비서, 맞이한다.

비 서   대표님! 온정선 셰프님 일루 보고 드릴 일 있습니다.

씬37. 정우 사무실 안

정우, 들어온다. 비서, 따라 들어오면서.

비 서   인호 전자, 태양 가전에서 씨에프 관련해서 미팅 날짜 잡아달라구 요청
왔습니다.
정 우   ....
비 서   강연 요청도 있습니다. 어떻게 할까요?

씬38. 굿스프 홀

브레이크 타임. 정선, 있다. 정우 회사 직원, 들어온다. 정선, 기다리고 있
었다.

직 원   안녕하세요 셰프님?
정 선   오랜만이에요.
직 원   (서류 내민다) 대표님께서 갖다 드리랍니다.
정 선   (이게 뭐지)
직 원   온엔터와 에이전시 계약 해지하는 서류입니다. 온 셰프님께서 원하시면
해주시겠답니다.

씬39. 정우 사무실

정우, 창밖 보면서 차 마시고 있다.

씬40. 정선 거실 안

정선, 들어와 서류를 서랍에 넣는다. 현관벨 E 보면. 영미와 다니엘이다.
정선, 문 열어준다.

영 미 아들! 엄마 왔다.

다니엘 (들어오며) 한 번이 어렵지. 두 번은 쉬운 거야. 오늘은 저번에 들어올 때
보다 편하다.

영 미 여기가 우리 친정이라구 생각해. 우리 정선인 내 보호자야.

다니엘 나두 자식이지만 자기 같은 엄마가 우리 엄마가 아닌 게 다행이야.

영 미 다니엘!!

다니엘 아 깜짝이야! 놀랐잖아.

영 미 뭘 그걸 갖구 놀래?

정 선 (둘이 노는 거 보면. 한심하다가도 저렇게 사는 것도 괜찮지 싶다)

영 미 뭘 봐? 우리가 그렇게 좋아 보여?

정 선 차 줄게. (차 만들러 가고)

영 미 현수 요즘 뭐 해?

다니엘 작품 준비한다구 했잖아 그때.

영 미 어쩜 자긴 기억력두 그렇게 좋아?

다니엘 뭘 이정도 갖구. (정선에게) 우리 친구 중에 정선 씨 식당에 투자하구 싶
단 사람 있는데 내가 소개해줄까?

영 미 남의 돈 함부루 갖다 쓰는 거 아냐. 투잘 왜 받아? 앞으루 돈 벌 일만 남았
는데.

정 선 (맞는 말 할 때도 있네) 진하게 타 줄까요?

다니엘 · 영미 연하게!

다니엘·영미   (웃고) 찌찌뽕!

씬41. 굿스프 홀

　　　다니엘 밖으로 나가고, 영미 2층에서 내려온다. 그 뒤에 정선.

영 미   왜케 부드러워졌어? 바래다까지 주구? 성공이 좋긴 좋은가 부다.
정 선   내가 엄마한테 쌀쌀맞게 구니까 엄마가 더 엇나가나 해서 전략을 바꿔볼
　　　　까 해서.
영 미   (뭉클) 전략씩이나 세울 만큼 엄마가 중요해?
정 선   (보는)
영 미   그래두 나아졌잖아. 다니엘 만나구. 돈만 좀 펑펑 쓰지. 딴 건 얌전하잖아.
정 선   (그래 나아졌다)·······
영 미   현수 요즘 어떻게 지내니?
정 선   (현수 얘기에 좀 울컥)······잘 지내겠···
영 미   무슨 일 있어? 개랑 사이 안 좋아?
정 선   아냐. 우리가 안 좋을 게 뭐가 있어?
영 미   현수랑 나랑은 통한다. 걔두 사랑에 미친 애더라구.

씬42. 방송국 로비

　　　현수 경 준하, 나온다. 경, 피곤하다. 경, 하품한다.

현 수   사무실 들어가서 더 얘기하자.
준 하   너 노트북 갖구 나왔어?
현 수   어. 경인 집에 가 있어.
경　　　아냐 나두 갈게.
현 수   넌 할 거 없어. 캐스팅 얘기하구 대본 좀 손볼 거니까.

경	알았어. 내가 언니 말이면 잘 듣지!
준 하	내 말이나 좀 잘 들어요.
경	수염이나 깎아요 감독님은! 일하는 거 티내나!
준 하	왜 남의 취향 갖구 그래요!
경	그럼 그 취향 고이 간직하세요!
현 수	경! 원!

씬43. 정우 회사 로비

홍아, 오고 있다. 화가 나 있다. 엘리베이터 앞에 서서 빨리 오라고 엘리베이터 버튼 팍팍팍팍팍 누른다.

씬44. 정우 사무실 안

정우, 있다. 민이복 감독하고.

정 우	죄송해요. 이현수 작가 거 결정됐을 땐 생각을 못했어요. 양해해주셔서 감사합니다 감독님.
이 복	그럼 어떡합니까? 같은 회사 작품이 같은 시간에 딱 붙으면! 제 살 깎아 먹기잖아. 난 괜찮은데 지 작가 어떡할 거예요?
정 우	그러게요.
이 복	지 작가 성질내는 거 듣기두 싫구. 난 딴 데 가 있을게요. 끝나구 밖에서 만날래요. 대본 얘기해야 돼서. (일어나는)

씬45. 정우 회사 회의실 안

현수, 들어온다. 노트북 꺼내고. 준하, 들어온다.

준 하	작업 늦어질 거 같은데.
현 수	밤샐 각오하구 왔음!
준 하	근데 첫눈에 반한 상황을 어떻게 표현하냐? 띠리리 음악을 넣냐?
현 수	숫제 번개 맞는 씨질 넣구. 그 자리에서 쓰러지는 거야.
홍 아	(E) 누구 쓰러지는 걸 진짜 보구 싶으세요?

씬46. 정우 사무실 안

정우, 홍아 차 앞에 놓고 있다.

정 우	회사 입장두 좀 생각해줘요.
홍 아	내가 왜 회사 입장을 생각해요? 회사가 내 입장을 생각해줘야죠. 그땐 암 말두 안 하다가 이게 뭐예요?
정 우	급작스런 상황이라 그쪽만 보느라 생각 못 했어요. 지 작가가 제 시간에 하겠다면 같은 회사 작품 두 개가 경쟁해야 되는 상황이에요.
홍 아	제 게 먼저 정해졌잖아요. 현수 언니가 땜빵으루 들어온 거구. 근데 내 게 왜 밀려요?
정 우	저쪽은 움직일 수가 없잖아요. 땜빵이니까.
홍 아	대표님 분명히 저한테 온엔터 기대작이라구 했어요.
정 우	어쩔 수 없는 상황이잖아요.
홍 아	전 그 시간 아니면 안 해요. 제 거 밀리면 각오하세요. 계약서 어디에두 회사 작품 두 개 할 때 양해해야 된다는 조항 없어요.
정 우	지 작가!
홍 아	(O.L) 이건 저한테 귀책사유가 있는 게 아니라 회사 귀책사유예요.

씬47. 정우 회사 사무실 밖 복도/ 비상구

홍아, 걸어가고 있다. 참았던 눈물이 나온다. 뭐가 이렇게 맨날 꼬이는지.

비상구로 들어간다. 현수, 오다가 홍아 본다.

현 수 홍아야!

홍아, 못 듣고 들어간다. 현수, 따라 들어간다.

씬48. 동 비상구 안

홍아, 울고 있다. 되는 일이 없다. 원준부터 시작해. 공모하면 다 될 줄 알았는데. 현수, 가서.

현 수 무슨 일 있어?
홍 아 언니!!
현 수 왜에?
홍 아 내가 왜 밀려야 돼?
현 수 ......
홍 아 내가 왜 자꾸 언니한테 밀려야 되냐구? 언니랑 나랑 같은 시간대라구 나 보러 뒤루 가래. 방송국두 다른데 내가 왜 뒤루 가야 돼?
현 수 그게 뭐가 중요해?
홍 아 (O.L) 중요해. 한 번 밀리면 계속 밀리는 거 같아. 지난 5년 동안 공모 떨어지구 패배감에 살았던 악몽이 떠올라.
현 수 ......
홍 아 되는 일이 없어. 원준 오빠 이제 진짜 나 안 좋아하는 거 같아. 언닌 다 가졌는데. 난 뭐야? 정선인 미슐랭 원스타 되구. 이게 뭐냐구?
현 수 (눈물 닦아주는) 안으루 들어가면 사람 사는 거 다 비슷해. 나 지금 꽃길 아냐. 왜 아닌진 얘기 안 해줄 거야. 니가 너무 좋아할 거 같아서.
홍 아 (진정하며) 얘기해줘. 위로받게.
현 수 (어이없는 웃음)

씬49. 현수 집 앞—밤

정선, 온다. 창밖을 바라본다. 불 꺼져 있다. 현수는 자는 건가. 안 들어온
건가.

씬50. 정우 회사 회의실 안

현수, 대본 쓰고 있고. 2부 대본 수정. 테이블 위엔 배우들 사진 펼쳐져 있
다. 준하, 의자 붙여 자고 있다. 현수, 눈이 뻑뻑한지 인공눈물 넣는다. 시
계는 12시 10분.

씬51. 정우 회사 화장실 안—밤

현수, 물 세수. 졸려서. 손전용 티슈로 닦는다. 거울 본다.

씬52. 정우 사무실 밖 복도/ 정우 사무실 밖

현수, 화장실에서 나와서 회의실로 가다가. 그 시선으로. 정우 사무실 조
금 문 열려 있고 그 문틈으로 불이 새어나오는 거 보고. 아직 퇴근 안 했
을 리 없다. 불 켜져 있나 보다. 꺼야지. 현수, 문을 열면서 자신의 상체를
밀어 넣는다.

씬53. 정우 사무실 안/ 테라스

현수, 상체 먼저 들어오고 몸이 다 들어온다. 이럴 줄 알았다. 불 안 끄고
갔다. 들어온 김에 안을 살핀다. 이곳에 항상 오긴 했지만 자세히 보지 못

했다. 특히 테라스에 가보고 싶었다. 현수, 테라스로 가는. 현수, 테라스에
서 밖을 본다. 도시의 밤 전경. 고요하고. 적막하다. 이 얼마 만에 얻는 평
안함인가. 정우, 안으로 들어온다. 그 시선으로 테라스에 있는 현수 뒷모
습 보인다.

정 우 거기서 뭐 해?

현 수 (놀라서 보는) 죄송해요. (나와서) 전 불이 켜져 있어서 불 끄러 들어왔어
요. 대표님 전기세 많이 나오는 거 싫어하시잖아요. 물론 자기가 벌어 자
기가 내는 거니까 이 방은 괜찮은 거죠? 밤새 불 켜놔두?

정 우 커피 마실래? 아니다 늦어서 안 되나?

현 수 아뇨 저도 상관없어요.

정 우 (나도 그런데)

현 수 어디 갔다 오세요?

씬54. 동 테라스

정우, 현수와 커피 마시는.

정 우 박진수 매니지먼트 대표 만났어. 니 작품 시놉시스 줬었거든. 긍정적이던
데.

현 수 (날 위해 또 일하고 다녔구나) 피곤하지 않아요?

정 우 뭐가?

현 수 우리 모두의 해결사잖아요. 다른 사람 행복은 만들어주면서 정작 자신은
어떤가요?

정 우 (쓸쓸) 혼자 있는 게 익숙해. 해결하는 게 익숙해.

현 수 소통하는 건 익숙하지 않아.

정 우 ...높은 건물에 올라가려면 엘리베이털 타잖아.

현 수 ......

정 우 한 층 한 층 올라올 때마다 내리는 사람들이 많더라. 내가 등 떠밀어 내리

게 하기두 했어. 꼭대기에 올라오니까 나 혼자 남았어. 인간은 결국 혼자잖아.

현 수   혼잔데 혼자 못살잖아요.

정 우   사람을 깊이 사랑하면 무지 외롭잖아. 그게 싫은 거지.

현 수   동감..

정 우   (보는) 아주 오랜만에 의견일칠 봤네. 아직두 해피엔딩?

현 수   모르겠어요.

정 우   새드엔딩에서 조금 가까워졌네!

현 수   그러네요. (하면서 커피 마시는)

씬55. 현수 집 앞—밤

정선, 현수의 집 앞에서 서성댄다. 창문 보면 불이 켜진다. 그러다 다시 꺼진다. 정선, 간다. 그립다. 예전 같음 전화를 하거나 만날 수 있었는데. 정선, 걷는다.

씬56. 정우 사무실 테라스

현수, 정우와 전경을 보고 있다. 뒷모습. (F.O) (여기다 흑백해주세요)

씬57. 정우 회사 로비 (F.I)—이른 아침

정우, 들어온다. 경비, 인사한다.

씬58. 정우 회사 회의실 복도/ 회의실 앞/ 회의실 안

정우, 걸어온다. 자신의 사무실로 가려다 회의실 본다. 문 연다. 그 시선으로. 현수, 엎드려 자고 있다. 정우, 들어간다. 햇빛이 들어오니까 블라인드 쳐준다. 현수, 자신의 옷 위에 덮고 있으나 추워 보인다. 정우, 자신의 코트를 벗어 현수에게 덮어준다.

씬59. 굿스프 주방 — 낮

정선, 생면 반죽을 만들기 시작한다. 모든 걸 잊으려고 그러는지 일만. 열심히 치대고 문대자 점차 완성되어 가는 반죽. 브레이크 타임이다.

수 정   셰프님! 에릭송 셰프님 오셨어요.
정 선   알았어요. (마무리하는)

씬60. 굿스프 홀

에릭송 있다. 차 마시고 있다. 정선, 나온다.

에 릭   (반갑게) 뭐야 일하다 나온 거예요?
정 선   생면 반죽했어요. 테스트 좀 하려구.
에 릭   내가 만나러 오겠다는데 정장 입구 각 잡구 기다려야 되는 거 아니야?
정 선   죄송합니다.
에 릭   아냐. 그런 면이 좋아 온 셰프.
정 선   하실 말씀이란 게 뭐예요?
에 릭   제안이에요 아주 파격적인.
정 선   ....
에 릭   나랑 오랫동안 일한 파트너가 홍콩에 새 브랜드 레스토랑을 열려구 해요.

헤드 셰프로 온 셰플 추천했어요.

정 선   (왜?)......

에 릭   투자 금액이나 적자 보존 기간 온 셰프가 원하는 대루 해줄 거예요.

정 선   굿스프 때문에 곤란합니다.

에 릭   병행할 수 있어요 굿스프. 처음 6개월 정돈 오픈에 매달려야 돼서 어렵겠
        지만.

정 선   왜 저한테 이런 좋은 제안을 하시는 거죠?

에 릭   그때 메뉴 개발 거절할 때 인상적이었어요.

정 선   ....

에 릭   선배로서 이런 후배들이 많이 나와줬음 좋겠어요. 자본에 굴복하지 않는.
        물론 돈은 좋은 거죠.

정 선   감사합니다.

씬61. 정선 집 거실/ 현수 집 방

정선, 핸드폰 전화 목록에서 현수 찾는다. 전화한다. 현수, 샤워하고 들어
온다. 핸드폰 E 발신자 '정선 씨' 오랜만에 보는 이름.

현 수   (받으며) 어 정선 씨!

정 선   좀 만날 수 있어?

씬62. 카페 안

정선, 있다. 현수, 들어온다. 정선, 시선으로 현수. 현수, 시선으로 정선.

정 선   오랜만이네.

현 수   오랜만이야.

차 마시고 있는 두 사람.

정 선　할 말 있어서 보자구 했어.

현 수　해.

정 선　으음... 홍콩 새 브랜드 레스토랑 헤드 셰프 제안을 받았어.

현 수　잘된 거야?

정 선　아주 좋은 조건이니까. 잘된 거야.

현 수　축하해. 자기는 잘될 줄 알았어.

정 선　가면 6개월 정돈 그곳에 집중하게 될 거 같아.

현 수　.........

정 선　같이 갈래?

현 수　(뭐?).....

정 선　여기 아닌 곳에서 같이 있음 우리가 예전처럼 지낼 수 있지 않을까 싶어
　　　서.

현 수　.......예전처럼 지내는 게 어떤 건지 모르겠어.

정 선　.......

현 수　미안해.

정 선　아냐.

씬63. 현수 집 방

현수, 들어온다. 착잡한. 페어리스타 본다. 물 준다.

씬64. 굿스프 테라스―밤

정선, 현수 지분 모판 본다. 페어리스타, 꺼낸다. 원준, 온다.

원 준　쓸쓸해 보인다.

정 선   (본다)

원 준   홍콩 가기루 결정하니까 싱숭생숭하냐?

정 선   ......

원 준   현수 누나랑 진짜 끝났어?

정 선   형 오늘 같이 술 마실래?

씬65. 정선 집 침대/ 거실/ 현관—아침

정선, 자고 있다. 현관벨 E 정선, 눈 뜨고 나가는. 테이블엔 빈 술병들. 정
선, 스크린 보면. 영미다. 정선, 문 여는. 영미, 들어오는.

영 미   (집 꼴 보고) 이게 다 뭐야? 너 무슨 일 있어?

정 선   아무 일 없어. (침대에 가서 눕는다)

영 미   살면서 이런 모습 처음 봐. 이건 내가 실연당했을 때 모습인데. 너 현수랑
        헤어졌니?

정 선   (대답 안 하고 가서 눕는다)

영 미   됐어 가는 사람 안 잡구 오는 사람 안 말리는 거야. 그게 젤 좋아. 푹 자면
        괜찮아질 거야.

씬66. 카페—낮

영미, 있다. 현수, 들어온다. 현수, 인사한다. 차 앞에 놓고 있는 두 사람.

영 미   정선이랑 헤어졌어?

현 수   ......

영 미   내가 궁금한 건... 왜 헤어지자 그랬어? 우리 정선인 헤어지자구 할 애가
        아냐. 나까지 받는다 그래놓구.. 나보다 더한 약점은 정선이한테 없어. 걔
        어디 가서 안 빠져.

현 수	어머닐 약점이라구 생각 안 해요.
영 미	(뭐?)
현 수	그냥 정선 씨하구 제가 문제였어요. 약점이 아니라 공유요.
영 미	공유는 스탄데? 공유하구 우리 정선이랑 무슨 상관이니? 설마 니가 공유랑 사귀기라두 한단 거니?
현 수	(어이없는 미소) 어머니!
영 미	왜? 진짜야?
현 수	그런 거 아니에요.
영 미	그렇지! 차나 마셔. 우리 아들하구 끝났다니까 이젠 우리두 못 보는 거니?
현 수	아니에요 어머니. 어머니 볼 수 있어요.
영 미	(차 마신다) 정선이 홍콩 가. 되게 좋은 조건으루. 사는 곳이 달라지면 마음두 달라질 수 있다.
현 수	....
영 미	젊구 능력 있는 남잘 가만 두겠니! 이런 얘기 들으면 약 오르지 않니!
현 수	좀 약 올라요.
영 미	다행이다. 우리 아들 놓치구 니가 너무 편하면 내가 기분이 별로거든. 다음 주에 떠나.

씬67. 현수 집 현관 거실 — 낮

홍아, 들어온다. 경, 맞이한다.

경	바쁘신 분이 웬일이냐?
홍 아	누구 약 올려? 언니 땜에 내 편성 밀리게 생긴 거 못 들었어?
경	그래두 진행하구 있다며?
홍 아	진행해야지. 박 대표님이 만나자구 해서 나가는 길인데 들렀어.
경	왜?
홍 아	전의를 불태우게. 언니 잘나가는 거 보면서.

경	언니가 뭐가 잘나가. 요즘 심란한데.
홍 아	왜?
경	온 셰프님하구 헤어졌잖아.
홍 아	헤어졌어? 그렇게 난릴 치더니. 아 진짜 사랑 별거 아니구나.

씬68. 정우 사무실 안

정우, 창밖 보고 있다.

홍 아	(자리에 앉는) 저 왔어요 대표님!
정 우	(인터폰) 우리 마실 것 좀 줘요.
홍 아	하실 말씀이 뭐예요? 절 설득하려구 하시는 거라면 하지 마세요. 전 절대루 뒤루 안 가요.
정 우	가지 마요.
홍 아	가지 마요?
정 우	지 작가 컴플레인 일리 있어요.
홍 아	(좀 풀리는)
정 우	회사로선 좀 무리지만. 지 작가나 이 작간 서로 칼라가 다르구 매체두 공중파하구 케이블이니까 해볼만 하다구 결정했어요.
홍 아	당연한 거니까 감사하단 말 안 해요. 캐스팅은요?
정 우	민 감독님이 스타 몇 명하구 접촉하구 있어요.
홍 아	한물 간 스타들!
정 우	썩어두 준치예요. 해준다면 감사할 일이에요.
홍 아	알았어요 저 갈게요. (일어나는) 참! 현수 언니 정선이랑
정 우	......
홍 아	됐어요. 갈게요.

씬69. 현수 집 거실/ 현관—밤

회의하고 있다. 현수 경 준하. 칠판 나와 있다. 칠판에 "착한 스프는 전화를 받지 않는다.(가제)" 써져 있다. 그 밑에 주제, 진정한 사랑은 상대의 희로애락을 공유한다!! 그 다음에는 4명의 주인공들 (연우, 해영, 준호, 지아)의 인물 관계도 크게 그려져 있고, 옆에 캐스팅 현황 배우들 사진 붙여놓는다. 옆에 종이로 대본 스케쥴 표와 대략적인 촬영 시기도 적혀 있다. 간식 있다. 물병 1리터짜리. 2병 나와 있는데. 한 병은 빈병. 한 병은 바닥에 조금.

현 수   최라준 연락 왔어? 연우 역.
준 하   아직. (하면서 1리터짜리 물 입 대고 마시는. 다 마셨다) 물 더 없냐?
경   아 진짜 드러워! 그게 다예요.
현 수   물 없어?
경   어 사러 가야 돼.
현 수   내가 갔다 올게 그럼.
경   왜 언니가 가? 김 감독님 있잖아.
현 수   바람 쐴 겸 내가 갔다 올게. 답답해.

현관벨 E 정우 운전기사다.

현 수   (옷 걸치고 뛰어나가면서.) 내가 열어줄게. 어차피 나가야 되니까.

현수, 문 열면 운전기사 있다. 손엔 초밥.

운전기사   대표님이 드시구 일하시랍니다.
준 하   형은요?
운전기사   차 안에 계십니다.
준 하   들어오지. 같이 먹음 좋잖아. (현수 본다.)
현 수   (왜 날 봐)

씬70. 현수 집 밖

현수, 내려오고 있다. 기사, 뒤에. 자동차 뒷좌석에 정우 있다. 현수, 뒷좌석 창문 두드린다. 정우, 창문 내린다.

현 수   대표님 식사하셨어요?

정 우   아직.

현 수   같이 드세요. 다른 약속 있어요?

정 우   없어.

현 수   (뒷좌석 문 연다.) 본인두 좀 챙기세요. 맨날 우리만 챙기지 마시구.

정 우   (내린다)

현 수   (문 닫는다) 그럼 들어가 계세요.

정 우   넌 어디 가냐?

현 수   물 사러요.

정 우   같이 가자.

현 수   그래요 그럼.

씬71. 편의점

정우 현수, 장바구니 들고 물건 담고 있다. 정우, 둘러본다. 뭘 사야 될지 모르겠다.

현 수   (물병 꺼내 넣고.) 대표님! 제가 쏠게요. 사구 싶은 거 다 사세요.

정 우   후회할걸!

현 수   삼만 원 이하!

정 우   너 너무 짜다. 내가 너한테 그동안 해준 게 어딘데. 삼만 원이냐?

현 수   삼만 원이면 컵라면이 스무 개거든요. 큰 거예요. (가며)

정 우   (따라가는)

현 수   (컵라면 집어넣으며, 정우 바구니에) 시중 나온 컵라면 중에 제일 매운 거예요. 이 편의점에서만 살 수 있어요.

정 우 매운 건 니가 좋아하는 거 아니냐?

현 수 그러네. 대표님은 뭐 좋아해요?

정 우 난 단 거!

현 수 그럼 이거! (하면서 딸기 우유 내민다)

정 우 (웃는)

씬72. 현수 집 앞/ 놀이터 앞

정선, 왔다. 창문을 본다. 불 켜져 있다. 정선, 놀이터로 걸어간다.

씬73. 현수 집 앞 골목

현수와 정우, 짐 들고 온다. 정우, 1.5리터 생수 3개 들어 있는 비닐백에 장 본 거 딸기 우유 컵라면 무거운 거. 현수, 1.5리터 생수 2개 컵라면. 정우, 현수 생수통 든 게 안쓰러워.

정 우 그거 내가 들게. (컵라면 들어 있는 비닐백 주며) 이거 니가 들어.

현 수 싫어요.

정 우 무겁잖아 그거.

현 수 무거우니까 나눠 드는 거예요 대표님하구.

정 우 말 안 듣는다. (하면서 현수 생수 비닐 뺏으려다 놓친다)

현 수 어머!

정 우 안 다쳤어? (정선과는 달리 현수부터 묻는다)

현 수 다칠 게 뭐가 있어요?

정 우 (생수통 든 비닐 든다. 컵라면 든 비닐백 현수 주며) 자 이거 실컷 들어.

현 수 (미소 지으며. 이젠 고집 피우지 않고 든다)

카메라 빠지면 두 사람 보고 있는 정선. 정우, 현수와 함께 문으로 올라간다. 다른 사람들이 보기엔 즐거워 보이는. 현수, 비밀번호 누르고. 현수와 정우 안으로 들어간다. 문 닫힌다. 정선, 너무 행복해 보이는 두 사람에. 강렬한 질투. 그리고 현수와 함께했던 저 시절 그립다. 후회된다. 내가 왜 그랬을까. 그렇게 자신의 인생에 들어오고 싶다고 애원했던 사람에게. 이젠 늦었나. 그 시절로 갈 수 없나. 감정이 오르는. 내가 너무 잘못한 게 많다. 슬슬 올라와 눈물이 나오는데.

현 수 (플래쉬백 아닌 E. 정선의 심경에 더 집중하게 되는) 혼자 울지 마. 혼자 우는 건 자신의 인생에 들어오도록 허락한 게 아냐.

정선, 그 말 생각 떠오르면서. 현수 앞에서 울고 싶다.

현 수 (E) 자기 고통이 뭔지 정확히 알아야 자길 더 깊게 사랑하구 이해하게 되잖아. 얄팍한 관계가 되구 싶어?

정선, 오열한다. (F.O)

씬74. 정우 사무실 복도 (F.I) — 아침

정우, 오고 있다. 비서, 일정 보고 있다.

비 서 온정선 셰프님 오전 9시 약속 잡았습니다.
정 우 (보는)
비 서 30분이면 된다구 하셔서 사이 시간에 넣었습니다. 취소할까요?
정 우 아냐.

씬75. 정우 사무실 안

정우, 있다. 정선, 들어온다.

정 우   웬일루 만나자구 했어?

정 선   (에이전시 계약서 서류 내민다) 이거!

정 우   (본다. 에이전시 해지 계약서다)

정 선   계약 해지 안 해. 계약 기간 3년이잖아.

정 우   니가 불편할까 봐 보낸 건데.

정 선   형 손해 안 보게 해준다구 했잖아 옛날에.

정 우   ......

정 선   나한테 직접 들어오는 오퍼두 많아. 에이전트 제대루 하려면 그것두 맡아
        줘.

정 우   알았어 넘겨.

정 선   홍콩 가. 에릭송 셰프님 제안으루. 그 건은 내가 마음대루 했어. 커미션 안
        줘.

정 우   (이전과는 다른 느낌이다. 어른이 된 듯한) 현수. 방송 땡겨졌어.

정 선   잘됐네. (몰랐구나. 이젠 진짜 남인가)

정 우   (모르는구나)......

씬76. 굿스프 문 밖/ 홀—밤

정선, 들어온다. 홀로. 원준이 불 켠다. 불이 환하게 켜진다. 굿스프 식구
들 있다. 테이블 위엔 먹을 것과 술 있고.

정 선   이게 다 뭐야?

일 동   서프라이즈!!!!

원 준   온정성과 온정신을 다해 온정선 셰프님을 응원합니다.

다들 와서 허그한다. 한 명씩. 정선, 기쁜. 따뜻한.

씬77. 굿스프 앞—낮

정선, 배낭지고 나온다. 정선 신발. 전에 현수 사준 신발. 나한테 도망오라는. 원준, 있다.

원 준   내가 데려다준다니까!
정 선   괜찮다니까! 형은 들어가서 굿스프 책임지라구! 당분간!
원 준   예썰!!
정 선   (가는)

씬78. 현수 집 방

현수, 대본 쓰고 있다. 4부 쓰고 있다. 엔딩. 연우와 해영. 페어리스타 있고. 연우와 준호, 준호 청혼. 가족을 만들고 싶어. 노크 문 열리고. 준하 있다. 손엔 대본 인쇄한 거 4부 대본.

준 하   (들어오고) 너 지금 4부 수정하구 있냐? (뒤따라 경)
현 수   어.
준 하   준호가 고백하는데 연우가 해영이 보구 싶다구 하는 씬.
현 수   어. (뭔가 기시감이 있다)(flash back 4부 씬23. 현수, 기다려달라구 했는데! 전화했었는데 그때 대표님하구 있느라 전화두 못 받구 그게 마지막 전화였는데 그 남자 이제 어디 가서 만나요?)
경   집단적 독백씬!
준 하   이거 너무 준호한테 잔인하지 않냐?
현 수   그래?
경   그만큼 연우의 사랑이 절실한 거라니까. 김 감독님 자꾸 태클 걸어.

현 수	(그때 그랬다. 절실했다. 그 순간. 그 고통)
준 하	지 사랑이 중요하다구 한 남자 순정을 이렇게 무안하게 만들어도 돼?
경	그게 사랑이에요. 사랑하지 않은 상대에겐 잔인한 거!
준 하	암튼 아는 거 많아요!
현 수	(flash back 씬62. 정선, 같이 갈래? 똑같은 실수를 할 순 없다)
현 수	나 잠깐 나갔다 와야겠다. (옷 갖고 뛰어나간다)

씬79. 공항버스 기다리는 곳

정선, 버스 기다리고 있다. 버스 왔다. 타려고 한다. 버스 타려는 순간 자신의 신발을 본다. 신발.

씬80. 현수 집 밖

현수, 계단 뛰어 내려온다.

씬81. 도로

공항버스 지나간다. 그 안에 정선이 없다.

정 선	(N) 현수와 난 항상 내가 현수보다 빠르거나 현수가 나보다 빨랐다.

씬82. 보도

정선, 뛰고 있다. (flash back 9부 씬41. 현수, 신발 사줌 도망간다잖아. 그래서 샀어. 나한테 도망오라구!)

정 선   (N) 우리가 타이밍에 지지 않으려면 계속 사랑하는 수밖에 없다.

씬83. 도로 현수 차 안

    현수, 운전하고 있다. 감정 오르는.

현 수   (N) 그가 몇 시에 떠나는지 모른다. 이렇게라두 그에게 가구 싶다.

    현수, 눈물 흐르는. 현수, 페달을 밟는다.

18부

35
헤어지지는 말자
36
인생에 만약은 없지만..

씬1. 도로 현수 차 안─낮

현수, 운전하고 있다. 감정 오르는. 현수, 눈물 흐르는. 현수, 페달을 밟는다. 달리는. 현수, 이러면 뭐 하나. 어차피 만나지도 못하는데. 왜 매번 난 같은 실수를 반복할까. 차를 도로변에 세우려고 오른쪽 깜빡이 켜고 들어가려다 윈도우 브러쉬 건드려 윈도우 브러쉬 움직인다. 마치 현수의 눈물을 닦아주는 듯. 차 세우고. 현수, 오열한다.

씬2. 보도

정선, 달리고 있다.

씬3. 현수 집 앞

현수 차, 들어온다. 현수, 주차한다. 현수, 내린다. 집에 들어가려는데 정선, 다 왔다. 숨 고르고.

정 선   이현수!
현 수   (본다. 놀란다. 어떻게. 그가 여기. 감정 다시 오르며 달려간다. 정선에게) 다신 못 만나는 줄 알...
정 선   (키스한다)

씬4. 정선 집 거실

현관문 열리면, 정선 현수, 서로를 탐닉하면서 침대로 향하고 있다. 현수를 침대에 눕히고 키스하는 정선.

씬5. 정선 집 침대─밤

정선과 현수, 사랑을 확인하고 난 후. 누워 있다.

정 선   알랭 파사르 메일 받구 파리 갔었잖아. 현수 씨랑 헤어지구. 너무 보구 싶었어.

현 수   정선 씨 떠나구 공모 당선 됐는데두 기쁘질 않더라. 그렇게 원했던 건데두 정선 씨가 없으니까 즐겁지 않았어.

정 선   내가 파리 생활을 어떻게 견뎠는지 알아?

현 수   ......

정 선   우리 벌교 갔을 때 기억나? 그때 기차표 갖구 있었거든. 그 기차표 라커룸에 붙여놓구 현수 씨 생각했어. 그러면서 하루하루 지냈어.

현 수   파리 갔었어. 정선 씨 찾으러.

정 선   진짜?

현 수   아르페쥬 갔었는데. 정선 씨 다른 식당으루 옮겼다구 하더라구.

정 선   (안는) 이번에 떠나면 다신 못 볼까 봐 무서웠어.

현 수   떠나는 시간두 모른 채 달렸어.

하면서 둘이 이불 뒤집어쓰고 안에서 애정 하는.
타이틀 오른다.

씬6. 도로 정우 자동차 안 / 현수 집 거실―아침

정우, 뒷좌석에. 핸드폰 E '황보경 작가'

정 우   (받는) 여보세요?

경   대표님! 안녕하세요?

정 우   네에 안녕하세요?

경   뭐 하나 여쭤볼려구 전화드렸는데요. 혹시 어제 회사에서 회의 있었나요? 현수 언니가 참석되는.

정 우   그건 왜요?

경   언니 전번에두 회사에서 일하느라 밤샌 적 있어서요. 전화 연락두 안 되구 안 들어와서요.

정 우   갈게요 내가.

씬7. 정선 집 주방/ 침대

정선, 에그 베네딕트 만들고. 플레이팅. 정선, 커피 들고 침대로 간다. 현수, 자고 있다. 정선, 커피 향을 현수에게 맡게 한다. 현수, 향에 기분 좋게 눈 뜨는.

정 선   배 안 고파?

현 수   안 고파.

씬8. 정선 집 식탁

테이블엔 에그 베네딕트. 커피. 현수와 정선, 먹는다.

현 수   홍콩은 이제 안 가는 거야?

정 선   ....가지 말라구 하면 안 갈게.

현 수   그러니까 옛날 생각난다. 알랭 파사르 연락 왔을 때.

정 선   ....

현 수   안 갔음 좋겠어.

정 선   (머리 쓰다듬는) 맛있지?

씬9. 굿스프 홀 내려오는 계단

정선, 현수와 내려오고 있다. 현수, 아래에서 위를 올려보고. 정선, 위에서.
현수, 웃으면서 얘기하면서.

정 선   조심해서 내려가.

현 수   괜찮아. (계단 헛디뎌 삐걱한다)

정 선   (잡으며) 놀래키는 데 뭐 있어!

하면서 둘이 웃으면서 내려왔다. 원준, 문 열고 들어온다. 원준, 두 사람
보고 놀라는. 현수, 뻘쭘한.

현 수   나중에 보자. (하고 나가는)

원 준   (정선 보고) 너어!

정 선   쫌 이따! (현수 따라 나가는)

원 준   (어이없는)

현관벨 E

씬10. 현수 집 거실

경, 문 열어준다. 정우, 들어온다.

정 우	아직 연락 없어요?
경	네.
정 우	다른 덴 연락해봤어요?
경	부모님한텐 안 했어요 걱정하실 거 같아서. 괜히 유난 떨다가 언니 들어 오면 무안할까 봐.

비밀번호 누르는 소리 E 정우, 경, 본다. 정우 시선으로. 현수, 들어온다. 얼굴엔 기쁨 가득. 정우, 철렁한다. 다시 사랑하는 얼굴이다.

경	언니이!! (가면서)
현 수	어어! (하다가 정우 본다. 뻘쭘한) 대표님 오셨어요?
경	대표님 걱정하셨다.
현 수	죄송합니다.
정 우	…….
현 수	들어가서 옷 좀 갈아입을게요. (방으로 들어가는)
경	대표님 차라두 드릴까요?
정 우	아뇨.

씬11. 굿스프 앞

정우 차 와서 선다. 정우, 내린다. 왜 이리로 왔지.

씬12. 굿스프 홀

수정, 냅킨 접고 있다. 다른 직원들과. 정우, 들어온다.

수 정	대표님 오셨어요?
정 우	안녕하세요?

수 정   근데 어쩌죠? 오늘 점심 저녁 예약 다 찼는데요. 차라두 한 잔 드릴까요?

정 우   (정선인 홍콩 갔다. 있을 리가 없다.) 아니에요. 그냥 지나다 들렀어요.
         (뒤돌다 정선을 본다.)

정 선   (라커룸에서 옷 갈아입고 나오는. 정우 본다. 왜?)

정 우   (슬픈 예감은 왜 적중하는가)

정 선   형!

정 우   (나가는)

씬13. 굿스프 밖

         정우, 밖으로 나온다. 정선, 따라 나온다.

정 선   (뒤에서) 웬일이야?

정 우   (뒤돈다. 확인하자.) 홍콩 아직 안 갔냐?

정 선   일이 좀 생겼어.

정 우   간다.

         정우, 기사가 차 문 열어주고 차에 탄다. 정선, 뭐지. 보는. 정우 차 떠난다.

씬14. 정우 사무실 복도

         정우, 들어온다.

비 서   대표님! 이현수 작가님 어머님 오셔서 기다리구 계세요.

정 우   ....

씬15. 정우 사무실 안

정우, 들어선다. 미나, 있다. 모자 쓰고. 차 앞에 놓여 있고. 쇼핑백 있다.
미나, 정우 보고 일어난다.

미 나 너무 일찍 와 있었나요?
정 우 괜찮습니다. (앉는)
미 나 (쇼핑백 올리며) 유자차 새로 담갔어요. 대표님 생각나서 갖구 왔어요.
정 우 감사합니다.
미 나 우리 현수 예쁘게 봐주셔서 감사해요.
정 우 별 말씀을요.
미 나 앞으루두 잘 부탁드려요. 함께 같은 일을 한다는 것 자체만으로두 얼마나
      좋아요!
정 우 ....
미 나 우리 현수 정직하구 의리 있는 애예요. 대표님께 일로선 좋은 사람이 되
      어줄 거예요.
정 우 네. (씁쓸한)

씬16. 현수 집 거실

현수, 차 타고 있다. 경, 방에서 나온다.

경   온 셰프님하구 있었어?
현 수 어.
경   (가자미눈 뜨고) 어어...
현 수 뭘 그렇게 봐.. 부끄럽게.
경   다시 시작하는 거야?
현 수 못 보곤 못 살 거 같아.
경   괜히 박 대표님한테 전화했어. 언니한테 무슨 일 생긴 거 같으니까 자연

스레 박 대표님 생각이 나더라구.

현 수   ......

경   박 대표님 아까 언니 들어오는 거 보구 엄청 놀라시는 거 같던데. 내가 다 미안하더라.

씬17. 동 현수 방

현수, 들어온다. 핸드폰 전화 목록 보면. 정우에게 온 부재중 전화 3통. 음성 메시지 있다. 현수, 음성 메시지 듣고 있다.

정 우   (F) 왜 전원을 꺼놨니? 켜고 연락해라.

씬18. 정우 사무실 안

정우, 창밖을 보고 차 마시고 있다. 핸드폰 E 발신자 '이현수' 정우, 받지 않는다.

씬19. 미나 집 거실

미나, 들어온다. 식탁 위에 놓인 백화점 택배. 뜯어보면 '모자'다. '어머니께 어울릴 거 같아 샀어요.' '박정우' 미나, 감동이다. 민재, 방에서 나온다.

민 재   왔어? (모자 보고) 그거 모자였구나.

미 나   아 진짜...

민 재   왜?

미 나   몰라... 박 대표 너무 아까워. 사람이 너무 좋아. 안정적이구. 따뜻하구. 부모님두 안 계시구. 우리 현수랑 결혼하면 내가 잘해줄 텐데. 그럼 둘이 원

원이야.

민 재   그런 말 해서 뭐 해? 정작 살 사람은 현수야.

미 나   누가 뭐래?

씬20. 굿스프 주방

각자, 프렙하고.

경 수   셰프님 어떻게 된 거야? 안 가?

하 성   내일 가겠지. 어떻게 안 가겠어? 계약했을 텐데.

민 호   안 갔음 좋겠다.

원 준   (들어오며) 말들이 많다. 덜 바쁘냐!!

민 호   셰프님 어디 가셨어요? 좀 전까지 있었는데.

원 준   일 처리할 게 얼마나 많겠냐. 홍콩 안 가려면.

씬21. 카페

에릭송, 있고. 정선, 있다.

에 릭   어제 도착하기루 한 사람이 안 와서 그쪽에서 당황하구 있어요.

정 선   죄송합니다. (정중히 인사하는)

에 릭   (보는) 왜 이런 행동을 하는 거죠?

정 선   사랑하는 여자가 있어요. 떠나는 순간 알았어요.

에 릭   ....

정 선   지금 떠나면 그 여잘 잃어버릴 거 같아요.

에 릭   이해가 안 되네. 왔다 갔다 하면서 보면 되는 걸 갖구 일을 포기해요? 인
       생에서 6개월은 아주 짧아요. 그것두 못 참아요?

정 선   얼마 전에 그 여잘 잃어봤거든요. 잠시두 떨어져 있구 싶지 않아요. 셰프

님께서 주시는 모든 불이익 받을게요. 어떤 요구두 받겠습니다.

에 릭   (기막힌) 결국 사랑 때문에 일을 포기하겠다! 온 셰프 답다!

씬22. 현수 집 앞—밤

현수, 나온다. 정선, 기다리고 있다. 차 앞에 있다. 정선, 현수 보고 손 흔든다.

현 수   어디 가자구? 방송 코앞이야.
정 선   (조수석 문 연다.) 잠깐 바람 쐬면 더 잘 써질걸!
현 수   (졌다 탄다)
정 선   (문 닫고, 운전석으로 간다)

씬23. 정우 사무실 안

정우, 신입사원 지원 서류 보고 있다. 전화 통화 하면서.

정 우   신입사원 지원 서류 이게 다예요? 다 가져오세요. 보구 들어갈게요. (끊는)

씬24. 캠핑장

자동차 뒤 트렁크 열려 있고. 거기 같이 앉아 있던. 텐트 치고 앉아 있던. 현수 정선과 다정하게 앉아 있다. 샌드위치와 화이트 와인!

현 수   아름답다.
정 선   (잔을 부딪친다. 현수 잔과)

현 수	(마신다) 이거 어디서 먹어본 맛인데.. 아닌가?
정 선	맞아.
현 수	어디서 먹었지?
정 선	트러플!
현 수	아아 맞다!
정 선	파리에서 이 와인 마실 때마다 그때 생각났어. 굿스프 이번에 크리스마스 특별 행사 때 손님들한테 무료루 드릴 거야.
현 수	(미소)
정 선	(뽀뽀한다)
현 수	이러시면 완전 좋습니다.
정 선	홍콩 안 가기루 했어.
현 수	그래두 돼?
정 선	원래 그럼 안 되지만 지금 떠나면 내 인생에 가장 중요한 걸 놓칠 수두 있단 생각이 들어서.
현 수	우리 이제 다시 시작하는 거야?
정 선	우리 헤어지기 전이나 지금이나 헤어졌던 문제는 해결되진 않았어.
현 수	대부분 헤어졌다 다시 만나 헤어지기 전에 같은 문제루 다시 헤어져.
정 선	끝은 결정해놓구 다시 만나자 그럼.
현 수	어떻게?
정 선	헤어지진 말자.
현 수	(잔을 부딪치는 두 사람)

씬25. 영미 집 거실

영미, 술 마시고 있다. 온 더 락. 다니엘 없다. 다니엘 나갔다. 다니엘은 다시 돌아오지 않을 거다. 테이블엔 도화지. 쓰여진 글자. '얼굴 보고 헤어지잔 말 못 해. 무서워서.' 'p.s 돈 달라구 해서 짜증났어!'

다니엘	(E) 얼굴 보고 헤어지잔 말 못 해. 무서워서.

영미, 손을 도화지에 올린다.

다니엘   (E) 'p.s 돈 달라구 해서 짜증났어!
영 미   개자식! (하더니 온 더 락 잔을 벽에 던진다) 주기나 했냐!

씬26. 정우 회사 사무실 — 이른 아침

정우, 일인용 침대에 누워 자고 있다. 노크 E. 그 소리에 깨는 예민 보스. 비서 들어온다. 손엔 죽. 정우, 일어난다. 테이블에 놓는다.

비 서   피곤하시면 오전 약속 취소할까요?
정 우   아냐. (스트레칭하면서 일어나는)

씬27. 현수 집 거실

현수, 경, 준하 있고. 칠판 있고. 테이블엔 배우들 사진 있다. 순위대로 3순위까지.

준 하   (캐스팅 1, 2, 3 순위 남자 배우. 나열한다) 이게 원하는 거야?
현 수   아니. (2, 3 순위 바꾼다)
준 하   이건 별 의미가 없어.
경   그럼 이건요? (1, 3 바꾼다)
준 하   이건 망하자는 거구!
경   김 감독님!
준 하   뭐요? 수염두 깎았는데 아무것두 없는데 뭐!
경   뭐가 있어야 돼?
현 수   뭐가 있어야 되는데? 오빠 수염을 깎으면 뭐가 있어야 되는 거야?
준 하   넌 뭐 좋은 일 있냐?

경	좋은 일 있죠. 온 셰프님 다시 만난답니다.
준 하	내가 장담하는데 너네 또 헤어져.
현 수	악담을 해라.
준 하	현실을 말해주는 거야. 나두 그랬어.
현 수	오빠 경험은 오빠 경험으루!
경	감독님은 경험 참 내세우는 거 같아요. 별루 좋은 경험두 아닌 거 같은데.
현 수	역시 경! (엄지 척)
준 하	(일어난다) 갈게.
현 수	삐졌어?
준 하	정우 형한테 우리 일 푸쉬하러 간다. 나는 당신들이 날 놀려두 진짜 열심히 산다.
경	뭘 놀렸다 그래요 감독님은? 우리만큼 감독님 챙기는 사람이 어딨다구!
준 하	(경에게 얼굴을 완전 가까이 디민다)
경	(깜짝 놀라) 아 깜짝이야!
준 하	수염 깎았다구요!
경	어쩌라구요!
현 수	뽀뽀해달라는 거 아니니!
준 하	(당황) 아냐!
경	(준하의 얼굴을 밀친다)

웃는 사람들.

씬28. 정우 사무실 안

정우, 결재 서류 보고 있다. 사인하고 있다.

준 하	(들어오며) 형! 지금 현수랑 캐스팅 회의 하구 오는 길이야. 형이 배우 접촉 좀 해줘라.
정 우	나한테 뭐 맡겨놨냐? 나만 보면 뭘 해달라냐?

준 하	해줄 거 같으니까!
정 우	(어이없는) ...현수 말야.
준 하	어어.
정 우	난 왜 걔가 당연히 내 거라구 생각했을까.
준 하	사랑두 비즈니스 하듯 한 거야. 형 비즈니스 스타일이 '때'가 올 때까지 기다리는 거잖아.
정 우	....
준 하	온 셰프 처음 만나자마자 사귀자 그랬다던데. 형두 그때 쫓아 나갔어야 됐어. 그랬담 지금 달라졌을 수두 있어.

씬29. 정우 사무실 안 (1부 씬46)

정우, 준하. 현수 있다.

정 우	만나서 반가웠어요! (악수 신청하는)
현 수	죄송합니다 어색해서. (악수 안 하고 인사만. 나가는)
준 하	미안해 형!
정 우	작가 되겠다 쟤! 싸가지 없어서. (따라 나가는)

씬30. 정우 회사 로비 (1부 씬46에 이어) (정우의 상상)

현수, 나오는. 가는데. 정우, 뒤에서 따라온다. 씬28의 정우.

정 우	잠깐만!
현 수	(보는)
정 우	너 좀 건방지다!
현 수	아무리 선배라두 초면에 반말하는 건 좀 아니지 않아요?
정 우	초면 아니잖아. 사무실에서 봤잖아.

현 수	(뭐 이런 사람이 다 있어) 왜 그러시는데요?
정 우	왜 내 악수 거절했어요? 이현수 씨가 먼저 나한테 예의 지키지 않아서 반말했어요.
현 수	(맞다. 바로 인정) 죄송합니다. 제가 나쁜 일이 있었어서.
정 우	바루 인정하는 건 좋으네요.
현 수	말 놓으셔도 됩니다 선배님!
정 우	바루 꼬리 내리는 것두 좋구. 준하가 줘서 습작 대본 읽었어.
현 수	(읽어봤단 말에. 호감) 제 거 읽어보셨어요?
정 우	일하잔 제안 막 하지 않아.
현 수	어땠어요?
정 우	공짜 좋아하는구나. 그걸 공으루 듣겠단 거야?
현 수	아니에요. 언제 시간 되세요?

씬31. 정우 사무실 (현재)

정우, 착한 스프 대본 꺼내놓고 있다. 그랬다면 어땠을까. 대본을 서랍에 넣는다. 옷 입는다.

씬32. 정우 회사 회의실 안

홍아, 이복과 있다. 캐스팅 배우 1, 2, 3 순위 놓고 있다. 씬27 현수네와 같다.

홍 아	1순위 배우 안 되면 2순위까진 넘어갈게요.
이 복	아니 캐스팅이 내 책임이야? 작가 책임두 있지.
홍 아	전 입봉이에요. 감독님은 스타 피디구. 누구 책임이에요?
이 복	딴 드라마에서두 첨에 애네들루 시작해요. 지금 제작되는 드라마가 몇 편인 줄 알아요?

홍 아　그거 알면 뭐가 달라지는데요? 어차피 경쟁이구. 성공할 가능성 높은 곳
　　　　으루 몰리는 거잖아요.

이 복　암튼 말은 잘해.

홍 아　빨리 시작해요 감독님! 지금 딴 경쟁자들두 뛰고 있다구요.

씬33. 정우 사무실 비서실 앞

　　　　홍아, 온다. 안으로 들어가려는데.

비 서　대표님 안 계세요.

홍 아　언제 들어오세요?

비 서　일정 다 취소하시구 댁으루 가셨어요.

홍 아　왜요?

비 서　모르겠어요.

홍 아　그럼 내일은 나오세요?

비 서　것두 아직은.

홍 아　어디 편찮으세요?

비 서　아뇨. 완전 건강 체질이세요.

홍 아　지금 저한테 얼마나 중요한 시간데.. 대표님 쉬면 안 되죠!

씬34. 정우 회사 주차장

　　　　홍아, 자신의 차를 향해 가고 있다. 리모컨으로 자신의 차 문을 연다.

홍 아　정신 차려 지홍아! 너한테 지금 남은 건 일밖에 없어.

　　　　홍아, 차에 탄다. 운전을 시작한다. 거침없이. 출구를 향해 가는데 앞에 차
　　　　있다. 출구를 향해 가는. 홍아, 그 차 앞으로 바짝 가는데 그 차가 갑자기

선다. 깜짝 놀라 급브레이크 잡는 홍아. 소리 지르고. 핸들에 머리 박는.

씬35. 굿스프 홀―낮

원준 수정과 의자랑 테이블 정리 같이 하고 있다. 수정, 테이블보 더러워
진 거 바꾸고. 휴지 같은 거 줍고. 냅킨이랑 커틀러리 세팅하고. 마치 부부
식당 운영하는 거 같다. 핸드폰 E 발신자 '홍아'

원 준   (받는) 어 홍아야!
홍 아   (F) 오빠 나 사고 났어.
원 준   뭐? 너 지금 어디야?
수 정   (본다)
원 준   수정 씨 병원 좀 다녀올게요. (정신없이 나간다)
수 정   ....

씬36. 응급실 안

원준, 뛰어 들어온다.

홍 아   (E) 오빠!!
원 준   (본다. 그 시선으로)
홍 아   (멀쩡하다.)
원 준   안 다쳤네.
홍 아   누가 다쳤다구 했어?
원 준   (안심과 분노)
홍 아   놀랐어?
원 준   (나가는)
홍 아   (따라 나가는)

씬37. 응급실 밖

원준, 화나서 가고. 홍아, 따라가며

홍 아   나 차 갖구 왔어. 내가 데려다줄게.
원 준   (뒤돌며) 넌 끝까지 날 진지하게 대하질 않는구나.
홍 아   뭘 진지하게 안 받아? 진짜 사고 났구 그 순간에 오빠 생각나서 연락했어. 그게 그렇게 잘못된 거야? 왜 화내? 자기가 맘 변해놓구.
원 준   넌 나한테 변할 맘이라두 갖구 있었냐?
홍 아   (감정 오르는) 오빠 내 밥이었잖아. 밥보다 더 중요한 게 어딨어?
원 준   전엔 니 옆에 있는 것만으루 좋았는데 이젠 달라졌어. 나두 사랑받구 싶어.
홍 아   ……

씬38. 굿스프 주방―밤

정선, 코코뱅 만들고 있다. 팬에 닭고기를 올리고 볶다가 와인을 붓는다.

씬39. 굿스프 홀/ 영미 집 거실

현수, 들어온다. 테이블에 코코뱅과 와인. 휴대폰에 연결한 빔프로젝터를 통해 굿스프 벽에 뮤직비디오나 분위기 있는 영상 나오고 있다. 정선, 있다.

현 수   밥은 먹어야 되지 않겠냐며. 꼬셔서 넘어왔습니다.
정 선   잘했어. 하루 종일 집에 박혀서 일만 하잖아.
현 수   모르겠다. 잘하는 건지. 근데 분위기 너무 좋아.
정 선   선택해. 멜로, 액션, SF, 미스테리, 애니메이션, 공포영화

현 수   (O.L) 멜로!

빔을 통해 〈HER〉 상영되고. 아이스크림에 팝콘 올려 먹는 현수.

정 선   암튼 희한하게 먹어.
현 수   먹어봐 맛있어. (준다)
정 선   (성의를 봐서 먹는) 으음.. 괜찮네.
현 수   괜찮다니까.

핸드폰 E 발신자 '정선 씨 어머니'

현 수   (보고, 정선에게 보여주며) 어머니 전환데. 받아?
정 선   받구 싶어?
현 수   어.
정 선   받아.
현 수   (받는) 여보세요?
영 미   바쁘니? 전화 늦게 받는다.
현 수   괜찮아요. 말씀하세요.
영 미   그때 그랬잖아. 우린 계속 볼 수 있다구.
현 수   네.
영 미   친구가 필요해.
현 수   어머니 제가 전화드릴게요. 그래두 되죠?
영 미   너무 기다리게 하지 마.
현 수   네. (끊는)
정 선   (보는)
현 수   어머니가 만나자구 하시는데?
정 선   왜 만나잔 거야?
현 수   어머니 아직 우리 둘이 헤어진 줄 아실 거야. 그러니까 어머닌 이제 내 인
         간관계루 넘어왔어.
정 선   우리 엄말 만나구 싶어?

현 수	어.
정 선	난 엄마랑 조금만 얘기할라 치면 치밀어 오르는 게 있는데. 현수 씬 이 우리 엄마랑 대화가 돼?
현 수	가족이 아니잖아.
정 선	뭐?
현 수	난 가족이 아니니까 가능하다구. 가족은 살아온 만큼 쌓인 게 많으니까 풀기가 힘들지만 난 아니잖아. 지금부터 쌓아가는 거지. 지금까진 괜찮아.
정 선	언제까지 괜찮다 그러는지. 그것이 알구 싶다.
현 수	(미소) (F.O)

씬40. 부암동 안—낮 / 방송국/ 정우 회사 비서 (F.I)

정우, 소파에 누워서 있다. 테이블엔 술 마신 흔적. 식은땀도 난다. 찌뿌듯하다. 일어나 기지개 켜고 물 마시는. 핸드폰 E 발신자 '유홍진 CP'

정 우	(받는) 네 씨피님!
홍 진	준하가 카메라팀 외주 들인다구 하던데. 너무 비싸. 그렇게 하려면 제작비 못 줘요.
정 우	그러시면 그 건은 우리두 진행 못 합니다. (전화 끊는)

핸드폰 E 발신자 '비서 김미진'

정 우	(받는) 네에
비 서	드라마 수출 판권 때문에 SBC에서 연락왔는데요. 바로 스케줄 잡을까요?
정 우	해외 출장 갔다구 해줘요. (끊는)

씬41. 정우 회사 회의실 밖

현수 화장실 갔다 복도로 오고. 홍아, 오고 있다.

홍 아   언니이!

현 수   너두 회의 왔어?

홍 아   어어 경 왔어?

현 수   어 경 왔어.

홍 아   시간 좀 있으니까 경 보구 가야겠다.

현 수   안 좋은 일 있어?

홍 아   원준 오빠 진짜 좋아했나 봐.

현 수   (보는)

홍 아   떠나니까 알겠어. 아님 아쉬워서 이러나. 언넌 괜찮아 정선이랑 헤어지구?

현 수   다시 만나.

홍 아   (기막힌) 다시 만나? 그럼 다시 행복해진 거야?

현 수   아유 증말 그만 좀 해 너.

홍 아   또 나만 빼구 다 잘나가게 된 거야?

씬42. 동 회의실

경이랑. 준하, 있다. 테이블엔 배우들 사진 있다. 현수, 홍아랑 들어온다.

홍 아   (배우 사진들 보고) 엉?

경   왜?

홍 아   (1순위 배우 짚으며) 이 배우한테 줬어?

준 하   당근 줬죠.

홍 아   아니 뭐 이래? 같은 회사에서 왜케 상도덕 없이 일해?

경   뭐가 상도덕이 없어?

홍 아   그렇잖아. 우리두 줬단 말야.

현 수	어차피 7개나 들어가 있대. 그중에 하나야. 너나 나나.
홍 아	언니 이럼 나 언니 일에 호의적일 수가 없어. 어떻게 나한테 이렇게 피헬 줘?
현 수	무슨 피해?
홍 아	방송두 언니가 땜빵으루 들어와 나랑 같은 시기에 하게 됐잖아. 미안하단 생각 안 들어?
경	그게 무슨 억지야?
홍 아	내 이럴 줄 알았어. 이렇게 겹치면 내가 손해볼 줄 알았다구. 박 대표님이 언니한테 더 유리하게 해줄 줄 알았다구.
현 수	그렇지 않아.
홍 아	뭐가 안 그래? 안 그럼 언니가 박 대표님이 주는 혜택 안 받은 거 있어?
현 수	너 말이 좀 심하다.
홍 아	박 대표님하구 얘기해야 되겠어.
현 수	그러지 마. 나 땜에 박 대표님한테.
홍 아	위하는 척 하지 마. 박 대표님한테 언니가 얼마나 심하게 했니!
현 수	(기막힌) 내가 뭘 심하게 해?
홍 아	거절했잖아. 언니 사랑하는 사람한테 거절당해봤어? 그거 얼마나 아픈지 알아?

씬43. 정우 회사 사무실 밖

현수, 온다. 비서 있다.

현 수	대표님 계신가요?
비 서	오늘두 안 나오셨어요.
현 수	무슨 일 있으신 건가요?
비 서	잘 모르겠어요.

씬44. 정우 회사 사무실 복도 끝

현수, 핸드폰 목록에서 정우를 찾는다. 정우에게 전화한다.

씬45. 정우가 현수와 하고 싶은 일. 상상 몽타쥬

1. 부암동 집 앞. (낮)

씬44에서 정우와 통화하고 온 분위기. 현수, 서 있다. 문 열리면 정우다. 씬40 분위기. 정우, 문을 열어준다. 현수, 들어간다.

2. 부암동 안

현수, 들어온다. 정우, 따라온다.

정 우   웬일이냐?
현 수   어디 아파요? 왜 회사 안 나와요?
정 우   좀 쉬려구. 계속 달렸잖아.
현 수   식사하셨어요?
정 우   아니.
현 수   제가 해줄게요.
정 우   내가 해줄게. 나중에 부려먹었단 말 듣기 싫어.
현 수   안 그래요. 진짜 내가 할게요.

3. 부암동 안 주방

정우, 파스타 만들고 있다. 오일 파스타. 현수와 함께 먹을 생각에.

현 수   요리두 하세요?

| 정 우 | 쪼금. 넌 하니? |
| 현 수 | 먹는 건 잘해요. |

4. 부암동 안 벽난로 앞

정우, 현수와 파스타 먹고 있다. 와인도 곁들여서. 흡사 사이좋은 부부가
일 마치고 와서 일상을 공유하는 것처럼 보이는.

현 수	오 맛있다. (입술 옆에 음식 조각 묻히고) 대표님은 못하는 게 뭐예요?
정 우	....,(입술 옆에 묻은 거 떼주며) 애처럼 뭘 묻히구 먹냐?
현 수	.......(미소)
정 우	이 집에서 열두 살까지 살았어. 아버지 사업 망하기 전까지.
현 수	....
정 우	이 집에서 살 때 부모님 싸우구 채무자들 들어와서 빨간 딱지 붙이구 온 갖 나쁜 일이 다 있었는데.
현 수	....
정 우	왜 행복했다라구 기억되는 걸까?
현 수	함께 있어서 그런 거 아닐까요. 사랑하는 사람들하구.
정 우	믿음이 사랑보다 훨씬 가치 있다구 생각했어.

현수, 와인을 들고 건배하자는. 정우, 건배한다.

5. 부암동

현수, 정우와 차 마신다. 다 마셨다.

현 수	(찻잔 들고 일어나며) 설거지는 제가 할게요.
정 우	놔둬 내가 할게.
현 수	안 돼요. 밥값은 해야죠.

현수, 찻잔을 개수대 위에 올린다. 정우, 설거지 하러 가는 현수의 뒤에서 백허그한다. 현수, 가만히 있다. 정우, 사랑했다. 이젠 보내줄게. 핸드폰 E 현실로 와야 한다.

씬46. 정우 회사 사무실 복도 끝 (씬44와 같은) (현실)

현수, 전화 걸고 있다. 신호음 떨어진다.

씬47. 부암동 집/ 정우 회사 사무실

정우, 소파에 누워 있다. 테이블엔 술 마신 흔적. 핸드폰 E 발신자 '이현수' 정우, 깬다. 벨소리에. 지금까지 꿈이었다.

정 우   (전화 받는다) 여보세요?
현 수   저 현수예요. 드릴 말씀이 있어요.

씬48. 운동장―밤

현수, 피칭 머신에서 날아오는 야구공 배트로 치고 있다. 정우, 온다.

현 수   대표님 말씀드렸더니 설치해주셨어요.
정 우   무슨 일이야?
현 수   (공 날리고) 이제 폼두 괜찮지 않아요?
정 우   나쁘진 않아.
현 수   (배트 주며) 오랜만에 제대루 된 폼 좀 보여주세요.
정 우   ......무슨 말을 하구 싶은 건데? 이렇게 뜸을 들여?

점프

현수, 정우 있다.

현 수 대표님께 거짓말했어요.
정 우 .....
현 수 전에 그런 말씀드린 적 있잖아요. 대표님 제 스타일 아니라구.
정 우 ....
현 수 제 스타일 맞아요.
정 우 (그게 이제 와서 무슨 소용)
현 수 또 했어요 거짓말.
정 우 ......
현 수 흔들렸어요.
정 우 (철렁)
현 수 대표님 사랑에 제가 졌어요.
정 우 ......
현 수 정선 씰 다시 만나지 않았다면. 인생에 만약은 없지만.

씬49. 부암동 집 안

정우, 들어온다. 소파에 앉는다.

현 수 (E) 흔들렸어요.. 대표님 사랑에 제가 졌어요.

정우, 지나간 5년의 세월과 정선에게 느꼈던 질투와 분노. 사랑을 갖기 위해 했던 승부수들. 결국 갖지 못했지만. 자신의 사랑을 인정받은. 감정이 오른다. 이제 완전히 끝이다. 하나만 있음 완벽해지는데 결국 가질 수 없다. (F.O)

씬50. 굿스프 주방—낮 (F.I)

서비스타임. 바쁘다. 정선 플레이팅 하고 있다.

정 선   (오더지 확인하고) ○번 테이블 고구마 아직 다 안 됐어?
경 수   다 돼갑니다.
정 선   소스 신경 써서 가열해.
경 수   네 셉!

씬51. 굿스프 홀

미식 블로거와 동행 앉아 있다. 메뉴지 보면서. 수정, 물 따라준다.

수 정   안녕하세요?
블로거   아까 들어올 때 아는 척 안 해서 기억 못 하는 줄 알았어요.
수 정   어떻게 기억을 못 하겠어요?
블로거   (기분 좋은) 미슐랭 따구. 요즘 핫하다구 해서 왔어요. 내가 핫한 거 좋아
        하잖아.
수 정   네 열심히 하겠습니다.

씬52. 굿스프 주방

서비스타임. 바쁘다. 정선, 플레이팅 하고 있다.

정 선   ○번 테이블 스테이크는?
하 성   1분만요.
정 선   (프린터기에 오더지 추가로 나온다.) ○번 테이블 런치 둘!

수정 들어온다.

수 정   방금 ○번 테이블 손님이요.

정 선   왜?

수 정   유명한 진상 블로거예요. 딴 사람 이름으루 예약해서 체크 못 했어요. 음식 좀 신경 써주세요.

정 선   알았어요.

씬53. 카페 안

현수, 앉아 있다. 영미, 들어온다.

현 수   제가 어머니 좋아하시는 차 시켰어요

영 미   나 오늘은 케냐 더블 에이 마시기 싫은데. (앉는)

현 수   그럼 다른 거 시키세요.

영 미   현수야...

현 수   네.

영 미   너랑 나랑은 공통점이 많은 거 같아. 나두 이제 다니엘하구 헤어졌어.

현 수   아아.. 근데 전 다시 만나구 있어요. 정선 씨하구.

영 미   그럼 나만 헤어진 거야? 정선이 홍콩 안 가?

현 수   안 간대요.

영 미   (배신감) 나한테 안 간단 말두 안 했어. 난 여태 걔가 홍콩 가 있는 줄 알았어. 진짜 섭섭하다. 내가 실연의 아픔을 지한테 안 나눠주구 혼자 얼마나 삭이구 있었는데. 어떻게 엄마한테 이럴 수가 있니?

현 수   경황이 없었어요. 홍콩 안 가는 거 수습하구 굿스프...

영 미   (O.L) 니가 왜 나한테 변명하니? 내 아들 일을?

현 수   어머니 우린 연하남을 만난다는 공통점이 있는 사람들이잖아요.

영 미   그래서?

현 수   힘들 땐 서로 위로해줘야 된단 거죠. 그게 공통점을 가진 사람들이 할 수

영 미	있는 행동들이잖아요.
영 미	근데 넌 어쩜 이렇게 말을 잘하니?
현 수	말은 어머니두 잘하세요. 정선 씨한텐 말루 못 이겨요 전. 정선 씨 말 잘하는 건 어머니 유전자예요.
영 미	근데 다니엘은 너무 이상해. 그 전날까지 잘 놀았단 말야.
현 수	(O.L) 뭐라 그러면서 헤어지자구 했어요?
영 미	무서워서 얼굴 보구 헤어지잔 말 못 하겠다구 메모 남겼어.
현 수	(놀라는) 최악이다!
영 미	(그 반응에) 최악은 아냐. 더한 놈두 있었어.
현 수	아아.
영 미	민 교수 학교루 찾아가 뒤집구 싶지만 무서워서 헤어지잔 말 못 했단 말에 못 하겠어.
현 수	그럼 앞으론 어떡하실 거예요?
영 미	내가 지한테 돈을 뭘 그렇게 달랬다구? 돈 달라 그래서 짜증났대.
현 수	그럼 결별 이유는 돈이네요. 짜증 나면 같이 있구 싶지 않잖아요.
영 미	(허 찔린) 결국 돈이었어? 왜 사람들은 돈에 질질 매는 걸까? 그깟 돈이 뭐라구?
현 수	어머니!
영 미	어?
현 수	제가 작가 지망생이었을 때 한 달에 80 받구 일했거든요. 그때 제 동생이 젤 많이 구박했어요. 핏줄두 이긴다는 거죠 돈이.
영 미	오늘 찻값은 누가 내는 거니?
현 수	원랜 만나자구 한 사람이 내는 거지만 어머님이 비상 사태에 빠지셨으니까 제가 내야죠.

씬54. 정우 회사 로비/ 엘리베이터 안

정우, 들어온다. 직원 에스코트 받으며. 준하, 기다리고 있다 정우 보고 뛰어온다.

준 하   혀엉!!

정 우   (보는)

준 하   얼마나 걱정했는지 알아? 며칠씩 회사 안 나왔다 그래서

정 우   (O.L) 걱정했단 놈이 전화 딸랑 한 통 했더라!

준 하   (겸연쩍은) 그거야 형이 귀찮을까 봐. 받기.

엘리베이터에 서며. 정우. 직원, 올라가는 버튼 누르고. 준하.

준 하   홍진이 형한테 외부 카메라 안 된다 했다며? 왜 그래? 이 작품 내 거기두
       하지만 현수 거기두 해. 현수 잊었어?

정 우   어떻게 잊어?

준 하   그치! 그럼 해줄 거지?

정 우   아니.

엘리베이터 문 열리고. 정우, 탄다. 준하, 타려고 하는데

정 우   너 타지 마.

준 하   왜 그래 형? 나한테 왜 그래? 나 준하야!

정 우   준한 거 알아! 이제 니들 치다꺼리하는 거 지긋지긋해. (안에서 닫힘 버튼
       누른다)

정우, 탔다. 직원, 있다. 대표님 달라지셨다.

씬55. 굿스프 카운터

다른 서버. 진상 블로거, 식사 마치고 짐 챙겨서 카운터에 온다. 서버, 계
산서를 준다.

블로거   (이걸 왜 주지) 매니저분한테 교육 다시 받으셔야 되겠어요. 다음 칼럼은

굿스프루 쓸 거예요. (간다)

서 버   (이게 아닌데) 저 손님!

수 정   (오면서) 왜 그래?

서 버   계산 안 하구 가셨어요.

수 정   (난감) 셰프님께 말씀드려야 돼.

씬56. 정선 집 거실

정선, 차를 내리고 있다. 현관벨 E 영미다. 정선, 문 열어준다. 영미, 들어
온다.

영 미   진짜 있네. 너 어떻게 그럴 수가 있니? 니가 홍콩 안 간 걸 왜 현수 통해
          알아야 돼?

정 선   현수 통해 알았음 됐잖아.

영 미   난 너한테 걱정 끼칠까 봐 연락하는 거 참구 참았어.

정 선   원래 우리가 그런 거 시시콜콜 말하는 사이 아니었잖아.

영 미   시시콜콜이 아니잖아. 굵직한 거잖아. 왜 안 떠난 거야? 혹시 현수 땜에
          포기한 거야?

정 선   맞아.

영 미   (감정 오르는)

정 선   왜 그래?

영 미   민 교수 나갔어.

정 선   (본다. 그래도 혼자 참았구나.)

영 미   넌 현수가 그렇게 좋아? 좋은 기획 포기할 만큼?

정 선   어.

영 미   난 왜 그런 남잘 여태까지 못 만난 거니? 내가 현수보다 예쁘지 않니? 나
          이가 들었어두?

정 선   엄마!!

영 미   (서러운) 스물일곱 꽃다운 나이에 결혼해서 꽃길만 걸을 줄 알았더니 남

편이란 작자가 무조건 지 말대루 하래. 동네 강아지두 자기 가구 싶은 데 간다.

정 선   십팔번 시작이야? 남자랑 헤어질 때마다 나오는 레퍼토리!

영 미   난 진짜 말두 잘 듣구 지들 비위 다 맞춰주는데 왜 떠나니? 현순 헤어지 자구 지가 먼저 그런 거 같던데. 넌 걜 붙잡았잖아. 왜 날 떠나기만 하구 붙잡질 않니?

정 선   현수한테 이런 얘기했어?

영 미   안 했어. 나두 자존심이 있어. 개한텐 창피하잖아. 넌 자식인데 뭐. 이 꼴 저 꼴 다 봤는데 뭐.

정 선   .....

영 미   여기서 자구 갈래. (정선 침대로 간다)

정 선   엄마아!!!

씬57. 정우 회사 회의실

현수, 경 있고. 배우 사진들 펼쳐져 있다. 대본 4개 있고.

현 수   주연배우 빼구 조연들두 리스트 업 했지?

경   어어.

준 하   (들어온다. 성질나는) 아 진짜! 아 열받아?

현 수   왜?

준 하   정우 형 이상해졌어. 멘탈 나갔나 봐. 형이 나한테 이럼 안 되지.

현 수   카메라 안 된대?

준 하   안 된대. 니가 가서 좀 말해봐라. 아니다. 니 얘기 했는데두 꿈쩍두 안 하 더라.

경   그럼 캐스팅은요? 최라준은? 홍아네가 가져가는 거예요?

씬58. 동 회사 회의실

홍아, 이복 있고. 배우 사진들 펼쳐져 있다. 최라준 사진을 이복이 내민다.

이 복   최라준네 대표랑 얘기했는데 다음 대본 봤음 좋겠다구 했어요.
홍 아   그럼 우리한테 승산이 있단 건가요?
이 복   여러 가지 조건 맞춰주면 될 거 같아. 해외 판권이나 MD 상품에 따른 지분.
홍 아   박 대표님이 해주면 되겠네요.
이 복   박 대표 잡는 거 지 작가지!
홍 아   제가 갔다 올게요. 다른 데 뺏길 순 없어요.

씬59. 정우 사무실 밖

홍아, 온다. 비서, 있다.

홍 아   대표님 계시죠?
비 서   오늘부터 미리 약속 잡지 않은 손님은 들이지 말라셨습니다.
홍 아   저 지홍아예요. (들어간다)

씬60. 정우 사무실 안

음악 흘러나오고. 회중시계 옆에 있고. 정우, 편한 자세로 휴식 취하고 있다. 태블릿 PC 있다.

홍 아   대표님!
정 우   (본다)
홍 아   휴식 중이신가 봐요. 이러구 계심 안 되는데.

정 우	지 작가야말루 이러구 있음 안 될 거 같은데요.
홍 아	최라준네 대표 만났는데 조건 맞춰주면 할 거 같아요. 들으셨어요?
정 우	(태블릿 PC 들어서 뉴스 보여준다. '한류스타 최라준, 스타 작가 김유경과 특급 만남 성사' '내년 5월 SBC 수목 미니시리즈')
홍 아	(놀라는)
정 우	최라준네 유명해요. 확실히 대답 안 하구 다음 대본 보구 결정하겠다 그러구 엿 먹이는 거!
홍 아	그럼 이제 어떡해요?
정 우	지 작간 지 작가 일에 충실하면 돼요. 앞으로 이런 식으루 떼쓰는 거 용납 안 해요.
홍 아	저한테 화나셨어요?
정 우	아뇨.
홍 아	근데 전하구 다르시잖아요.
정 우	엔터테인먼트란 게 남을 즐겁게 해주기 위해 상품을 만드는 거잖아요.
홍 아	그런데요?
정 우	정작 나한텐 내가 어떻게 했나! 이거죠! 이제 나가주세요. 음악 듣구 싶어요.
홍 아	진짜 적응 안 된다 대표님! 변하지 말아요 대표님! 변하는 거 싫어요. 제가 아는 오빠 생각난단 말예요.

씬61. 카페 — 밤

수정, 있다. 원준, 들어온다.

원 준	제가 늦은 거 아니죠?
수 정	안 늦었어요.
원 준	심야 영화 보러 가자니깐... 왜 안 돼요?
수 정	우리 이제 결정해야 되잖아요. 썸은 탈만큼 탔구.
원 준	무슨?... 아아? (그거 결정하고 사귀는 거구나. 이렇게 계속 만나는지 알았

다) 전 그냥 사귀는 건 줄 알았어요.

수 정 (미소)

원 준 썸 타자는 거 제 부담 덜어주려고 한 거잖아요. 저 수정 씨한테 잘하려구 했는데 모자랐어요?

수 정 아니 넘쳤어요.

원 준 다행이다.

수 정 그래서 안 사귈래요.

원 준 그런 말이 어딨어요?

수 정 저한테 엄청 노력하구 있잖아요. 수셰프 되기 위해 노력한 거처럼.

원 준 (보는)

수 정 좀 잘해주지 않아두 저절루 막 하는 거 있잖아요.

원 준 미안해요. 앞으론 잘해주지 않구 막 할게요.

수 정 (웃는)

원 준 (따라 웃는)

수 정 내가 이래서 수셰플 좋아했던 거예요. 하지만 역시 안 되겠어요. 홍아 씬.

원 준 (이 여자 또 날 위해서)......

수 정 전 굿스프 계속 다니구 싶은데. 수셰프님은 제가 있음 불편해요?

원 준 수정 씨가 불편하면 제가 관둘게요.

수 정 (손 내민다) 소믈리에 임수정입니다.

원 준 ....수셰프 최원준입니다.

씬62. 현수 집 앞 놀이터─밤

정선, 있다. 현수, 온다.

현 수 잠 안 자구 이 밤중에 웬일이야?

정 선 오늘 못 만났잖아.

현 수 어머니 만났었어.

정 선 알아. 엄마 땜에 쫓겨 나온 거야.

현 수   왜?

정 선   내 방 침댈 차지하구 집에 안 가겠대.

현 수   ....

정 선   엄마랑 한 공간에서 있는 거 숨 막혀.

현 수   (미소)

정 선   왜?

현 수   그럼 오늘 어디서 잘 거야?

정 선   지금부터 찾아봐야지.

현 수   우리 집은 경이 있어.

씬63. 정선 집 거실

영미, 잠이 안 오는지 눈뜨고 있다가 침대에서 나와서 자신의 가방에서
수면제를 찾아 먹는다. 한 알 먹으려다 두 알 먹는다.

씬64. 현수 집 현관/ 거실

현수, 정선과 살금살금 들어오고 있다. 경이 깨서 나오면 안 되니까. 현수,
손을 입에 갖다 대고 정선, 알았다는 듯. 가다가 뭘 건드려 큰 소리 난다.

경   (안에서 E) 언니! 안 자나?

현 수   (안에다) 이제 잘 거야. 나오지 마.

핸드폰 E 발신자 '엄마'

정 선   (받으려는데. 끊긴다)

현 수   (본다)

정 선   (이상한지 다시 영미한테 전화한다. 받을 수 없다는 안내음 E)

현 수	안 받으셔?
정 선	안 되겠다. 집에 가봐야 되겠어.
현 수	나두 갈게.
정 선	아냐. 우리 엄마 좋게 생각하잖아. 거기까지만 봐. (뛰는)
현 수	(걱정되는) 연락해.

씬65. 정선 집 거실

정선, 들어오는. 영미, 거실 바닥에 엎어져 있다. 자는지.

정 선	엄마! 엄마아! (하면서 흔드는 깨는. 업으려는데)
영 미	흔들지 마. (토악질이 올라온다) 어우! (하더니 정선 옷에 뱉는다.)
정 선	(어이없는)

점프 약간 시간 경과
영미, 누워 있고. 정선, 옆에 있다.

영 미	한 알 먹어야 되는데. 잠이 하두 안 와서 두 알 먹어서 이렇게 됐어.
정 선	잘했어.
영 미	너 힘들게 하기 싫어서. 전화하다 끊었어. 내가 혼자 어떻게든 해볼려구.
정 선	가지가지다 엄만! 전화할 땐 안 하구 안 할 땐 하구.
영 미	정선아! 난 진짜 고치구 싶어. 지겨워 이렇게 사는 거. 스물일곱 살 때까진 괜찮았었는데. 아냐 서른다섯까진 괜찮았어. 그치? 그때 엄마 기억하지?
정 선	기억해.
영 미	괜찮았지 그땐?
정 선	아니 최고였어 그땐!
영 미	....미안해. 미안해. (울고)
정 선	엄마가 행복했음 좋겠어. 내가 해줄 수 있음 해줬음 좋겠는데..나 갖곤 안

되잖아. (F.O)

씬66. 굿스프 라커룸―아침 (F.I)/ 정우 사무실 안

정선, 옷 갈아입고 있다. 핸드폰 E 발신자 '정우 형'

정 선   여보세요?

정 우   오늘 시간 되냐?

정 선   브레이크 타임 괜찮아.

정 우   이따 갈게. 애정관계보다 더 질긴 게 채무관계잖아. 오늘 채무관계 청산
하자.

씬67. 굿스프 홀

정우, 들어온다. 정선, 기다리고 있다.

정 우   난 내가 갖구 있는 것 중에 나보다 딴 사람이 더 어울릴 거 같음 내가 갖
구 있질 못해 잘. 그 사람 생각이 막 나서.

정 선   그 말은 지금 들어두 느끼해!

정 우   (피식) 너 오늘 나한테 한 대 맞아야 돼?

정 선   그럼 우리 둘 채무관계가 청산되는 거야?

정 우   일단 맞구 들을래? 듣구 맞을래?

정 선   듣구 안 맞을 수 있음 안 맞을래.

정 우   (어이없는)

정 선   (나도 어이없거든)

두 사람.... 서로 보는 데서.

19부

37

그 사랑에 내가 졌다

38

지켜줄 거야

씬1. 굿스프 홀 — 낮

18부에 이어

정우, 정선과 서 있다.

정 우   너 오늘 나한테 한 대 맞아야 돼?

정 선   그럼 우리 둘 채무관계가 청산되는 거야?

정 우   일단 맞구 들을래? 듣구 맞을래?

정 선   듣구 안 맞을 수 있음 안 맞을래.

정 우   (어이없는)

정 선   (나도 어이없거든)

정 우   너 내 생일두 모르더라.

정 선   생일 빵 맞은 거 돌려 받을려구?

정 우   (알았어?)

정 선   이번 서른아홉 생일은 평생 기억에 남게 해줬잖아. 나두 형 생일은 못 잊을 거야.

정 우   (손 내민다)

정 선   (손 잡는다)

씬2. 굿스프 테라스

정우, 정선과 있다.

정 우   내가 왜 널 좋아했는지 알아?

정 선   난 형이 거절당해두 상처받지 않는 거 보면서 존경했어.

정 우   흔들리지 않아서. 한 번 흔들구 싶었어. 흔들리면 변할 수두 있다구 생각
         했어.

정 선   이전보다 더 내가 된 거 같아.

정 우   원래 그런 거야. 흔들려서 더 잘되거나 흔들려서 더 망하거나.

정 선   내가 사랑하는 실체들이 뭔지 끝까지 가봤어.

정 우   현수/ 나한테 흔들린 적 한 번두 없어. 축하한다!

정 선   (보는)

정 우   널 선택했구 그 사랑에 내가 졌다.

         타이틀 오른다.

씬3. 현수 집 거실

         현수, 외출 준비 끝내고 나오고 있고. 경, 자료 정리하고 있다.

현 수   이따 회사에서 만나. 난 어머니 뵙구 거기서 바로 갈게.

경   어 머 니!

현 수   (겸연쩍은) 내가 말해놓구두 낯설어!

경   낯설면 그만 멈춰 언니. 아직 결혼두 안 했는데 너무 깊게 들어가는 거
         아냐?

현 수   내일 일은 모르지만 지금은 마음 가는 대로 할 거야.

씬4. 굿스프 안

         정선, 있고, 현수 들어온다.

정 선	웬일이야?
현 수	웬일이야? 그러구 갔음 어머니 어떻게 됐는지 말해줘야 되잖아.
정 선	어떻게 말해야 될지 몰라서.
현 수	(보면서) 걱정했어. 어머니한테 먼저 전화하는 거 망설였어. 자기 싫어할까 봐.
정 선	내가 아직 서툴러. 걱정 끼칠까 봐 망설이다가 이렇게 됐어. 망설였던 마음두 말하면서 전화해야 됐었어.
현 수	(미소) 그래서 내가 어머니께 전화했어. 자기한테 물어보면 채근하는 거 같아서. 잘했지?
정 선	잘했어.
현 수	진작 이랬음 안 싸우구 좋았을 텐데.
정 선	싸웠으니까 이렇게 됐잖아.
현 수	헤어져 있는 5년과 헤어져 있는 2주일 고통의 무게가 2주일이 더 컸으니까.
정 선	(현수를 끌어당겨 안는다)

씬5. 정선 집 거실

영미, 차 만들어 마시고 있다. 현관벨 E 현수다. 영미, 문 열어준다.

현 수	안녕하세요?
영 미	넌 그런 인산 볼 때마다 할 거니?
현 수	식사는 하셨어요?
영 미	먹었어. 기분 전환하구 싶어.
현 수	뭘 하면 기분 전환이 되는데요?
영 미	같이 해줄 수 있어?
현 수	2시간은 가능해요.

씬6. 백화점 의류 매장 안

　　　　영미, 옷을 고르고 있다. 대본다. 현수, 영미가 고른 옷 가격표 보고 있다.
　　　　현수, 입이 쩍 벌어지는.

현　수　　어머니 이거 다 사실 거예요?
영　미　　(직원이 현수가 어머니라고 얘기한 거 들을까 봐) 너어 사람들 앞에선 언
　　　　　니라구 불러.
현　수　　네 언니! (사람들 들으라는 듯. 영미에게) 언니이!
직　원　　(오는. 자기 부르는 줄 알고) 다 고르셨어요?
영　미　　아직 안 골랐어요. 옷이 예쁜 게 없다. 요번 시즌엔 별루다 디자인이. 가
　　　　　자.
현　수　　네 언니! (하면서 따라 나가는)
영　미　　(시키는 대로 잘도 한다. 언니라고)

씬7. 동 밖

　　　　영미, 현수와 걷고 있다. 영미, 런웨이처럼. 그 옆에 현수. 지나가는 남자
　　　　들이 두 사람 본다.

영　미　　(그 시선 알고 있다) 저 남자들이 나 본 거 봤니?
현　수　　네 어머니 보는 거 맞아요.
영　미　　그치! 이놈의 인기는 식질 않는다 식질 않아. (하면서 사실 씁쓸하다)
현　수　　어머니랑 같이 다니면 좋아요. 너무 예뻐서.
영　미　　너두 예뻐! (가는)
현　수　　(따라가는) 이제 들어가시게요?
영　미　　즐겁지가 않아 쇼핑이.
현　수　　……

씬8. 굿스프 홀

블로거와 동행 들어온다. 수정, 맞이한다.

수 정 오셨어요?
블로거 전에 좋아서 또 왔어요.
수 정 네. (안내하는)
블로거 요새 손님 더 늘지 않았어요? 내가 글 좋게 올렸어요.
수 정 네 감사합니다.
블로거 다른 덴 그렇게 해줌 여러 가지 잘 챙겨줘요.

블로거와 일행 앉는다.

씬9. 굿스프 주방

서비스 타임이다. 다 일하고 있고. 정선, 빠스에서 플레이팅하고 있다. 오더지 나온다.

정 선 (플레이팅 마치고 콜벨 누른 후, 오더지 뽑아서 보며) 런치 둘 추가! 하성! 세비체 아직이야?
하 성 지금 나가요!

수정, 들어온다.

수 정 지금 오더 들어간 거, 저번에 온 블로거예요. 음식값 안 내고 간. 어떻게 할까요?
정 선 원칙대로 해요.

핸드폰 E

씬10. 굿스프 홀 카운터/ 미나 집 거실

수정, 전화 받는다.

수 정   네 굿스프입니다.

미 나   내일 예약 좀 하구 싶은데요. 두 사람이요.

수 정   죄송한데요. 내일은 쉬는 날이구요. (예약자 명단 보고) 다음 주까진 예약이 되는 시간이 없는데요.

미 나   아아 그래요? 사실은 제가 온정선 셰프한테 인사드릴 일이 있어서. 거기서 식사하려던 거였거든요.

수 정   아 그러세요? 성함이 어떻게 되세요?

씬11. 굿스프 주방

정선, 있고. 다들 각자 일.

수 정   (들어와서, 정선에게 메모 준다. 박미나 000-0000-0000) 이현수 작가님 어머님이신데요.

정 선   (메모 받는다)

씬12. 굿스프 냉장고 안 / 미나 집 거실

정선, 메모지에 있는 전화번호로 전화한다. 미나에게. 신호음 떨어지고 받는다.

미 나   여보세요?

정 선   안녕하세요? 온정선입니다.

미 나   아아 온 셰프.

정 선	건강은 좀 어떠세요?
미 나	괜찮아요. 덕분에.
정 선	언제 몇 분이 오실 건지 말씀해주시면 자릴 만들어볼게요.
미 나	온 셰프한테 감사 인사하구 싶어서 가려던 거였어요. 내일.
정 선	오세요 내일.

씬13. 정우 회사 로비/ 엘리베이터 앞/ 엘리베이터 안

현수, 뛰어온다. 엘리베이터 타려고 한다. 홍아, 엘리베이터 안에 타 있다.
문 열어준다. 현수, 홍아 보고 반색.

홍 아	늦었어?
현 수	어 좀.. 어머니하구 시간 좀 보내느라.
홍 아	어머니? (기막힌) 언닌 일 났니? 지금 정선이 어머니 만나구 다닐 때야?
현 수	하구 있어. 뭘 그렇게까지 무섭게 뭐라 그래?
홍 아	언니가 일을 최우선으루 하구 있어야 경쟁해서 이겨두 기분 좋잖아. 근데 이게 뭐야? 맥 빠지게. 남자한테 정신 팔려갖구! (사실 나도 정신 팔려 있 긴 하다) 정신 차려!!!
현 수	원준이 사랑한 거 아냐?
홍 아	(감정 오르면서) 여기 원준 오빠가 왜 나와?

엘리베이터 문 열린다.

씬14. 카페

현수, 홍아와 있다.

홍 아	수정 언니가 너무 멋있어. 어떻게 그러지. 난 정선이 좋아할 때 언니 미웠어.

현 수	....
홍 아	걔가 날 사랑하지 않는 게 언니 때문이라구 생각했어. 근데 있잖아. 수정 언닌 오로지 원준 오빠만 보구 직진해.
현 수	......
홍 아	나 원준 오빠 사랑하나 봐. 오빠가 좋은 여자랑 만나야 된단 마음이 들어.
현 수	사랑은 좋은 남자 여자가 만나서 하는 게 아니라 사랑하는 남자 여자가 하는 거야.
홍 아	나 대본 몇 개 썼는지 알아? 언니 대본 몇 개 썼니? 언니가 지금 사랑 얘기나 하구 그러구 있을 때야?
현 수	그럴 때야. 사랑하구 일하곤 같이 가는 거야. 계속 시행착오 중이지만.

씬15. 굿스프 홀 / 카운터

블로거 코스 다 끝났다. 블로거, 분명히 다른 거 있어야 되는데. 더 갖다 주길 바라는데 수정이 안 온다.

동 행	아무것두 안 챙겨주네. 여긴 니가 안 먹히나 부다.
블로거	그런 게 아니라 바쁘잖아. 전에 밥값두 안 받았잖아. 그게 쉽니? 나니까 해준 거지.
동 행	그냥 가자.

각자 짐 챙겨 나간다. 카운터를 지나치고 그냥 나가려고 하는데, 수정이 붙잡는다.

수 정	(정중하게) 손님! 계산하셔야죠.
블로거	(황당) 내가 누군지 몰라요?
수 정	압니다.
블로거	근데두 이러는 거예요?
수 정	오늘 드신 거랑 저번에 드신 식사값, 그리고 와인까지 총 합해서 50만 원

입니다. (빌지 내민다)

블로거   후회하지 않겠어요?

수 정   무슨 말씀인지 모르겠습니다.

블로거   곧 무슨 말인지 알게 해줄게요. (신용카드 준다)

씬16. 정우 회사 회의실 안

경, 준하 현수 있다. 테이블 위엔 배우들 깔려 있고.

현 수   스타 캐스팅하려구 힘 빼지 말구 배역에 맞구 정말 하구 싶단 배우로 가.

준 하   안 그래두 그렇게 가게 생겼다. 스케줄 되는 배우 체크해보니까.

경   홍아넨 민이복 감독님이 설민주 잡았대.

현 수   그 얘기 누구한테 들었어? 홍아 본인두 모르던데.

경   (준하 가리킨다)

현 수   오빤 뭐든 경한테 먼저 얘기하나 봐.

준 하   그런 건 아니구.

현 수   그렇게 하라구. 우리 경한테 먼저 얘기해. 난 경한테 들어두 되니까.

씬17. 정우 회사 회의실 안

홍아, 이복과 앉아 있다. 상류사회 대본 8부까지 놓여 있고.

이 복   부지런하다 지 작가. 대본을 8개나 썼네.

홍 아   남 일한 거 감탄만 하지 마시구 일 좀 제대루 하세요.

이 복   내가 설민주 잡은 거 얘기 못 들었어? 내가 다 얘기했는데.

홍 아   못 들었어요. 그 얘길 왜 제가 젤 나중에 들어야 돼요?

이 복   아 짜증 난다 진짜! 사사건건 하나하나 물구 늘어질 거예요?

홍 아   설민주 잡아오셨다구 너무 어깨에 힘 들어가신 거 아니에요?

이 복   나 믿구 들어오는 거야. 지 작가 대본이 아니라. 그럼 나한테 고마워해
        야지.
홍 아   알았어요. 고마워요.

씬18. 정우 회사 사무실 안

        정우, 있고. 설민주 매니저 대표 들어온다. 착한 스프 대본 들고 들어온다.

정 우   어서 오세요.
매니저   대본 잘 봤어요 대표님. 이현수 작가님 거 우리 민주 시키구 싶어요.
정 우   역시 김 대표님은 안목이 좋으세요.

씬19. 정우 회사 복도

        현수, 경, 준하, 오고 있다.

경   (준하에게) 대표님이 왜 부르시는 거예요?
준 하   캐스팅 얘기 한다잖아요. 못 들었어요?
경   들었는데. 감독님은 대표님하구 특별한 사이니까
준 하   (O.L) 형한테 이제 내 말이 안 먹힌다구요.
경   (O.L) 전에 먹힌 게 신기했다구요!
현 수   ……

씬20. 정우 사무실 안

        현수, 경, 준하 앉아 있고. 그 앞에 정우 있다. 현수, 정우 의식하지만 심정
        안 건들려 하고. 정우, 현수에게 부담 안 주려 하고.

정 우	좋은 소식이 있어. 설민주네 대표 좀 전에 왔다 갔어. 내가 그쪽에 착한 스프 대본 줬었거든.
준 하	근데?
정 우	연우 역 하겠대.
경	설민준 홍아 작품 하기루 했다는데요.
정 우	....
준 하	이복이 형이 캐스팅했다 그랬어.

문 열리며 이복과 홍아 들어온다.

이 복	이게 어떻게 된 거예요? 박 대표! 설민주한테 연락왔는데 자긴 내 거 하구 싶은데 대표가 착한 스프 했음 좋겠다구 했다던데.
홍 아	새치기한 거야? 언니! 아까랑 말이 다르잖아. 난 일에 목숨 걸었다구. 왜 남의 배울 빼가?
현 수	난 모르는 일이야.
홍 아	모르는 일이라구 하면 다 끝나? 대표님이 그럼 언니 잘되라구 설민주 갖다 준 거예요?
정 우	말 좀 가려합시다 지홍아 작가! 그럼 정리해보자면
홍 아	(O.L) 설민주 민 감독님이 잡아온 내 배우예요.
정 우	아직 계약서에 도장 안 찍었구 대표가 착한 스프 시키구 싶어 하니까
홍 아	(O.L) 설민주 정도 됐는데 왜 매니저 말을 듣겠어요?
정 우	설민주가 예전 설민주가 아니에요. 몇 번 실패했어요. 혼자 결정할 수 없어요.
이 복	본인두 그렇게 말하면서 한발 빼더라구! 박 대표 이럼 곤란해. 우릴 밀어야지. 배우가 하구 싶다잖아. 결국 배우가 하구 싶은 걸 해야 잘되는 거잖아.
정 우	꼭 그렇진 않죠!
현 수	우린 설민주 연우 역에 생각 안 하구 있었어요.
정 우	(보는) 설민주 연우 역에두 잘 맞아. 왜 생각 안 해봤어? 캐스팅 너무 나이브하게 하구 있는 거 아냐?

현 수	스타 캐스팅보단 역할 잘 맞구 연기 잘하는 배우 하기루 가닥 정했어요.
홍 아	잘했어 언니. 난 언니가 결정한 건 끝까지 밀구 나가는 거 알아.
정 우	이현수 작가가 결정한다구 결정되는 건 아니죠. 우리 모두 합의가 필요하구 최종 결정은 제가 할게요.
준 하	우린 캐스팅보단 카메라 해줘.
정 우	그건 얘기 끝났다. 자 여러분들 결정했어요.
일 동	(보는)

씬21. 정우 사무실 밖 복도

홍아, 이복과 걸어오고 있다. 뒤에 현수와 준하, 경 나온다.

홍 아	앗싸! 감독님 잘했어요.
이 복	오랜만에 칭찬 들으니까 좋네. 지 작가 우리 잘해보자 진짜!
홍 아	진짜 잘해보자구요! 지금 잘하구 있는데 감독님 그러시면 김새잖아요. (가는)
이 복	파이팅하자는데 진짜 이럴 거야! 나한테 막 하는 거 알아? 나 민이복이야. (따라가며)
경	민 감독님은 언니한텐 개난릴치더니. 홍아한텐 꼼짝 못 하네. 저게 감독하구 작가야? 주인하구 강아지지!
현 수	(웃는) 그러게. 민 감독님 쩔쩔매는 거 보니까 귀엽다. 저런 사람이었어?
준 하	다 상대적인 거야 사람은. 나하구 황보 작가 봐. 내가 어디 가서 꿀릴 사람이냐?
현 수	꿀릴 사람이야.
경	언니 엄지 척!
준 하	둘이 막 날 놀려먹구!
현 수	제발 두 사람 사귀거나 안 사귀거나 둘 중 하나 하면 안 돼? 보는 사람 기빨려.
준하·경	(동시에) 사겨! 안 사겨!

현 수   어이구! 의견 일치 언제 보나!

씬22. 정우 사무실 안

비서, 케이크와 와인 들고 들어온다. 정우, 있다.

비 서   (케이크 상자 놓는다.) 온정선 셰프님께서 보내셨습니다. (나가는)
정 우   (케이크 상자 위에 카드 펼쳐본다. 늦었지만 39번째 생일 축하해. 이름에
        온 달고 있는 온정선.)
정 선   (E) 늦었지만 39번째 생일 축하해. 이름에 온 달고 있는 온정선.

정우, 상자를 연다. 쇼콜라 케이크. 정우, 손가락으로 초콜릿 찍러 먹어본다.

씬23. 정선 집 거실 — 밤

정선, 전화 목록에서 현수를 찾아 통화 버튼을 누른다. 신호음 떨어지고.

씬24. 정우 회사 회의실 안/ 정선 집 거실

현수, 대본 쓰고 있다. 5부 초고. 경, 자료 조사한 거 정리하고 있고. 준하,
캐스팅 할 배우 리스트 업하고 있다. 리스트 업하면서 경한테 보여주고
물어보기도 한다. 핸드폰 E 진동. '정선 씨 하트'

현 수   (핸드폰 들고 구석으로 가는. 나지막이) 어 정선 씨!
정 선   뭐 해?
현 수   일해. 너무 바빠. 다음 주까지 캐스팅 마무리 짓구 다다음 주에 대본 리딩
        이야.

정 선	밥은?
현 수	대충.
정 선	그럼 오늘 못 만나?
현 수	어어. 여기서 밤샐지두 모르구 새벽까지 있을지두 몰라.
정 선	밥은 먹자 인간적으루. 대충은 아니다.

씬25. 정우 회의실 복도―밤

현수, 뛰어 나온다. 정선, 손에 쇼핑백 들고 있다.

정 선	응원 왔어!
현 수	잘 왔어. 근데 한 시간 정도밖에 시간 없어.
정 선	그 정도면 충분해.

씬26. 동 회의실

현수, 정선과 밥 먹는.

현 수	어머닌 뭐 하구 계셔?
정 선	집에 갔어. 아무래두 불편하지. 나랑 있는 거.
현 수	내가 볼 땐 어머님이 편안해져야 정선 씨가 편안해질 거 같아. 어머닌 우리하구 함께 가야 될 사람이잖아.
정 선	(뭉클) 우리?
현 수	어 우리! 오늘 어머니랑 같이 다녀보니까 패션 센스두 있구 여러모로 감각이 좋더라구.
정 선	만드는 거 잘해. 음식두 잘하구. 꽃꽂이두 잘하구. 옷두 잘 만들어.
현 수	그중에서 꽃꽂이가 젤 가능성이 높다.
정 선	무슨 가능성?

현 수	자기 일하심 좋을 거 같아서. 아깝잖아 재능이.
정 선	근데 있잖아. 사람은 변하기 어렵잖아. 우리두 그랬잖아. 얼마나 그리워하다 만났는데 결국 서로 잠깐 손 났었잖아.
현 수	대신 시간을 엄청 단축했잖아. 어머니두 하실 수 있어.
정 선	(미소) 밥이나 먹어.
현 수	(미소) 듣기 싫구나.
정 선	내일 어머니 오신대 굿스프루.
현 수	얘기 들었어 같이 갈게.

씬27. 정우 회사 회의실 안

경, 엎드려 있다. 준하, 앞에서 마주 엎드려 앉아 있다.

경	왜 따라 해요?
준 하	난 내가 하구 싶은 대루 한 건데.
경	내가 왜 좋아요? 안경두 쓰구 취향두 아닌데
준 하	모르겠어요.
경	왜 몰라요? 난 아는데.
준 하	나두 모르는 걸 황보 작가가 어떻게 알아?
경	치명적으루 예쁘니까
준 하	(정신 바짝 차리며. 일어나며) 에이 씨! 그딴 거 하지 마. 예쁜 건 아냐.
경	난 그런 이유루 날 좋아하는 게 좋아요. 딱 겉만 보구 좋아하는 거잖아. 그게 젤 계산 없는 거 같아.
준 하	무조건적인 사랑 받구 싶어요? 이제 봤더니 황보 작가 애기구나.
경	(일어나며) 뭔 소리예요?
준 하	난 결혼했다 이혼했어. 그게 뭘 뜻하냐면 노력했단 거야. 상처받아두 사랑이란 걸 해보겠다.
경	.....
준 하	황보 작간 썸만 탈려구 해. 평생 단것만 먹을래? (나가는)

씬28. 정우 회사 회의실 복도

준하, 나오고. 그 뒤에 경.

경   그래두 사귀구 싶진 않아요.
준 하   (뒤돌며) 맘대루 해.
경   (옆에 와서 서며) 배고파졌어요. 밥 먹어요.
준 하   (어이없는) 참 이상하게 연애하자구 하는구나. 알았어. 우린 사귀지 않구
        썸만 타. 그러면서 밥 먹어.

씬29. 카페

홍아, 있다. 수정, 들어온다. 수정, 들어와 앉는다.

홍 아   만나자구 해서 놀랐어요?
수 정   네 좀 의외였어요.
홍 아   원준 오빠 잘 지내요?
수 정   그걸 왜 저한테 물어요? 직접 연락하면 되잖아요.
홍 아   원준 오빠한테 잘해주세요. 그 오빠 저 만나면서 맘고생 엄청 많이 했
        어요.
수 정   알아요. 옆에서 근 1년 봤어요.
홍 아   이제부터 옆에서 추근대지 않을게요. 저 인제 신경 안 써두 돼요.
수 정   수셰프님하구 썸 끝냈어요.
홍 아   ....
수 정   홍아 씨 사고 났단 전화받구 수셰프가 정신없이 뛰어나갔어요. 조금만 생
        각해보면 홍아 씨가 거짓말한 거 알 수 있잖아요.
홍 아   그게 무슨 뜻이에요?
수 정   가르쳐줘야 돼요?
홍 아   ......

수 정 　영점일프로라두 다쳤을까 봐 뛴 거잖아요. 거짓말이건 아니건. 생각나는
　　　　과거 있을 수 있지만 그 사람한테 달려가는 건 현재예요.

씬30. 굿스프 앞

　　　　원준, 굿스프 문 닫는다. 홍아. 온다.

홍 아 　오빠?
원 준 　(보는) 어.
홍 아 　아직두 화났어?
원 준 　됐어 안 다쳤으니까.
홍 아 　차 한 잔 할래?
원 준 　아니 집에 가서 쉴래.
홍 아 　내가 마시자구 하는데두?
원 준 　피곤해. (가는)
홍 아 　(남는)

씬31. 굿스프 주방―낮 (F.I)

　　　　정선, 미나에게 줄 요리 플레이팅한다. 현수, 들어온다.

현 수 　우리 왔어. 되게 맛있게 생겼다.
정 선 　가서 인사드려야지.

씬32. 굿스프 홀

　　　　정선 미나 현수, 차 마시고 있다. 식사 다 하고.

미 나	늦었지만 축하해요. 미슐랭.
정 선	감사합니다.
미 나	맨날 얻어먹기만 해서. 나중에 우리 집에 초대할게요.
현 수	(쇼핑백 내민다.) 이거 엄마 선물.
미 나	장갑하구 핸드크림이에요. 아무래두 물일을 많이 하니까 손을 아껴줘야 될 거 같아서.
정 선	(받으며) 꼭 필요한 거였어요.

문 열리며, 영미 들어온다. 손엔 꽃 한 아름.

영 미	어?
현 수	어머니! 오셨어요? (하면서 가서 꽃 든다)
영 미	어어. 너 와 있었구나.
미 나	(어머 쟤 좀 봐. 되게 싹싹하다)
현 수	꽃 너무 예뻐요.
영 미	오랜만에 솜씨 좀 발휘하려구 기분 전환두 할 겸.
정 선	엄마!
영 미	어 아들!
정 선	현수 씨 어머니 와 계시잖아.
영 미	알았어. 다 보여. (미나에게) 안녕하세요? 편찮으셨다구 들었는데 지금은 좋아 보이시네요.
미 나	네. 온 셰프에게 병원에 입원해 있는 동안 신세 많이 졌어요.
정 선	제가 할 수 있는 거 했어요. 신세 아니에요.
영 미	(보고. 어머. 왜 저렇게 나긋나긋해? 나한텐 아니면서) 나두 차 한 잔 줘.

씬33. 굿스프 주방

현수, 정선과 같이 있다. 현수, 차 만들고. 정선, 과일 놓는.

정 선	왜 따라 들어와서 일하는 척 해?
현 수	어어. 알았어? 두 분 사이에 나만 있는 건 불공평하잖아. 같이 해.

씬34. 굿스프 홀

영미와 미나, 앉아 있다. 미나, 차 마시고.

영 미	오늘은 부부 동반으루 안 오셨네요.
미 나	학교 가야 돼서. 제 간호하느라 연찰 다 썼거든요.
영 미	근데 간호는 간병인이 더 편하다던데 다들... 아니신가 봐요.
미 나	남편하구 저하곤 서루 가장 친한 친구예요. 남편이 젤 편해요. 오늘은 피앙세 분이랑 왜 안 오셨어요?
영 미	그 피앙세 날라갔어요.
미 나	날라가다뇨?
영 미	원래 새들이 날라다니잖아요.
미 나	피앙세는 새가 아니라 약혼자란 뜻 아니에요?
영 미	그건 직역이구 제가 인생을 나름 파란만장하게 살면서 정리해났거든요. 새들은 날아다녀야 정상이니까 날아갈 때 잡지 않는다.
미 나	아 네에. 굉장히 심오하시네요. 이해돼요.
영 미	다행이네요 이해해주신다니.
미 나	그 정도는 하죠. 온 셰픈 온화하구 따뜻해 보여요.
영 미	제가 온화하단 말 많이 들어요. 현순 누구 닮은 거예요? 성격이 참 좋던데
미 나	(난 나쁘단 거야) 물론 절 닮았죠.
영 미	그러시구나. 현수가 우리 정선일 어찌나 좋아하는지
미 나	(O.L) 알아요 같이 살자구 먼저 한 거.
영 미	같이 살자 그랬어요? 그건 몰랐네.
미 나	모르셨어요? 전 아시는 줄 알구.
영 미	같이 살자구 했는데 왜 안 살았어요?
미 나	온 셰픈 차 말구 다른 것두 줄 건가 봐요.

정선과 현수, 나온다. 차와 과일 들고.

현 수　자 맛있는 차가 오구 있습니다. (하면서 차 놓고)

정 선　(미나에게) 더 드시구 싶으신 거 있음 말씀하세요.

미 나　아니 많이 먹었어요.

영 미　우리 애가 이렇게 다정다감해요. 어디 내놔두 빠지지 않는 일등 신랑감이
　　　　에요. 정선 아빠 치과 의사예요.

미 나　(미소) 네에. 좋은 직업을 갖구 계시네요.

씬35. 정우 사무실 밖 비서실

정우, 오고 있다. 안으로 들어가려고. 직원, 정우 보고.

직 원　온 셰프님 태양 전자 냉장고 광고 계약서 검토 끝났습니다. 그 외 여러 계
　　　　약 건도 같이 정리했습니다.

정 우　책상에 갖다 놔요.

비 서　대표님! 자택 우편물이 다 반송돼서 왔는데요.

정 우　이사했어. 변경된 주소 줄게요. (들어간다)

씬36. 정우 사무실 안

정우, 책상에 올려 있는 서류를 본다. 정선이 준 와인. 카드도.

씬37. 굿스프 홀—밤

정선, 있다. 정우, 들어온다. 서류 들고.

정 선	마실 거 줘?
정 우	아니. 앉아! (앉는)
정 선	(앉는)
정 우	(서류 내민다) 냉장고 지면 광고 계약서야. 법무팀에서 검토 끝냈으니까. 읽어봐. 문제 없음 계약 진행한다.
정 선	(받으며) 어.
정 우	너한테 들어온 제안 중에 내가 추천하구 싶은 건. 특강이야.
정 선	특강?
정 우	JK에서 방송하는 토크쇼ㄴ데 청소년 대상이야. 니 성공 사례가 좋은 영향력 두 끼칠 수 있구. 니 이미지 제곤 물론 굿스프에두 좋을 거야.
정 선	요리 프로 아닌 건 맘에 든다.
정 우	그럼 긍정적인 걸로 알구 진행하라 할게. (일어나는)
정 선	어디루 가?
정 우	집.
정 선	요즘두 밥 혼자 먹어?
정 우	습관인데 어디 가겠냐?

씬38. 부암동 집

정우, 들어온다. 냉장고에서 물 꺼내 마신다. 소파에 앉는다. TV 튼다.

씬39. 미나 집 거실

민재, 들어온다. 미나, 맞이한다.

미 나	다녀오셨어요?
민 재	오늘 숙젠 잘했어?
미 나	어 온 셰프 만났구 우연인지 운명인지 온 셰프 어머니두 만났어.

민 재	현수는?
미 나	현수는 그 집 딸 같아. 나보다 온셉 어머닐 더 챙겨.
민 재	당연히 더 챙겨야지. 두 사람 결혼까지 갈 거 같아?
미 나	나일 생각하믄 당연히 가야 되는데. 가족사 복잡한 거 같던데. 그거 생각함 연애만 줄창 함 좋겠다 싶구.

씬40. 정선 집 거실

영미, 꽃꽂이했다. 현수, 옆에서 도와주고 있었다.

현 수	어떻게 이런 조화를 만들어내죠?
영 미	내가 원래 이런 데 감각이 있어. 어머닌 잘 가셨지?
현 수	네 택시 타구 가시는 거까지 봤어요. 두 번째 물어보시는 거예요.
영 미	니가 어머니 안 따라 가구 여기 남아서 좋아서.
현 수	(미소) 어른한테 이런 말씀 드리는 게 좀 그런데.. 사랑스러운 성격 같아요.
영 미	그건 니가 아직 내 성격을 다 못 봐서 그런 거야.
현 수	(또 칭찬) 어머닌 패션 감각이 참 뛰어난 거 같아요. 악세사리 옷 신발 다 발란스가 맞아요.
영 미	넌 말을 참 이쁘게 한다.
현 수	말만 이쁘게 해요?
영 미	자기 일 갖구 자기 이름루 사는 것두 괜찮아.
현 수	어머니두 하심 되잖아요.
영 미	내가 지금 뭘 하니? 남의 밑에서 일하는 거 못해.
현 수	그럼 차리심 되잖아요.
영 미	(그런 생각 한 적도 있다.)

비밀번호 누르는 소리 들리고. 정선 들어온다.

정 선	아직 안 갔네. 바쁘다구 금방 갈 거처럼 그래서. 없을 줄 알았어.

영 미	정선아! 엄마 꽃가게 차림 어때?
정 선	갑자기 그게 무슨 말이야?
영 미	갑자기 아냐. 나두 가게 하나 차려보면 어떨까 계속 생각은 하구 있었어. 언제까지 너한테 얹혀 지낼 순 없잖아. 현수두 그랬어. 차림 잘할 거 같다구.
현 수	(눈치 보고) 네.
정 선	장사 아무나 해? 엄마가 무슨 장사야? 괜히 차렸다 망해서 더 힘들게 하지 말구 가만있어.
영 미	가만있어? 엄마 죽었어? 죽은 듯이 가만있어?
현 수	(두 모자 사이에 살얼음) 저기... 어머니 전 가보겠습니다. 나중에 봬요.
영 미	어떻게 남인 현수두 믿는데 자식인 니가 왜 날 못 믿어?
정 선	(현수 있으니까. 말을 말자) 나중에 얘기해.
영 미	현수 앞이라 쪽팔린 거야? 이런 얘기하는 거?
정 선	......
현 수	안녕히 계세요.
영 미	(정선에게) 쟤 데려다줘.

씬41. 굿스프 앞

현수, 걸어오고 있다. 정선, 옆에 있다.

현 수	화났어?
정 선	좀 속상해. 우리 엄만 왜 저러지.
현 수	어머니두 사셔야 되잖아.
정 선	지금까진 산 게 아닌가.
현 수	어머니 자신보다 남을 위해 사셨잖아. 이제라두 뭘 해보려구 하면 응원해 줘야 하는 거 아냐?
정 선	응원하기가 어려워.
현 수	아들과 엄마가 아니라 아빠와 딸 같아. 아빠가 딸 독립하구 싶다는데 걱

정돼서 말리는 거 같아. 아빠가 다 해줄 테니까 넌 집에 있어.

정 선 우리 엄마가 장사해본 적 없을 거 같아? 있어. 잘 속구 남한테 돈두 잘 꾸는 만큼 잘 꿔줘. 십중팔구 망해.

현 수 이번엔 안 망해. 거래처 확실한 데 있는데 왜 망해?

정 선 확실한 거래처가 어딘데?

현 수 굿스프! 내가 굿스프 취재한 거 잊었어? 속속들이 안다구. 테이블에 올리는 꽃. 지금 수정 씨가 도맡아 하잖아. 수정 씨 일 너무 많아.

정 선 ……

현 수 어머니 스스로 설 수 있게 도와줘야 해. 어머니가 행복해야 정선 씨 맘이 편하잖아.

정 선 ……

현 수 어머니 연세에 가만히 있으라는 건 좀 잔인하지 않아?

씬42. 정선 집 거실

정선, 들어온다. 영미 없다. 꽃바구니에 쪽지 있다. '그동안 산 날루 앞으루 살 날 정해놓지 마'

영 미 (E) 그동안 산 날루 앞으루 살 날 정해놓지 마.

정선, 쪽지 보고. 현관벨 E

씬43. 현수 집 현관

현수, 문 열어준다. 정선, 있다. 장갑 낀 손을 들고 있다.

정 선 어머님한테 받은 선물!

현 수 예쁘네. 좀 전에 데려다주구 또 왔네.

정 선	자꾸 보구 싶네.
현 수	들어와.
정 선	황보 작가님은?
경	(문 열고 인사만) 전 방에 계속 있을게요.
현 수	정선 씨두 바루 갈 거야.
정 선	나 바루 가?
현 수	다음 주에 리딩이야. 대본 이번 주까지 4부 수정해야 돼.
정 선	근데 오늘 저녁 시간 풀루 다 우리 엄마한테 쓴 거야?
현 수	그렇다구 볼 수 있지!
정 선	(손 잡는다)
현 수	(본다)
정 선	작은 걸음이지만 한 발짝 나갔다 누구 땜에.
현 수	고마워 와줘서.
정 선	내 핸드폰에 현수 씨가 뭐라구 저장되어 있는 줄 알아?
현 수	뭐라구 저장되어 있어?
정 선	이현수!
현 수	아직두 이현수야?
정 선	세상 끝까지 이현수 자신을 잃지 않게 지켜줄 거야.
현 수	그런 깊은 뜻이 있는 거구나 이현수가!

씬44. 현수 집 현수 방

현수, 자신의 핸드폰에서 정선의 저장 이름을 본다. '정선 씨 하트'

현 수	(N) 그때 알았다. 정선 씨와 난 서로를 사랑하는 방식이 달랐다. (F.O)

씬45. 정우 회사 로비 (F.I) ─ 아침

정우, 들어온다. 비서, 옆에 있다.

비 서   오늘 2시 이현수 작가님 '착한 스프는 전화를 받지 않는다' 대본 리딩입
         니다.
정 우   알고 있어.
비 서   5시 지홍아 작가님 상류사회 대본 리딩입니다.

씬46. 현수 집 앞

정선, 차 옆에서 기다리고 있다. 현수와 경, 나온다.

현 수   안 와도 되는데. 와주니까 너무 좋습니다.
정 선   좋아하니까 좋습니다.
경   셰프님 되게 좋으신가부다. 셰프님 드라마가 아니라 언니 드라마 대본 리
         딩이거든요.
정 선   그러니까 더 좋습니다.

씬47. 도로 정선 자동차 안

정선, 운전하고 있고, 현수, 조수석. 뒷좌석에 경.

경   이러니까 여수 생각난다. 우리 여수 멤버네요.
현 수   음악 좀 틀어줘.
정 선   그래. (트는)
현 수   꺼줘!
정 선   그래!

경	언니이!
현 수	왜? 나두 남친 놀이 좀 했다. 그때 부러웠거든.
경	칫! 오늘 언니 날이라 봐줬다.

일동 웃는.

씬48. 방송국 로비 앞

정우, 차 선다. 정우, 내린다. 준하, 있다.

| 준 하 | 혀엉!! |

씬49. 방송국 로비 안/ 일각

현수 정선 경, 들어선다. 핸드폰 E '김 감독님'

경	언니 김 감독님이네. 왔나 부다. (받는) 감독님 어디에요? (가는)
정 선	어디서 하는 거야?
현 수	2층일걸. 이리 와봐.

현수, 정선과 가는데. 그 시선으로. 정우, 있다. 현수 정선, 정우 본다. 정우, 현수와 정선 본다. 현수, 약간.. 정우.. 약간. 이렇게 마주칠 줄 몰랐다. 정선, 셋이 마주치자. 두 사람이 살짝 긴장한 거 같다. 일이다. 다가가는. 가까이 왔다.

정 우	(정선에게) 왔냐?
정 선	어.
현 수	대표님 오셨어요?

정 우   어 왔어?

직 원   (아이스 아메리카노 사갖고 오는) 대표님 여기!

정 우   (받는) 그럼 먼저 올라 가.

정 선   형은 안 올라가?

정 우   아 난.. 여기 잠깐 들른 거야. 지홍아 작가 리딩두 오늘이야. 가봐야 돼. 인
       사할 사람들한텐 다 했어.

현 수   홍아두 오늘 대본 리딩이에요?

정 우   어. 두 사람은 같은 날 붙어. 계속. 사람 곤란하게. (정선에게) 그럼 즐거
       운 시간 보내라.

정 선   어..

       정우, 가는. 직원 따라가는. 정선, 있고. 현수, 있고.

씬50. 동 회의실 앞

       준하, 경과 있다. 정선과 현수, 온다. 문에 착한 스프는 전화를 받지 않는
       다. 대본 리딩. 문 앞에 있던 배우, 현수에게 온다.

경   언니이! (하면서 팔짱을 낀다.)

배 우   (와서) 작가님!

현 수   안녕하세요? (인사하는)

배 우   대본 너무 재밌어요. (셋이 한편으로 가서 얘기하는)

준 하   정우 형 못 봤어요?

정 선   홍아 대본 리딩 간다구 갔어요.

준 하   건 또 뭔 소리야? 다섯 시 리딩을 왜 벌써 가?

정 선   ....

씬51. 도로 자동차 안/ 회의실 앞

정우, 뒷좌석에 있고. 핸드폰 E 발신자 '준하'

정 우 (받는) 왜?

준 하 안 들어오구 어디 갔어?

정 선 (옆에 있고)

정 우 회식 준비해놨으니까 리딩 끝나구 가서 먹어.

준 하 제작사 대표가 들어와 덕담 정돈해야 되잖아.

정 우 직원 보냈어. 나중에 얘기하자.

준 하 뭐야 이거! (안으로 들어가는)

현수 경과 오는.

정 선 나두 이제 갈게.

경 들어오셔두 돼요.

정 선 아뇨. 여기까지 제 임무 끝입니다.

현 수 그럼 난 내 임물 잠깐 하구 올게.

씬52. 동 로비

정선과 현수, 온다.

정 선 이제 들어가.

현 수 어어. 먼저 가. 가는 거 봐줄게.

정 선 알았어. 내가 가야 자기가 빨리 들어갈 수 있으니까. 간다. (간다)

현 수 (보는.)

씬53. 굿스프 홀

수정, 와인잔 닦고 있고. 원준, 온다. 같이 한다.

원 준   요즘 굿스프 너무 바빠서 같이 일하는데두 말두 별루 못 했어요.
수 정   제가 수셰프님한테 못할 짓 한 거 같아요.
원 준   그게 무슨 말이에요?
수 정   처음부터 알았어요. 수셰프님 마음은 움직일 수 없다는 거.
원 준   ....
수 정   착한 사람이니까 거절 못 할 거란 것두 알았어요. 수셰프님은 제가 결혼
        하자구 했음 결혼두 했을 사람이에요.
원 준   그건 아니에요. 결혼을 함부로 결정하진 않아요.
수 정   안정적인 상댈 선택하는 거라구 합리화했겠죠. 절 사랑하려구 노력한 거
        알아요.
원 준   ....
수 정   수셰프님 볼 때마다 미안하거든요. 저한테 미안해하니까 더 미안하구.
원 준   그럼 어떡해요?
수 정   마음에 있는 상대 만나세요. 그게 절 편하게 해주시는 거예요. (가는)
원 준   ....

씬54. JK 방송국 로비

홍아, 예쁘게 차려입고. 이복과 있다.

이 복   지 작간 무슨 작가가 이렇게 예뻐?
홍 아   좀 더 나가면 성희롱이에요.
이 복   아 진짜! 친해지자 좀! (뭔가 보고) 박 대표!

정우, 들어온다.

홍 아	대표님!!
정 우	축하해요 지 작가!
홍 아	감사합니다.
정 우	(이복에게) 왜 나와 계세요?
이 복	지 작가가 박 대표랑 같이 들어가야 된다구 기다렸어요.
홍 아	대표님 챙기는 건 저밖에 없죠!
정 우	그렇다구 치죠 오늘은! 갑시다!

홍아 이복 정우, 간다.

씬55. 굿스프 홀

정선, 들어온다. 원준, 있다. 테이블 닦고 있다.

원 준	왔어? 현수 누나 좋아했겠다. 대본 리딩두 봤어? 배우들두 봤냐?
정 선	한 가지씩 물어. 홍아두 오늘 리딩이래. 연락 없어?
원 준	아무리 홍아래두 연락하기 어려울 거다.
정 선	심하게 대했어?
원 준	어. 심하게 대했어. 다시 안 보구 싶어서.
정 선	안 보구 싶다구 안 보구 싶어져?
원 준	그러니까. 감출 수가 없나 봐. 사랑은 너무 못됐어. 마음대루 되질 않으니 딱 홍아 같아.

씬56. 정선 집 거실

정선, 정우가 준 계약서 꺼낸다. 본다.

씬57. 정우 사무실 안 — 밤

정선, 들어온다. 계약서 들고. 정우, 맞는다.

정 우   자주 본다. (인터폰 하려고 하면)

정 선   형이 내려준 커피 마시구 싶은데.

정 우   일 시키네 귀찮게. (그러면서 한다)

정 선   (서류 내밀며) CF. 계약할게. 약속 잡아줘.

정 우   알았어. 강연 컨셉 보내준 건 봤어?

정 선   봤어. 강연두 할게.

정 우   말 잘 들으니까 이상하다!

정 선   내가 원래 형 말은 잘 듣지 않았나!

정 우   (커피 준다) 잘 생각해봐.

정 선   (받으며) 안 들었네!

씬58. 동 테라스

정우와 정선, 서 있다. 커피 마신다.

정 선   나 지금 커피 마시면 잠 못 자.

정 우   근데 왜 마시냐?

정 선   형이 좋아하는 걸 같이 하구 싶어서!

정 우   야 인제 그거 하지 마. 느끼해서 오글거려!

정 선   (명함 정도 되는 크기. 종이 준다. 굿스프 프리패스.)

정 우   이게 뭐야? (보는)

정 선   언제든 와. 이제 예약하기 힘들어.

정 우   좀 오글거린다. 이거 만드는 거 상상하니까.

정 선   만들면서 오글거려 손발이 안 펴지긴 했어.

정 우   (미소)

씬59. 식당 밖

현수, 경, 준하 나오고. 회식 끝나고 나오는. 다들 취한 분위기.

경   대표님은 왜 그냥 가신 거예요?
준 하   몰라 그 형 속을 어떻게 알아? 짐작은 간다. (현수 보며)
현 수   (준하 보며) 뭘?
준 하   넌 뭐 이런 날 애인을 달구 오냐?
현 수   이런 날이니까 데려오지. 이런 날이니까 또 보구 싶다.
준 하   어우 야아!
경   언니이.
현 수   내가 그 남자한테 잘못한 게 많아. 그래서 그래.
경   언닌 사랑 시작하구 자기 반성 시간이 너무 많다. 또 뭐가 문젠데?

씬60. 현수 집 현수 방

현수, 들어온다. 페어리스타 본다. 물 준다. (flash back 7부 씬36. 정선, 겁나.. 한 번 밀어낸 여자가 두 번 못 밀어낼 리 없잖아. 현실은 언제나 빡세.)

현 수   (N) 그의 말대로 되었었다 결과적으론.

씬61. 정선 집 거실/ 현수 방

정선, 샤워하고 나왔다. 핸드폰 E 발신자 '이현수'

정 선   (받는) 어어.
현 수   잘 들어갔어?

정 선	당근이지. 뭐 하는지 궁금해서 전화했어?
현 수	아니. 내일 만나자구.
정 선	괜찮아? 이제 되게 바쁘지 않아?
현 수	바빠두 자긴 만날 거야. 할 말 있어. (F.O)

씬62. 굿스프 주방―아침 (F.I)

서비스 타임이다. 정선, 빠스에 있고. 바쁘게 돌아가는.

| 블로거 | (E) 미슐랭 원스타 굿스프엔 온정선 셰프가 없다 |

씬63. 블로거 방

블로거 글 쓰고 있다. 굿스프 2번째 방문. 미슐랭 원스타 굿스프엔 온정선 셰프가 없다. 스테이크 굽기 등 기본적인 실수들이 있었다.

| 블로거 | (E) 스테이크 굽기 등 기본적인 실수들이 있었다. |

씬64. 정우 사무실 안

정우, 있고. 직원 들어온다.

| 직 원 | 온정선 셰프님 일루 보고 드릴 게 있습니다. |

직원, 칼럼 쓴 걸 내민다. '미슐랭 원스타 굿스프엔 온정선 셰프가 없다'

| 정 우 | 파워블로거가 쓴 글이네. 글을 올렸어? |

직 원   아뇨. 아직. 근데 일간지 주말 칼럼 란에 실릴 글이에요.

정 우   이거 올라가면 굿스프에 타격 있어?

직 원   전에 알러지 사건 때 입은 데미지 정도두 가능해요.

정 우   후우.. 법무팀에 의뢰하구 블로거랑 미팅 잡아.

씬65. 현수 집 방

현수, 옷 이쁘게 입고. 립스틱 바른다. 엄지손가락엔 반지 끼고 있다.

씬66. 굿 스프 홀

브레이크 타임이다. 현수, 들어온다. 정선, 있다.

정 선   밥 먹었어?

현 수   먹었지 그럼.

정 선   그럼 우선 차 한 잔 줄까?

현 수   좋아.

씬67. 정우 회사 로비

정우, 나오고 있고. 직원, 있다.

정 우   법무팀은 뭐래?

직 원   합의가 제일 좋다구 하죠.

정 우   블로거 미팅은?

직 원   못 잡았어요. 완강해요.

정 우   굿스프루 가자 우선.

씬68. 굿스프 홀

정선과 현수, 차 마시고 있다.

현 수   어머닌 어떻게 하기루 했어?

정 선   만나서 얘기해야지. 현수 씨랑 엄마 얘기하니까 꼭 가족 같다.

현 수   그만큼 편하단 얘기야?

정 선   할 얘기 뭐야 왜 뜸 들여?

문 열리고, 정우 들어온다. 정우, 시선으로. 정선과 현수, 편안해 보인다.
내가 사랑하는 사람들이다. 정우, 온다.

정 선   프리패스 줬더니 진짜 막 오네. 지금 브레이크 타임이라 밥은 안 되는데.

정 우   지금 이 시간에 밥 먹으러 왔겠냐? (현수 보고) 넌 이 시간에 일 안 하구
        돌아다녀두 돼?

현 수   짬짬이 숨은 쉬어야 되잖아요.

정 선   작가가 회사 직원은 아닌데 너무 닦달하는 거 아냐?

정 우   넌 빠져라. 우리 둘 일이야. (현수에게) 둘 중에 하난 해야 돼. 시청률 아
        님 작품성!

현 수   네 명심할게요.

정 우   말은 잘한다. 가야겠다.

정 선   뭐야? 앉지두 않구 이러려면 왜 왔어? (하면서 일어나려는데)

정우, 정선 어깨에 손 얹고 앉히고. 현수의 어깨에 손을 가볍게 올린다.

정 우   오다가다 들렀으니까 신경 쓰지 말구. 니들 하던 거 해.

정우, 정선 현수 보곤. 뒤돌아 걸어 나온다.

정 선   (따라 나가려하며) 진짜 이렇게 갈 거야?

정우, 홀가분한 표정으로 뒤는 돌아보지 않고 손을 올려주고 나가는. 그런 정우 보는 정선과 현수.

씬69. 정선 집 거실

비밀번호 누르는 소리 들리고. 현수, 정선 들어온다.

정 선 서비스 타임 다 돼가니까 얘긴 여기서 하면 좋을 거 같아. 무슨 얘기할지 겁난다.

현 수 겁내지 마. 인간 이현수 자아 성찰 시간이니까. (소파에 앉는)

정 선 거창하다. (냉장고에서 맥주 꺼낸다)

현 수 우리가 앞으루 나아가려면 지난 시간에 대한 정리가 필요하잖아.

정 선 정리해야 앞으루 갈 수 있지. (맥주잔 부딪치는)

현 수 ....난 내가 자기보다 나이두 많구 나이만큼 경험두 많구. 사랑 받구 자랐구 사랑할 줄 안다구 생각했어.

정 선 사랑할 줄 아는 거 맞아.

현 수 근데 아니더라.

정 선 ....

현 수 내 핸드폰에 정선 씨가 뭐라구 저장되어 있었는지 알아?

정 선 (보는)

현 수 정선 씨 하트!

정 선 그게 어때서?

현 수 정선 씬 '이현수'였잖아. 정선 씬 날 사랑하면서두 날 있는 그대루 지켜주구 사랑하려구 했어.

정 선 ....

현 수 근데 난 사랑 그 자체 감정을 사랑한 거 같아. 불구덩이 속으루 뛰어드는 불나방이 사랑이라구! 죽어두 좋다구 생각했어.

정 선 그게 좋았어 난.

현 수 온정선이란 남잘 온정선일 수 있게 지켜주구 바라봐주구 기다려야 했었어.

정 선 ....

현 수 (반지 낀 손 내민다. 엄지손가락 올리고) 이거 받구 전에 나한테 줬던 반

지 줘. 반지가 무슨 의민지 알지!

정 선 (어이없는)

20부

39

새 사랑은

운명이 아닌 선택

40

우리 둘만의

사랑의 역사

씬1. 정선 집 거실

현수, 정선과 맥주 마시는.

현 수   근데 난 사랑 그 자체 감정을 사랑한 거 같아. 불구덩이 속으루 뛰어드는
         불나방이 사랑이라구! 죽어두 좋다구 생각했어.
정 선   그게 좋았어 난.
현 수   온정선이란 남잘 온정선일 수 있게 지켜주구 바라봐주구 기다려야 했
         었어.
정 선   ....
현 수   (반지 낀 손 내민다. 엄지손가락 올리고) 이거 받구 전에 나한테 췄던 반
         지 줘. 반지가 무슨 의민지 알지!
정 선   (어이없는)
현 수   (보는) 안 낄 거야?
정 선   낄거야.

         정선, 현수 엄지손가락에 있는 반지 뺀다. 정선, 반지를 약지로. 낀다. 현
         수, 들어가나 보는데 관심 있게 본다. 들어가다가 만다)

현 수   (안타까운 리액션) 안 맞네.
정 선   맞는 거야 이게.
현 수   안 맞잖아. 마디에 걸렸어.
정 선   요즘 마디에 걸치게 끼는 게 유행이야. 자기 모르는구나.

현 수	유행이래두 여기다 끼는 건 별루야.
정 선	(O.L 말리며) 안 별루야. 여기 낄 거야. (하면서 반지 낀 손 보여준다)

씬2. 보석상 (회상)

현수, 반지를 고르고 있다.

현 수	(장식 없는 링 반지 가리키며) 이거 제 엄지에 맞는 걸루 주세요.
직 원	(반지 준다)
현 수	(반지 엄지에 끼며) 그거 아세요? 여자 엄지에 맞는 반지가 남자 약지에 맞으면 천생연분이란 거!

씬3. 정선 집 거실 (현재) ─ 낮

현수, 소파에 기대 있고. 눈감고. 그 옆에 정선도 잠깐 휴식. 손잡고 있다. 정선, 약지 마디에 걸린 반지 끼고. 현수, 약지에 정선이 준 반지 끼고.

현 수	(N) 역시 내 사랑은 운명 아닌 선택이었다.

알람 E

정 선	(일어나야 된다. 알람 끄는)
현 수	서비스 타임이네. 내려가.
정 선	자긴 안 가? 여기서 더 잘래?
현 수	아니 갈래. (하면서 일어나는)
정 선	(현수의 손을 잡아 일으킨다.)

현수와 정선이 반지 낀 손. 타이틀 오른다.

씬4. 현수 집 거실

현수, 들어온다. 경, 맞이한다. 집이 작업실 분위기.

경   어머니 오셨다.

현 수   (보는) 엄마!

미 나   어! 어디 갔다 와?

현 수   정선 씨 잠깐 만나구 왔어.

미 나   바쁘다더니 데이튼 짬짬이 하는구나.

현 수   (와서 안으며) 엄마 보니까 좋다. 웬일이야?

미 나   반찬 좀 사갖구 왔어. 만들진 못해.

현 수   요즘 사 먹는 반찬두 맛있어.

미 나   엄마가 평생 일해서 부실하게 먹인 거 같아 미안해.

현 수   엄마 아프더니 좀 약해졌다.

미 나   달라지긴 했어. 아프기 전과 후가. 일 방해 안 하구 잠깐만 더 있다 갈게.

씬5. 굿스프 홀

영미, 들어온다. 수정, 맞는다.

수 정   오셨어요?

영 미   온 셰프 어딨어?

정 선   (온다. 올라가자는 손짓)

씬6. 정선 집 거실

정선과 영미 있다.

정 선	진지하게 물어볼게. 진짜 꽃집을 하구 싶어?
영 미	왔다 갔다 해. 되게 힘들 거잖아. 아침 일찍 일어나서 꽃시장 가야 되구
정 선	(O.L) 그럼 하지 마.
영 미	근데 또 하구 싶어. 이러구 살다 끝내면 안 되잖아.
정 선	좋아. 굿스프 당분간 엄마가 꽃 담당해. 그거 보구 손님들 반응 좋으면 내가 엄마한테 투자할게.
영 미	주는 거 아니구 투자야? 빚 갖구 시작하는 거 싫어.
정 선	아직 투자한다구두 안 했어. 사업 계획서두 내.
영 미	너 되게 빡빡하게 군다.
정 선	용돈 줄게 먹구 놀아.

씬7. 현수 집 거실/ 정선 집 거실

미나, 책 보고 있고. 현수, 대본 작업하고 있고. 핸드폰 E 현수, 보면 발신자 '정선 씨 어머니'

현 수	(받는) 네 어머니!
영 미	정선이가 꽃집 차려줄 거 같아. 사업 계획서 내라는데. 뭐부터 해야 될지 모르겠다.
현 수	우선 발루 뛰어야 돼요. 시장 조사.
영 미	발루 어딜 뛰니?
현 수	(웃는) 어디 계세요? (끊는)
미 나	(듣고 있다가 기막힌) 너 진짜 낯설다. 어떻게 어머니 소리가 그렇게 잘 나오니?
현 수	헤헤.
미 나	니 인생 니가 살겠다는데 엄만 할 말 없다. 지금까지 그랬듯이 널 지지해 주는 거밖에.
현 수	고마워.
미 나	내가 싫은 소리해봐야 너랑 나랑 사이만 안 좋아지니까 참는 거야.

현 수   그러니까 고맙다구.

씬8. 카페 안

정우, 직원과 함께 들어온다. 블로거 앉아 있다. 핸드폰 보고 있다. 직원, 정우를 블로거 자리로 안내한다. 블로거, 정우 본다.

직 원   온엔터 대표님이십니다.
블로거   제가 만나기루 한 분이 아닌데요.

씬9. 정선 집 거실

현수, A4 용지에 쓰고 있다. 옆에 영미 있다. 장소. 북촌. 월세. 꽃. 원자재. 태블릿 PC도. 현수, 태블릿 PC로 검색. 북촌 꽃집.

현 수   (태블릿 PC 보면서) 북촌에만 꽃집이 156개예요. 굿스프 근처에두 10개 정도 되는 거 같아요.
영 미   무슨 꽃집이 그렇게 많니?
현 수   여기서 살아남으셔야 돼요.
영 미   살아남는 건 잘한다 내가. 잘 살았는지는 항상 의문이지만.
현 수   그럼 됐어요 어머니. 이제부터 발품 파셔야 돼요. 이 근처 꽃집에선 어떤 꽃들 어떤 고객들을 대상으루 장사하구 있는지. 어머닌 어떤 컨셉을 잡으실 건지.
영 미   꽃이랑 원자재비용이 얼마나 들어갈지 알아봐야겠다. 그래야 한 달 유지 비용을 뽑을 수 있잖아.
현 수   그렇죠. (정리한 거 준다) 우선 기본적인 거 정리한 거예요.
영 미   (보는. 정리한 거 보는)
현 수   혼자 하실 수 있겠어요?

영 미	같이 다녀줄 수 있니?
현 수	하는 데까진 같이 할게요. 근데 제가 얼마 있음 방송이라 낼 수 있는 시간이 얼마 없어요.

씬10. 굿스프 홀

현수, 집에서 내려오고 있고. 정선, 카운터에서 수정과 말하고 있다가 현수 본다.

정 선	또 왔어?
현 수	어 어머니 뵈러. 이제 가서 일해야 돼. (수정과 정선에게 인사. 나간다)
정 선	(미안함과 감사함)

씬11. 굿스프 밖

현수, 자신의 차 주차한 곳으로 간다. 리모컨으로 문 열고. 정선, 따라 나온다. 정선, 현수의 팔을 잡아 잡는다.

정 선	두 사람 무슨 얘기 했어?
현 수	발품 파셔야 된다구 하니까 같이 다녔음 하시더라.
정 선	다니지 마. 시간 없잖아.
현 수	처음 하는 자기 사업인데. 옆에서 도와주면 정서적으론 안심되지 않을까. 내 시간 아껴주구 싶음 자기가 같이 다님 좋잖아.
정 선	나랑 엄마랑? 계속 싸울 거야.
현 수	싸워두 헤어질 수 없는 사이니까. 싸워두 된다구 봐.

씬12. 카페 안

정우와 블로거, 차 앞에 놓고 있다.

정 우 굿스프에 관련된 칼럼 잘 봤어요.

블로그 대표님이시면 바쁘실 텐데 칼럼 따위가 뭐가 중요하다구 이런 쇼까지 하
시면서 절 만나시는 거예요?

정 우 그 칼럼 올리자마자 내용증명 받아보실 거예요. 명예훼손으루.

블로그 지금 협박하시는 거예요?

정 우 대화하구 있잖아요.

블로그 불의에 굴복하구 싶지 않아요.

정 우 불의에 굴복이 아니라 거래라면 받아들이겠어요?

블로그 거래요? 거래 좋죠.

씬13. 정우 회사 회의실 안/ 연출자 봉고 안

홍아, 있고. 노트북으로 작업하고. 대본 9부 쓰고 있다. 보조 작가 있다.
보조 작가, 스텝 카페에서 스케줄 보고 있다.

보 조 작가님! 대본에 없는 장소 낼 찍어요.

홍 아 이럴 줄 알았어.

이복, 봉고차 안에서 상류사회 2부 대본 들고 쪽잠 자고 있다. 핸드폰 E
발신자 '지홍아 작가'

이 복 여보세요?

홍 아 감독님! 감독님 찍구 싶은 대루 막 찍구 있어요? 계약서에 도장 안 찍었
다구!

이 복 왜 이래? 현장 사정에 따라 바꿔 찍을 수두 있잖아.

홍 아   회사루 잠깐 오세요. 해줄 얘기 있으니까. 그 얘기 듣구두 맘대루 찍을 수
       있는지 볼 거예요.

씬14. 정선 집 거실 ─ 밤

정선, 침대 서랍에서 현수가 준 반지 꺼낸다. 약지에 낀다.

씬15. 편의점

경, 있다. 컵라면 먹고 있다. 준하, 촬영 끝내고 왔다. 준하, 경이 먹는 거
뺏어 먹으면서.

경   왜 남의 걸 뺏어 먹어요?
준 하   남의 거 뺏어 먹는 게 맛있으니까.
경   나 그런 사람 싫어하는데.
준 하   (젓가락 놓으며) 먹는 거 갖구 되게 치사하게 구네. 안 먹어.
경   멘탈이 약하구나. 뭐 이런 소리 듣구 안 먹어요? (하면서 컵라면 먹으라
        는)
준 하   밀땅 쩔어 암튼. (그러면서 또 먹는다) 이 시간에 왜 나왔어요?
경   온 셰프님 왔어요. 다시 만난 뒤론 시시때때루 와요. 내가 두 사람만 보믄
준 하   (O.L) 사랑하구 싶지!
경   사랑은 하구 싶은데 연앤 하구 싶지 않아요.
준 하   지금 우리 연애하구 있는 거거든! 사랑은 모르겠다!

씬16. 정우 회사 회의실 안

홍아, 있다. 보조 작가와. 이복 들어온다.

이 복	바쁜 사람 왜 보자구 하는 거예요?
홍 아	(녹취록 튼다. 14부 씬72. F) 홍아, 감독님이 제 대본에 손을 대면 책임을 묻겠단 계약서예요. (끈다)
이 복	(당황) 이게 뭐야?
홍 아	계약서에 도장 안 찍어서 끝난 줄 알았죠? (하면서 다시 녹취록 튼다)
이 복	(F) 좀 앞서가네 지 작가! 난 지 작가 대본 좋아. 이현수 작간 나랑 결이 안 맞아.
홍 아	(F) 그럼 제 대본대루 찍어주실 거죠?
이 복	(F) 대본대루 찍을게요 이번엔.
이 복	(당혹스러운)
홍 아	이 녹취 공증받았어요. 법적 효력 있어요.
이 복	(졌다. 감탄) 햐아!!! 우리 결혼하자!
홍 아	감독님!!!!
이 복	진짜 보호받구 싶다. 지 작가! 아우 윈! (엄지 척)

씬17. 부암동 ─ 밤

정우, 있다. 음악 틀어놓고. 책 보면서. 저녁 있는 삶을 즐기고 있다.

씬18. 현수 집 거실

현수, 컴퓨터에 앉아서 자료 읽고 있다. 셰프 일정. 정선, 차 갖고 온다.

현 수	젤 먼저 식당에 오는 게 수셰프네. 셰프가 아니라.
정 선	(차 준다. 반지 낀 손으로) 어. 셰픈 젤 늦게 등장해. 황보 작가님한테 미안하다. 내가 오니까 계속 나가네.
현 수	(받으며. 반지 본다. 미소) 미안해하지 않아도 돼. 걔 그 핑계루 나가 준하 오빠 만나.

정 선   두 분이 사겨?

현 수   사귀는 건 아닌데 계속 만나.

정 선   그게 뭐야?

현 수   사랑! 근데 정작 두 사람은 모르구 있는 거 같아.

정 선   그럴 수두 있어?

현 수   세상엔 다양한 사람들이 존재하니까.

정 선   다양한 사람 중에 나두 있구 현수 씨두 있어.

현 수   (보는) 정선 씨 어머니두 있구 우리 엄마 아빠두 있구

정 선   우리 엄마 받아줘서 고마워.

현 수   (보는)

정선, 서 있고. 현수, 머리를 자신에게 당긴다. 정선의 반지 현수의 어깨 정도에 보이고. (F.O)

씬19. 카페 밖―낮 (F.I) (3개월 후)

현수, 차 와서 선다. 현수, 내린다. 사진 기자, 카메라 들고 밖에 나와 있다. 기자도 밖으로 나온다. 현수, 들어가려고 간다. 기자, 현수 보고 인사. 현수도 인사.

기 자   안녕하세요? 작가님!

현 수   안녕하세요? 제가 늦은 거 아니죠?

기 자   아니에요. 개인적으루 작가님 팬이라 일찍 왔어요.

씬20. 스튜디오 안

홍아, 사진 스틸 컷 찍고 있다. 여성 중앙 인터뷰류.

현 수   (E) 알지도 못하는 남잘 사랑할 수 있다.

씬21. 카페 안

현수, 기자와 인터뷰하고 있다. 사진 기자, 현수 찍고 있다. 자연스러운
모습.

현 수   거기서 시작했어요. 생각보다 많은 사랑을 받아서 놀랐어요.
기 자   작품성까지 잡으셨으니까 더 좋으셨죠! 시청률두 15% 가까이 되구.
현 수   네 요즘 시청률 10% 넘기 어려워요.
기 자   주인공이 드라마 작가라 작가님 경험이 들어갔단 말이 많아요.
현 수   아무래두 연우 캐릭터에 제가 좀 들어가지 않았을까요?
홍 아   (E) 들어가지 않았어요.

씬22. 스튜디오

홍아, 인터뷰하고 있다. 기자하고.

홍 아   제 성격은 주인공 캐릭터보다 훨씬 약해요. 상처두 많이 받구요.
기 자   근데 작가가 너무 미인 아닌가요?
홍 아   감사합니다.
기 자   첫 미니가 대박 난 소감은 어떠신가요?
홍 아   제가 노력한 대가라구 생각해요.

씬23. 정우 사무실 안

정우, 외국 사람들하고 악수하고 있다. 투자 계약 맺은. 워너브라더스하

고. 협약서 들고 정면 컷. 직원, 사진 찍고 있다.

씬24. 도로 현수 차 안

현수, 운전하고 있다. 통화 목록에서 정선을 찾아 전화한다. 신호음 떨어지고 정선 받는다.

정 선 (F) 왜 안 오구 전화야?
현 수 거의 다 왔어. 다른 사람들은 왔어?

씬25. 굿스프 주방─저녁 / 현수 차 안

디너 전 프렙 마무리. 원준 돌아다니면서 잘 하고 있는지 체크하고 있다. 한편에서 정선, 전화 통화하고 있다.

정 선 정우 형은 안 오구 홍안 온 거 같아.

씬26. 굿스프 홀

홍아, 이복과 함께 있다. 와인 마시고 있다.

이 복 이런 말해서 뭐하지만 지 작간 왜 나한테 고맙다구 안 해?
홍 아 감독님이 저한테 고맙다구 하셔야죠. 감독님 올드한 감성에 트렌디한 감각을 불어넣어 줬잖아요.
이 복 지 작간 이제 더 막나가겠다. 전에 못 나갈 때두 자기 하구 싶은 대루 다 했잖아. 이젠 날개까지 달았어.
홍 아 그래두 감독님은 안 버릴게요.

이 복	(어이없는) 그래 고맙다.
홍 아	(수정에게) 언니!
수 정	(오는)
홍 아	이 와인 말구 다른 와인 추천해주세요.
수 정	그럼 샴페인 어때요? 향이 아주 좋은 샴페인이 있는데. 오늘 축하 자리 같은데 잘 어울릴 거예요.
홍 아	(이 언닌 주눅 드는 게 없다) 좋아요.
수 정	(와인랙으로 가는)
홍 아	(수정에게 시선이 가는. 그 시선으로)

원준, 주방에서 나와 수정에게 간다. 홍아, 두 사람에게 시선이 가고. 원준이 그리웠다. 두 사람 사이좋다. 잘 어울린다. 감정이 오른다.

원 준	예약 변동이나 특이사항 없죠?
수 정	(미소) 네. (샴페인 꺼내는)
홍 아	.......(눈물이 맺히는) (이복이 볼까 봐 나간다)
이 복	어디 가?

씬27. 굿스프 밖/ 안

현수, 들어가려는데. 경과 준하, 온다.

현 수	뭐야 두 사람? 왜 같이 오지?
경	요기서 만났어.
준 하	저기서 만났어.
현 수	(들어가며) 알았어. 암튼 만난 건 같구. 요기 저기만 다르네.
준 하	(따라 들어가며) 내 서른다섯 평생 이런 연앤 처음이야.
현 수	나두 첨 봐 이런 건. (경에게) 먼저 가 있어. 화장실 좀 갔다 갈게.
경	알았어.

씬28. 동 화장실 안

현수, 들어온다. 홍아, 벽 한쪽에 기대 울고 있다.

현 수   (놀라는) 너 왜 그래?

홍 아   (우는)... 언니... 나.. 원준 오빠 좋아했나 봐. 아니 사랑했나 봐.

현 수   (보는).....

홍 아   끝내지지가 않아.

현 수   (눈물 닦아주며)

홍 아   여기저기서 지홍아 대단하다... 그러는데.... 난 왜.. 옛날 그대룬 거 같을까.

현 수   ......그래서

홍 아   그래서 뭐?

현 수   계속 울고만 있을 거야?

홍 아   그럼 어떡해?

현 수   어떻게 해야 하는지 알구 있잖아 너. 니가 모를 리가 없잖아.

홍 아   ....

씬29. la fleur(라플뢰르. 꽃) 영미 꽃집/ 꽃집 밖

영미, 꽃다발 만들고 있다. 해경, 들어온다. 해경, 시선으로. 영미 있다.

영 미   (기척 느끼자 보는) 일찍두 온다. 개업 초대장 보낸 지 일주일 넘었어. 당
         신하구 난 항상 타이밍이 안 맞아.

해 경   만나자마자 긁지 마. 도리루 온 거니까.

영 미   당신 나보다 어리잖아. 근데 오빠 같아. 흰머리 봐! 염색 좀 해!

해 경   (봉투 꺼내 내민다)

영 미   (받는다) 많이 넣었어?

해 경   할 만큼 했어.

영 미   정선이 만나?

해 경	애한테 내 말을 어떻게 해놨는지 애가 데면데면해.
영 미	그걸 왜 내 탓을 해? 애 자랄 때 들여다 보지두 않았으면서! 미슐랭 원스타 된 거 알아? 식당 엄청 잘되구 여기저기 강의두 나가구 광고두 찍어.
해 경	윤선이가 얘기해줘서 알아. 오빠라구 엄청 챙겨.
영 미	내가 당신 딸 이름을 어떻게 안다구 윤선이야? 암튼 거슬리게 말하는 건 예나 지금이나 똑같아.
해 경	가야겠다.
영 미	나하곤 아니어두 정선이하곤 그러면 안 되잖아.
해 경	이 꽃집은 누가 차려준 거야?
영 미	말 돌리지 말구. 꼭 자기 불리해지면 딴말 하더라. 차 한 잔 줘?
해 경	웬일이야?
영 미	팍 늙은 거 보구 맘이 좀 풀렸어.
해 경	(어이없는)
남자손님	사장님! (꽃 찾으러 왔다)
영 미	(만들어놓은 꽃다발 주며) 여깄어요. 부인이 좋아할 거예요.

씬30. 굿스프 홀

현수, 정우, 이복, 홍아, 경, 준하, 있다. 와인 마시면서. 코스 먹고 있다.

준 하	이런 날 형이 한 말씀해야 되는 거 아냐!
정 우	촌스러워! 한 말씀 같은 거 안 해!
준 하	형 나한테 왜 그래? 내 말 한 번만 들어줘. 나 이번에 흥행 감독 됐잖아.
정 우	이번 아시아 드라마 어워즈에 두 작품 다 출품됐어요. 축하해요.
일 동	(리액션)
수 정	(치맥 갖고 와서 놓는다) 온 셰프님 스페셜 메뉴예요.
현 수	감사하다구 전해주세요.
정 우	나오라구 해. 와서 같이 축하해주면 좋잖아.
정 선	이미 나왔어. (현수 옆자리에 앉는) 남자 친구 자격으루 앉겠습니다.

현 수	(미소)
정 우	둘이 싸운 거 아냐?
현 수	아니에요.
정 우	싸우면 그러잖아. 사람들 앞에서 친한 척!
현 수	아니거든요 대표님!
정 우	펄쩍 뛰는 거 보니까 진짜 같은데.
홍 아	제가 봐두 진짜 같아요!
현 수	어우 야 너 좀 전에 화장실에서!
경	화장실에서 무슨 일 있었는데?
정 우	건배해야 되겠는데요. 이런 마무리 좋지 않아. (와인잔 든다) 각자 잘 삽시다. 가끔 옆 사람두 보면서!

씬31. 굿스프 앞

현수, 정선과 나온다. 현수, 주차장으로 가며

현 수	나 차 갖구 왔는데.
정 선	내가 운전할게 그럼.
현 수	내가 할래. 내 차니까.
정 선	편하게 해준다는데 말 디게 안 들어.
현 수	타!
정 선	걸으면 안 돼? 내가 내일 차 갖다 줄게.
현 수	추워!
정 선	일주일 만에 첨 본거 알아? 같은 동네 살면서.
현 수	계속 바빴잖아.
정 선	방송할 땐 방송한다구 못 보구. 진짜 왜 그러나?
현 수	걸어가자! (하면서 정선이 손을 잡고 간다) 이제 만족해?
정 선	아직 부족해!

씬32. 현수 집 앞

현수, 정선과 손잡고 오는. 정선, 자신의 주머니에 현수의 손을 넣었다.

정 선   낼은 뭐 해?

현 수   추워!

정 선   아 그럴래 진짜!

현 수   뭘? 그러니까 내가 차 타구 오자구 했잖아.

정 선   자기 늙었나 봐.

현 수   아니 여기 왜 늙은 게 나와? 체질이지!

정 선   작년엔 안 그런 거 같은데.

현 수   작년엔 나랑 겨울을 보내지 않았어. 어떤 여자랑 보낸 거야? 어떻게 나랑
         착각해?

정 선   (미소)

현 수   왜 웃어?

정 선   질투 유발 성공 기념!

현 수   별걸 다 기념한다!

정 선   진짜 춥다. 들어가서 따뜻한 거 마시구 갈게. 그래두 되지?

현 수   당연하지!

현수, 비밀번호 누르고 문 연다. 현수, 들어가다 놀래 나오고 정선과 부딪
친다.

정 선   왜?

현 수   19금!

정 선   누가?

씬33. 현수 집 거실

경과 준하, 있다. 준하, 입술에 립스틱 묻어 있다. 경도 립스틱 번진. 둘이
들켜서 망연자실.

경   내가 안 된다구 했잖아요.
준 하   (경에게 키스한다)
경   (밀친다) 하지 말라니까!
준 하   다 했는데 뭘 하지 말래!!

씬34. 굿스프 안

원준, 뒷정리하고 있다. 홍아, 조용히 들어온다. 원준에게 다가오지 못하
고 서 있다. 원준, 홍아 본다.

원 준   너 뭐 해?
홍 아   보구 있잖아.
원 준   (두리번댄다. 그제야 날 보는구나) 왜 보구 있어?
홍 아   다가가면 오빠가 싫어할까 봐.
원 준   ....(보는)
홍 아   (보는)......
원 준   와도 돼.
홍 아   (원준에게 가는)
원 준   잘 지냈어?
홍 아   잘 지내지 못했어.
원 준   왜?
홍 아   오빠가 없잖아. 잊혀지지 않아. 이상해. 부담 갖지 마. 오빤 오빠 좋은 대
         루 살아.
원 준   (다가온다.)

홍 아   (그 눈빛 받는다)

원 준   (키스한다)

홍 아   (받는다)

현수, 정선과 들어오다가 두 사람 보고. 화들짝. 정선 현수, 당황해서 이층 계단으로 올라간다. 살금살금.

씬35. 굿스프 계단 2층 올라가는

정선 현수, 계단 중간쯤 올라와서.

현 수   (들리지 않게 조심하면서) 오늘 왜 이래? 왜들 그러는 거야?

정 선   그러게!

현 수   그러게? 그러니까 내가 아까 차 타구 가자구 했지! 걸어가자구 그러더니 이게 뭐야?

정 선   우리두 하자! 이런 날은 남들 하는 대루 하자!

현 수   남들 하는 대루 왜 해?

정 선   (이미 남들 하는 대로 하는)

씬36. 정선 집 거실

정선, 차 내리고 있다. 현수, 담요 덮고 있고.

현 수   집은 있는데 갈 수가 없다.

정 선   (차 갖고 온다) 어떡하냐!

현 수   낼 계약 땜에 회사 일찍 나가야 되는데.

정 선   여기서 자구 내일 일찍 가면 되잖아.

현 수   준하 오빠 아직 안 갔을까?

정 선	갔으면 연락 오지 않았을까!
현 수	(웃으며) 그러네.
정 선	우리 그러지 말구 집을 합칠래?
현 수	(그게 무슨 뜻이지)......
정 선	서로 집 왔다 갔다 하는 거보다 한 집에서 살면 시간 절약 되잖아.
현 수	시간 절약 때문에 집을 합쳐?
정 선	단지 시간 절약 때문에 집을 합치잔 말루 들려?
현 수	아니. 한 번 더 듣구 싶어서 그런 거지.
정 선	이번에 자기 드라마 방송할 때 만나지두 못했잖아. 또 다음 일 들어간 다며?
현 수	난 결혼식은 안 하구 싶어.
정 선	그럼?
현 수	가족끼리 같이 밥 먹구 인사하면 되는 거 아냐?
정 선	자기가 원하는 대루 해. 난 한 집에 사는 것만 되면 돼.
현 수	(미소) (F.O)

씬37. 정우 회사 로비 (F.I)—아침 / 엘리베이터 안

현수, 들어오고 있다. 엘리베이터 타려고 가는데. 정우, 이미 엘리베이터
에 타 있다. 현수, 타려는데. 정우, 문 닫음 버튼 누르며

정 우	다음 거 타구 와!
현 수	(바로 타려고 안 하고) 그래요! 후회하지 않으시겠어요? 오늘 왜 만나기 루 했죠!
정 우	(아차! 계약이다. 도로 열림 버튼 누르며. 손짓하며) 드루와 드루와.
현 수	됐거든요. 다음 거 타구 갈 거예요.
정 우	현수야!! 타라!
현 수	타주는 거예요. (타는)

씬38. 동 엘리베이터 안/ 엘리베이터 밖 복도

정우, 현수 타고 있다.

정 우   (부드럽게) 아침은 먹었어?
현 수   됐거든요! 계약 안 할 거예요.
정 우   현수야!! 그러지 마라.
현 수   아까 문 닫는 버튼 누르는 손가락 보구 정이 확 떨어졌어요.
정 우   너 딴 제작사가 나보다 조건이 좋구나.
현 수   조건은 옛날부터 대표님보다 좋은 데 있었거든요.

엘리베이터 열린다.

현 수   (내리며) 암튼 홀가분하다. 계약 안 한단 얘기 어떻게 하나 했는데. (걸어
        가며)
정 우   (따라가며. 비서에게) 우리 차 좀 줘요. 아니 먹을 것두 좀 줘.

씬39. 정우 사무실 안

정우, 계약서 준다. 현수에게.

정 우   검토해보구 다시 얘기해.
현 수   (받는) 일단 주시니까 받을게요.
정 우   당연히 우리랑 계약할 줄 알았는데 왜 그러냐? 우리가 뭐 섭섭하게 한 거
        있어?
현 수   회사에 불만은 없어요. 근데 한 회사랑 계속 일하는 게 맞는가 생각 중이
        에요.
정 우   그런 생각을 왜 해? 같이 일해서 성공했잖아.
현 수   성공했으니까 실패도 선택할 수 있는 권릴 얻었잖아요.

씬40. 정우 사무실 밖

홍아, 오고 있다. 현수, 사무실에서 나오다 홍아 만나는.

홍 아   언니두 계약 얘기하러 왔구나.
현 수   (어제 생각난다) 어!
홍 아   하기루 했어?
현 수   몰라. 넌?
홍 아   난 조건 맞으면 할 생각 있어.
현 수   으음 그렇구나.
홍 아   이건 무슨 리액션이지?
현 수   글쎄. 난 니가 어젯밤에 한 일을 알구 있다! 그럼 간다. (가는)
홍 아   (이 언니가 혹시) 언니 어디 가?
현 수   엄마한테!

씬41. 미나 집. 창고 방

민재, 짐 정리하고 있다. 미나, 들어온다. 박스 채 놓여 있는. 한 박스씩 열
어 정리.

미 나   아직 안 끝났어?
민 재   (박스에 있는 짐 꺼내며) 한 십 년 묵힌 짐들이라 정리하는 데 시간 좀 걸
         리네.
미 나   (민재 꺼내는 짐 중에 현이 물건) 이건 현이 거잖아. 우리 것만 있는 게 아
         니라 애들 짐두 다 섞여 있네.
민 재   그러니까 얼마나 오래 된 짐이야? 우리 둘 다 사느라 바빠 내버려둔 거지.
미 나   뭘 그렇게 열심히 열심히 또 열심히 살았는지!

         민재, 정리하며 박스 뒤져보는데. 그 안에서 택배 상자 하나 발견한다.

2013년 7월 파리에서 정선이 현수에게 보낸 택배. 둘이 보는데. 현관벨 E

씬42. 미나 집 현관/ 거실

현수, 들어온다. 작은 케이크 들고. 미나, 맞이한다. 민재도.

현 수   엄마 아빠!
미 나   이제 일 끝나니까 얼굴 좀 보여주네.
현 수   그동안 제가 딸 노릇에 소홀했습니다.
민 재   점심 먹었어?
현 수   아니 아직.
미 나   뭐 시켜 먹자 그럼.
현 수   좋아. (하면서 케이크 식탁에 놓는) 엄마 좋아하는 당근케익!

식탁 위에 놓인 씬41 택배 상자.

현 수   (택배 상자 본다) 이건 뭐야? (정선이 현수에게 보낸 2013년 주소)
미 나   느이 아빠가 짐정리하다 찾았어.
현 수   이런 게 어떻게 여기 있어?
민 재   현이가 결혼하면서 집으루 보낸 뭉탱이 짐에 섞여 있더라. 니 건데.
현 수   나한테 온 거 맞는데. 갠 왜 이걸 나한테 주지 엄마한테 보냈대?
미 나   니들 그때 싸워서 말 안 할 때 아냐?

씬43. 현수 집 방

현수, 있다. 씬41의 택배 상자를 뜯어본다. 오르골이 나온다. 가로등 아래 남녀가 마주 서 있는. 카드도 있다. 현수, 카드 열어 본다. '늦었지만 공모 당선 축하해. 꿈을 이뤘으니 즐겨. 온정선'

정 선   (E) 늦었지만 공모 당선 축하해. 꿈을 이뤘으니 즐겨. 온정선(flash back
        1부 씬52. 현수, 여의도가 좋아요. 드라마 공모 당선되면 여의도 공원에
        서 춤춘다 그랬는데 그럴 기회가 없을 거 같아요.)

        현수, 오르골 태엽 감아본다. 가로등 아래 남녀 춤춘다.

씬44. 굿스프 홀

        정우, 차 마시고 있다. 정선, 온다. 브레이크 타임.

정 선   왜 안 가구 불러내? (앉으며)
정 우   현수한테 우리 회사랑 계약하라구 얘기해봤어?
정 선   그런 말을 어떻게 해?
정 우   왜 못 해? 너 아직 현수한테 그 정도 영향력두 없나?
정 선   영향력은 있는데 그 영향력을 쓰구 싶지 않단 거야.
정 우   니가 내가 널 위해 한 모든 일들을 알면 그런 말 못 한다.
정 선   블로거 글 막아준 거 알아.
정 우   (어떻게).......
정 선   형이 날 위해 뒤에서 해주는 일들 대부분 알구 있어. 바닥이 좁잖아.
정 우   근데두 안 된단 거야?
정 선   내 일이면 뭐든 돼.
정 우   정말 뭐든 돼?
정 선   어 뭐든!
현 수   (들어오는) 대표님 여기서 또 뵙네! 점심 시간 지났는데 요새 회사 한가
        한가 봐요.
정 우   (일어서는) 갈 거야 이제. 너 뵈기 싫어서.
현 수   어머!
정 우   뭘 어머야! 나두 이제 가겠단 사람 안 잡아. 우리 회사랑 일하던 안 하던
        니 맘대루 해.

현 수	아 그래요? 난 역시 우리 회사가 젤인거 같아서 가려구 했는데. 대표님 땜
	에 안 되겠다!
정 우	야아! 너 진짜 이럴래!
정 선	형 그만 놀려!
현 수	놀리는 게 재밌잖아.
정 우	갈게 니들끼리 실컷 놀아라! 다음 아이템 이번 달까지 내. (간다)
정 선	(따라 나가며) 잘 가 형!
현 수	(궁시렁) 아이템을 왜 내? 아직 결정두 안 했는데.

씬45. 홍아 집 홍아 방/ 굿스프 주방

홍아, 거울 보고 옷 입고 있다. 화장도 잘하고. 핸드폰 E 발신자 '내 사랑 준'

홍 아	어 오빠! 지금 나가려구.
원 준	미안한데 장 볼 게 생겨서 지금 장 보러 갔다 와야 돼.
홍 아	정선인 뭐 하구?
원 준	정선인 현수 누나랑 얘기 중이야.
홍 아	오빠가 정선이 시다바리야? 왜 그걸 오빠가 해?
원 준	시다바리 맞아. 너랑 만날 시간 10분밖에 없어. 안 되지?
홍 아	왜 안 된다구 생각해?

씬46. 굿스프 밖/ 홍아 차 안

홍아, 차 선다. 원준, 나온다. 원준, 차에 탄다. 홍아, 벨트 매주는.

| 원 준 | 뭐 이런 거까지. 괜찮아. (자신이 한다) |
| 홍 아 | 내가 해준다니까. |

씬47. 도로 홍아 차 안

홍아. 운전하고. 원준, 피곤한지 기대 누워 있고. 홍아, 잠 깨우려고 음악 크게 튼다. 원준, 피곤해 누워 있다가.

원 준   음악 줄이면 안 돼?
홍 아   아니 내가 옆에 있는데 잠이 와?
원 준   너무 피곤해. 요즘 손님 많아갖구
홍 아   (O.L. 버럭) 언젠 손님 없었어?
원 준   나 내리구 싶다.
홍 아   (부드럽게) 오빠!
원 준   어?
홍 아   누워. (하더니 볼륨 줄여준다)
원 준   (홍아의 머리를 쓰다듬는다) 귀여워!
홍 아   (미소)

씬48. 정선 집 거실

현수, 정선과 편하게 앉아 얘기하고 있다.

현 수   엄마 아빠한테 갔다 왔어. 정선 씨 이번 휴무일에 저녁 먹으러 가겠다구 했어.
정 선   결혼하겠다구 말씀드려야 되지 않아?
현 수   그럼 형식과 절차가 들어오잖아.
정 선   그래두 섭섭해하실 거 같아. 자식 결혼에 의견 낼 수 있잖아.
현 수   엄마 아빠가 반대두 안 하겠지만 반대한다구 해두 우리 결정에 아무런 영향두 못 미치잖아. 부담 없이 식사하시면서 우리 결정 듣는 게 나을 거 같은데.
정 선   통고했으니 받아라!

현 수   우리 부모님은 내가 카바할 수 있구. 정선 씬?

정 선   엄만 그런 거 크세 생각하는 사람 아니니까 팬찮구. 아버진..

현 수   아버님 뵈러 가야 돼. 식사 초대 전에. (정선 기색 보고) 싫어?

정 선   아니. 해야 될 일이야.

현 수   그럼 이렇게 결정!!

정 선   결정!

현수·정선   (하이파이브)

씬49. 굿스프 홀

수정, 와인랙에 있고. 정선, 온다.

정 선   수정 씨!

수 정   네.

정 선   우리 예약 언제까지 찼죠?

수 정   이번 주는 다 찼구. 다다음주 화요일 비었어요.

정 선   그럼 그날은 예약 잡지 말아주세요.

수 정   왜요?

정 선   제 개인 식사 모임 하려구요.

수 정   알겠습니다.

씬50. 미나 집 앞

정선, 운전하고 있고. 현수, 조수석. 정선, 손에 선물 들고. 내린다.

정 선   좀 떨린다.

현 수   떨지 마 내가 있잖아.

씬51. 미나 집 주방

정선 현수 있고. 미나, 민재와 음식을 식탁에 놓고.

미 나	좀 떨린다. 셰프한테 음식 만들어서 내는 거.
정 선	괜찮아요 어머니. 음식은 정성으루 먹는 거예요.
미 나	그럼 잘 봐줘요. 내가 요릴 못해요.
민 재	요리할 시간이 뭐 있었나. 요즘 하지.
정 선	(먹는. 맛있진 않다.) 맛있어요.
현 수	(먹고) 맛없는데. 엄마 이거 사온 거지? 아파트 상가 지하에 있는 반찬집에서. 그 집에서 사다준 맛인데.
미 나	현수야! 우리 서루 지켜줄 건 지켜주자.
정 선	맛있어요 어머니. 사온 거래두 맛있어요.
미 나	고마워요. 근데 오늘 그 집 반찬이 좀 짰어.
민 재	그러니까. 하필 가는 날이 장날이라구.
미 나	부담 없이 먹어요. 부담 없이 만나구.
정 선	부담 없이 만나면서 미래두 같이 갈 생각하구 있어요.
미 나	아 그래요?
민 재	그래 너무 오래 사귀는 거 안 좋아. 젊어서 같이 살면 얼마나 좋은데.

씬52. 꽃집 밖

영미, 당당하게 걸어온다. 옆집 남자 사장. 그 건너편 남자 사장. 영미에게
손 흔든다. 영미, 그 시선 당연하게 받고. 손 흔들어주고.

옆사장	오늘두 예뻐요.
영 미	예쁜 거야 말해 뭐 하겠어요?
옆사장	이따 점심 같이 먹어요.
영 미	점심 먹잔 사람 많으니까. 대기표 줄 테니까 기다려요. (가게 문 연다)

영미, 안으로 들어간다. 한편에 숨어 있던 다니엘 나온다.

씬53. 꽃집 안

영미, 꽃다발 만들고 있고. 다니엘 들어온다. 영미, 본다.

다니엘   자기야!

영 미   여기 자기 자기 없어.

다니엘   보구 싶었어. 내가 잘못했어.

영 미   나두 꼭 한 번 보구 싶었어. 찾아와줘서 고마워.

다니엘   그치! 자기두 내 생각 많이 했지! 내가 잠깐 생각을 잘못했어.

영 미   난 길게 생각을 잘못했었더라. 다니엘! 꺼져!

다니엘   자기야! 보구 싶었다며?

영 미   어 찰려구! 내가 이제껏 남자 만나면서 다 차였거든. 한 번 차구 싶었어. 잘 가! (꽃다발만 만들고)

다니엘   자기야!

영 미   맞구 싶어? 나이두 어린 게 진짜! 이제 자기자기 하지마! 니 자기 아냐.

씬54. 카페

해경, 앉아 있다. 정선과 현수 들어온다. 현수, 손엔 선물. 블루투스 스피커. 해경, 두 사람 본다.

정 선   저랑 결혼할 친구예요.

현 수   안녕하세요? 이현수라구 합니다.

해 경   (인사 받는) 앉아요.

현 수   (선물 내민다)

해 경   고마워요.

현 수   블루투스 스피커예요. 의사 선생님들 하루 종일 안에서 진료하시니까 음악에 조예 깊은 분들이 많더라구요. 아버님두 그러시지 않을까 해서요.

해 경   (아버님이란다) 음악 좋아해요 나두. 주로 클래식 많이 듣지.

현 수   네..

해 경   차 뭐 마실래요?

점프 시간 경과 차 마신 흔적.

현 수   여가 시간 주로 뭐 하세요?

해 경   주로 음악 듣구 책 읽구 그런 거.

정 선   (그런 거 취미인 줄 몰랐다)

현 수   그럼 요즘은 무슨 책 읽으세요?

해 경   친구가 지가 책 냈다구 보내줬는데. 한 한두 장 읽었나!

현 수   아무리 친구래두 재미없는 책은 못 읽으시겠죠!

해 경   맞아. 근데 나 오늘 무지 말이 많네.

정 선   이제 들어가봐야 되지 않으세요?

해 경   가야지.

씬55. 도로 정선 차 안

정선, 운전석. 현수, 조수석.

정 선   우리 아버지 저렇게 자기 말 많이 하는 거 첨 봤어.

현 수   내가 취잴 해보잖아. 의외루 자기 얘길 하구 싶어 하는 사람 많아.

정 선   그래?

현 수   어. 물어봐주길 바래. 근데 물어봐주는 사람이 없어. 물어보면 실례일까봐 다들 조심하거든.

정 선   겁내는 거지. 말하면 상대방이 날 싫어할까 봐.

현 수   그런가. 그럼 이제 우리 인사할 덴 다 한 건가?

정 선   한 군데 남았어.

씬56. 부암동 현관

정우, 냉장고 문 열고. 뭐 해 먹을까. 현관벨 E 정우, 문 연다. 그 시선으로
정선 서 있다.

정 선   (쇼핑백 들며) 밥 아직 안 먹었지?
정 우   안 먹었지.

씬57. 부암동 주방

정선, 파스타 하고 있고. 후라이팬 잡고. 면 볶는.

정 우   넌 아직두 그렇게 잡는구나.
정 선   형은 바꼈어?
정 우   아니 나두!
정 선   이거 하구 있어봐. 스테이크 손질 좀 하게.
정 우   (후라이팬 잡고 면 볶는)
정 선   형! 다음 주 화요일 낮에 시간 좀 내.
정 우   스케줄 좀 보구.
정 선   내가 다른 사람들한텐 그냥 밥 먹으러 오라 그랬거든.
정 우   근데?
정 선   형한텐 말해야 될 거 같아.
정 우   결혼이라두 하냐?
정 선   빙고!
정 우   잘했다!
정 선   잘했어?

정 우	어 잘했어. 이 면 너무 볶아진 거 아니냐?
정 선	형은 많이 볶은 거 좋아하잖아. (F.O)

씬58. 굿스프 주방—낮 (F.I)

각자 다들 일 분주하게 하고 있다. 정선, 스테이크 고기 여러 개 트레이에 담아서 꺼내 나온다.

정 선	(경수에게 트레이 주며) 이따가 이걸로 구우면 돼.
경 수	네! (받아서 확인한다)
정 선	오늘은 특별히 힘든 건 없을 거야! 대신 여러 명이 한 번에 오니까 미리 다 준비해놓자.
일 동	네.

씬59. 현수 집 방—낮

현수, 예쁜 옷 입고. 거울 보고. 현수, 오르골을 본다. 돌아가는.

씬60. 굿스프 홀

현수, 미나 민재 안내하면서.

현 수	이쪽으루 와.
미 나	우리만 초대한 게 아니구나.
현 수	정선 씨랑 나랑 다 친한 사람들 초대했어. 이럴 때 밥 같이 먹으려구.
미 나	잘했다.

영미, 들어선다.

현 수 어머니! (미나에게) 엄마 아빠 여기 앉아. (하곤 영미에게 간다) 어머니
　　　이쪽으루 오세요.

영 미 파티해? 되게 거하다!

현 수 어머니 자리 이쪽이에요. 저희 부모님하구 합석하셔도 괜찮죠?

영 미 어 그럼.

정우, 들어오고.

정 선 형! 이쪽으루 와. 우리 가족석에 앉아. (정선 약지엔 반지)

정 우 어어.

정우, 미나 민재 영미 자리에 앉는다. 해경, 해경 가족과 들어선다. 현수,
인사한다. 안녕하세요?

해 경 잘 지냈어요? (가족 가리키며) 우리 가족이야! (가족에게) 오빠 여자 친
　　　구!

윤 경 안녕하세요?

씬61. 굿스프 밖

준하, 경과 함께 내린다.

경 　우리 같이 들어가면 언니가 오해하지 않을까요?

준 하 오해하겠지. 우리 둘이 아직두 사귀지 않는다구!

경 　들어가요.

준 하 우리 사귀는 거야?

경 　이 정도까지 되구 안 사귄다구 그럼 내가 미친 거죠!

준 하   알긴 아네.

경   (준하 손 잡는다)

준 하   뭐야? 이래두 돼?

경   그동안 나 땜에 고생했잖아요. 가요!

두 사람 손잡고 들어간다.

씬62. 굿스프 홀

미나 민재 영미 정우 한 좌석에. 해경 가족. 해경, 아내. 딸 둘. 홍아, 준하,
경. 수정. 서버들. 앞에 무대. 즐겁게 식사하고. 서버들이 와인 따라주고.
정선과 현수, 나오고. 오르골 장식되어 있다. 두 사람 말하는 무대 어딘가
에 보이고. 마이크 잡고. 두 사람. 정선 약지엔 반지.

정 선   식사 맛있게 하구 계신 거 같아 기분 좋습니다.

현 수   오늘 이 자리는 정선 씨와 제가 인생을 함께 걸어가기루 약속하는 자리입
        니다.

영 미   저게 무슨 말이에요?

미 나   결혼한단 말 같은데요.

영 미   이게 결혼식이에요? 어머 쟤넨 진짜 유난이다.

정 선   그럼 식사 맛있게 하세요.

정선과 현수, 인사한다. 그동안 두 사람의 사랑의 역사가 화면으로 지나
간다. 흑백장면. 헤어지는 장면.

현 수   (N) 정선 씨와 난, 지난 6년 동안 우리 둘만의 사랑의 역사를 기록했다.
        몇 번의 실수를 했고 그 실수로 인해 멀어졌다 가까워졌다. 사랑을 선택
        이라구 생각했던 여자와 운명이라구 생각했던 남자는 이제 함께 살기로
        했다. 이제 운명을 믿는다. 하지만 운명 안에서 계속 선택하는 것이 우리

가 해야 되는 노력이다. 우리의 사랑은 운명이지만 우리의 헤어짐은 선택이구 우리 책임이다. 우리 사랑의 역사는 계속 기록될 것이다.

사랑의 온도 2

1판 1쇄 인쇄 2017년 12월 22일
1판 1쇄 발행 2017년 12월 28일

지은이 하명희

발행인 양원석
본부장 김순미
편집장 최두은
책임편집 황지영
디자인 RHK 디자인팀 남미현, 조윤주, 김미선
해외저작권 황지현
제작 문태일
영업마케팅 최창규, 김용환, 이영인, 정주호, 양정길, 이선미, 신우섭, 이규진, 김보영, 임도진

펴낸 곳 ㈜알에이치코리아
주소 서울시 금천구 가산디지털2로 53, 20층 (가산동, 한라시그마밸리)
편집문의 02-6443-8868   **구입문의** 02-6443-8838
홈페이지 http://rhk.co.kr
등록 2004년 1월 15일 제2-3726호

ISBN 978-89-255-6291-9 (04810)
      978-89-255-6292-6 (세트)